왕이 버린
역적,

이
순
신

왕이 버린 역적,

이춘신

이재운 장편소설

〈왕이 버린 역적, 이순신〉

이야기를 시작하며

"이순신은 영웅이 아니라 역적이었다", 서인들은 그렇게 말했다.

그는 국왕 이균에게 망궐례를 하지 않은 반역자이자 삼도수군을 몰고 한강으로 쳐들어와 조선 사직을 뒤엎으려는 역모자였다. 그의 조부 이백록 역시 역적 조광조를 따르던 패거리로 한때 삭탈관직된 바 있다.

"파직해라! 잡아들여라! 죽여라!" 서인들은 소리 높여 외쳤다.

그래서 파직되고, 좌천되고, 고문받고, 두 번이나 삭탈관직되어 말단 병사로 백의종군했다.

하늘조차 그의 편이 아니었다.

녹둔도 전투로 여진족을 몰아냈건만 조정은 그를 삭탈관직하여 계급조차 없는 말단 병사로 강등시켰다.

기어이 여진족 추장 울지내를 잡고 여진병을 크게 무찔러 명예를 되찾지만 아버지 이정의 사망으로 3년 시묘살이에 들어간다.

그 사이 일본군이 쳐들어온다는 소문이 흉흉하자 조정은 이순신을 정읍현감으로 겨우 살려놓았다.

5

일본군이 쳐들어온다는 소문이 흉흉하자, 이순신은 느닷없이 특별채용(不次採用)되어 전라좌수사에 임명된다. 사간원은 "아무리 인재가 부족하다지만 어떻게 현령을 갑자기 수사(水使)로 보냅니까. 빨리 파직하소서"라고 요구한다. 전쟁 안난다고 큰소리친 김성일조차 그를 파직시키라고 외쳤다.

하지만 이순신은 옥포, 사천, 한산에서 대승을 거두고, 평양까지 쳐올라간 일본군은 해상 보급선이 막혀 할 수없이 서울로 후퇴하고, 또 부산으로 달아났다.

압록강 의주까지 도망쳤던 국왕 이균을 서울로 돌아오게 바다를 평정하였건만 어느 날 갑자기 금부도사가 쳐들어와 그를 의금부로 잡아갔다.

왕이 말했다. "이순신은 용서할 수 없는 죄인이므로 죽어 마땅하다. 이순신이 가등청정의 머리를 베어온다 한들 그 죄를 어찌 갚을 수 있겠는가." 이순신은 울부짖었다. "해가 캄캄하게 보인다. 가슴이 찢어지는 것 같다. 빨리 죽기만 기다릴 뿐이다." 조정은 그를 죽도록 고문한 뒤 백의종군시키지만 모진 하늘은 한 술 더 떠 그의 어머니마저 데려간다.

그 사이 정유재란이 터져 칠천도해전으로 전멸한 조선 수군이 백의종군 중인 이순신에게 맡겨진다. 칠천도전투에서 탈영한 경상우수사와 같은 계급으로 벼슬이 깎인 그에게 남겨진 전선은 겨우 열두 척이다.

호남을 유린한 일본군이 별동대 3만 5천 명으로 한양까지 진격한다면서 어란포에 집결할 때, 이순신은 명량을 굳게 틀어막고 죽을힘을 다해 싸워 물리쳤다.

이때 그의 아들 면은 고향 아산에서 일본군과 싸우다 죽었다.

헉헉거리며 싸우던 중 노량해전에서 마지막 일본군을 몰아내던 날, 하늘은 끝내 이순신의 목숨까지 거둬갔다.

그래도 이순신이 영웅인가?

이순신은 죽어서도 삼도수군을 궤멸시킨 원균과 동급이 되고, 한산대첩에 앞장서고 부산포 해전에서 전사한 녹도만호 겸 우부장 정운은 공신록에 이름조차 올리지 못했다.

국왕의 신발이나 챙기고 매화틀 들고 종종걸음한 내관 40명이 공신이 될 때 이순신의 명령을 받고 싸우다 죽은 장수들은 철저히 버려졌다.

심지어 이순신의 전투기록이 담긴 〈징비록〉은 조선시대 내내 '절대로 읽어서는 안되는 금서'였다.

수없는 사람들이 이순신을 헐뜯었다. 임금에게 상소를 올려 그를 비난했다. 이순신이라는 이름은, 서인들의 혓바닥을 구르는 완롱거리였다. 임금조차 이순신을 죽이려 들었다.

아, 물론 사람이 아닌 〈역사〉만은 이순신을 가리켜 영웅이라고 한다.

〈역사〉란 임금인 선조 이균이 쓰는 것이 아니고, 서인 당수 윤두수가 쓰는 것도 아니고, 남인 김성일이 쓰는 것도 아니고, 오직 400년간 이 땅에서 모든 겨레가 시공(時空)을 초월해 함께 쓰는 것이다.

그러니 이 〈역사〉에 비하면 당대의 권력자들이란 한 줌 모래알일 뿐이며, 그들이 말하는 〈역적〉은 종종 역사의 영웅이 되곤 한다.

당신에게 이순신은 영웅인가, 역적인가?

차
례

— 임란 당시의 대화나 장계 등에서는 왜인, 왜군, 왜적 등의 어휘를 쓰나 설명하
는 글에서는 일본군, 일본인 등으로 쓴다. 현대의 일본인이 곧 그 왜인이기
때문에 독자들이 혹 오늘날의 일본인이 다른 인종인 줄 오해해서는 안된다.
이들의 핏줄이 태평양전쟁을 일으킨 도조 히데키 등에게 흐르고, 오늘의 아베
신조와 스가 요시히데 등에게 그대로 흐르는 것이다.

— 일본인의 성명은 당시 조선에서 부르던 우리 한자 독음으로 적는다.
  • 풍신수길(豊臣秀吉) ; 도요토미 히데요시
  • 소서행장(小西行長) ; 고니시 유키나가
  • 가등청정(加藤淸正) ; 가토 기요마사
  • 협판안치(脇坂安治) ; 와키자카 야스히로
  • 요시라(要時羅) ; 본명 가게하시 히지다이후(梯七大夫)
  • 종의지(宗義智) ; 소 요시토시
  • 등당고호(藤堂高虎) ; 토도 타카도라
  • 내도통총(來島通總) ; 구루시마 미치후사
  • 득거통년(得居通年) ; 도쿠이 미치토시
  • 과도직무(鍋島直茂) ; 나베시마 나오시게
  • 도진의홍(島津義弘) ; 시마즈 요시히로
  • 입하종무(立花宗茂) ; 다치바나 무네시게

— 중국인의 성명은 우리 한자음으로만 적는다. 이여송의 경우 중국식 발음은
리루쏭이지만 이 소설에서는 우리 한자음에 따라 이여송으로 표기한다.

- 날짜는 음력이다. 다만 ( ) 안에 양력을 적는다.

- 저자의 17대 선조 이량(李良) 장군은 임진왜란 100년 전인 1497년, 녹도에 왜구가 쳐들어오자 전라좌수사로서 되어 이를 격퇴했다. 여수 장군섬은 내 할아버지 유적이다. 임란 때는 역시 내 조상이신 이덕일(李德一) 의병장이 수전에 참전했다. 왜란이 일어나자마자 의병을 모아 이순신 휘하로 들어갔다가 노량해전이 끝난 뒤 절충장군이 되었다. 이량 장군 5세손인 황해감사 이배원이 수군절도사가 되어 6세손 형조판서 이해와 함께 여수에 장군비를 세웠다. 8세손 이삼이 수군절도사가 되어 그 자리에 부임하였다. 9세손 이희하가 수군절도사가 되어 그 자리에 부임하였다.

- 부끄러운 고백을 드린다. 내 직계 할아버지(이관), 그리고 그의 아들(효원) 두 분이 임금 이균을 따라 의주까지 호종하고 세자를 지킬 때 경상좌도를 지켜야 할 좌병사 이각은 이관 할아버지의 친동생인데, 일본군이 침략한다는 보고를 받고 울산 좌병영에서 급히 달려갔지만 이미 불타는 동래성을 구원하지 못하고 후퇴했다. 그뒤 임진강 방어전투에 경상좌병사 소속 군사들을 이끌고 참여하지만 궁성이 불타고 임금이 몽진하는 긴박한 상황에서 현장 참수되었다. 이효원 할아버지가 선조 이균을 호종하면서 남긴 일기에 "당초부터 목숨을 걸고 싸울 수 없는 전황이 되어 성을 버리고 피하여 도망하는 장수들이 수도 없이 많았다. 삼촌 각이 많은 장수들의 죄를 대신하여 홀로 죄를 받았으니 그 원통함이 한이 없다."고 적혀 있다. 물론 경상좌수사 박홍 등 무수한 장수와 관리들이 다 달아나 진을 갖출 새가 없었다고는 하지만 부산진 첨사 정발과 동래 부사 송상현의 분투와 결사항전이 있었기 때문에 감히 내 조상이라고 두둔할 수가 없다. 당시 부산진과 동래성에서 스러져간 호국영령들에게 머리 숙여 사죄(謝罪)한다. 일제 때 할아버지들이 만세운동을 하고, 가산을 팔아 만주 독립군 자금으로 보내고, 내 아버지가 일본군에 징병되어 훈련받던 중 탈영해 숨고, 육군 소위 당숙이 육이오전쟁 중 전사한 것으로 핏값을 바친다.

1

이순신을 죽여라

한산도 삼도수군 통제영 앞바다, 이순신은 물길을 유심히 바라보며 지형을 살폈다. 전선을 이끌 지점이며 진법 등을 계산해보는 것이다. 포구마다 전선 몇 척이 적당한지, 어디서 어디로 몰아야 하는지 저마다 사정이 다르다. 조수에 따라 달라지는 물길에 따라 전선 배치도 달라져야 한다.

그때 포구에서 협선 한 척이 달려온다.

"통제사 님, 큰일났습니다!"

군관이 다가오며 소리치자 이순신이 고개를 돌렸다.

"큰일이라니? 왜선이라도 쳐들어오는가?"

"왜적보다 더 무섭고 호랑이보다 사나운 게 조정 아닙니까. 당장 통제사를 잡아들이라는 어명이 떨어졌다고 합니다. 이 일을 어쩌면 좋습니까?"

군관의 눈에는 벌써 눈물이 맺힌다. 협선에 타고 있던 수군들은 저마다 통곡한다.

"각오한 바라. 쓸데없이 소란 피우지 말게. 어명이라면 따라갈 수밖에."

어명은 천재지변보다, 세상 섭리보다 더 무서운 법이다. 그 무엇도 어명에 우선할 수가 없다. 왕이라면 방귀를 뀌어도, 하품을 해도 그게 법이다.

그는 물길을 재던 시선을 거두고 통제영 제승당으로 돌아갔다. 그새 바다가 달리 보인다. 바다는 바라보는 사람의 마음을 그때그때 잘도 안다. 금세 멍든 시퍼런 빛깔이 되었다.

'남해야, 언제나 다시 볼 수 있다는 말이냐?'

이순신은 부하들이 자신의 얼굴을 볼 수 없도록 고개를 돌렸다. 볼을 타고 뜨거운 눈물이 흘러내린다. 적 뒤에는 항상 정체 모를 진짜 적들이 숨어 있다. 적은 반드시 앞에만 있지 않다. 때때로 뒤나 옆에 있는 적이 더 무섭다.

일본군 따위야 깃발도 다르고 전선도 다르니 보기만 하면 대번 알 수 있고, 형세를 잠깐만 살펴도 그대로 들이쳐 깨부술 수 있다. 하지만 그의 등 뒤에 숨어 있는 저 진짜 적들은 세 치 혀로 사람을 살리기도 하고, 죽이기도 하는 조선의 대신들이다. 동인당, 서인당이 갈리면서 서로 시기하고 질투하고, 거추장스럽다 싶으면 기어이 함정으로 끌어당긴다. 무슨 큰 뜻이 있어 입당하는 것도 아니고 날 때부터 동인, 서인 낙인이 딱 찍혀서 나온다. 이순신은 그냥 동인이다. 이유도 모른다. 유성룡

하고 친하다니 다들 이순신은 동인이란다. 그러니 이순신도 그런가 보다 한다. 아니라고 할 수도, 그렇다고 할 수도 없다. 그냥 낙인이다.

통제영 제승당에 이르자 한양에서 내려온 금부 나졸들이 앞뒤로 에워싼다. 제 발로 온 사람을 굳이 그럴 것도 없건만 위엄을 세워보겠다며 으스댄다.

금부도사 역시 보는 눈이 많으니 일단 눈을 내리깔고 어명을 집행한다. 어명이 집행되는 자리이니 무엇보다 관복부터 벗어야 한다. 종2품 통제사를 정5품 금부도사가 잡아가려면 이 직급의 위세부터 찍어눌러야 한다.

이순신은 종2품 통제사로서 물었다.

"누가 내 후임인가?"

"충청병마사 원균입니다. 오늘 중으로 부임할 겁니다."

"흠."

하필 사사건건 충돌해온 원균이 후임 통제사라니, 열이 확 오른다.

하인이 달려와 이순신이 벗는대로 관복을 받아든다. 눈을 부릅떴건만 비늘 벗은 물고기처럼 저절로 풀이 죽는다. 종2품 통제사가 이젠 무계급 무보직이요, 죄인이다. 그제야 금부나졸도 그를 함부로 다룰 수 있다.

죄인이니 이제부터 흰옷을 입어야 한다. 포승줄 안해도 제발로 가겠건만 일단 가다 풀지언정 수군들더러 보란 듯이 기어이 손을 배배 꼬아 묶어버린다. 장수와 수군들은 눈을 감고 입술을 깨문다. 통제영 밖에서는 소문을 듣고 몰려온 한산도 백성들의 울음소리가 벌써 구슬프다.

압송이 시작되었다.

삼도수군통제사 이순신이 관복을 벗고 양민의 옷으로 두 손이 묶인 채 나타나자 통제영 인근 백성들이 다투어 몰려와 앞을 가로막는다. 남녀노소 할 것 없이 고을 백성들이 구름처럼 모여든다.

"네 이놈들! 이 천벌을 받을 놈들. 왜 통제사 나리를 잡아가느냐? 망해가던 나라를 구해주었더니 이제는 사냥개를 삶겠다는 것이냐!"

"네 놈들은 하늘과 땅도 구분하지 못하느냐? 그 어른에게는 아무 죄도 없다. 의주까지 도망간 국왕이 잘못이지 남해에서 피땀 흘려 싸운 우리 수군이 무슨 죄냐!"

"조선을 구한 우리 장군님을 내놓라, 이 놈들아. 국왕이 누구 덕분에 한양으로 돌아왔느냐!"

백성들의 아우성 때문에 통제영이 떠내려갈 듯하다. 처음에는 창을 휘두르며 쫓던 금부 나졸들도 백성들이 점점 더 몰려들자 걸음을 주춤한다.

"도사 나으리, 백성들이 저렇게 아우성치니 어찌하면 좋겠습니까?"

이런 일쯤 숱하게 치러본 금부도사는 태연하게 말했다.

"어쩌기는? 죄인을 한양으로 데려가야지. 어서 태우게."

이순신은 그들이 눈짓을 하는대로 함거에 들어가 앉는다. 도사는 지체할 것없이 수레를 출발시킨다. 말 두 마리는 콧방귀를 뀌면서 터덜터덜 걷는다.

"못간다, 이놈들아!"

백성들이 수레를 감싸면서 몸으로 막아선다. 성난 얼굴들이다. 금부도사는 천천히 수레로 다가가 이순신에게 낮은 목소리로 속삭였다.

"이공, 지금 길을 막은들 무슨 소용이 있습니까. 할 말이 있더라도 한양에 가서 주장하셔야지요. 번거롭게 해서 이로울 거 하나도 없습니다. 저는 단지 어명을 집행할 뿐입니다. 아무 사감이 없습니다. 아시지요?"

"음, 알겠소."

이순신은 뒤따르던 우후 이몽귀를 불렀다. 한산도 통제영에서는 통제사 다음으로 높은 계급이다.

"자네가 백성들을 좀 타일러 보게. 내가 없는 통제영에서는 자네가 제일 높은 장수 아닌가."

이순신의 명령을 받은 우후 이몽귀가 백성들 앞에 나가서 그 뜻을 전하였으나 성난 민심은 막무가내다. 노인들이 나서서 금부 관리들을 마구 밀치며 함거로 다가선다.

"통제사님이 무슨 죄를 지었느냐? 목숨 바쳐 나라에 충성한 것도 죄냐? 의주까지 도망친 왕을 한양까지 돌아오도록 목숨 바쳐 싸워줬으면 그 은혜를 알아야지, 제 몸 편하니 죄인 취급이냐! 백성을 보살펴주시는 것도 죄냐, 너희도 입이 있으면 말을 해보아라."

"기껏 망해가던 나라를 구해놓으니 꼬리가 빠져라 도망친 쥐새끼들이 더 설치네. 도망다니던 국왕 발 씻겨준 시종, 노비까지 공신이라며!"

"우리 수군이 서해 뱃길을 틀어막지 않았으면 제놈들이 어찌 한양으로 돌아왔으랴!"

백성들은 분을 참지 못하고 마구 소리를 질러댔다. 날씨도 쌀쌀하건만 누구 하나 춥다고 말하는 사람도 없다.

지금은 금부 관리들이 수로 밀리니 참겠지만 그들은 기어이 이 난동을 먹물로 낱낱이 적어 보고할 것이다. 이순신을 시기질투하는 당적들이 얼마나 좋아하랴. 좋은 핑계거리다.

입술을 깨물던 이순신이 마침내 입을 열었다.

"모두 진정하시오, 여러분. 나에게 죄가 있다면 마땅히 벌을 받아야 할 것이오, 죄가 없다면 곧 풀려나지 않겠소. 죄와 벌은 주상 전하께서 가려주실 것이니 여러분들은 길을 비켜주시오. 그리고 여기 금부 관리들에게는 아무 죄가 없잖소. 이들이 나를 사사로이 잡아가는 게 아니라 어명을 집행하는 것뿐이오."

어쩔 수 없다는 걸 알아차린 백성들이 하나둘 길을 연다.

"통제사께서 잡혀가시면 왜적은 누가 무찌른단 말입니까? 우리 수군이 목숨을 무수히 던져가며 바다를 지켜낸 덕분에 조선이 살아났는데 우리마저 무너지면 누가 조선을 구합니까."

"난리 중에도 수군 덕분에 고기잡이를 쉰 적이 없고, 마음 놓고 농사를 지었는데 앞으론 어쩌란 말씀입니까. 누가 백성을 지켜줍니까."

"나라가 어지러운 이때에 저희는 누구를 의지해야 합니까? 또 탐관오리에 시달려야 합니까! 차라리 전쟁할 때가 더 좋았습니다."

백성들은 함거에 매달리며 울부짖었다.

"걱정 마시오. 백성이 나라에 의지하지 못할 때는 백성 스스로 서로 의지할 수밖에 없습니다. 백성이 곧 나라의 근본이니 각자 본분을 지키는 것이 스스로 돌보는 법입니다. 여러분이 백성의 본(本)을 세워주시오."

물론 이순신 자신도 지금 가는 이 길이 어떤 길인지 알 수가 없다.

가는 길은 알아도 오는 길은 모른다. 그리운 한산도, 거제도, 사량도 앞 바다를 다시 볼 수 있을지, 오더라도 전선에 타볼 수나 있을는지 알 수 가 없다.

갈매기 울음소리가 귓전을 때린다. 그 시끄럽던 갈매기 울음조차 정 겹다.

함거가 흔들릴 때마다 얼마 전부터 불쑥불쑥 치고 들어오던 몇몇 기 억이 떠오른다. 세상 일에는 늘 징조가 있다. 1592년 임진년 이후 쉬지 않고 일본 전선을 깨부수고 적괴들을 수장시키느라 여념이 없었건만, 피와 땀을 훔치고나니 도리어 그가 죄인이 되어버렸다.

'내가 죄인이라고? 하필 원균이 내 후임이라고? 허 참, 이 세상 참으 로 우습도다.'

얼마 전 한산도 통제영에 이원익이 내려왔었다.

"반갑소이다, 이 통제사."

이원익은 이순신의 손을 반갑게 잡았다. 우의정 이원익은 도체찰사 가 되어 경상도와 전라도 전황을 직접 살펴보기 위해 군영, 수영을 두루 순시하는 중이었다. 그러다가 평소에 소문으로만 듣던 통제사 이순신을 만나보기 위해 통제영에 들른 것이다.

"어서 오십시오."

나이는 이원익이 두 살 어리지만 직급으로는 한참 위에 있다.

이순신은 기쁘게 이원익의 손을 잡고는 안으로 들어갔다. 방은 이순 신의 성품과 마찬가지로 깨끗하고 단출하다. '충절'이라고 붓을 힘차게 눌러쓴 병풍과 횃대로 만든 옷장, 책상 등이 반듯하다.

"참으로 검소하시군요. 듣던 대로 훌륭하십니다. 이 방이 조선삼도수군 통제사가 묵는 곳이라니."

"별 말씀을 다 하시는군요. 제 집은 이곳이 아니라 저 판옥선입니다. 거기가 훨씬 더 좋습니다."

"과연 타고난 장수로군요."

잠시 뒤 정갈한 술상이 방으로 들어왔다. 늘 먹는대로다.

"한 잔 받으시지요. 여기는 웬일이십니까?"

이순신은 술을 따르며 물었다. 이른바 짐작(斟酌)이다.

"주상께서 부족한 저에게 도체찰사라는 큰 벼슬을 내려주셨으니 어찌 가만히 앉아 있겠습니까? 그래서 각 지방을 돌아다니며 피난민과 군사들의 형편이 어떠한지 살펴보고 있는 중입니다."

"그러시군요."

"게다가 진작부터 이공을 만나보고 싶었소. 이공의 충성심과 효성심은 벼슬아치와 백성들에게 좋은 거울이 되고 있습니다. 이공을 칭찬하고 우러러보는 사람들이 아주 많습니다."

물론 동인들 사이에서나 통하는 얘기다. 저쪽으로 넘어가면 같은 이순신이 공이나 탐하는 소인배가 된다. 원균의 장계에는 이미 그렇게 적혔다는 말을 들어보았다.

"지나친 칭찬이십니다. 몸둘 바를 모르겠습니다."

"조금도 지나치지 않습니다. 이렇게 실제로 보니 소문이 사실이라는 것을 알겠군요. 하지만 이공께서 알아두실 일이 한 가지 있습니다. 세상은 이공이 생각하시는 것만큼 깨끗하지 못합니다. 진실이 이긴다? 그런 말은 사서삼경에나 나오는 거지 진짜 세상은 그렇지 않습니다. 특히 정치는 아수라 세상이라고 보면 됩니다. 남이 잘 되면 시기질투하고, 아무 까닭도 없이 남을 미워하는 무리가 많습니다. 앞으로 조심하셔야 할 겁니다. 저도 당쟁이 일어나면 갑자기 죄인이 되기도 하고 또 갑자기 벼슬이 치솟기도 합니다. 세상의 파도가 아주 심합니다. 조정에 있다 보면 풍랑을 만난 배에 타고 있는 듯 늘 현기증이 난다니까요. 저도 파직, 파면 많이 당해봤습니다."

이원익은 이순신에게 은근히 충고를 하였다.

"감사합니다. 도체찰사께서 하시는 말씀의 깊은 뜻을 잘 알겠습니다."

"제가 분수에 넘는 충고를 했군요. 자, 제 술 한 잔 받으시지요. 저는 왕실 종친인데도 앞가림조차 못하는데, 이공은 전주이씨도 아니잖소. 매사 조심해야 합니다."

이원익은 이순신의 잔에 술을 가득 부었다.

술잔이 오고가기를 여러 차례 하였다. 이원익은 갑자기 종이뭉치 하나를 꺼냈다.

"오는 도중에 통제영 군사들로부터 받은 호소문이라오. 통제사께서 먼저 보시겠소?"

이순신은 이원익에게서 종이뭉치를 건네받았다.

"천천히 살펴보시고 내가 떠나기 전까지만 주시오."

"그러겠습니다."

두 사람은 세상 이야기를 나누다가 밤늦어서야 자리를 파했다. 그래도 이원익은 동인이니 말이 살갑고 따뜻하다.

다음 날, 이순신은 이원익이 건네준 군사들의 호소문을 살펴보기 시작했다.

종이뭉치를 풀어놓고 보자 백 장은 넘어 보인다. 펼쳐 읽어보니 주로 전투의 어려움, 일본군에 대한 적개심, 임금의 평안 등을 호소하거나 묻는 내용이 대부분이다. 다 착한 내용이다.

이순신은 군사들의 수영 생활에 익숙하므로 어떤 내용인지 금세 파악할 수 있다. 평소에 그들이 무엇을 생각하는지, 괴로움과 어려움이 어떤 것이지 훤히 알고 있기 때문이다. 만호, 첨사, 바닥부터 올라와 삼도수군통제사가 돼 있는 그다. 그들의 생각을 이미 알고 있다.

호소문을 다 읽고 나자 이원익이 이순신의 방에 들어왔다.

"어서 오십시오."

이순신은 자리에서 일어나 이원익을 맞이했다.

"어제 맡긴 일은 잘 되고 있습니까?"

이순신은 웃으며 대답했다.

"다 읽고 답문까지 적었습니다."

"벌써 끝내셨다는 말입니까? 백 장이 넘는 듯하던데 그렇게 빨리요?"

이원익은 문서를 되돌려 받아 천천히 살펴보았다. 가려운 곳을 긁어주듯이 군사들의 고민을 정확하게 풀어 주었다. 이원익은 감탄하여 이순신을 바라보았다.

"모두 우리 수영에 관한 일인데 통제사인 제가 어찌 모를 수가 있겠습니까? 평소에 눈과 귀로 보고 듣던 일들이라 쉽게 처리할 수 있었습니다. 알아서 처리했어야 하는데 이렇게 마음을 쓰게 해드려 죄송스럽습니다."

"별 말씀을 다 하시는군요. 그 많은 군사들의 고충을 어떻게 통제사께서 일일이 알 수 있겠습니까?"

이원익뿐만 아니라 부사 김늑과 종사관들은 이순신의 빠른 일처리를 보고 입을 다물지 못하였다.

점심밥을 먹고 나자 이원익은 떠날 채비를 했다.

"둘러봐야 할 곳이 많으니 이제 일어서야겠습니다."

이순신은 펄쩍 뛰었다.

"도체찰사 대감께서 여기 통제영에 오신 것을 군사들이 모두 알고 있습니다. 잠시라도 시간을 내어 우리 통제영 군사들을 위로하고 표창하는 잔치를 열어주신다면 영광이겠습니다. 언제 적선과 싸울지, 언제 국왕을 위해 목숨을 바칠지 모를 수군들입니다. 위로 좀 해주고 가시지요."

이순신이 정중하게 부탁하자 이원익은 고개를 끄덕였다.

"참으로 옳은 말이구려. 미처 거기까지는 생각하지 못했소이다. 그런데 내가 아무런 준비도 못했으니 무엇으로 상을 삼으리까?"

이원익이 걱정스런 얼굴로 말하자 이순신은 환하게 웃으며 말했다.

"이미 다 준비되어 있습니다. 허락만 하신다면 군사들을 위로하는 잔치를 열겠습니다."

통제영 마당과 해안 포구에는 성대한 잔치가 벌어졌다. 삼도수군이 다 모였다.

한쪽에서는 과거를 본떠 무예를 시험하고 글 짓는 마당도 열었다. 다른 쪽에는 우승한 사람에게 줄 상과 술자리가 마련되었다. 그 날 잔치를 위해서 소를 30마리나 잡고 술동이도 즐비하다. 밤늦게까지 군사들의 함성이 바닷가에 떠들썩하게 울려퍼졌다.

이원익은 흐뭇하게 앉아 통제영 군사들을 지켜보았다. 통제영 군사들은 세상의 어떤 적도 무찌를 수 있을 만큼 씩씩하고 무예도 뛰어나다. 그리고 이번 잔치로 군사들의 사기가 한껏 높아진 듯하다. 다시 한 번 이원익은 군사를 다루는 이순신의 솜씨에 감탄했다.

사실 그는 충청병마사 원균을 앞세워 무수히 들어오는 이순신 탄핵 상소에 놀란 임금 이균이 '가서 조사하여 보고하라'는 어지를 받들고 몰래 살피러 온 것이다. 삼도수군통제영에 무슨 일이 있는지 그 사실 여부는 직접 다 확인했으나 막상 조정에서는 어떤 결론이 날지 이원익조차 알지 못한다.

그로부터 얼마 뒤 경상우수사가 새로 부임하였다.

"충청병사 원균의 소문을 들으셨습니까?"

새로 온 경상우수사 배설이 원균을 들먹인다. 배설은 본디 진주부 합천군수였는데 왜란 때 달아났다가 벌을 받고, 나중에 경상우수사이던 원균이 이순신 밑에 있기 싫다며 충청병마사로 자원해 가자 그 후임으로 들어왔다. 경상우수영은 따로 있지 않고 이곳 한산도에 함께 있다.

이순신은 원균이 충청도로 옮겨간 뒤의 소식은 전혀 모르고 있었다.

사실 이순신과 원균의 관계는 여러 모로 불편하다. 원균이 이순신을 모함하고 다닌다는 소문이 여러 경로로 들어왔다. 더욱이 이순신이 삼도수군통제사가 되자 그 아래 직급인 경상우수사 원균은 갑자기 상전이 돼버린 그의 명령을 잘 따르지 않았다. 게다가 나이는 원균이 이순신보다 다섯 살 더 많다. 그래서 이순신은 자신의 벼슬을 낮춰 달라고 조정에 상소문을 올려 보기도 했다. 그나마 지휘체계를 걱정한 조정이 나서서 원균을 빼내 충청병마사로 옮겨준 것이다.

원균도 이순신 못지 않은 경험과 능력을 갖춘 장수임에는 틀림이 없다. 비록 술을 좋아해서 탈이기는 하지만 일처리는 빠르고 철저하다. 그래서 전투에 나아가 여러 번 공을 세우기도 했다. 특히 원균의 수군은 적선을 들이받는 당파 전략으로 큰 공을 세우곤 했다. 용감하게 일본배를 향해 달려들어 배끼리 부딪히는 전략이다. 그러면 단단한 소나무로 지은 조선판옥선은 무른 삼나무로 지은 일본 전선을 박살내곤 했다.

"소문이라니요? 충청 병사 원균에게 무슨 일이라도 있다는 말입니까?"

이순신이 고개를 갸웃거리며 물었다.

배설은 작은 눈을 더욱 작게 뜨고, 그나마 긴장한 듯 깜박거리며 말했다.

"원균은 한양의 높은 벼슬아치들에게 뇌물을 돌리고 있답니다. 만나는 대신들마다 통제사를 좋지 않게 말하고 다닌다는군요."

"설마 그러겠소. 왜놈들이 이간질하는 말이겠지요."

이순신은 물론 기분이 상한다. 헛소문을 만들어 퍼뜨리는 원균도 나쁘지만 그 소문을 또 옮기는 배설도 역시 마땅치 않다. 본디 소문은 옮겨다닐수록 더 커지고 독해진다. 옮기는 사람이 없다면 소문은 저절로 가라앉는다. 그러니 소문을 부추기며 이간질하는 배설이 더 밉다.

이순신과 원균의 사이가 서먹해진 가장 큰 이유도 따지고 보면 배설 같은 사람들의 숱한 이간질 때문이다. 공연히 거짓말하고 부풀리고 보태고 꾸며 마지막에 이순신과 원균의 귀에 들릴 때면 악랄하게 포장된다. 이게 또 날개를 달아 거꾸로 날아다닌다. 이순신은 듣고도 못들은 척해왔지만 성미 급한 원균은 떠도는 말을 곧이곧대로 믿고 불같이 화를 내곤 했다. 그러다보니 원균은 이순신을 단단히 원망하게 된 것이다.

"배 수사는 괜한 말을 하고 있구려. 병사께서 그런 소문을 지어낼 리도 없지만, 그런다 해도 모른 척하면 그만일 텐데 어째서 내게 쓸데 없는 소문을 전하는 것이오. 전쟁 중에 불필요한 소문을 생산하지 마시오. 앞으로는 모른 척하길 바라오."

이순신이 도무지 반응하지 않고 도리어 소문을 전하는 행위를 더 야단치자 배설은 은근히 당황했다. 다른 사람이라면 고마워하고 원균을 혼내주리라 큰소리부터 칠 것이 분명한데, 이순신은 그렇지 않다. 오히려 소문을 전해주는 배설을 꾸짖는다.

배설은 머쓱해서 일단 물러났다.

"통제사 님, 오늘은 제가 큰 실수를 했습니다. 다시는 이런 일이 없도록 하겠습니다. 죄송합니다."

배설은 이순신에게 잘못을 빌었다. 이순신도 너그럽게 용서했다.

"괜찮소이다. 배 수사야 나를 위해 일부러 해준 말 아니오? 도리어 내가 너무 심하지나 않았는지 모르겠소. 그러나 앞으로는 조심하셔야 합니다. 우리는 그저 왜적만 물리칩시다."

배설은 이순신에게 인사를 하고 물러갔다.

이순신은 빈 방에 홀로 앉아 깊은 생각에 잠겼다. 밖으로는 일본군의 침입으로 머리가 복잡하고 안으로는 시기하는 사람들의 모함으로 마음이 괴롭다.

그 즈음 일본군과 전투가 좀 뜸해지자 조정에서는 당파싸움이 다시 고개를 쳐들었다. 적이 없으면 만들어서라도 저희끼리 싸우는 것이 한양 도성이다.

원균은 자신의 당인 서인들을 이용하여 어떻게 해서든지 옛 벼슬자리를 되찾으려 뛰어다닌다는 소문이 들려온다. 그런 중에 배설이 새삼스럽게 원균에 대해 나쁜 소문을 튕기자 마음이 몹시 언짢다. 나쁜 말은 한 번 들으면 머릿속에서 잘 떨어져나가지 않는다.

눈을 감았다. 마음이 뒤숭숭할 때면 글을 읽거나 시를 지으면 좀 가라앉는다.

종이를 서안에 깔아놓고 큰 붓에 먹을 듬뿍 찍어 몇 자 적어보았다. 먹물이 쓱쓱 종이를 쓸고 지나갈 때마다 언짢던 마음이 편안해지는 듯하다.

"나으리."

여도권관 김인영이다.

"이 밤중에 어쩐 일인가?"

"예. 드릴 말씀이 있어서 왔습니다."

"무슨 말인가? 우선 이리 들어오게."

김인영은 자리에 앉자마자 일본군과 명군 사이에 이루어지고 있는 강화 회담에 대해서 말했다. 마침 이순신도 궁금하게 여기던 차다.

"어제 잡은 왜군 포로를 문초해보았습니다. 여러 날 전에 명나라 심유경이라는 자가 바다를 건너 왜에 갔는데 지금까지 돌아오지 않는다고 합니다. 명나라와 왜 사이에 무슨 꿍꿍이가 있는 건 아닐까요?"

얼마 전부터 일본이 조선을 따돌리고 명나라와 강화 회담을 하고 있다는 소식이 들려온다. 명군은 제 나라 전쟁이 아니니 웬만하면 강화로 이 전쟁을 끝내고 싶어한다. 그래야 명군은 손실은 보지 않고 전공은 독차지할 수 있다.

"나도 이상하게 생각하고 있던 중이네. 강화 회담을 질질 끌고 있는 까닭은 무엇일까? 수상하지 않나?"

명나라와 일본은 조선을 사이에 두고 무려 4년 동안 강화 회담을 벌이고 있다. 결론은 없다. 그런 중에 크고작은 전투가 왜성을 중심으로 벌어지고 있지만 피차 피곤하여 휴전 중이다. 강화 결과만 바라보므로 전투는 건성이다.

일본은 번번이 명나라와 조선이 들어주기 힘든 요구를 했다.

"아무튼 왜를 더욱 조심해야 합니다. 여우같이 간사하고 교활한 무리들입니다. 지금은 잠잠하지만 언제 다시 싸움을 걸어올지 모릅니다."

"옳은 말일세. 우리가 할 일은 꾸준하게 적을 경계하고 전투 준비를 하는 일일세. 군인은 그저 싸우게 되면 싸우고 그렇지 않으면 훈련을 하고, 여유 생기면 무기를 정비할 뿐이지. 다른 생각 말게."

이토록 이순신과 삼도 수군들이 일본군을 무찌르지 못하여 마음을 태우고 있을 때 경상병사(우병사, 좌병사 군영 울산은 아직 적진에 있고, 우병사 김응서는 창원 군영으로 들어가지 못해 도원수 군영이 있는 진주에 임시 군영을 두고 있다) 김응서의 진주부 군영에서는 은밀한 모사가 벌어지고 있었다.

군영 마루에 김응서와 조선옷을 입은 일본인 요시라가 마주앉았다. 요시라는 조선말을 잘한다. 전부터 김응서와 알고 지내는 사이다. 요시라는 종종 김응서에게 일본군 비밀 정보를 가르쳐주곤 했다.

"그러니까 가등청정과 소서행장이 사이가 그렇게 나쁘단 말이지?"

"예. 두 장군은 한 자리에서 밥도 같이 먹으려고 하지 않습니다."

"허허, 그 놈들 잘 되었구나. 자기들끼리 싸움이 붙어서 피를 튀기며 다투면 우리야 저절로 승리하지 않겠느냐?"

"그렇습니다."

김응서는 요시라의 말을 듣고 기뻐했다. 하지만 요시라는 일본군 첩자다. 순천왜성에 숨어 있는 소서행장이 통사인 요시라를 첩자로 보낸 것이다. 그것도 모르고 요시라의 달콤한 거짓 정보를 듣고 김응서는 좋아라 했다.

"가등청정이 군사를 이끌고 정월 7일에 다시 부산에 들어옵니다. 이 기회에 조선 수군이 가등청정을 매우 공격하십시오. 그러면 막강한 조선 수군이 반드시 승리할 것이고, 그러면 전쟁은 끝납니다."

"순천에 있는 소서행장이 육지에서 뒤를 공격하면 어쩌느냐? 그럼 수군이 다치지."

요시라는 손사래를 치며 대답했다.

"아무 걱정 마십시오. 본래 소서행장은 기독교인이라 전쟁을 싫어합니다. 이번 전쟁에서도 소서행장만은 조선 침략을 반대했습니다. 그러니 가등청정만 박살내주면 잘 설득하여 왜나라로 돌아갈 것이 분명합니다."

요시라의 첩보를 받은 김응서는 귀가 솔깃하다.

그러면 얼마나 좋을까?

김응서는 벌써 공을 세우고 싶어 심장이 벌떡거린다.

"남의 눈도 있으니 자네는 그만 돌아가 보게나."

김응서는 요시라를 서둘러 돌려보냈다. 그는 가등청정을 치라는 요구만 하지 순천에 왜성을 쌓아놓고 버티는 중인 소서행장의 제1군이 조선군 후미를 물어뜯을지도 모른다는 상상은 하지 않는다. 간첩 말만 믿고 되레 흥분한 것이다.

그는 다짜고짜 장계를 적어 일단 진주부 내에 있는 도원수 군영으로 바람같이 보냈다. 요시라에게 들은 첩보에 살을 이리저리 덧붙여 그럴듯하다.

김응서의 장계를 받은 권율은 더 보탤 것도 없이 그대로 조정에 올렸다. 일본군이 없으니 장계는 파발마를 타고 순식간에 올라간다.

비변사는 아무 의심도 없이 김응서의 장계대로 명령을 내리자고 합의한다. 순천의 소서행장이 배후를 치면 어떡하느냐는 의문은 아무도 갖지 않는다. 물어보는 놈도 없다. 그간 서로 첩자를 보내 친해지고, 소서행장이 두루두루 뇌물을 친 덕분이다.

김응서의 장계를 굳게 믿은 임금 선조는 가등청정을 치러 부산으로 진군하라는 교지를 적어 전라감사 황신에게 보내고, 그더러 한산도 통제영으로 직접 가서 이순신에게 전하라고 명령했다. 이렇게 하여 김응서—요시라의 밀계가 꾸며내는 검은 먹구름이 이순신 한 몸에 시커멓게 드리워졌다.

　　이순신은 독전 교서를 앞에 놓고 한참 동안 생각하다가 말했다.

　　"주상 전하의 명령은 지엄하나 제 생각은 다릅니다. 첫째로 가등청정과 소서행장이 사이가 좋지 않다고 하더라도 그들은 괴수인 풍신수길의 명령을 받는 부하 장수들일 뿐입니다. 왜 가등청정은 치고 소서행장은 배후에 둔 채 우리가 마음 놓고 나가야 하는 거지요? 우리 삼도수군이 부산으로 출동하면 통제영 등 모든 수영은 누가 지키지요? 다 비워놓고 부산으로 싸우러 가면 이 무방비 수영들은 누가 책임지지요?"

　　"그러고 보니 그렇군요."

　　"소서행장은 한양성을 함락시키고, 평양성을 함락시킨 주범입니다. 그런 소서행장이 왜 갑자기 조선 편이 되었습니까. 왜 조정 대신들이 죄다 소서행장의 친구가 되었습니까. 임진년에 우리 수군이 죽음을 무릅쓰고 뱃길을 막지 않았다면 소서행장이 평양성에서 고분고분 물러나 왔겠습니까? 수군이 보급선을 틀어막고, 행주산성에 충청수영, 경기수영이 군수보급을 제대로 해주니 할 수 없이 물러난 것 아닙니까. 그런 소서행장이 일본의 군사 비밀을 그토록 가벼이 누설할 리가 없습니다. 그러므로 요시라의 혓바닥은 저들의 간교한 이간책이 분명합니다. 적의 흉계를 깨닫지 못하고 그 꾀에 빠진다면 적과 싸워 백 번 패할 뿐 한

번도 이길 수 없습니다."

이순신의 의견을 들은 전라감사 황신도 옳다고 생각했다.

"왜인 요시라의 말일 뿐이니 덥썩 믿기도 어렵긴 합니다. 하지만 어명이 떨어졌으니 이거야 원 참."

"여기서 적의 흉계를 좀 더 살펴보겠습니다. 소서행장과 가등청정 두 놈은 풍신수길의 선봉장 중에서도 가장 악랄한 놈들입니다. 우리 통제영에서도 세작을 보내 적정을 더 탐지하겠습니다. 지금 가등청정 하나 잡는 게 본질이 아닙니다. 저들의 부산 중군 본영이 무슨 흉계를 꾸미는지 알아내야겠습니다."

이순신은 일단 출전을 미루고 세작을 부산으로 보냈다.

하지만 이순신이 모르는 사이 요시라는 점점 더 큰 함정을 파고 있었다. 사실 요시라의 목적은 조선 수군의 눈을 가등청정에게 돌려놓고, 실은 오사카에 주둔 중인 대규모 구원군을 몰래 끌어다가 한 방에 친다는 계략이다. 가등청정은 미끼에 불과하다. 소서행장도 나름 계산이 있다. 순천왜성에서 오도가도 못하는 처지에서 궁여지책이라도 써 부산 본영 쪽으로 피해야 한다.

황신이 이순신을 만나고 올라가기도 전에 요시라는 다시 김응서를 찾아갔다. 계책이 안먹히니 재촉하는 것이다.

"아니, 가등청정이 벌써 부산에 상륙하였다는데 어째서 수군이 나아가 공격하지 않으셨소? 전쟁하는 게 그렇게 좋습니까?"

"글쎄, 중간에 일이 뭔가 잘못된 모양이군. 이순신이 참으로 좋은 기회를 놓쳤으니 큰일이로군."

김응서는 요시라의 흉계를 깨닫지 못하고 오히려 안타까워했다.

"들리는 말에 가등청정이 대마도에 머물 때 통제사 이순신에게 엄청난 금은보화를 보냈다는군요. 부산으로 들어올 때 공격을 하지 말아달라는 부탁이겠지요. 다 그렇고 그런 까닭이 있는 거 아닙니까."

"뭐이?"

김응서는 귀를 쫑긋 세웠다. 말이 안되는 거짓말이지만 듣는 귀는 솔깃하다.

"가등청정이 통제사에게 보물을 보냈다? 뭘 보냈는데? 이유가 뭐지?"

요시라는 나직하게 대답했다.

"뻔하지 않습니까. 가등청정이 무사히 부산에 들어올 수 있도록 공격하지 말아달라는 뇌물이겠지요. 이순신이 가등청정과 내통한 것이 분명합니다. 안그러면 적군이 밀려 들어오는데 그 무섭다는 조선 수군이 왜 모른 척하고 있겠습니까."

김응서는 고개를 갸우뚱거린다. 믿기도 그렇고 안믿기도 그렇다.

"이 통제사는 그럴 사람이 아닌데? 그건 말이 안되는 이야기야."

"허허, 병사 나리도 딱하시오. 뇌물 싫어하는 사람이 어디 있소? 지금은 일본과 조선이 적이 아니라 가등청정과 소서행장이 적이오. 적의 적은 내 편 아니오? 임진년 이후 서로 싸우지도 않잖습니까."

그때서야 김응서는 무릎을 탁 하고 쳤다. 그리고 요시라에게 들은 그대로 이순신에 대한 정보를 줄줄이 적어 권율에게 다시 보냈다.

김응서의 오판이 또 불을 질렀다. 당시 소서행장과 가등청정이 서로 공을 다투고 사사건건 대립한 건 맞지만 풍신수길의 선발대로 조선을 유린한 장수들임에는 틀림이 없다. 부산진과 동래성 전투가 다 소서행장 짓이다. 한양성, 평양성도 소서행장이 함락시켰다. 이제와 말이 안되는 계략을 쓰는데도 김응서의 귀는 자꾸만 요시라 쪽으로 가까이 다가간다.

물론 소서행장은 풍신수길 쪽이고 가등청정은 덕천가강에 가깝기 때문에 계보가 다를 뿐이다. 그것도 나중에 알려진 사실이지 지금은 풍신수길 세상이다. 조선 조정이 동인 서인으로 나뉘어 싸우던 것처럼 일본 역시 마찬가지다. 그러니 크게 보면 일본군일 뿐이다.

김응서의 편지를 받은 권율은 이런저런 의심도 해보지 않고, 지체없이 이 정보를 포장하여 한양으로 띄웠다. 권율이 보낸 비밀 장계는 화약고에 던진 불덩이가 되었다.

마침 한양으로 귀환한 서인들이 가만히 있지 않았다. 이들이 일본군을 피해 의주까지 국왕을 호종하여 달아나는 동안은 잠잠하던 당쟁이 다시 폭발했다.

"적과 내통하는 장수는 그게 누구든 잡아다 죽여라."

"이순신은 대역 죄인이니 하루빨리 잡아죽여야 한다."

서인들은 눈만 뜨면 불탄 경복궁을 지나 월산대군(덕수궁. 이때는 월산대군 이정의 사가였다) 처소에 머무는 임금에게 쫓아가고, 입만 열면 이순신을 탄핵했다. 더욱이 이순신을 모략하는 헛소문이 조정에 널리 퍼져 있었으므로 모든 면에서 불리했다.

— 이순신은 한산도에서 왕처럼 호화롭게 살고 있으며 편안함에 빠져 전투를 살금살금 피할 생각만 한다. 이순신은 적에게 뇌물을 받아먹고 일부러 가등청정에게 길을 터주었다. 적을 무찌를 생각은 하지 않고 백성들의 환심만 사려고 하는 것은 필시 민심을 흔들어 반역할 속셈이다.

이순신이 삼도수군을 몰아 한강에 상륙한다면 누가 막을 수 있으랴. 도적을 키워 나라가 결딴날 수도 있다.

평양성은 명군과 승군이 탈환하고, 한양은 권율 도원수가 행주대첩으로 수복한 거지 언제 수군이 와서 싸웠나! 기껏 멀고 먼 남해바다에서 께작거린 걸 가지고 유세야!

유언비어가 궐내에 퍼진다. 퍼질 때마다 날개가 달린다. 임진년에 도망다닌 서인 관리들로서는 승승장구하는 이순신이 눈엣가시다.

임금 이균은 그나마 진상을 알아보자며 대신들에게 더 자세히 알아보라고 명령했다. 하지만 정여립의 난 이후 조정 대신들은 대부분 서인이 장악했으므로 이순신에게 유리한 정보를 제공할 사람이 없다. 그러니 그가 결백하다는 증거 역시 찾을 수가 없다. 변호해주는 사람도 없다. 마침내 임금 이균은 이순신을 잡아들이라는 명령을 내리고 말았다.

서인들이 이순신을 죽이라고 임금을 조르는 동안 동인을 대표하는 그의 친구 유성룡은 굳게 입을 다물었다. 가등청정을 치지 않은 것은 잘못은 잘못이라고도 말했다. 이미 조정에는 서인들이 세력을 떨치고 있었다. 겁먹은 동인들도 저부터 살자며 벌써 혀가 꼬부라진다. 물론 이순신을 추천한 사람이 바로 유성룡이니 잘못 말했다가는 단박에 연좌에 걸려 더불어 처벌될 수 있는 엄중한 상황이다. 유성룡 하나 엮어 죽이는 것은 손바닥뒤집기니 그도 조심조심해야 한다.

그런 중에도 이원익만은 이순신을 위해서 임금에게 더 조사를 한 다음에 처벌하자고 간청했다. 이원익은 얼마 전 도체찰사로 한산도 통제영에 갔을 때 이순신의 됨됨이를 직접 눈으로 확인하고 왔다. 그러므로 이순신이 억울하게 누명을 쓰도록 내버려둘 수가 없었다. 그 역시 유성룡과 같은 동인이지만, 동인의 주류인 북인이 아니라 남인이다. 그래도 위험한 주장이다.

"이순신이 군영을 왕궁처럼 꾸미고 산다는 것은 새빨간 거짓말입니다. 제 눈으로 똑똑히 보았습니다. 그는 군사들과 함께 거친 보리밥을 먹으며 가난한 선비처럼 생활하고 있습니다. 그리고 진중에는 한 계집이나 두 벌의 옷도 없었습니다. 하삼도(충청 전라 경상)의 우리 조선 장수들 중 이순신이 제일 뛰어납니다. 제 눈으로 분명히 보았습니다."

이원익이 사실을 들어 밝혀 변호하자 이번에는 대신들이 이원익에게 화살을 돌렸다. 당연한 수순이다. 이건 편 먹고 싸우는 정쟁이지 이치를 따지는 토론이 아니다.

"이원익도 이순신과 똑같은 자다."

"이원익도 벼슬을 빼앗고 귀양보내야 한다."

조정 대신들이 벌떼처럼 일어났다. 날이면 날마다 이러니 이원익도 이순신을 더 변호할 힘이 모자라다. 그 엄중하던 겨울, 평양성 탈환 작전을 주도한 이원익마저 진저리칠 정쟁이라면 누구도 끼어들 수가 없다. 서인들의 공격에 지친 그는 벼슬을 내던지고 낙향해버렸다. 그래도 잡는 이 하나 없다. 평양성 탈환이란 큰 공을 세웠건만 임금 이균까지 외면한다.

이순신에게 아무 죄가 없음을 아는 다른 신하들도 냉가슴을 앓았다. 모두가 다 굳게 입을 다물었다. 정의란 이처럼 비겁하다. 그게 당쟁에서 살아남는 길이다. 정여립 사건 때 동인 선비들이 너나없이 줄줄이 엮여 천여 명이 죽어나간 역사가 있다. 바로 임진년 한 해 전전에 일어난 사건이다.

역시 입을 다문 유성룡이지만, 그는 이순신 한 사람이 파직당하는 것보다 나라일이 더 걱정이었다. 이순신이 파직당하면 일본군의 길목을 누가 막을 것인지가 큰 걱정이다. 이순신 없는 수군이 그게 과연 그 백전백승의 수군으로 유지될 수 있을까. 자신이 없다.

그나마 유성룡은 요시라의 기막힌 계략에 빠진 조정 상황을 가장 아프게 고민했다. 처음부터 친구로서, 후견인으로서 그를 지켜온 유성룡이지만 이순신이 걸어온 길은 길마다 참담하다. 전쟁터에서는 적의 간담을 서늘하게 얼려버리는 용맹한 장수지만 막상 이순인은 벌써 처형 위기도 겪고 백의종군도 해봤다. 그때마다 손을 뻗어 구해준 게 유성룡이지만, 이번에는 정말 어렵다.

"툭하면 파직, 툭하면 처형, 툭하면 백의종군. 이순신의 팔자가 참으로 사납도다."

2

맹자여, 큰일을 견뎌내려면
이런 시련을 당해야 합니까

막사에는 두 사람의 그림자가 비쳤다. 밤이 깊은데도 그들은 바쁘게 움직였다. 지휘봉으로 지도를 짚어가며 열심히 작전을 토의 중이다.

"우선 여진족 추장 울지내부터 사로잡아야 합니다."

이순신이 힘주어 말했다.

"어떻게 추장을 생포한단 말인가? 저것들은 명나라도 어쩌지 못하는 도적떼 아닌가. 죄다 기마군이라구."

이순신과 마주앉아 작전을 세우는 사람은 다름 아닌 함경도병마사 이용이다. 전에 전라좌수사로 있으면서 이순신을 눈엣가시처럼 여기던 바로 그 사람이다. 하지만 함경도병마사로 부임한 뒤 여진족의 잦은 침략으로 변방이 위태롭게 되자 그는 도리어 이순신을 떠올렸다.

그의 머릿속을 아무리 뒤져도 여진족을 무찌를 만한 장수는 그래도 기개 넘치는 이순신밖에 없다. 이용은 이순신을 자신의 군관으로 보내

줄 것을 조정에 요청했다. 이 때 이순신의 나이 서른아홉이다.

이용은 북쪽 변방에서 이순신을 다시 만나자 크게 기뻐하며 과거의 잘못을 다시 한번 사과했다. 이용은 이순신이 부임하자마자 크고 작은 병사를 의논하며 일 처리를 나누었다. 그렇게 몇 달이 지나 이순신은 건원보권관으로 나갔다. 최전방이다.

건원보는 여진족의 침략이 잦아 백성들의 피해가 가장 많은 곳이다. 여진족 기마군은 느닷없이 쳐들어와 부녀자들을 잡아가고, 또 곡식과 가축을 약탈하여 현지 백성들은 늘 불안과 굶주림에 허덕였다.

이순신이 일어섰다. 여진족 추장 울지내를 잡아 본때를 보여야만 그 버릇을 뿌리뽑을 수 있다고 보고 함경도병마사 이용에게 작전을 보고하는 중이다.

"무슨 뾰족한 수라도 있단 말이렷다?"

"반드시 추장 울지내를 잡아다 병사께 바치겠습니다."

이순신의 대답은 간단하다. 그는 전쟁을 하기 전에 적을 무찌를 방법을 하나하나 설명하지 않는다. 대신 싸움에서 이기겠다는 각오와 확신을 보여줄 따름이다.

"좋아. 적을 무찔러 주리라 믿네."

이용은 더 이상 묻지 않고 이순신을 돌려보냈다.

이순신은 건원보 지도를 펴놓고 오랫동안 들여다보았다.

'이 산꼭대기에 활 잘 쏘는 궁수 2백 명을 숨겨야겠군. 여진족 기마군

이 산비탈을 기어올라올 때 놈들을 쏘아 넘어뜨리면 되겠지.'

이순신 휘하에는 궁술에 능한 군사들이 많다. 평소에도 활쏘기 연습을 많이 하는 궁수들이다.

약탈에 나선 여진족은 어지간해서는 도망가거나 물러서지 않는다. 그러므로 그들의 기세를 단번에 꺾지 않으면 우리 군사가 당하기 십상이다.

날이 밝자 이순신은 건원보 소속 군사들을 불러모았다.

"오늘 우리 조선군은 여진족을 한 명도 남김없이 무찔러야만 한다. 옛날 고려 시절부터 우리는 여진족에게 많은 은혜를 베풀었다. 그러나 이들은 은혜에 보답하기는커녕 기회만 있으면 우리 영토를 침범하고 백성을 괴롭혔다. 군사들 가운데에도 여진족에게 부모와 처자식을 잃은 사람이 있을 것이다. 오늘 그대들의 원수를 갚아라. 용감히 싸워 적을 무찌르기 바란다. 한 가지만 명심하라. 절대 물러서지 말라! 나도 물러서지 않는다."

이순신의 힘찬 목소리가 군사들의 귀에 쩌렁쩌렁 울린다. 그의 출전 명령에 군사들은 우렁찬 함성으로 대답했다.

먼저 이순신은 활쏘기에 특별히 뛰어난 궁수 몇 명을 뽑았다. 명사수로 뽑힌 궁수들이 앞으로 나섰다.

"자네들은 여진족 마을로 들어가 추장을 유인하라. 활을 쏘아 몇 명만 쓰러뜨리면 성질 급한 여진족 추장 울지내는 곧 군사를 일으켜 뒤쫓아올 것이다. 그때 우리 군사들이 산꼭대기에 매복했다가 한꺼번에 화살과 창으로 그들을 도륙할 것이다."

이순신의 명령을 받은 궁수들이 말을 타고 여진족 마을로 떠났다.

때를 가늠한 다음 이순신은 활과 화살로 무장한 궁수들을 이끌고 산기슭으로 올라갔다. 그러고는 바위나 나무 뒤 곳곳에 궁수들을 매복시켰다.

"추! 추우!"

드디어 흙먼지가 일어나며 요란한 말발굽 소리가 들려온다. 여진족 마을로 들어간 건원보 군사들이다. 그 뒤를 여진족 기마대가 뒤쫓고 있다. 그들은 붉고 파란 씨족 깃발을 어지러이 날리며 괴상한 소리를 지른다. 기마군 특유의 위용이 질풍 같다.

"내가 쏘기 전에는 절대로 활을 당기지 말라. 살상 거리에 들어온 뒤에 쏴야 한다."

잠시 뒤 유인에 나선 조선군이 탄 말이 지나가고, 이어 여진족들이 매복지 앞으로 달려들었다.

이순신이 먼저 우는 화살(嚆矢) 한 대를 뽑아 앞장서 달리던 적을 향해 쏘았다. 그러자마자 숨어 있던 궁수들도 빗발치듯 활을 당겨 화살을 날렸다.

여진족 청년이 먼저 쓰러지면서, 이윽고 몇 명이 말에서 굴러떨어진다. 뒤따르던 추장 울지내는 휘하 기마병들이 나뒹굴자 마구 소리를 지르며 기마병들을 재촉했다. 겁 먹지 말고 내처 달리라는 명령이다.

하지만 그들은 주춤주춤 뒤로 물러섰다. 여진병들이 나가려 하지 않자 추장 울지내는 한 군사의 목을 베어버렸다.

여진병들은 하는 수 없이 앞으로 달려나왔다. 그뒤를 울지내도 따라 붙었다.

"그래, 그래. 조금만 더."

거리를 재고 있던 이순신은 이때다 하고 칼을 높이 쳐들었다. 궁수들은 활 시위를 잡고 있다가 일제히 화살을 튕겼다.

"흑."

울지내가 말에서 툭 떨어지더니 땅바닥에 구른다.

조선 궁수들은 이순신의 명령에 따라 오직 울지내 하나만 겨냥하여 화살 수십 발을 동시에 날린 것이다.

추장이 낙마하자 여진병들은 어찌할 바를 몰라 갈팡질팡했다. 조선 궁수들은 기회를 놓치지 않고 잇따라 화살을 날렸다. 여진병들은 저희들 목숨이 위태롭자 그대로 말을 돌려 달아나기 시작했다. 승리다.

여진족을 크게 물리친 이순신 군이 진중으로 돌아오자 인근 백성들이 몰려들었다. 초조하게 전투 결과를 기다리던 함경도병마사 이용도 크게 기뻐하며 이순신을 맞이했다. 조선군이 이룩한 모처럼의 승리다.

전투를 끝낸 지 며칠 뒤.

이순신의 아버지 이정이 고향 아산에서 죽었다는 소식이 날아왔다. 아산에서 북쪽 변방까지는 매우 먼 거리이므로 소식은 몇 달 늦게서야 도착하였다.

"오, 아버지."

그는 땅을 치며 통곡하였다. 성리학이 이념이던 조선시대, 부모의 임종을 지키지 못하는 것을 세상에서 가장 큰 불효로 여긴다. 더욱이 반드시 훌륭한 장수가 되어 가문을 빛내고 나라를 구하겠다는 약속을 지키기도 전에 아버지가 세상을 뜨고 말았으니 더욱 한탄스럽다.

"이 편지를 병마절도사 어른께 전해 올려라."

그리고 나서 고향으로 내려갈 짐을 꾸렸다. 사대부 집안에서는 부모가 죽으면 자식은 우선 몸을 깨끗이하고 부모의 묘 옆에 초막을 지은 뒤 그 곳에서 3년 동안 지내는 것이 법도다. 이것이 조선의 법도이니 당연히 휴직이 가능하다. 임금조차 상중인 사람을 관직에 부를 수가 없다.

소식을 들은 백성들이 고향 아산으로 향하는 이순신을 배웅하였다. 남녀노소 할 것 없이 건원보 백성은 여진족을 무찔러준 이순신이 떠나는 것을 아쉬워하였다.

이순신이 아산으로 내려가 3년 시묘살이를 마친 것은 마흔두 살 때다.

지난 3년간 비바람과 더위와 추위에도 아랑곳하지 않으며 죄인처럼 고기와 술을 멀리하고 지냈다. 그가 아침저녁으로 밥을 지어 바치며 초막살이를 한 사실을 고향 마을에서는 모르는 사람이 없다.

이순신은 변방을 지키기 위해 다시 북쪽을 향해 말을 달렸다. 조정에서는 시묘를 마치는대로 함경도 조산보라는 곳의 만호를 맡으라는 명령이 떨어져 있었다.

이듬해에는 녹둔도 둔전관까지 아울러 맡았다.

녹둔도는 두만강 어귀에 있는 조그만 섬으로 조선군이 주둔하는 북녘 최전방이다. 세종 때 6진 개척을 통해 얻은 땅인데 면적은 약 32km²다.

함경도 감사 정언신이 조정에 건의하여 녹둔도에 둔전(군대의 식량과 관청의 경비를 둔전 소출 농산물로 충당하라며 지급된 땅)을 개간하고, 조선 백성이 배를 타고 들어가 군사들과 더불어 농사를 짓게 하였다. 녹둔도 안에는 토성을 쌓고 6척 높이의 목책을 둘러 여진족의 침입을 대비했다. 이런 곳에 이순신이 조산보만호 겸 둔전관으로 간 것이다.

(조산에서 10리 거리에 있는 섬으로 여의도의 4배 면적으로 추정. 1884년경 113가구 822명의 조선인들이 살았다. 그뒤 침식 작용으로 이 섬은 연해주와 붙어 버렸고, 1860년 베이징조약으로 러시아가 점령, 현재까지 이어지고 있다. 북한은 현재 녹둔도를 러시아 영토로 인정하며, 한국은 인정도 부정도 안한 채 지도에 우리 영토로 표기하지 않고 있다.)

녹둔도 백성들도 이순신의 건원보 전투에 대해 들었다. 백성을 잘 돌보고 전투에서도 뛰어난 장수라는 소문이 그곳까지 퍼져 있었다. 백성들이야 여진족 잘 지켜주고 백성을 아우르는 관리를 당연히 좋아한다.

녹둔도 역시 강건너 여진족의 침입이 가장 큰 문제다. 막상 토성을 지키는 조선군은 십수 명 밖에 없다.

'하루 속히 군사를 더 보내달라고 요청해야겠구나! 그래야만 녹둔도를 지키고 백성들도 편안하게 살 수 있다.'

이순신은 병마사 이일에게 군사를 더 배치해달라는 청을 올렸다.

하지만 무슨 이유인지 이일은 이순신의 요청을 모른 척했다. 그 뒤로도 이순신은 여러 번 더 증원을 요청했으나 끝내 군사는 오지 않았다.

그런 중, 안개가 자욱하게 끼어 한치 앞을 내다볼 수 없는 가을날, 만호 이순신은 조산 군사를 이끌고 녹둔도에 들어가 가을걷이를 하였다. 경흥부에 속한 땅이라 경흥부사 이경록 역시 휘하 군사를 이끌고 왔다.

현지 백성들과 군사들이 한창 추수를 하는 중에 인근 추도(楸島)에 살던 시전부족(時錢部族)이 쳐들어왔다.

대부분의 백성과 군사들이 추수 중이라 토성을 지키던 군사는 얼마 되지 않았다. 결국 여진족의 급습으로 조선군 수장(戍將) 오향(吳享)과 임경번(林景藩) 등 11명이 전사하고, 조선 백성 160명, 말 15필을 약탈당했다. 이곳 추장 마니응개(亇尼應介)는 마침 책루를 넘다가 토성을 지키던 수장 이몽서에게 사살되었다.

뒤늦게 여진족의 침입을 안 경흥부사 이경록과 이순신 만호는 추수하던 병사들을 휘몰아 급히 현장으로 달려가 뒤에 남아 있던 여진병 3명의 목을 베고, 포로 50명을 되찾았다. 하지만 110명이나 되는 포로는 이미 추도로 끌려간 뒤였다.

녹둔도 전투에서 조선군이 많이 죽고 백성들이 포로로 끌려갔다는 보고를 받은 병마사 이일은 대뜸 이순신을 나무랐다.

"어떻게 그 많은 백성과 군사를 잃는단 말이냐?"

이일은 소소한 패전으로 그저 넘기려 했다. 하지만 녹둔도에서 가족을 잃은 백성들이 병마사 부중을 두드리며 항의하는 사태가 일어났다. 조정에도 결국 패전 사실이 보고되어 이일은 궁지에 몰리고 말았다. 누군가에게 책임을 묻지 않을 수 없는 처지다.

결국 병마사 이일은 경흥부사 이경록과 조산만호 이순신을 붙잡아들이라고 명령했다. 이순신 체포를 맡은 군관은 선거이다.

그는 평소에 이순신을 존경하고 있었다.

'이 나라가 장차 어찌 되려고 이순신 만호 같은 명장을 알아주지 않는가. 안타깝구나!'

선거이는 하는 수없이 조산으로 가서 이순신 만호에게 나아갔다.

"만호를 잡아들이라는 병마사의 군령을 집행하러 왔습니다."

선거이는 자신이 없어 작은 소리로 말했다.

이순신은 묵묵히 선거이의 말을 따랐다.

"어쩔 수 없네. 가세."

"만호 님, 병마사가 억지를 부릴지도 모릅니다. 그러니 마음을 단단히 먹고, 가시거든 아무 죄가 없다고 잘 밝히십시오."

선거이는 이순신이 걱정되어 눈물을 글썽이며 말했다.

"말씀 고맙네."

이순신은 담담하게 대답했다.

함경도 병영에 이르자 이일은 대뜸 목소리부터 높였다. 성난 백성들을 진정시키려면 더 목소리를 키우고 화를 단단히 내야만 한다.

"죄인 이순신은 듣거라. 어찌하여 너는 여진족 방어를 게을리하여 싸움에서 졌느냐? 할 말이 있거든 패전 이유를 말해 보라."

"앞서 녹둔도를 지키는 군사의 수가 너무 적으니 군사를 충원해달라고 여러 번 요청하였습니다. 그러나 병마사께서는 허락하지 않았습니다. 그 때 병마사께 보낸 편지와 공문 서류가 아직 제게 있습니다. 만일 조정에서 이 사실을 알게 되면 저만 벌하지는 않을 것입니다. 또 추수 중이던 저와 경흥부사가 힘껏 싸워 적을 물리치고 포로로 끌려간 백성을 되찾아 왔는데 어찌 싸움에서 졌다고 말할 수 있겠습니까?"

이순신의 해명이 끝나자 이일은 눈썹을 부르르 떨었다. 어딘지 꺼림칙하여 달리 할 말이 마땅치 않다는 표정이다.

조리있는 이순신의 항변에 이일은 한참동안 아무 대답도 못하고 있다가 당장 쉬운 조치를 내렸다. 백성들이 보고 있으니 어쩔 수 없다.

"이경록과 이순신을 하옥시켜라."

이일은 명령을 내리고 안으로 들어가 버렸다.

다음 날 이일은 조정에 사건 전말을 적은 장계를 올렸다. 물론 자기에게 유리한 내용만 적은 것이다.

패전 보고를 받은 조정에서는 여러 가지 의견이 나왔다. 지휘관인 이일의 보고를 무시할 수는 없는 노릇이나 그 동안 이순신이 세운 공적과 근무 기록 등을 참작해 본다면 이순신에게 함부로 죄를 주기도 어려운 상황이다. 그만큼 나라에는 장수가 귀하고 패전했다고는 하나 이순신이 뛰어난 인재임은 분명하다.

압록강, 두만강 지경은 말로는 명나라 땅이지만 실제로는 여진족이 차지하고 있으니 조선군이 알아서 방비를 해야 한다.

결국 조정에서는 이순신에게 백의종군하라는 명령을 내렸다. 백의종군이란, 일단 벼슬을 내려놓고 일반 군졸로 전투에 참여하라는 것이다.

그후 이경록과 이순신은 둘이서 함께 함경도병마사 휘하에서 말단 병사로 근무했다. 부사나 만호라는 경력은 무시되고 일반 병사와 똑같이 막사 생활을 하고, 그저 칼과 화살을 잡아 싸움을 대기할 뿐이다. 병마사 이일의 얼굴을 볼 때마다 욱하고 화기가 치밀어 올랐지만 어쩔 도리가 없다. 맹자는 말하기를 천하가 대임(大任)을 맡길 사람에게는 다른 사람보다 더 큰 고난과 시련을 주어 뼈를 깎는 고통을 준다더니, 이순신 자신이 그런 처지에 놓인 게 아닌가 걱정하였다.

　하지만 이 해 겨울, 함경도병마사 소속 조선군이 나서서 여진족의 시전부락을 정벌하였다. 이순신과 이경록도 계급없는 말단 군사 신분이지만 앞장서서 여진족을 들이쳤다. 여진병을 죽이거나 포로로 잡고, 빼앗긴 조선 백성들도 모두 되찾았다. 여진족 마을에는 어린 아이들과 노인만 남겼으니 앞으로 이십 년은 잠잠할 것이다. 그제야 이순신과 이경록은 함께 죄를 벗었다.
　이렇게 죄를 씻도록 이순신의 몸과 마음은 몹시 지쳤다. 도대체 누구를 위해 무관으로 복무하는 것인지 근본적인 혼란이 왔다. 이기든 지든 모든 것이 다 정쟁이고, 당쟁이다. 도무지 실력과 충정만으로는 살아가기가 어려운 세상이라는 걸 뼈저리게 깨달은 것이다. 백의종군이라니, 무관에게 이보다 더 큰 모욕은 없다.
　다음 해 6월, 이순신은 휴직을 신청한 뒤 고향 아산으로 내려가 오랜만에 가족들과 지냈다. 홀몸이 된 노모를 봉양하며 편안하게 몇 달을 보냈다. 평생에 걸친 단 한 차례의 휴직이다.

3

조선을 구한 게 나의 죄이런가

　생각해보면 이순신은 자신의 팔자가 참 사나운가 보다 여겼다. 흔들리는 함거에서 녹둔도 사건으로 백의종군하던 함경도 시절을 떠올리자 괜시리 몸이 떨린다. 얼마나 분했던가. 이순신을 처형시키겠다고 펄펄 뛰던 함경도병마사 이일의 얼굴이 어른거린다. 처형만은, 반드시 왕명이 있어야 하므로 다행히 백의종군을 하고, 이후 죽음을 무릅쓰는 전투를 벌여 수치를 씻기는 했지만 참으로 모욕스런 일이다. 이순신이 만난 상관들이란 어째 그리 다 졸렬하던가.

　그때 몇 달간 휴가를 받아 아산에서 지낸 시간이 꿈처럼 여겨진다. 어머니를 봉양하던 아주 짧은 시기다. 그때라도 어머니를 보러 가지 않았으면 어쨌으랴 싶다. 지금은 그 노모를 전라좌수영 관내인 순천에 가까이 모셔놓고 때때로 뵈러 다녔지만 그나마도 이렇게 끌려가니 그날로써 끝이다. 한양으로 올라가는 일은 있어도 내려오는 길은 없을지 모른다. 한산도 통제영을 떠나면서 그는 순천으로 하인을 보내 어머니더러 아산으로 올라가시라고 통기해 놓았다. 그러니 영광은 끝이 나고 시련이 시작되었음을 그의 어머니도 알 것이다.

한양으로 다가갈수록 마음이 더 괴롭다. 임진년 이후 왜란 그 풍전등화에서, 남해 서해 바닷길을 끊어 의주까지 달아난 조선왕실을 구해 낸 자신이 지금 흔들리는 함거에 앉아 죄수 신분으로 끌려가고 있다니, 도무지 이해할 수가 없다. 지금까지 흘린 땀과 피가 허무하다. 발이 시리다.

1597년 3월 4일(양력 4월 19일).
한양에 도착하자마자 이순신은 의금부 옥사에 갇혔다. 다른 죄인들처럼 이순신은 큰 칼을 목에 찼다. 그새 저고리는 낡아서 살갗이 보이고 바지는 뜯어져 정강이가 드러났다. 거친 밥과 더러운 물로 목숨을 잇는다. 일본군이 저승사자처럼 여기던 조선의 맹장 이순신이 지금 목에 칼을 쓰고 더럽고 어두운 옥사에 칼을 쓴 채 앉아 있다. 생각할수록 화가 나니 얼굴이 벌겋다.
며칠이 지나자 이순신은 다짜고짜 고문을 받기 시작했다.
이순신을 고문한 사람은 윤근수다. 그는 의정부좌찬성 판의금부사다. 왕비를 시종했다는 공으로 벼슬이 튼튼하다.
당연히 서인이다. 서인이 나서서 이순신을 죄인으로 엮었으니 그들이 심문하고 그들이 고문한다. 윤근수는 바로 임란 직전에 벌어진 정여립의 난, 이른바 계축옥사 때 동인들을 무수히 잡아 죽인 장본인이다. 세상에, 그런 자를 시켜 이순신을 고문하라니, 그가 구해준 국왕의 얼굴 한 번 보고 싶다는 생각이 든다.

이순신은 저 앞 높은 의자에 앉은 자가 윤근수란 사실 하나만으로 자신의 처지를 이해할 수 있다. 여기가 어디인지, 어떻게 될지 어렴풋이 보인다. 소문에 들리는 바로, 윤근수가 말하기를 원균은 고금에 없는 명장이요, 이순신은 졸장이란다. 앞으로 벌어질 일은 뻔하다.

윤근수는 항상 서인을 편들고 동인을 짓밟아 누르는 당쟁의 선두에 있는 사람이다. 그러니 원균은 높이고 이순신은 깎아야 한다. 그런 서인의 우두머리가 하필 의금부사로 있으니 이순신은 걸려도 제대로 걸렸다. 그걸 알고도 그런 사람에게 이순신을 내준 국왕이 한없이 원망스럽다. 도대체 왜 그런 국왕을 위해 매달 초하루마다 망궐례를 하였던가.

"죄인은 주상 전하의 산같이 높고 바다처럼 넓은 은혜를 받았으면서 무엇이 부족하여 가등청정에게 뇌물을 받고 적을 공격하지 않았느냐?"

윤근수는 높은 자리에 앉아 호령하였다.

'주상 전하의 산같이 높고 바다처럼 넓은 은혜? 그게 뭐지? 올렸다 내렸다, 파직시켰다 백의종군시켰다, 마침내 역적으로 몰아 이 자리에 끌어다 놓은 그 은혜?'

이순신은 고개를 번쩍 들어 윤근수를 쳐다보았다. 전란을 피해다녔다는 윤근수의 얼굴에서 기름기가 줄줄 흐른다. 칼 한 번 안잡았을 그 얼굴은 어느새 태평성대. 그새 전쟁이 끝났다고 혓바닥을 무기로 삼는 한양의 설관(舌官)들은 몰골이 다 좋아진 모양이다. 이순신은 고문까지 받느라 머리카락이 헝클어져 흘러내리고 얼굴은 피로 얼룩졌는데 윤근수의 얼굴에서는 기름기가 좔좔 흐른다.

윤근수야 당이 다르니 그렇다 치더라도 저런 서인 골수를 의금부사로 보낸 임금 이균이 원망스럽다. 압록강을 넘어 명나라로 망명하겠다며 발을 동동 구르던 왕실을 구해주었건만, 임금 이균은 지금 이순신을 잡아다 무릎 꿇려놓고 철천지원수나 다름없는 서인들에게 정쟁의 먹잇감으로 던져준 것이다.

"재주가 부족하여 왜적을 막아내지 못한 것은 신의 잘못이지만 왜적으로부터 뇌물을 받은 적은 결코 없습니다."

"죄인이 적장과 내통한 사실을 모르는 사람이 없다. 그런데 발뺌하려 하느냐?"

"그런 일은 결코 없소이다."

덮어씌우겠다고 작정했으니 사실은 벗어날 길도 아득하다. 네 죄를 네가 알렷다 한 마디면 판결이 끝난다.

이순신의 대답은 간단하다. '그런 일 없다.' 진실은 언제나 한 마디로 족하다, 하지만 증명하는데는 평생이 걸려도 어렵다.

그는 진실을 말했으니 결과는 상관없다고 믿었다. 싸움을 잘하는 것도 적에게는 미움 아니겠는가. 실력있는 것도 적에게는 미움 아니겠는가.

"임진년 이후 전투에서 언제나 경상우수사 원균이 큰 공을 세웠는데, 전라좌수영은 꼼짝 않고 여수에 숨어 있는 동안, 원균은 제 목숨 아끼지 않고 피땀을 뿌려가며 경상도 바다를 홀로 누볐는데, 너는 뒤늦게 기어나와 마지 못해 싸워 놓고 저 혼자만 싸워 다 이긴 것처럼 거짓 장계를 올렸다. 너는 주상 전하와 조정 대신들을 속인 것이 아니냐?"

또 당쟁이다. 윤근수의 입에서 원균이라는 이름이 튀어나오자 머리가 지끈거린다. 당쟁이 시작된다 생각하니 눈앞이 몹시 어지럽다. 원균이라는 이름만 들어도 온몸에 맥이 풀리고 힘이 쭉 빠진다. 원균의 경상우수영은 사실상 무너진 상태에서 이순신의 전라좌수영과 이억기의 전라우수영 수군이 연합하여 주로 적을 치고, 원균 함대는 뒤를 지키곤 했다. 8척 밖에 안되는 적은 전선으로 원균도 열심히 싸우기는 했다. 다같이 싸웠지 누가 더 잘 싸우고 누가 덜 싸웠다고 말한 적이 없다. 다만 이순신은 전라좌수영 소속 수군들의 전공을 보고하고, 이억기는 전라우수영 소속 수군들의 전공을 보고했을 뿐이다. 또 원균도 경상우수영 소속 수군들의 전공을 따로 보고했으니 그것으로 족하다. 다만 전선이 부족하니 원균 함대의 전공이 크지 않을 뿐이다. 대체 연합함대의 1할도 안되는 수군으로 원균은 무엇을 바랐단 말인가.

따지고 보면 원균도 불쌍하다. 그 또한 자신과 마찬가지로 당파싸움에 놀아나는 것이 아니겠는가. 당파싸움을 주도하는 무리들이 원하는 대로 이순신과 원균은 희생양이 됐다, 영웅이 됐다, 죄인이 됐다, 당인들의 혓바닥이 흔들리는대로 쇠부랄처럼 오락가락하는 것이다.

윤근수는 서인의 영수라고 할 수 있는 좌의정 윤두수의 친동생이다. 윤두수와 윤근수 형제는 처음 가등청정이 부산으로 들어온다는 권율의 첩보를 받고도 그 속에 숨겨진 요시라의 흉계를 꿰뚫어보지 못했다. 장계에 적힌대로 이순신이 가등청정을 공격해야 한다고 강력히 주장했다. 간첩의 말은 믿고 조선삼도수군통제사의 말은 믿지 않는다. 이순신이 동인이라서 그렇다. 그러니 윤근수는 동인을 이끄는 유성룡, 눈엣가시 같은 이원익과 친한 이순신을 내버려 두려고 하지 않는다. 왜란은 하나도 급할 것없고, 당쟁이 우선이다. 동인 거두들을 골라 이순신의 죄에 묶어 줄줄이 처단해버려야 한다.

"나는 사실을 사실대로 적었을 뿐 공이 나의 것이라고 말한 적은 없소이다. 적선을 몇 척 부수고, 왜군 목은 몇 개를 수습했는지, 누가 했는지 일일이 적었을 뿐입니다."

"그런데 왜 늘 원균 수사보다 네가 때려부순 적선이 더 많고, 왜군 수급도 그처럼 훨씬 더 많은가! 일부러 거짓말한 것이 아닌가!"

"원균 수사도 열심히 싸우고 나도 열심히 싸웠지만, 경상우수영에는 그때 판옥선이 불과 서너 척뿐이고, 제게는 수십 척이 있었을 뿐이니 오직 그 양의 차이가 있을 뿐 질의 차이는 없습니다."

이순신은 대답조차 하기 싫지만 짧게 설명하였다. 할 말이 없으니 윤근수는 다른 트집으로 넘어간다.

"적이 부산으로 들어온다는 것을 알고 주상 전하께서 공격하라고 명령했는데도 너는 나가 싸우지 않았다. 그리하여 강토를 되찾을 기회를 잃었으니 너는 왕명을 거역한 것이 아니더냐?"

임금의 명령을 듣지 않는 것은 무조건 반역이다. 윤근수는 이순신을 가장 무거운 반역자로 몰아간다. 이순신에게 큰 죄를 덮어 씌워 끝내 죽이려는 속셈이다. 그래야 천거한 유성룡, 비호한 이원익을 엮어 멀리 유배라도 보낼 수 있다.

"나는 왕명을 거역한 것이 아니라 요시라의 간교한 흉계를 의심했습니다. 나는 왜란이 터지고 나서 한 번도 전투를 두려워하거나 적을 피해본 적이 없소. 이번에도 내 목숨을 아껴서 적과 싸우지 않은 것이 아니라 공연히 적의 꾀에 넘어가 순천왜성의 왜군 제1군 소서행장에게 덜미를 잡힐까봐 부산진에 척후를 보내놓고 때를 기다린 것이오. 자칫하면 소서행장과 요시라의 계략에 넘어가 배후를 비어두면 우리 수군과 아까운 전선을 잃을 수도 있으니 적정을 더 염탐한 뒤 총력전을 벌이려 하였소. 왕명을 어기는 것은 반역인데 감히 신하가 어찌 반역할 수 있다는 말씀이오?"

이순신의 말은 빈틈이 없다. 윤근수도 지지 않는다.

"또 다른 비밀장계에 따르면, 네가 조정이 하는 처사가 답답하다며 삼도수군을 이끌고 한강이나 냅다 두들길까 호언장담했다는데, 사실인가?"

"그런 일 없습니다. 모함입니다!"

"뭐가 모함이야! 한양에서는 이순신이 삼도수군 전단을 휘몰아 한강으로 향했다는 소문까지 났었는데!"

이미 이순신을 반역으로 엮어 죽이기로 작정한 윤근수는 소리를 고래고래 질렀다. 신문도 필요없다. 결론은 하나다. 그러니 대답도 귀찮고, 하나마나.

"왕명을 거역하고도 네가 주절주절 할 말이 많이 남아 있구나. 당장 형틀을 준비해라."

명령이 떨어지자 곧 형틀과 주릿대, 숯불이 벌겋게 달아오른 화로가 나온다. 왕명 없이는 죄인을 죽일 수 없지만 고문할 권리는 있다. 죄인이 고문받다 죽어도 그의 죄가 되지도 않는다.

"죄인의 입에서 바른 소리가 나올 때까지 고문을 멈추지 않을 것이다."

나장들이 이순신을 형틀에 묶었다. 그러고는 곤장부터 때리기 시작한다. 곤장을 잘못 맞으면 목숨을 잃는다. 죄인들은 대개 고문이 두려워 없는 죄까지 지어 내놓는다. 조선시대 형벌이 대개 이러했다. 그러니 한 번 찍히면 죄인이 되고, 죽이기로 작정하면 죽을죄를 짓는 것이고, 유배를 보내기로 작정하면 그에 맞는 죄로 맞춰주는 것이다. 죄대로 벌이 가는 것이 아니고, 벌이 정해지고 그에 맞춰 죄가 만들어지는 것이다.

이순신은 셀 수 없을 정도로 곤장을 맞았지만 이를 악물고 견뎌냈다. 아무리 무예로 단련된 몸이라고 하지만 이순신도 벌써 쉰세 살이다.(조선시대 국왕의 평균 연령은 46.1세. 백성은 35세쯤이다. 영조 이금은 14명의 왕자와 공주, 옹주를 생산했는데 이중 5명은 네 살 이전에 죽었다. 그러니 53세는 고령이다.)

게다가 오랜 전쟁 때문에 몸과 마음이 지칠대로 지치고, 크게 앓은 장티푸스가 완전히 낫지 않은 상태다. 7일이나 계속된 가혹한 고문을 견디기가 힘들다. 게다가 윤근수가 떠들어대는 너줄한 혐의는 차마 들어줄 수가 없다.

"너는 통제사가 된 뒤에 기생과 계집종을 진중에 두고 음탕한 짓을 하고, 삼도수군 관할 관리들을 협박하여 재산을 모았다지? 그 많은 재산을 순천에 몰래 꾸민 너희 어머니집에 쌓아두었다지? 또한 온갖 술수로 무식한 백성들의 마음을 흔들어 반역을 꾀하고 왜적과 내통했다지? 이번에 너를 잡아들이지 않았으면 지금쯤 한강은 삼도수군 전선으로 가득

붐비겠지. 나쯤이야 벌써 목이 날아가고, 너는 국왕 전하의 멱살이라도 잡고 있겠지. 이노옴! 바른대로 말해라. 그렇지 않으면 저 화롯불의 뜨거운 맛을 보게 될 것이다."

윤근수의 협박에도 불구하고 이순신은 고개를 저었다.

그는 끝끝내 자신의 결백을 주장하였다. 이순신은 갖은 고문에도 할 말은 했다.

"나는 진중에 여자를 둔 적이 없소. 재산이 있다면 나라를 위해서 만든 무기와 배가 있을 뿐이오. 또 굶어죽어가는 백성들을 도와준 것이 무슨 죄란 말이오. 나는 백성들에게 농사를 짓게 하고 소금을 굽게 하고 고기를 잡게 하여 먹여살린 죄밖에 없소. 또 왜적을 무찌를 생각은 했어도 내통할 생각은 꿈에도 하지 않았소. 요시라 같은 첩자와 내통하는 자가 역적이지 왜군과 싸우는 내가 왜 역적이란 말이오!"

그러거나 말거나 윤근수가 원하는 대답이 아니다. 다시 고문이 시작되었다.

더 변명할 필요도 없다. 비명을 지를 것도 없다.

'대단한 놈이다! 저토록 지독한 고문을 견디다니.'

윤근수는 은근히 불안하다. 하지만 의금부의 당상관들이며 경력,도사, 나장들이 눈 부릅뜨고 지켜보는데 그들에게 속마음을 들켜서는 안된다. 그들 중에 동인도 있다.

"고문을 멈추어라."

윤근수는 더 이상 이순신의 입에서는 아무 말도 나오지 않을 것이라고 생각했다. 이순신은 이미 기절했다. 고문으로 아주 죽일 수는 없고,

어떡하든 자백을 받아내야만 혼군 선조의 '참수하라'는 윤허를 얻을 수 있다.

　이순신은 옥사에 갇히고 나서야 정신이 들었다. 감옥 창살 밖으로 달빛이 새어들어온다. 올려다보니 하얀 달이 떠 있다. 통영에서 매일 저녁이면 보던 그 달이다. 고향 아산에서 어머니 손잡고 보던 그 달이다. 세 아들과 더불어 올려다보던 그 달이다. 눈물 한 줄기가 볼을 타고 흘러내린다.

　나라 위해 피땀 흘린 그를 잡아다 고문하는 국왕, 당이 다르다고 원수 보듯하는 윤근수, 부질없는 세상에서 부질없는 싸움을 해온 것만 같다. 잘못 살아도 너무나 잘못 산 것만 같다. 장수라는 개 이런 대접이나 받는 자리라면 다리가 부러지도록 뭐하러 무과시험을 보았단 말인가. 지난 날이 다 시들하다. 흘린 땀이며 피가 다 무슨 소용이란 말인가.

4

한양성이 무너지던 날

— 한산도대첩

일본군은 부산진 상륙 뒤 경상도 땅을 도륙하며 바람같이 달려 단 15일만에 한양성을 돌파, 선조 이균이 일찌감치 달아난 경복궁에 군영을 차렸다. 그게 지금 요시라를 보내 조선수군을 이간질하는 소서행장의 제1군이고, 요시라는 그가 조선 조정을 교란시키기 위해 쓰는 첩자다.

국왕이 경복궁을 내팽개치고 달아나자마자 종과 노비들이 달려들어 전각마다 다 불살라 잿더미가 되었다. 그런 경복궁에 소서행장의 제1군이 들이닥쳐 임금과 대신들이 당쟁으로 떠들던 조선의 궁성 자리를 깔고 앉았다. 근정전 불 탄 자리에 뒷간을 짓고, 왕이 잠을 자던 대전 자리에 장막을 쳐 소서행장이 개성을 치고, 평양을 칠 작전회의를 했다.

그 사이 전라좌수사 이순신은 한양에서 무슨 일이 벌어지고 있는지도 모르는 채 남해안 이곳저곳 돌아다니며 크고작은 수전(水戰)을 벌이던 중이었다. 서해바다로 왕명이 내려오고, 역시 서해바다로 장계가 올라가는 중이니 조선 수군들은 내륙에서 무슨 일이 벌어지고 있는지 잘 알지 못했다. 그냥 헉헉거리며 자기들 싸움만 했다.

그런 중에 1592년 5월 7일(양력 6월 16일), 경상우수사 원균과 전라좌수사 이순신, 전라우수사 이억기 연합군이 거제도 옥포에서 일본 수군을 만나 크게 깨뜨렸다. 일본군의 대선(大船) 16척이 부서지고, 중선 8척, 소선 2척이 박살났다. 4척은 가까스로 전장을 피해 달아났다. 이 날 하루 일본 수군 약 4천 명이 죽거나 포로로 잡혔다.

조선 수군의 첫 승전이 있던 이 날은 왜군에 의해 부산진이 함락된 4월 13일(양력 5월 13일)에서 겨우 한 달 사흘이 지난 날이다. 이순신이 전쟁이 난 걸 안 날은 4월 16일(양력 5월 26일), 딱 열흘만의 첫 승전이다. 아니, 조선군 전체로 봐도 첫 승전이다.

"하하하. 이제 전쟁은 끝난 것이나 진배없군. 이순신 제독, 이억기 제독, 다 두 분 공이오."

원균은 한양 사정은 까마득히 모르고 금세라도 전쟁이 끝날 것처럼 즐거워했다. 그러니 덕담도 술술 나온다.

"무슨 말씀, 원균 제독이 미친 듯이 돌격하지 않았으면 우린 오줌이나 지리고 있었을 거요."

원균, 이순신, 이억기 세 제독은 전쟁이 시작된 이래 처음으로 마음놓고 웃으면서 승리를 즐겼다.

이 날 조선 수군이 모처럼 잔치 분위기에 들떠 춤추고 노래하는데 연락선 한 척이 미끄러져 들어왔다. 찬물을 끼얹는, 아니 하늘이 무너지는 소식이다.

— 한양성이 적지로 떨어져 국왕 전하는 개성으로 몽진 중이오. 조선
군은 임진강에 최후 방어선을 치고 있소. 그러나 군사가 부족하오.

함상 잔치를 즐기던 조선 수군들은 술잔을 내던지며 서로서로 붙들고 목을 놓아 울었다. 졸지에 나라 잃은 백성이 될지도 모른다. 겨우 첫 승을 올리고 잔치를 벌이는 중인데 왕성이 무너지고 왕은 개성까지 달아났다는 것 아닌가. 힘이 빠진다.

원균은 피로 물든 전투복 소매로 눈물을 훔치면서 소리쳤다.

"그럴수록 적선을 하나라도 더 깨뜨려야 합니다! 이 원균은 바다에 빠져죽을 날만 기다리고 있습니다!"

이순신과 이억기도 원균과 함께 죽음을 무릅쓰고 싸우기로 맹세했다.

"우리 모두 바다에 나가 싸우다 죽읍시다! 죽을 때까지 싸웁시다! 나라가 망한 뒤에는 목숨이 붙어 있은들 무슨 소용입니까."

국왕이 궁성을 버리고 달아난 마당에 이제는 관할을 따지고 말고 할 필요도 없다. 왕명이 있어야만 싸운다는 제승방략 따위도 필요 없다. 적을 찾아 싸우기만 하면 된다. 원균과 이순신의 관할권 갈등도 이젠 부질없다.

"싸우다 죽자!"

"대조선 만세!"

얼큰하게 술이 오른 수군들은 피눈물을 뿌리며 서로서로 맹세했다. 그랬다. 선택할 게 없다. 오로지 싸우다 죽는 일만 남아 있을 뿐이다. 국왕마저 왕성을 버리고 달아난 마당에 백성이 할 일이라고는 죽을 때까지 싸워나 보는 것이다.

이로부터 조선 연합 함대는 매일매일 바다로 나가 일본 전선을 뒤쫓아다녔다. 독이 오른 조선 수군은 적선을 만나기만 하면 들이쳤다. 5월 8일(양력 6월 17일)에는 적진포해전에서 적선 11척을 격파하는 등 1차 연합 전투에서 조선군은 일본군 전선 42척을 부수고 일본 수군 약 6천여 명을 죽여 바닷속으로 던져 넣었다.

군량 및 군수 보급을 위해 각자 수영으로 돌아갔던 연합군의 2차전은 5월 29일(양력 7월 8일)에 시작되었다. 그때 경상우수영을, 이순신이 있는 전라좌수영 가까운 남해의 노량(露梁)으로 옮긴 원균이 첩보를 보내왔다. 이순신은 판옥선 23척, 협선 15척, 그리고 거북선 두 척을 쳐 녀 출전시켰다. 원균은 판옥선 3척을 이끌고 합류했다. 호남 육군을 돕고 있던 이억기의 전라우수영 수군은 준비가 되는 대로 뒤를 따르라고 했다.

이 날 원균과 이순신은 합동으로 사천해전을 벌이고, 6월 2일(양력 7월 10일)에는 당포(唐浦)해전, 6월 5일(양력 7월 13일)과 6일에는 전라우수사 이억기가 가세하여 당항포(당목개)해전을 승리로 이끌었다. 6월 7일(양력 7월 13일)에는 율포(栗浦)해전에서 적장 내도통지(來島通之 ; 구루시마 미치히사)가 탄 누각선을 불태워 적 수군을 전원 화장(火葬)시켜버렸다. 2차 연합전에서도 원균의 당파(撞破) 작전은 계속되고, 이순신이 이끌고 온 거북선은 뜻밖의 괴력을 발휘했다. 적선에 가까이 다가가 포를 쏘거나 비격진천뢰를 퍼부어 적선을 여지없이 무너뜨렸다.

이로써 조선 연합 함대는 적선 72척을 깨부수고, 일본군 약 1만여 명을 사살했다. 그 사이 조선군은 전사 11명, 부상 47명이다. 2차전 승리를 자축하는 날, 또 비보가 날아들었다.

이번에는 선조가 명나라에 망명하기 위해 국경 의주의 압록강 변으로 올라갔으며, 왕세자 광해군이 적지로 뛰어들어 분조(分朝)를 설치했다는 소식이 전해져 다들 비분강개했다. 왕이 명나라로 망명하면 조선은 왜구 천지가 된다. 수군들은 그럴 수는 없다며 더 악을 쓰고 싸웠다.

3차 연합전은 양상이 달라졌다. 그간 조선 수군을 피해다니가만 하던 일본 수군이 마침내 한양으로 올라가 육전에 참가하던 수군 맹장 협판안치(脇坂安治 ; 와키자카 야스하루)를 불러내렸다. 이제 일본군도 본격적으로 수군 공격에 나서기로 작전을 변경한 것이다. 그는 서해뱃길을 반드시 뚫어 평양성의 소서행장군 진영에 군수보급을 하라는 명령을 받았다.

협판안치는 6월 19일(양력 7월 27일) 일본에서 가장 용맹한 수군을 웅포(熊浦 ; 창원군 웅천면)에 집결시켰다.

6월 28일(양력 8월 5일)에는 수군의 연패 소식을 들은 풍신수길이 구귀가륭(九鬼嘉隆 ; 쿠키 요시다카), 가등가명(加藤嘉明 ; 가토 요시아키) 등을 불러 조선 수군을 격멸시키라는 엄명을 내렸다. 해로가 막히면 중국을 치는 것은 물론 조선마저 칠 수가 없다.

한편, 조정이 비록 의주로 물러나 국왕이 망명할까 말까 고민하고, 세자 광해군이 적진을 가르지르며 조선군을 격려하러 다니는 중에도 서해바다를 이용한 연락선은 여전히 정기적으로 드나들었다. 더구나 수군이 잇따라 적선을 깼다는 장계가 쉬지 않고 조정으로, 분조로 날아들자 조선군들도 한 가닥 희망을 품게 되었다.

이런 가운데 그간의 공로로 삼도수군통제사로 임명된 이순신은 원균과 이억기에게 통보해 7월 6일(양력 8월 12일) 노량에 모이기로 했다.

이때는 중무장한 판옥선만 모두 56척으로 늘어났다. 전투 중에도 후방에 남아 있는 수군들이 전선을 새로 짓고, 전투 보급 물량을 늘려온 덕분이다. 특히 원균은 깨지고 부서져 못쓰던 판옥선 세 척을 더 수리해 모두 일곱 척으로 참전했다. 원균 휘하의 판옥선들은 당파(撞破)를 주로 하다보니 대부분 누더기 전함이 되어 있지만, 안면도 마른 적송을 갖다 붙여 더 튼튼하게 고쳤다.

집결 직후 협판안치가 이끄는 적선 70척이 조선 척후선에 걸려들었다. 적선은 비좁은 견내량에 진을 치고 있었다. 조선 수군의 주력함인 판옥선이 활동하기에는 물이 얕고 해역이 너무 좁다. 이순신은 적선을 한산도로 유인해내기로 하고, 남해안 물길을 잘 아는 광양현감 어영담에게 이 임무를 맡겼다.

어영담은 판옥선 다섯 척을 이끌고 가서 일본군을 향해 달려들었다. 한양에서 육전 중에 부랴부랴 내려오다 보니, 조선군의 사정을 잘 모르는 협판안치는 자신의 용맹만 믿고 즉각 응전했다. 피차 총을 쏘고 포를 쏘면서 밀고밀린 끝에 어영담은 일본 수군 주력을 한산도 앞바다까지 유인해냈다.

이 날은 7월 8일(양력 8월 14일), 불화살이 하늘 높이 솟구쳤다. 적선이 함정에 걸렸다는 신호다. 이윽고 섬에 숨어 있던 조선 수군이 좌우로 날개를 펼쳐 일제히 달려들었다.

일본 수군이 포위되자마자 조선 수군은 사방에서 함포 사격을 퍼붓기 시작했다. 함포는 무려 570여 문, 포성이 귀청을 흔들어댄다. 차대전 등 미사일이 수없이 날아가 적선에 꽂혔다. 하늘에서는 비격진천뢰가 철탄을 비오듯이 쏟아냈다. 사거리가 긴 함포와 차대전 등이 불을 뿜자 조총을 든 일본 수군들은 대응조차 하지 못하고 그대로 무너졌다. 조총은 장전을 하고 심지에 불을 붙이는 시간이 필요하다.

함포 사격이 이루어진 뒤에는 거북선과 판옥선이 달려들어 반파된 일본군 전선을 마구 들이받았다. 우지끈하면서 부서지는 소리가 또 귀청을 흔든다. 당황한 일본군이 거제도나 한산도로 달아나면 조선군도 따라올라가 기어이 화살을 쏘거나 칼로 등을 찍었다.

당파시킨 적선 59척, 깨진 삼나무 조각이 한산도 앞바다를 가득 메웠다. 물에 떠다니는 적의 시체만 무려 9천여 구나 되었다. 수군 사령관 협판안치는 죽을힘을 다하여 김해로 도주했지만 휘하 장수인 진과좌마윤(眞鍋左馬允 ; 마나베 사마노조), 협판좌병위(脇坂左兵衛 ; 와키자카 사요에), 도변칠석위문(渡邊七石衛門 ; 와타나베 시치우에몬)는 모조리 전사했다.

조선군의 피해도 있었다. 전사 19명, 부상 119명이다. 전사자에는 전라좌수영 소속 녹도만호 정운도 포함되었다. 정운은 임란 초기, 원균의 다급한 청병에 응하지 않는 이순신에게 칼을 빼들어 그를 위협한 용장이었는데, 혈기 그대로 일선에 서서 싸우다 전사한 것이다.

한산도대첩이 끝난 뒤 조선수군은 협판안치의 적 수군을 괴멸시키긴 했으나 구귀가륭(九鬼嘉隆; 구기 요시다가)과 가등가명(加藤嘉明; 가토 요시아키)의 수군이 버티는 중이라는 첩보를 받고 곧 이들을 뒤지기 시작했다.

결국 적선 42척이 부산 가까운 웅천 안골포에 포진하고 있다는 것을 알아냈다. 이들은 한산도에서 전투가 치열할 때에도 협판안치를 구원하지 않은 채 몰래 숨어 있다가 조선 수군의 척후선에 걸려든 것이다.

7월 10일(양력 8월 16일), 먼저 이순신 함대가 적선을 향해 함포 사격을 시작했다. 안골포는 너무 좁기 때문에 대형 전함인 판옥선이 들어가 작전을 펼 수가 없다. 이순신 함대 다음에는 원균 함대, 그 다음에는 이억기 함대가 교대로 포격전을 폈다. 그렇게 하여 사거리에 걸린 적선 20척이 차례로 깨져버렸다. 그래도 적선은 남은 22척으로 저항했다.

밤이 깊어 전투가 잦아지자 일본군은 이 틈에 전사자를 끌어모아 불태우고는 날이 밝기 전에 황급히 부산으로 달아나버렸다. 그러자 조선 수군은 내친 김에 선단을 이끌고 왜적의 군수 보급기지가 된 부산 앞바다까지 치고 나아갔다.

조선 수군이 해안을 따라가면서 보니 일본군 진지가 무수히 깔려 있다. 조선 수군은 해안 가까이 배를 대놓고 함포 사격을 퍼부었다. 신기전을 날리고, 북을 치고 뿔피리를 마구 불어댔다. 일본군들은 조선의 대규모 선단이 들이닥치자 당황하여 어쩔 줄을 몰랐다.

한양성을 함락시켰다 하여 잔치까지 벌인 게 엊그제인데 일본군들은 이게 무슨 날벼락이냐며 허둥댔다.

　이로써 일본군은 해전에서만은 감히 조선을 상대하지 못하게 되었다. 소서행장군은 비록 의주를 노리느라 평양성에 이르고, 가등청정군은 함경북도까지 치고 올라간 선봉이 되어 있지만, 부산에서부터 이어져야 할 보급선이 불안하여 더 이상 북진을 감행하지 못했다. 더구나 명호옥(나고야)과 부산 간의 군수보급선을 조선 수군이 흔들어놓고, 육지의 보급선은 승군과 의병들이 끊어버리는 상황에서 일본군은 오도가도 못하는 처지에 놓이고 말았다.

　의주에서 보내오는 전황에 따르면, 묘향산에 있던 서산대사 휴정 스님이 팔도 사찰에 격문을 돌려 황해도 구월산과 강원도 금강산 승군이 평양성으로 집결하고, 휴정 스님도 평안도 묘향산 승군을 이끌고 내려오는 중이며, 전라도와 충청도에서도 승군 수천 명이 일어나 유격전을 벌이는 중이란다. 이제는 수군만 외로이 싸우는 게 아니다. 힘이 불끈 솟구친다.

　조선 수군이 남해바다를 완전히 장악하고, 일본과 부산 사이를 드나드는 보급선마저 위협한다는 전황이 팔도에 전해졌다. 도망만 다니던 의주의 국왕 이균은 힘차게 독전서를 써 내리고, 분조를 이끌며 적지를 쏘다니던 세자 광해군도 수군이 일본군 소굴인 부산을 치고 있으니 백성들은 어서 일어나 적을 치라고 외치며 다녔다.

　이에 힘입어 일어난 승군과 의병들은 유격전으로 나서서 일본군 중간 보급선을 치고 다녔다.

뜻밖에도 수군이 잇따라 왜적을 격파하는 중이라는 소식은 여기저기 숨어다니던 병마사, 감사, 부사, 현감 들을 일으켜 세웠다.

게다가 일본군의 피해를 입지 않은 전라도 관군이 마침내 총통, 신기전 등으로 완전무장하고 북진하기 시작했다. 경상좌도는 큰 피해를 입기는 했으나 일본군의 초반 기세에 놀라 흩어진 잔병들이 재집결하고, 피해가 적은 경상우도 병력이 신기전 등 신무기로 재무장하고, 피해를 전혀 입지 않은 충청우도 병력들이 국왕을 구한다면서 북진에 나서기 시작했다.

이런 중에 호남좌도로 진입하려던 일본군을 진주성에서 막아냈다는 승전보가 올라오고, 북쪽에서 호남우도로 진입하려던 일본군을 조헌의 의병과 영규 스님의 승군이 금산벌에서 물리쳤다는 소식이 잇따랐다. 조선군은 이때부터 자신감을 갖기 시작했다. 명나라로 망명하겠다던 임금 이균도 왜군과 싸워 물리치기로 결심하고, 명나라에서도 마침내 미루고 미루던 구원군을 보내기로 했다.

밤이 깊다.

돌이켜 생각해 보니 한산도에서 왜적선을 크게 무찌른 뒤부터 전세가 크게 바뀌어 마침내 평양성, 한양성을 잇따라 수복하였다. 이 역전의 발판을 마련한 이순신은 지금 뼈가 부서지고 살이 찢어지는 듯한 고통에 이를 악물고 있다. 그가 있어야 할 곳은 지금 여수 통제영인데, 퉁퉁 부어오른 눈을 가만히 뜨고 정신차려 보면 의금부 옥사다. 죄수들의 신음과 거친 비명이 끊이지 않는 지옥같은 곳이다.

분한 마음에 잠을 이룰 수가 없다. 장독(杖毒)이 올랐는지 온몸이 불덩이처럼 끓어오르다가 갑자기 으슬으슬 추워진다.

아직은 이른 봄이라 밤공기가 차다. 추위를 참아내려고 몸을 웅크렸다. 그러다가도 다시 몸에 열이 오르기 시작하면 달아오른 솥물처럼 펄펄 끓는다. 하룻밤 동안 세 번이나 기절을 했다 깨어났다.

하도 고문을 받다보니 어느 한 군데 아프지 않은 곳이 없다. 머리끝에서 발끝까지 쑤시고 아프다. 특히 불인두로 고문을 당한 등과 허벅지는 견딜 수 없을 만큼 쓰라리다. 의원이 와서 인진쑥을 뭉쳐 대충 발라주었지만 고통보다 더 견디기 어려운 건 모욕이다.

'대체 내가 무슨 잘못을 했다고 이다지도 악독하게 구는가.'

잠깐이라도 정신이 들면 이순신은 나랏일을 걱정했다. 당쟁으로 어지러운 조정을 생각하면 자신의 고통은 아무것도 아니라는 생각이 든다.

이 조선은 과연 목숨 바쳐 구할 가치가 있는 나라였던가,

그는 머리를 흔들어 일부러 생각을 떨쳐버렸다.

병든 어머니의 얼굴이 쉬지 않고 떠오른다.

사람을 보냈으니, 아들이 포승에 묶여 한양으로 압송됐다는 소식을 들었을 것이다. 얼마나 놀랐을까. 어떡하고 계실까.

늙은 어머니를 생각하면 가슴이 아파 눈물을 참을 수 없다. 어머니를 편하게 모시고 싶어도 임지를 자주 옮겨다니다보니 그럴 수가 없다. 삼도수군통제사가 된 이후로는 멀지 않은 순천 고음 땅에 피난 삼아 가족과 함께 모셨는데, 이번 일로 안부조차 보내지 못하고 있다. 어머니는, 아들이 죄인으로 끌려가 모진 고문을 당하고 있다는 사실을 기어이 알

게 될 것이다. 그게 더 가슴 아프다. 어머니는, 이순신이 당하는 고통과 수모의 몇 배를 더 아프게 겪을 것이기 때문이다.

조정에서는 이순신을 처벌하라는 서인들의 목소리가 나날이 커져갔다. 옥사에도 동인이 있으니, 서인들은 영문도 모른 채 따라짖느라 이순신의 처지가 더욱 나빠진다고 귀띔을 해준다.

"삼도수군통제사가 충청, 전라, 경상 수군을 휘몰아 한강으로 들이닥치는 날이면, 이 반군을 누가 막을 수 있답니까? 누가 이순신을 막을 수 있단 말입니까. 차라리 죽여서 후환을 제거하느니만 못합니다."

조정 안팎에서 이렇게 악담하는 무리도 있다는 소문이 들린다.

오죽하면 이순신과 친분이 있는 사람들조차 불똥이 튈까 두려워 입을 다물까. 특히 유성룡까지 분을 이기지 못해 벼슬을 내던지고 구명에 나섰지만 가문 땅에 떨어진 물 한 방울이고, 수레를 막겠다고 버티는 사마귀 신세다. 국왕이 제 분노에 떨며 서인들을 재촉하는데 유성룡 혼자로는 어떻게 해볼 도리가 없다.

이순신은 온몸의 상처를 어루만지며 잠을 청했다. 그 때 옥문 밖에서 누군가가 부르는 소리가 들린다.

"누구요?"

이순신은 눈을 뜨고 물었다.

"전라우수사가 보낸 하인이옵니다."

"이억기 수사가?"

"예, 통제사 님."

이억기는 나이가 비록 서른두 살밖에 안되는 어린 장수지만 어엿한 전라우수사다. 능력도 있지만 왕실 종친이라 직급이 높다.

이번 수전에는 여러 번 참여하여 큰 공을 세웠다. 두 사람은 수많은 전투를 치르면서 더 가까운 사이가 되었다. 이억기는 인품이 훌륭한 이순신을 존경하고, 이순신은 투지가 좋고 매사 합리적인 젊은 수사 이억기를 아꼈다. 조선 수군의 연전연승 배경에 늘 전라우수사 이억기가 있다. 이순신보다 열여섯 살이나 어리지만, 왕족이라서 열일곱 살부터 사복시 내승이 되었다. 그러니 이순신보다 출사가 한참 빠르다. 이순신이 군관이나 만호로 있을 때 그는 그 어린 나이에 벌써 경흥부사, 온성부사 등 요직을 두루 거쳤다. 1591년 이순신이 전라좌수사에 제수될 때 이억기는 불과 서른한 살에 전라우수사가 되었다. 나이도 어리고 경험도 없지만 그는 이순신을 따라 착실히 전투에 참여하고, 그때마다 큰 전공을 세웠다.

"고마운 일이기는 하나 잘못하다가는 나 때문에 우수사까지 죄를 받을 수도 있다. 다시는 내게 사람을 보내지 말고 몸을 보전하라고 전하라. 내가 죽으면 이 나라의 수군을 지휘할 사람은 이억기 수사뿐이니 몸조심하고 전투 준비를 게을리하지 말라고 전하거라. 머지않아 적들이 또 쳐들어올 것이다."

이억기의 하인은 고개를 끄떡였다.

"하지만 우리 수사께서 이항복, 김명원 등 조정대신들에게 통제사 님은 죄가 없다고 탄원서를 보내셨습니다. 그런 줄이나 알고 계십시오."

"이런이런, 그러다 이 수사까지 엮여 크게 다치시면 어쩌려고?"

그러거나 말거나 하인은 아주 조심스럽게 새 소식 하나를 전한다.

"통제사 님의 높으신 말씀을 그대로 전하겠나이다. 이번에 새 통제사로 제수된 사람은 원균이랍니다."

"무엇이, 원균이?"

이순신은 순간 자리에 주저앉고 말았다. 그의 야윈 얼굴에 어두운 그림자가 어른거린다. 서인이 차지한 조정이니 당연히 원균이 통제사 자리를 차지한 것이긴 하다. 능력 따위는 하나도 중요하지 않다.

"3년 동안 땀흘려 가꾸어 놓은 통제영이 쑥밭이 되겠구나!"

하늘이 캄캄하다.

"우리 이 수사께 뭐라고 전할까요?"

"제발이지 조심하고 또 조심하여 내가 돌아갈 때까지 살아 있으라고 전해다오."

"알겠습니다, 통제사 님. 몸을 잘 보전하소서."

이억기의 하인은 그 길로 나갔다. 이억기를 본 지도 여러 날 되었다.

하지만 이순신조차도 이 생애에 이억기 수사를 다시 보지 못하리라는 사실을 알지 못했다.

한편 조정에서는 이순신을 거의 죽이기로 뜻을 모아가고 있었다. 그의 목숨은 바람 앞에서 홀로 일렁거리는 촛불 같은 신세다. 큰소리만 나도 죽을 판이다. 서인들이 입을 모아 말하기를, 이순신은 살아서는 의금부 옥사를 빠져나오지 못할 것이라고들 했다.

"이순신은 어명을 거역한 역적이옵니다. 살려두어서는 왕실이 위태롭사옵니다. 사나흘이면 삼도 수군이 한강에 새카맣게 나타날 수 있습니다."

임금 선조에게 들리는 목소리는 모두가 다 이순신을 죽이라는 외침뿐이다. 그렇다고 정의가 완전히 죽은 것은 아니다.

판중추부사 정탁이 목숨 걸고 앞으로 나섰다. 그는 이순신의 인품과 충성심을 잘 아는 사람이다. 이순신에게 죄가 있을 리가 없다고 믿었다. 당쟁으로 아까운 인재를 잃어버릴 수는 없다고 생각했다. 그래서 목숨을 걸고 이순신을 구하기 위해 나섰다. 이조판서 이원익, 도원수 권율, 이순신의 직속 군관 송희립, 정경달, 황대중이 연명으로 정탁의 상소문을 지지하였다. 다만 유성룡은 여기에 이름을 넣지 못했다.

— 일찍이 신은 여러 번 죄인을 다스려본 적이 있습니다. 대개 죄인들은 한 번만 고문을 치르고 나면 쉽게 죽기 때문에 나중에 용서할 점이 발견되더라도 이미 죽은 뒤라 구할 도리가 없습니다. 이제 이순신은 한 차례 고문을 당하여 기절하고 쓰러지고 울부짖는데 또 형벌을 가한다면 그 목숨이 위태롭습니다. 그로 인해 주상 전하의 너그러운 인품에 흠이 될까 두렵습니다.

이순신은 참으로 훌륭한 장수입니다. 조정의 명령조차 거의 미치지 못할 적에 이순신은 벌떡 일어나 수군을 거느리고 적의 예봉을 꺾음으로써 나라 안 민심이 겨우 생기를 얻게 되고, 의사(義士)들도 기운을 돋우어 적에게 붙었던 자들까지 마음을 돌렸으니, 그의 공로야말로 참으로 컸습니다.

그 능력이 바다와 육지에서 모두 대단하니 이런 인물은 쉽게 구할 수 없습니다. 그래서 남해 백성들은 이순신을 따르고, 왜적들은 이순신을 두려워합니다.

만약 법이 엄격하여 이순신이 세운 공은 내버려두고 오직 죄만 따진다면 앞으로 그 누가 공을 세우려 하겠습니까? 한 사람의 죽음은 아까울 것이 없으나 그로 인해 나라의 장래에 미치는 영향이 대단할 것입니다. 그러니 어찌 신중하게 생각하지 않을 수 있습니까?

감히 이순신 저야 살아남기를 바라지 않을 것이나 전하의 어명으로 특별히 용서하시면 이순신 또한 큰 공으로써 나라에 보답할 것입니다. 이 어찌 전하의 너그러운 마음이 나라일에 도움이 없겠습니까.

설득하는 힘이 있고 옳고 그름이 분명한 상소다. 그는 지금 나라가 위태롭다는 사실을 밝히고 임금의 큰 은혜에 호소하였다. 굳이 변명은 한 자도 하지 않는다. 그러자 모함하기 좋아하는 간신배들도 그만 목소리가 줄어들고 말았다.

백성들 사이에 사리에 어둡고 어리석은 혼군암군(昏君暗君)이라는 소문이 돌 정도로 우유부단하고 겁 많은 임금 이균은 그제야 정탁의 상소가 지극히 정성스럽다면서 슬쩍 생각을 바꾸었다. 가만히 생각해 보니 '이순신이 전선을 몰아 한강까지 치고 올라오지는 않을 것같다. 서인들의 이간질이고, 음모다', 이렇게 생각을 돌렸다.

결국 이순신을 풀어주되 백의종군하라고 명을 내렸다. 의주 땅에서 압록강을 건너다보며 이제나저제나 망명을 노리던 국왕 이균이 그새 그

절박하던 처지를 잊고 나라를 구하고 왕실을 회복시킨 이순신을 겨우 사면 대상으로 낮춰보는 것이다.

4월 초하루(양력 5월 6일).

이순신은 두 달만에 감옥에서 나왔다. 죽여라 살려라, 파도치는 당쟁의 소용돌이에서 요행히 빠져나왔다. 정탁이 앞장서서 다 꺼져가던 이순신의 목숨을 가까스로 살려낸 것이다.

한양으로 잡혀온 것이 쌀쌀한 2월인데 그새 봄이 깊다. 싱그러운 봄향기가 코끝을 간질인다. 그간 의금부에도 꽃내음이 났으련만 한번도 느껴보지 못했다. 죽음에서 깨어난 듯, 겨울잠에서 정신이 돌아온 듯하다.

두 달이나 붙들려 있던 의금부에서 풀려나온 이순신은 한참 동안 어디로 갈 것인지 망설였다. 국왕이 머물고 있다는 월산대군 집쪽은 쳐다보기도 싫다.

돌아보니 남산, 인왕산, 북악산 산봉우리마다 진달래가 지천으로 피어 있다. 이순신은 숨을 한 번 크게 쉬었다. 그러고는 나그네처럼 정처 없이 길을 걷기 시작했다.

저녁 어스름이 깔릴 무렵, 이순신은 남대문 밖 초가에서 걸음을 멈추었다.

윤간의 종이 사는 집이다. 종의 주인인 윤간하고는 전부터 잘 알고 지내는 사이다.

윤간은, 이순신이 풀려날 것을 대비해 그가 갈 곳 하나 없는 한양에서 당분간 머물 집을 마련해 놓았다. 죄인 신분이라 함부로 사람들을 만나서는 안되므로 우선 자기 종의 집에 이순신을 숨겼다.

종에 이끌려 집에 들어가 보니 아들 울과 조카들이 오래 전부터 기다리고 있었다.

"아버님!"

"숙부님!"

아들과 조카는 이순신을 끌어안고 운다. 둘째아들 열은 아버지가 살아나올까 죽어나올까 마음을 졸였다. 살면 사는대로, 죽으면 주검이라도 수습해야 되니 여태 기다린 것이다. 생각할수록 기가 막힌다.

오랜만에 자식과 조카를 보자 이순신도 참았던 눈물이 왈칵 쏟아졌다. 자식 앞이니 질끈 눌러 참는다. 조카도 애비가 없으니 그의 자식이나 다름없다.

"그래, 잘들 지냈느냐? 나는 괜찮다."

이순신은 일부러 아무렇지도 않은 듯 웃어보이기까지 했다. 그러나 누가 보더라도 그는 옛날 같지 않다. 광대뼈가 튀어나오고 나무토막처럼 마른 몸은 윤기가 하나도 없다. 아무리 괜찮다고 말해도 아들 울의 눈에는 지치고 병든 모습일 뿐이다. 둘째아들 열은 땅을 치며 통곡하고 싶다.

"할머니 병환은 어떠시더냐?"

이순신은 어머니 변씨의 병세부터 물었다.

"소식을 들으신 뒤로는 진지도 못잡수시고 걱정만 하셨습니다. 할머니는 순천 살림을 정리하여 아산으로 올라오고 계실 겁니다."

열은 숨이 북받쳐 말을 다 못하고 울음을 터뜨린다.

어머니 고생을 생각하니 이순신도 가슴이 미어진다.

마침 밖에서 인기척이 난다.

"통제사 님, 안에 계십니까?"

뜻밖에도 지사 윤자신과 비변랑 이순지, 방답첨사 이순신이다. 모두 그가 아끼는 부하들이다. 오랜만에 전우들을 보니 살고 싶은 마음이 울컥 치민다.

"통제사 님, 흐흐흑."

"옥에 갇혀 계실 때 찾아뵙지 못하여 죄송합니다."

그들은 울음부터 터뜨렸다. 이렇게라도 찾아온 건, 그들로서는 여간 큰 용기가 아니다.

"자네들이 감옥으로 찾아왔다면 나는 더 끔찍한 고문을 받았을지 모르네. 우리 여럿이서 역적모의를 했다고 모함하면 어쩌겠는가? 꼼짝 없이 당했을 걸? 허허허."

이순신은 부하 장수들에게 웃으며 말했다.

"통제사라고도 부르지 말게. 내일부터 나는 일개 군졸이 되어 전쟁터로 나가야 하네."

이순신의 말에 부하들은 눈물을 흘리며 말했다.

"통제사 님!"

"이런 법이 어디 있습니까? 통제사 님이 백의종군이라니요."

하지만 이순신은 조금도 의기소침하지 않았다.

"바로 한 치 앞을 내다볼 수 없는 것이 사람의 운명이라네. 이렇게 목숨을 건진 것만 해도 주상 전하의 은덕 아닌가? 조정에서 험담하기를,

이순신이 삼도수군을 이끌고 한강으로 들이닥쳐 반란이라도 일으키면 누가 막느냐고 걱정했다더라. 난 꿈도 꿔보지 않은 음모가 한양에서는 사실처럼 여겨진 모양이다. 거짓말도 여럿이 하면 참말인 줄 여기는 사람이 많다네."

이슬 한 방울도 주상 전하의 덕이라고 말해야 살아남는 시절이다. 해가 뜨고 달이 뜨는 것도 덕 높으신 주상 전하의 은덕이라고 말해야 한다.

이야기를 하는 동안에도 손님들이 더 찾아와 그러잖아도 비좁은 방이 더 좁다. 이순신은 그들을 보고 '내가 아직 살아 있구나.' 하고 느꼈다.

밤이 깊자 손님들은 저마다 돌아갔다. 이순신과 마찬가지로 그들도 가슴을 쓸어내리며 일단 훗날을 도모하자며 용기를 남겨주고 갔다.

그는 이런저런 생각을 하느라 잠을 들지 못했다. 부끄럽기도 하고 서럽기도 하다. 헛웃음이 나온다. 쉰셋 나이에 백의종군이라니!

이순신은 먹을 갈았다. 오랜만에 쓰는 일기다.

— 4월 1일(양력 5월 16일). 맑음. 옥문 밖으로 나왔다. 남문 밖 윤간의 종의 집에 가서 조카들, 아들 열, 사행, 원경들과 오래도록 이야기했다. 지사 윤자신이 와서 위로해 주었다. 비변랑 이순지도 보러 왔다. 울적한 마음을 더 한층 이길 수 없다. 기헌도 왔다. 모두 인정으로 위로하면서 술을 권하므로 거절하지 못하고 억지로 마셔 취했다. 전 영의정 유성룡이 종을 보내고 판부사 정탁, 판서 심희수, 찬성 김명원, 참판 이정형, 대사헌 노직, 동지 최원과 곽영들이 사람을 보내어 격려해주었다.

일기를 쓰고 나자 견딜 수 없이 고통스럽고 피곤하다. 비로소 곤장으로 얻어맞고 불인두에 데인 상처가 곪아 터진 모양이다. 옷소매를 질끈 묶어 통증을 이겨보려 애쓴다. 힘을 줄수록 이마에 식은땀이 맺힌다. 그러는 걸 아들 열이 수건으로 땀을 훔친다.

4월 3일(양력 5월 19일).

새로 군사가 될 젊은이들 틈에 끼어 말을 타고 걸었다. 흰 머리카락이 무성한 그가 누구인지 아는 군사는 아무도 없다.

군사들은 모두 경상도 초계의 도원수 군영에 배치되는 육군 신병들이다. 이순신에게는 그나마 말 한 마리가 나왔다. 전직 통제사란 벼슬 덕분이다.

힐끗거리던 젊은 군사가 기어이 묻는다.

"어르신은 어인 일로?"

이순신 나이 53세, 그 나이라면 일반 군사로는 징병이 될 리 없으니 묻는 말이다.

"집에서 손주나 돌보며 남은 인생을 즐겨야 할 듯한데 전쟁터에 나가시다니."

"혹시 아들이나 손자 대신 붙들려온 겁니까?"

다른 군사들까지 이순신을 흘낏 올려다보며 저희들끼리 두런거린다. 말을 탔다고는 하나 복색은 말단 군사니 그렇다.

행렬이 소란해지자 그는 하는 수없이 설명해주었다.

"나라에 큰 죄를 지은 몸이라네."

이순신은 아들이나 손자를 대하듯 따뜻한 눈길로 신병들을 바라보았다.

"행군 중에 잡담하는 것은 군령 위반입니다. 조용히 하세요."

앞서 가던 비변사 군관이 이순신을 노려보며 꽥 소리를 지른다. 백의종군당하니 군관도 산마루처럼 높아 보인다.

하늘을 올려다보았다. 그 하늘에 지난 6년간 피바람을 흩뿌리며 누벼온 남해의 푸른 바다가 눈앞에 어른거린다. 한산도 앞바다에 한 줄로 늘어서 있는 판옥선과 협선, 연락선, 보급선, 우람한 거북선이 눈에 선하다. 삼도수군통제사 시절의 자신을 상상하니 저절로 쓴웃음이 나온다.

멀리서 의금부 관리들이 이순신을 감시하는 중이다. 비록 감옥에서 풀려나와 백의종군하고 있다지만 이순신은 진주부 초계의 도원수 군영에 다다를 때까지는 의금부 소속 죄수다. 금부도사가 도원수 군영에 그를 인계하기 전까지는 자유로운 몸이 아니다. 특히 서인 관리들이 보기에는 언제 폭탄이 될지 모를 위험인물 아닌가.

"인덕원에서 군마들에게 물과 사료를 먹일 참이오. 오늘 해질 무렵까지는 수원에 들어가야 하니 서두르시오."

금부도사 이사윤이다. 도원수 군영까지 그를 호송한단다. 죄수는 아니지만 사실상 죄수 비슷한 백의종군, 그렇다지만 전 삼도수군통제사 이순신을 함부로 대하지는 못한다.

"알았소."

'지금 나는 계급 없는 군졸일 뿐이다. 통제사 이순신이 아니다.'

이순신은 거듭 자기 신분을 억눌렀다. 제비꽃이나 민들레가 말발굽에 밟힐지언정 그 색깔이 눈에 보이거나 그 향기가 코를 간질여서는 안된다.

한양에서 진부부 초계의 도원수 군영까지는 먼 거리다. 군대는 수원을 지나 평택에 이르고 4월 5일(양력 5월 20일)에 이순신의 고향인 아산에 도착했다.

이곳에서 이순신은 잠시 말미를 얻었다. 고문으로 상한 몸을 추스르라는 나름의 배려다. 금부도사는 충청감영이 있는 공주로 먼저 가서 기다리기로 했다. 긴박한 호송 업무는 아니니 금부도사도 여유가 있다.

"숙부님!"

큰조카 뇌가 마을 어귀까지 달려나와 숙부 이순신을 맞이한다.

뇌는 이순신을 보고 깜짝 놀랐다. 뇌가 기억하기에 원래 숙부 이순신은 키가 크고 몸집이 우람하다. 얼굴 생김새는 선비처럼 단정하지만 팔다리가 길고 키가 커서 무관복이 딱 어울린다. 하지만 오늘의 숙부 이순신은 몇 달 전과 다르게 볼 품 없이 마르고 늙어버렸다. 갑자기 노인이 되었다.

"숙부님, 얼마나 고생이 심하셨습니까?"

뇌는 눈물을 뚝뚝 흘렸다. 아버지를 잃은 뇌는 숙부 이순신이 아버지나 다름없다. 그렇건만 초라하게 변해버린 숙부의 얼굴을 보고는 슬픔이 복받쳐 오른다.

"우리 장손 뇌야, 내가 조상님을 뵐 낯이 없구나. 하지만 여기까지 왔으니 할아버님 묘에 난 풀이라도 깎아드려야 내 마음이 편하겠다."

"그렇게 하셔야지요."

이순신은 조카 뇌를 앞장세워 아버지 묘소로 올라갔다.

이순신은 어릴 시절 뛰놀던 마을 어귀를 둘러보았다. 아이들과 나무 칼로 전쟁놀이를 하던 산등성이와 활쏘기를 하던 은행나무가 난리통에도 그대로 남아 있다. 그 시절이 그립다. 산과 들을 마음껏 뛰어다니며 토끼를 잡고 머루와 다래를 따던 어린 시절.

이순신은 아버지 이정의 묘를 살펴보았다.

'제가 아버님의 얼굴에 먹칠을 하고 말았사옵니다.'

이순신은 아버지 묘 앞에 무너지듯 무릎을 꿇었다.

아버지의 꾸지람이 들리는 듯하다. 아버지 무덤 앞에 앉기만 하면 저절로 울음이 터져나온다. 굳이 참지 않는다 아버지 앞이라고 생각하니 꾹꾹 눌러두었던 설움이 마구 쏟아져나온다.

"숙부님, 고정하세요. 할아버님께서도 숙부님의 무죄를 알고 계실 겁니다. 너무 마음 아파하지 마세요."

뇌는 흐르는 눈물을 닦으며 이순신을 위로했다. 어린 조카가 보는 앞이지만 울음을 참을 수가 없다. 아버지를 생각하면 할수록 서러움이 가슴 터질 듯 차오른다.

"애야, 우리 장손 뇌야. 숙부가 죽거든 이 근처에 내 무덤을 마련해다오. 멀리 가기 싫다. 용인에 계신 내 할아버님도 이리 모셔야 하는데, 전쟁 통에 짬을 낼 수가 없구나."

이순신은 실컷 울어 허전해진 가슴을 쓸며 마을로 내려왔다.

"통제사 님."

"어이구, 하늘도 무심하지. 우리 통제사 님께 무슨 죄가 있다구."

"이 술 한 잔 받으세요."

언제 소식을 들었는지 마을로 들어가는 산모롱이까지 동네 사람들이 나와 기다리고 있었다. 마을이 생긴 이래 처음으로 종2품 삼도수군통제사가 나왔다며 다들 기뻐했는데, 느닷없이 백의종군이라니, 놀란 가슴이 아직도 뛴다.

주민들은 저마다 작은 물건을 하나씩 들고 있다. 술병을 가져온 할머니도 있고 닭을 고아 솥째 가져온 아낙도 보인다. 쌀자루를 가져온 할아버지, 노루 가죽을 들고온 청년, 산딸기를 따온 소년 등등 이순신 앞으로 낯익은 얼굴들이 몰려든다.

마을 사람들은 작은 동네에서 나라를 구한 영웅이 났다며 늘 자랑스러워했다. 그런 마당에 죄인으로 취급되어 추국을 당하고 죽도록 고문당한다는 소문에 다들 깜짝 놀랐다. 공을 자랑하기는커녕 죄없음을 변명해야 하다니, 이런 세상이 어디 있느냐고 하늘을 원망했다.

"저를 기억해주시고 이토록 반갑게 맞아주시니 몸둘 바를 모르겠습니다. 저는 나라에 죄를 짓고 백의종군하는 몸입니다. 우리 마을을 더 빛내야 하는데 죄인이 되어 차마 얼굴을 들 수가 없습니다."

마을 사람들은 아우성을 쳤다.

"간신배들 모함이라는 건 세 살 먹은 아이도 알고 있습니다. 통제사께서는 아무 죄가 없습니다."

"우리 통제사를 죄인이라고 말하는 놈이 누구냐!"

그때까지도 멀찍이서 이순신을 감시하던 금부 군사가 움찔 뒤로 물러선다. 마을 사람들은 금부 군사를 잡아먹을 듯 노려보았다. 잘못하다가는 애먼 관리들이 백성들의 손에 맞아죽을 판이다.

"저 사람들은 아무 잘못이 없어요. 저들 또한 시절을 잘못 만나 고생하는 불쌍한 사람들이오. 너그러운 마음으로 저 사람들에게도 술 한 잔씩 따라주시길 바랍니다."

마을 사람들은 이순신을 보아 분을 가라앉았다. 그리고 금부 군사들에게도 술을 권하였다.

한바탕 백암리 마을에 잔치가 벌어졌다. 한때 동네의 자랑이던 이순신을 보기 위해 모인 마을 사람들은 가져온 음식을 아낌 없이 나누어 먹었다. 이순신도 마을 사람들이 권하는 술을 사양하지 않고 주는대로 다 받아 마셨다. 오랜만에 술에 취하니 근심이 가신 듯 마음이 누그러진다. 스르르 잠이 온다.

"어머니, 어머니!"

이순신은 깜짝 놀라서 눈을 떴다.

눈을 뜨고 보니 아직 새벽이다. 창밖은 아직 깜깜하다. 옆방에서 코고는 소리, 잠꼬대 소리가 들려온다. 멀리서 개들이 컹컹 짖는 소리도 들린다.

불길한 꿈이다.

수십, 수백 마리 시커먼 뱀떼가 백암리 이순신의 집으로 모여들었다.

그는 활을 쳐들고 밖으로 나섰으나 이 뱀들은 이순신은 본체만체하더니 집 안으로 몰려 들어갔다.

그는 대문을 넘어 기어들어가는 뱀을 보고 화살을 겨누었다. 바람소리를 내며 날아간 화살은 엉뚱하게도 벽에 꽂히고 말았다.

"어, 이럴 리가."

고개를 갸우뚱거리며 다시 화살을 쏘았다. 이번에도 마찬가지다. 화살은 뱀 한 마리 맞추지 못하고 지붕 위로 날아가거나 나무기둥에 꽂혀 버린다.

그는 숨을 헐떡거리며 집 안으로 뛰어들었다.

"아니!"

깜짝 놀랐다. 수백 마리나 되는 뱀이 어머니가 계시는 안채로 몰려가는 것 아닌가.

그는 소리를 지르며 안채로 달려갔다.

이게 웬일인가?

아무리 달리려 해도 발이 얼어붙은 듯 떨어지지 않는다.

"어머니! 어머니!"

목이 터져라 울부짖어도 대답하는 사람이 없다. 그러다가 꿈에서 깨었다.

이순신은 이마에 맺힌 땀을 닦아냈다.

어머니에게 무슨 좋지 못한 일이 생긴 것이 아닐까?

꿈을 생각할수록 가슴이 두근거린다.

지난 1월, 한양으로 끌려올 때에도 이순신은 어머니를 뵙지 못하였다. 금부 관원들은 어머니에게 인사를 드릴 시간조차 주지 않았다.

"누구 없느냐?"

"예."

순화다. 순화는 이순신이 통제사로 있을 때부터 시중을 들어온 하인이다. 하인들은 전쟁이 나면 주인을 따르므로, 그는 이순신의 대장선에도 함께 오른다. 이번 한양길에도 그림자처럼 동행하여 성밖에서 기다리다가 이순신이 감옥에서 나오자 함께 초계땅 도원수 군영까지 따라나섰다. 진심으로 이순신을 따르고 섬기는 충직한 하인이다.

"저, 대령했습니다."

잠에서 금방 깬 듯 순화는 눈을 비비며 달려왔다.

"순화야, 다름이 아니라 내 심부름 좀 다녀오너라. 내가 어머님께 인사를 드린 지가 너무 오래되었구나. 순천으로 가서 어머님께서 평안하신지 인사 좀 여쭙고 오너라. 아산에 와 계시라고 전갈을 보냈는데 아직도 안오신 걸 보니 좀 걱정이 되는구나."

"그럼, 당장 다녀오겠사옵니다."

하인은 날이 새기도 전에 순천을 향해 떠났다.

"초계 가는 일정을 어림잡아 안부만 묻고 얼른 다시 오너라. 일단 도원수 군영에 가면 뵐 수도 있으리라."

"예, 어르신."

하루가 안되어 길을 떠난 하인 순화가 돌아왔다.

"응? 순화가 돌아오고 있다고?"

너무 빠르다. 가슴이 철렁거린다.

"통제사 님, 이 일을 어쩌면 좋습니까."

집으로 돌아온 순화는 이순신을 보자마자 울음부터 터뜨린다.

뻔한 것 아닌가. 다리에 힘이 쭉 빠진다. 왜 화(禍)는 한꺼번에 몰아치단 말인가.

"괜찮다. 일러라."

이순신은 숨을 크게 쉰 다음 일부러 침착하게 물었다.

"흐흑, 대부인께서 돌아오시는 길에 그만 돌아가셨답니다. 요앞 인주 앞바다에 운구하는 배가 도착했습니다."

"뭐라구? 어머님께서?"

하늘이 무너진다. 땅이 꺼진 듯 비틀거리다가 그는 무너지듯 엎어졌다.

어머님께서 돌아가시다니. 어버이가 돌아가실 때는 곁에서 마지막을 지켜드리는 것이 자식의 도리다. 그래야 부모가 편안히 눈을 감을 수 있다고 믿는다.

이 불효를 어찌할 것인가.

이순신은 엎드린 채 통곡했다. 심장이 찢어질 듯 아프다. 아들이 한양에서 풀려났다는 소식을 듣고서야 가족을 이끌고 순천에서 아산으로 돌아오는 길에 그만 돌아가셨단다.

'어머님을 객사시키다니. 아! 이 불효자를 죽여 주소서.'

이순신은 관이 와 있다는 게바위로 달려갔다.

나룻가에 이르니 어머니의 관을 실은 배가 떠 있다.

"아이고 어머니!"

이순신은 관을 붙잡고 울었다.

악몽을 꾸던 날 새벽에 어머니가 돌아가신 듯하다.

하필 아들이 죄인이 되어 끌려간 뒤 마음고생하다 돌아가셨으니 어떻게 눈을 감았을까.

"통제사 님, 그만 고정하소서. 몸 생각을 하셔야지요. 앞으로 대부인 마님의 뜻을 받들자면 나으리의 건강을 해쳐서는 안됩니다."

이순신이 몸을 떨면서 슬피 울자 운구선을 저어온 사공이 큰 소리로 위로한다. 하지만 귀에는 아무 소리도 들리지 않는다. 귀가 다 막혀버린 듯하다. 그토록 슬픔을 견디지 못할 수밖에 없는 까닭이 따로 있다.

이순신이 건원보 권관으로 북쪽 지방에서 일하던 시절, 아버지 이정이 세상을 떴다. 그때 이순신은 여진족과 싸우고 있었다. 몸이 불편하시다는 편지를 받고도 고향으로 임종하러 갈 새가 없었다. 그것만으로도 억장이 무너졌는데 어머니는 임종은커녕 객지 선상에서 돌아가시게 만든 것 아닌가. 아들이 좋은 모습을 보일 때 돌아가시면 그나마 나으련만 하늘은 이 작은 소망조차 허용하지 않는다.

영결하는 날에는 비가 많이 내렸다.

이순신은 장례를 마친 뒤 비를 흠뻑 맞으며 돌아왔다. 며칠 동안 음식을 먹지 않은 채 뜬눈으로 지내서 그의 몸은 상태가 말이 아니었다. 고문 후유증이 채 가시지도 않았다.

이순신은 그런 중에도 먹을 갈아 일기를 썼다. 이 슬픔을 글로 찍어 내지 않고는 가슴 속 상처가 쉽게 아물 것 같지 않았다.

— 4월 19일(기묘, 양력 6월 3일) 맑음. 일찍 길에 오르면서 어머님 영 전에 하직을 고하고 울부짖어 무엇하랴? 천지간에 어찌 나같은 불효 자가 있으랴. 일찍 죽느니만 못하다.

그렇게 이순신은 슬픔을 일기 속에 모두 담아놓았다. 어머니 생각에 눈물이 앞을 가리지만 마음은 한결 가볍다. 어서 죽기를 기다리는 마음 이 진심이거늘 두려움 따위가 깃들 곳이 없다. 죽으면 죽으리라, 그것 뿐이다.

장례 뒤처리를 마무리 짓기도 전에 공주에 가 있던 금부도사가 서기 를 보내왔다. 출발하라는 뜻이다. 이순신 때문에 초계 도원수 군영까지 가는 시간이 너무 늦어진 모양이다.

"도원수 군영으로 보내야 할 군대가 공주에 머물러 공을 기다리고 있 습니다. 어서 떠날 준비를 하십시오."

이순신은 어머니 빈소에 절을 올렸다. 하는 수 없이 뒷일은 조카들에 게 맡기고 금부 서기를 따라나섰다.

걸음걸음 한숨이 흘러나온다.

이순신은 기운을 차리고 도원수 권율의 군사가 되기 위해 길을 떠났다.

5

나이 들수록 삶이 구차해지누나

무관이 되어 오늘 이 걸음을 하기까지 숱한 모함을 받아보고, 갖은 비난을 한 몸에 안아보았다. 칼날이 스치듯 서늘하고, 화살촉이 박히듯 아프다. 한결 같은 것 하나는, 백성들은 언제나 그의 편이고, 그에게 의지하려 한다는 사실이다. 전란의 상처가 깊어 아직도 굶어죽는 백성이 많다. 먹을거리 구하느라 이리저리 떠도는 유민도 헤아릴 수 없이 많다. 그들을 불러 고기잡이를 시키고, 소금을 굽고, 배를 짓는 목수일을 주어서라도 목숨은 붙여줘야 하는데, 이순신은 이제 남을 돕기는커녕 자기 몸 하나 곧추 세울 힘조차 없다.

어머니를 잃고 시묘조차 못하는 늙은 수군 신세가 생각할수록 가련하다.

처음 무관을 시작할 때는 인생이 차마 이렇게까지 비참해질 줄은 상상하지도 못했다. 그의 인생은 그야말로 큰물난 개울마냥 호호탕탕 굽

이치며 마구 휩쓸려 떠내려가는 듯하다. 어디로 흐를지도 모른다. 그저 나무뿌리에 돌뿌리에 부딪히며 흐른다. 흐르다보면 어머니, 아버지 계신 그곳으로 가겠지, 그런 여유까지 생긴다.

그가 오늘 이 불우한 처지에 이르도록 달려온 길은 굽은 길, 굽은 물길 그대로다. 탄탄대로를 달려 본 적이 없는 것같다. 차라리 지금 입고 있는 이 무명 흰옷이 더 마음 편하다.

사실 이순신의 집안은 명문가는 아니다. 허수아비 임금 중종 이역의 달콤한 거짓말에 속은 조광조가 좌절하던 그 기묘년에 일어난 사화에서 할아버지 이백록이 덩달아 물러나면서 가문은 그믐달처럼 기울기 시작했다. 기묘사화는 중종 이역이 임금이던 1519년에 일어난 사건으로 홍경주, 남곤 등 수구파 대신들이 이상 정치를 주장하던 조광조, 남곤 등 젊은 선비들을 몰아내면서 유배시키거나 죽인 사건이다. 모두 할아버지 이백록의 동지들이다. 그러니 세상을 등지는 것은 당연하다. 그때 용인의 궁벽한 시골 고기리에 은거하면서 가세가 뚝 꺾여버렸다.

울분으로 나날을 지새던 이백록이 마침내 화병으로 세상을 등졌다. 겨우 유언 하나 남기고 은거지에 묻혔다.

"세상이 어수선하여 벼슬을 내던지고 초야에 묻혀 있다 보니 울증이 깊어 이제 간다만, 우리 후손들은 부지런히 교육시켜 훌륭한 관리가 되도록 가르쳐라. 그래도 관리가 되어야 세상을 뜯어고칠 수 있으리니. 정암 조광조 선생 정도는 돼야 세상을 한번 뒤집어보겠다는 용기라도 낼 게 아니더냐."

이순신이 태어나던 날, 이정은 그때는 이미 돌아가신 아버지 이백록의 유언을 지킬 손자가 태어났구나 하고 몹시 기뻐했다. 더욱이 변씨 부인이 이순신을 가질 때, 오래 전에 죽은 시아버지가 꿈에 나타났다고 하니 더욱 그렇게 믿을 수밖에 없었다. 그래서 이름을 순(舜) 임금에서 따왔다.

이순신은 점점 커가면서 다른 형제들에 비해 말과 웃음이 적고 생각이 깊었다. 아버지 이정과 변씨 부인은 순신에게 남다른 관심을 가졌다.

세상을 향해 울분을 토하던 이백록의 기개가 이순신에게 옮겨졌는지, 핏줄을 타고 내려왔는지 그는 무예를 즐기다가 과거 준비도 문과 대신 무과로 바꿔 공부했다.

이순신은 서른두 살이 되어서야 어렵사리 무과에 급제했다.

어린 시절 잠시 이순신과 한 동네에서 어울린 유성룡은 징비록에 이런 글을 남겼다.

— 이순신은 어린 시절 영특하고 활달했다. 다른 아이들과 모여 놀 때면 나무를 깎아 화살을 만들어 동리에서 전쟁놀이를 했다. 마음에 거슬리는 사람이 있으면 그 눈을 쏘려고 해 어른들도 그를 꺼려 감히 군문 앞을 지나려고 하지 않았다. 자라면서 활을 잘 쏘아 무과에 급제해 관직에 나아가려고 했다. 말타고 활쏘기를 잘 했으며 글씨를 잘 썼다.

| 징비록 |

유성룡은, 어릴 때부터 매우 총명하고, 퇴계 이황의 제자들이 설립한 도산서당 출신(도산서원은 이황 사망 후에 사액된 서원으로, 원래 있던 도산서당을 확충한 곳으로, 유성룡, 김성일 등은 도산서당 출신)이라 하여 이름을 날린 인물이다. 이미 10년 전에 문과에 급제하였다. 워낙 출중하다 보니 젊은 나이에 명나라 사신으로 다녀와, 관리라면 누구나 탐내는 이조정랑이라는 벼슬까지 지냈다. 또한 여러 가지 어려운 나랏일을 현명하게 처리하여 이순신이 무과에 급제할 무렵에는 벌써 종6품 홍문관 부수찬에 이르렀다.

　급제하던 날 유성룡은 이순신을 불러 축하주를 내면서 앞으로 조심해야 할 것이 무엇인지 일러주었다.

　"자네도 앞으로 관직에 나가면 알게 되겠지만 지금 조정이 몹시 혼란스럽다네. 뭐, 안그런 적이 없지만. 하여튼 생트집을 잡아 상대편을 공격하기 일쑤고 자기 당이 아니면 실력이 있어도 벼슬을 시켜주지 않는 실정이야. 관리들이 임금과 백성을 위해서 법을 사용하지 않고 개인과 당파의 이익을 위해서 제멋대로 늘였다 줄였다 한다네. 그러니 나라가 어지럽게 될 것은 뻔한 일이 아닌가? 참으로 어려운 상황이네."

　유성룡도 큰 시련을 겪은 적이 있다.

　영의정을 지낸 이준경이라는 사람이 죽으면서 임금에게 보낸 상소문이 불씨를 일으켰다. 이준경은 상소문에 대고 당파싸움의 징조가 있다고 적나라하게 경고하였다. 즉 그 당시 벼슬아치들이 자신과 다른 의견을 가진 사람이면 뭐라고 하든, 뭐를 하든 트집잡아 무조건 손가락질하고 큰 소리로 허풍을 떨며, 툭하면 당파를 지어 맞붙어 싸우는 버릇을 고쳐야 한다는 내용이다. 그러니 살아서는 못한 말, 죽기 앞서 해야겠다 며 임금이 나서서 이런 폐단을 막아달라고 간곡하게 부탁하는 내용을 시시콜콜 적은 것이다. 말이야 마디마디 다 옳다. 하지만 당쟁이라는 게 쥐똥이나 비둘기똥만 밟아도 마구 엮어 서로 죽이고 유배보낼 수 있는 건데, 이 또한 싸움거리가 되었다.

이 상소 한 장으로 조정은 발칵 뒤집혔다. 이미 죽은 이준경의 벼슬 마저 빼앗으라는 목소리가 임금의 귓전을 때렸다. 자신들의 행적이 이 준경이 올린 상소문에 그대로 적혀 있기 때문이었다.

벌떼처럼 들고 일어나 떠들어대는 신하들의 목소리에, 스무살 밖에 안되는 어린 임금(명종이 후사없이 죽는 바람에 뜻밖에도 열여섯 살에 불려와 왕이 되었다), 그것도 방계에서 어쩌다 왕위에 오른 국왕 이균은 갈피를 잡지 못했다. 그때 유성룡이 용감하게 임금 앞에 나아가 아뢰었다.

"신이 보기에 죽은 이준경에게는 잘못이 없습니다. 그는 충심으로 죽 기 전에 상소를 올린 것입니다. 상소의 내용도 지금 조정의 현실을 있는 그대로 말해주고 있습니다. 더욱이 죽은 사람을 공격하는 행동은 어진 사람의 도리가 아닙니다. 그러니 이준경의 관직을 빼앗는다는 말씀은 거두어주소서."

덕분에 임금은 마음을 돌렸다. 도리어 유성룡을 지혜와 용기가 있는 신하라고 믿었다. 사실은 너무 복잡한 문제라서 나이 어린 왕이 그저 덮어버린 것이다.

하지만 당파싸움은 날이 갈수록 더욱 심해졌다. 동인과 서인으로, 동인은 다시 북인과 남인으로 갈라져 으르렁거렸다. 자주 가는 주막도 서로 다른 데로 다니고, 옷색깔도 서로 꺼리고, 좋아하고 싫어하는 것마저 반대로만 돌아갔다.

이준경이야 딱히 동인이라고 볼 수 없지만 서인 영수인 이이를 미워했으니 저절로 동인으로 찍히고, 유성룡 역시 그런 이준경을 감쌌으니 역시 동인이다. 이순신은 유성룡의 어린 시절 친구이니 누가 봐도 그냥 동인이 된다. 별로 한 것도 없건만 저절로 동서의 낙인이 찍히고, 한번 찍히면 돌이킬 수 없는 출신 성분이 되고 만다. 이순신은 한 번도 당쟁에 낀 적도 없고 당인들과 어울린 적도 없건만 어딜 가든 사사건건 서인 측과 부닥쳤다. 당이 다르면 이치로 따져봐야 아무 소용이 없다. 고약한 풍습이지만 고쳐지지 않는다.

이순신은 무과에 급제한 뒤 맨처음 훈련원 봉사로 일했다. 실습생이나 다름없다. 그 다음에 일한 곳은 여진족이 자주 나타하는 삼수 땅이다. 삼수와 그 옆의 갑산이라는 땅에는 해발 1천미터 이상되는 개마고원 지역으로, 한양에서 귀양온 죄인들이 많이 살았다. 한번 귀양오면 살아서 나가기 힘들 만큼 험하고 거친 두메산골이다.

거기서 이순신은 가장 낮은 직책인 권관을 맡았다.

국경에서 초급장교인 권관으로 지낸다는 건 여간 힘든 일이 아니다. 언제 쳐들어올지 모르는 외적에 늘 대비해야 하므로 군사를 잘 훈련시키고 무기를 늘 정비해 두어야 한다. 또 현지 백성을 잘 다스리고 안전하게 보호해야 한다.

이순신은 자기가 맡은 일을 확실히 처리하려고 열심히 일했다. 처음에는 군사들이 이순신의 낮은 직급을 우습게 보고 잘 따르지 않았다. 그 전에 있던 권관이 일을 게을리하였기 때문이기도 했다.

하지만 이순신은 하루에도 몇 번씩 말을 타고 국경을 돌아보고 군사 훈련을 게을리하지 않았다. 또 시간이 날 때마다 백성들과 어울리며 그들의 어려움을 귀담아 듣고 잘못된 것은 하나씩 고쳐 나갔다.

이순신이 함경도 두메산골 삼수에서 권관 생활을 하던 어느 날이었다.

"권관 님, 함경도 감사가 온답니다. 어서 준비하셔야지요?"

부하 한 명이 헐레벌떡 달려와 함경도 감사 이후백이 검열 차 오고 있다는 소식을 전했다.

이순신은 소란을 피우는 부하들이 우습기도 하고 한편으로는 어처구니없기도 하였다.

"감사가 오면 오지 달리 무슨 준비가 필요하단 말인가?"

"하지만 함경 감사는 툭하면 곤장을 때리기로 유명한 분입니다. 조그만 트집거리도 그냥 넘기는 법이 없다고 하던뎁쇼."

기가 막히다.

감사 이후백은 성미가 급하고 괄괄하여 걸핏하면 군사들에게 곤장을 치곤 해 '곤장감사'란 별명이 붙었다. 변방 장수 가운데 그에게 곤장을 맞지 않은 사람이 거의 없다고 소문이 났다. 그런 만큼 평상시 군기를 중시하는 인물이다.

감사 이후백이 도착한 것은 저녁 무렵, 이순신은 조촐하게 술상을 준비하고 감사를 맞이했다. 흰머리가 성성한 감사는 듣던 대로 눈빛이 매섭고 굳게 닫은 입이 매우 완고해 보이는 사람이다. 이순신보다 무려 스물다섯 살이나 많다.

대청에 올라 인사를 올리는 이순신의 마음도 그리 편하지 않았다. 감사 이후백에 대한 소문이 워낙 여러 가지이므로 갈피를 잡을 수가 없다.

"이 권관, 먼저 한 잔 드시게."

"감사 님 먼저 받으시지요."

"어허, 어른이 주고 싶어 주는 거니 받아."

뜻밖에도 감사의 표정은 부드럽다. 마치 고향의 친척 어른 같은 모습이다. 이순신은 두 손으로 술잔을 받았다.

"실은 오늘 이른 아침에 삼수에 도착했다네."

"예?"

일찍 왔으면서 어둑어둑한 저녁이 되어서야 관아에 들어온 까닭은 무엇인가? 몰래 살폈다는 얘기다.

"기분 나쁘게 생각하지 말게. 이렇게 몰래 다니는 것이 어쩌면 감사의 진정한 본분이라고도 할 수 있으니까."

감사는 술잔을 비우고 천천히 말을 이었다.

"오늘 삼수 고을을 돌아다니며 느낀 점이 많네. 백성들에게 물어 보니 이 권관에 대한 칭찬이 자자하더군. 나도 젊을 때에는 여러 고을에 관리로 돌아다녔지만, 모든 백성을 다 만족스럽게 다스리기는 힘들었다네. 하지만 자네는 젊은 시절 내가 못이룬 꿈을 이루고 있더구만. 물어보는 사람마다 자네를 삼수 고을에 더 머물게 해달라고 아우성이던걸? 그래, 늙은이 기분이 아주 좋아. 허허."

감사는 흡족한 듯 껄껄 웃었다. 그리고 수염을 한번 쓸어내리더니 다음 말을 이었다.

"또한 변방을 두루 돌아다녔지만 삼수만큼 군기가 잘 정돈된 곳이 없었네. 군사들도 힘이 넘치고 무기도 잘 정비되었더구만. 참으로 대견하네."

감사의 칭찬에 이순신은 당연하다는 듯이 씩 웃어보였다.

"감사 님의 형벌이 너무나 엄하여 변경의 장수들조차 벌벌 떨며 몸들 곳을 모른다고 들었습니다만..."

이순신이 소문을 아뢰자 감사는 호탕하게 웃어젖혔다.

"내가 어찌 옳은 일을 하는데도 형벌을 주겠는가? 난 불시에 군기를 검열하곤 하지. 평상시 모습을 보면 위급할 때 어떨지 알 수 있거든. 감사가 아무 날 아무 시에 가마, 그러면 준비를 못할 사람이 어디 있는가. 마당 쓸고 칼에 기름칠하고 활시위를 팽팽하게 당겨놓지. 하지만 적이 언제 쳐들어가마 알려주고 온다던가? 전쟁은 항상 불시에 터지는 거야. 그러니 전시에는 자네 같은 군인이 필요한 거네. 아주 내가 영걸을 만났네그려. 자네같은 젊은 무관이 있다니 참으로 다행이네. 감사인 나의 복이라. 하하하."

이순신은 고개를 깊이 숙여 감사의 칭찬에 답례했다. 감사는 다정한 눈빛으로 이순신을 내려다보았다.

첩첩 산골 삼수에서 3년 동안 권관으로 지낸 이순신은 이번에는 훈련원으로 옮겨갔다.

서울 생활은 두메산골 삼수보다 오히려 더 힘들다. 위로는 까마득히 높은 사람들이 줄줄이 있고 아래로도 수많은 부하가 있다. 더 무서운 건 누가 동인인지 서인인지 모르고 말 붙였다가는 혼쭐이 난다는 사실이다. 벼슬이 높든 낮든 당파를 중심으로 벼슬자리가 결정되고, 관리들은 나랏일을 하면서도 당파를 우선 생각해야 한다. 이리 휩쓸리고 저리 휩쓸리고 바람 잘 날이 없으니 눈치를 보지 않을 수가 없다.

훈련원에서 봄을 맞은 어느 날.

"봉사 님, 병부랑 나으리께서 사람을 보냈는뎁쇼."

이순신이 코끝을 간질이는 꽃향기를 맡으며 한참 병서를 읽고 있는데, 밖에서 부하 군졸의 목소리가 들렸다. 봉사는 이순신이 훈련원에서 맡고 있는 벼슬 이름이다. 훈련원은 조선시대 군사들을 길러내고 관리하는 기관으로, 봉사란 그 훈련원에 속한 낮은 벼슬이다. 그래도 9품 권관보다는 한 등급 높아 종8품이다.

"병부랑께서 사람을 보냈다구?"

병부랑은 봉사보다 높은 정5품 벼슬이다. 평소에 가깝지 않은 병부랑 서익이 무슨 이유로 굳이 사람까지 보냈는지 알 수 없다. 게다가 그는 서인이다.

"무슨 일이라든?"

"오늘 퇴청하시는 길에 병부랑 나으리댁에 좀 들려달라는 말씀이옵니다."

"다른 말은 없으셨느냐?"

"예이."

군졸은 대답을 마치자 곧 물러갔다.

이순신은 서익이 부르는 까닭을 도무지 짐작할 수가 없다.

자신도 모르는 무슨 잘못이 있을까? 당이 다르면 무작정 흘겨볼 텐데, 생각만 해도 부담스럽다.

하지만 잘잘못을 따지겠다고 사가로 부르는 건 이치에 맞지 않는 일이다.

서익의 집은 훈련원에서 그리 멀지 않은 곳에 있다. 돌다리를 지나고 소나무숲을 돌아서 조금 가자 서익이 사는 기와집이 보인다.

대문 앞에 서서 이순신은 한동안 망설였다. 어쩌면 서익이 당파와 관련된 부탁을 해올지도 모른다는 생각이 문득 떠올랐다.

언젠가 서익이 조정의 권세있는 사람과 잘 어울리고 아첨하기를 좋아하며, 출세라면 물불을 가리지 않는 인물이라는 소문을 얼핏 들은 적이 있다. 소문이라고는 하지만 그가 보기에도 서익의 사람됨이 별로 진실하고 어질게 여겨지지 않았다. 그래서 가까이 지내기를 꺼려왔다.

"이공 아니시오. 여기서 뭘 하고 있소? 어서 안으로 들어갑시다."

마침 서익이 집으로 돌아오다가 문밖에서 서성거리는 이순신을 발견했다. 서익은 예전과 다르게 귀한 손님을 맞이하듯 그를 반겼다.

서익의 집 뒤뜰에는 연못과 정자와 화초들이 멋들어지게 자리잡고 있었다. 이순신이 하인의 뒤를 따라가 정자 위에 오르자 서익이 옷을 갈아 입은 뒤 나왔다.

"얘들아, 귀한 어른께서 오셨으니 주안상 얼른 내오너라."

준비라도 하고 있었는지 금세 술상이 나온다. 하인 둘이 양쪽에서 술상을 잡고 내왔다. 진수성찬이다. 잠시 뒤 기생 둘이 오른손으로 치마를 말아쥐고는 정자에 올라섰다.

서익은 좀처럼 말을 꺼내지 않고 술만 자꾸 권했다.

"이공, 어서 잔부터 비우시오. 애들아, 뭣들 하느냐? 봉사 님 잔을 채워드리지 않구."

기생들은 술잔을 채우고 가야금을 뜯으며 노래를 불렀다. 이순신은 그런 자리가 몹시 불편하다. 이유를 알 수 없는 술자리에서 주는 대로 넙죽넙죽 술만 받아먹을 수는 없는 노릇이다. 참다 못한 이순신은 서익에게 따져 물었다.

"병부랑께서 이토록 후대해주시니 감사합니다. 오늘 말단관리인 저를 부른 데는 반드시 무슨 연유가 있을 듯합니다. 우선 그 말씀부터 듣고 나서 술을 마셔도 마셔야겠습니다."

이순신이 차갑게 나오자 서익도 더이상 버틸 수가 없는지 입을 열었다.

"이 봉사, 성미가 어지간히 급하시군. 그럼 말씀드리리다."

서익은 큰기침을 한번 하고 나더니 기생들한테 물러가라고 일렀다.

기생들이 가야금과 장구 등을 챙겨서 물러가자 서익은 나직이 말문을 열었다.

"실은 내가 이 봉사께 부탁할 것이 좀 있소."

"부탁이라니요? 병부랑께서 저같이 하찮은 봉사에게 무슨 부탁이 있으시다구요?"

서익도 이순신의 말뜻을 알아듣고 입술을 약간 실룩거렸다.

"훈련원에 내 조카가 하나 있습니다."

서익은 어렵게 한 마디를 하고는 마른 침을 삼켰다.

"이번에 그 아이가 승진을 하고 못하는 것이 이 봉사의 손에 달려 있소이다."

"무슨 말씀이시온지? 저도 겨우 종8품인걸요."

이순신은 영문을 모르겠다는 표정을 지었다.

"내 말은 그 아이를 위해 서류를 한 곳만 고쳐 달라는 것이오. 그 아이가 머리는 영리한데 무술 실력이 부족해서 걱정인데, 마침 큰 형님이 이 봉사의 이름을 듣고 나에게 부탁한 것이오. 이 일만 잘 되면 나도 이 봉사를 모른 척하지는 않겠소."

비로소 이순신은 무슨 말을 하는지 알 수 있었다. 서익은 자기 조카의 승진을 부탁하는 것이다. 고과(考課)를 고쳐달라는 것 아닌가.

훈련원 종9품 권지봉사는 무려 46명이나 된다. 이를 관리하는 이순신 같은 종8품 봉사는 딱 2명 뿐이다.

이순신은 낯이 후끈거려 얼른 술잔을 들어 얼굴을 가렸다. 부끄럽다. 당연히 먼저 부끄러워해야 할 사람은 이순신 앞에서 비굴한 웃음을 물고 있는 서익이다. 하지만 왠지 이순신은 그런 사람과 그 자리에 같이 있는 것만으로도 얼굴이 화끈거린다.

이순신은 서익을 똑바로 쳐다보며 입을 열었다.

"승진하지 못할 사람을 승진시키면 그 자리에 승진할 사람이 억울하게 됩니다. 이는 옳지 못한 일입니다. 인사가 중요한 것은 그 자리에 맞지 않는 사람을 잘못 앉히면 일을 잘 할 수 있는 사람의 기회를 망가

뜨리기 때문입니다. 다른 거야 얼마든지 가능할 수도 있겠지만 승진 인
사만은... 저는 들어드리기 어렵겠습니다."

이순신은 얼른 일어나서 간단히 인사를 하고 정자에서 내려왔다.

"어찌 내게 이럴 수 있소? 내가 서인이라고 무시하는 거요? 이 봉사,
두고 봅시다."

잔뜩 화난 그의 목소리가 등을 꼬집는 듯했다.

이순신은 못들은 척하고 허둥지둥 서익의 집을 빠져나왔다.

'길이 아니면 가지 말라고 했거늘!'

어두운 밤길을 걸어 집으로 돌아오며 이순신은 서익의 사가에 찾아
간 일을 거듭 후회했다. 하필 서인을 건드린 셈이 돼버렸다.

6

이순신, 당신은 동인이다

이순신은 훈련원에 부임한 지 8개월 만인 그 해 10월, 충청도 병마절도사 휘하의 군관으로 자리를 옮겼다. 관리는 한 곳에서 2년이 지나야 근무지를 바꿀 수 있다. 그러나 이순신을 시기하고 질투하는 사람들 때문에 훈련원에 더 있지 못하고 지방으로 전출된 것이다.

이순신을 향한 모함은 새로운 근무지까지 끊이지 않고 따라다녔다. 그들은 틈만 나면 헐뜯고 없는 말을 지어냈다. 서울이고 지방이고 모두 다 당인들로 세를 이루고 있기 때문이다.

처음에는 그들이 퍼뜨린 나쁜 소문 때문에 윗사람들도 이순신을 멀리했다. 그러다가도 시간이 좀 지나면 자연스레 이순신의 품성을 겪으면서 그런 태도를 바꾸곤 했다.

그러던 중 전라좌수영 소속 발포(전남 고흥군 도화면 발포리)의 만호로 부임했을 때다.

전라 감사 손식은 이순신이 나타나기를 벼르고 있었다.

"발포만호로 온 이순신이란 자는 간사하고 교만하여 가까이하면 위험합니다."

"유성룡에게 빌붙어 높은 벼슬이나 따내려는 소인배입니다. 동인놈들은 실력도 없는 것들을 불러들여 국사를 망가뜨리고 있습니다. 이러다 전쟁이라도 나면 누가 싸우리까."

"자기보다 벼슬이 높은 사람 앞에서는 꼼짝도 못하면서 아랫사람은 말이나 소를 부리듯 함부로 대한답니다."

손식의 귀에는 유독 이순신에 대한 험담이 끊이지 않고 들려왔다. 동인 서인이 자주 싸우다 보니 아랫것들은 더 열심히 험담을 만들어 바치며 이간질한다.

그런 소문을 곧이곧대로 믿은 손식은 이순신이 전라좌수영에 부임한다는 소식을 듣고 어떻게 하면 그를 벌 줄 수 있을까 궁리했다.

몇 달 뒤 손식은 이순신이 근무하는 포구를 순찰했다. 고흥 남단 발포의 수군들이 보는 앞에서 이순신 만호의 코를 납작하게 만들겠다고 작정했다. 트집이야 무엇인들 못잡으랴 싶었다.

"발포만호 이순신입니다."

전라좌수영에는 포구가 다섯 개 있는데 그 가운데 하나가 발포다. 이순신은 그곳에서 만호라는 종4품의 직책을 맡고 있다.

"본관이 여기에 온 것은 단지 전라좌수영을 순찰하기 위해서만이 아니오. 그대가 진법(陣法)에 대한 지식이 대단하다고 들었소. 어디 내 앞에서 부하들에게 진을 치는 전략을 가르쳐보시오."

아무리 많은 병사가 있더라도 진(陳)에 대한 전략이 부족하면 싸움에서 이길 수가 없다. 그러므로 진법은 장수가 알아야 덕목 가운데 빼놓을 수 없는 매우 중요한 것이다.

특히 수군 진법은 이해하기도 어려울 뿐더러 남에게 가르치기는 더욱 힘들다. 손식은 일부러 진법을 들먹여 부하들이 보는 앞에서 이순신을 골탕먹일 속셈이었다.

하지만 이순신은 얼굴빛 하나 변하지 않고 유창하게 설명하기 시작했다.

"손자는 그가 지은 병법서 '모공편'에서 다음과 같이 말했습니다. 적을 알고 나를 알면 백 번 싸워 백 번 모두 이긴다. 또 적을 모르고 나만 알면 백 번 싸워 오십 번 이긴다. 만약 적도 모르고 나도 모른다면 백 번 싸워서 한 번도 이길 수 없다. 이와같이 진법은 적과 나를 바로 아는 데서 시작합니다."

그러더니 줄줄이 여러 진법을 설명했다. 그의 목소리는 힘이 넘친다. 평소 잘 알고 있으니 더듬을 일이 전혀 없다. 그 앞에 모여 있는 병사들까지 깜짝 놀랐다.

손식 또한 이순신의 뛰어난 실력에 혀를 내둘렀다. 실력만 보자면 만호에게는 훨씬 넘치는 진법까지 알고 있잖은가.

"이번에는 제가 전라좌수영의 여러 진을 그림으로 그려 보겠습니다."

이순신은 붓에 먹물을 묻혀 화선지로 가져갔다. 그리고는 거침없이 해안의 진을 그려나갔다. 전략상 중요한 부분은 먹을 두 번 찍어 더 진하게 표시했다.

"어쩌면 관할 지형을 그토록 자세하게 그릴 수 있는가!"

손식은 넋을 잃고 바라보다가 혼잣소리로 말했다. 이순신이 그린 진
에는 그의 치밀한 관찰력과 타고난 총명함이 그대로 드러나 있었다. 이
정도 실력이라면 수사(정3품)보다 훌륭하다.

"조부님 성함이 어찌 되오?"

손식의 목소리와 얼굴은 완전히 바뀌었다. 이순신에 대한 의심이나
불신의 그림자는 이미 사라졌다.

"백자, 록자 되시는 분이옵니다."

손식은 무릎을 탁 쳤다.

"오호라, 지난 기묘사화 때 조광조가 사약을 받고 죽자 용인 고기리
로 은거하셨던 분 아닌가. 그래, 이백록 어른이 그대의 할아버님이란 말
이지? 과연 그 할아버지에 그 손자로다. 할아버님이 그처럼 절개를 지키
셨으니 그 손자는 어련할까! 내가 그대를 냉대한 점을 용서해 주오."

손식은 정중하게 잘못을 사과했다.

전라감사 손식이 돌아가고 며칠이 지난 뒤 발포 관아에 편지 한 통이
날아들었다. 전라좌수사 성박이 보낸 편지다. 성박은 이순신이 속해 있
는 전라좌수영에서 가장 높은 벼슬아치다.

거문고를 만들 것이니 발포 뜰 안에 있는 오동나무를 한 그루 베어
보내라는 것이다.

이순신은 그 자리에서 답장을 써 보냈다. 당연히 거절하는 내용이다.

윗사람의 비위를 맞추기 위해서 나무 한 그루 정도야 벨 수도 있는 일이다. 그러나 그의 생각은 다르다. 비록 흔한 나무라 해도 그것이 관아에 있으면 나라의 재산이다. 그러니 관리가 사적으로 쓰기 위해 나라 재산을 베라는데 그대로 따를 수는 없다.

성박이 마침 몇몇 신하와 어울려 술을 마시고 있는데 하인이 이순신의 답장을 가지고 왔다.

"대감 마님, 이순신의 답신이 도착했습니다."

"오호, 그래. 소식 한 번 빠르다만 오동나무야 수레에 실어 보내면 될 일이지 무슨 답장까지."

성박은 당연히 오동나무를 베어 보내겠다는 내용이 적혀 있을 줄 알고 여러 사람 앞에서 편지를 펼쳐보았다.

"응?"

그의 얼굴이 심하게 일그러졌다.

"감히 본관의 명령을 거역하다니."

"뭐라고 적혀 있길래 그러십니까? 오동나무가 썩기라도 했답니까."

옆에 앉은 좌수영 군관이 묻자 그는 대답은 하지 않고 편지를 구겨버렸다. 다른 사람이 편지를 본다면, 겉으로는 모르지만 속으로는 오히려 자신을 욕할 것이 뻔하다.

"좌수사 대감, 무엇이 잘못됐습니까? 그 오동나무에는 톱이 안들어가나 봅니다?"

성박이 가장 아끼는 기생이다. 사실 오동나무를 베어 거문고를 만들겠다는 것도 이 기생의 청 때문이다.

"너흰 몰라도 된다."

성박은 자존심이 상했다. 다른 부하였다면 오동나무를 뿌리째라도 뽑아다 바쳤을 것이다. 전에도 성박은 부하들에게 그런 부탁을 여러 번 한 적이 있다. 그 때마다 만호든 첨사든 부하들은 시키는대로 직접 물건을 가지고 와 인사까지 정중히 하면서 바쳤다. 그런데 발포만호 이순신은 상관인 좌수사의 명령을 단박에 거절해버린 것이다.

성박은 분하고 괘씸해서 견딜 수가 없었다. 언젠가 이순신에게 단단히 앙갚음을 하리라고 마음먹었다.

그러다 그는 임기를 마치고 한양으로 올라가고, 그 자리에 이용이라는 사람이 새 수사로 부임했다. 수사가 새로 부임하면 군관, 만호, 첨사 등 아랫사람들이 찾아가 인사를 드리고 환영하는 자리를 마련해주는 것이 예의다. 이순신도 참석했다. 어떤 사람은 꿀과 굴비를 가져오고, 어떤 사람은 중국에서 들여온 도자기를 가져왔다. 그 밖에 보약을 가져온 사람, 비단을 가져온 사람도 있다.

"흥, 어째서 이 만호 손은 비어 있는가? 내가 수사로 온 것이 못마땅한가?"

악연이 될는지 마음이 불안하다. 그제야 빙 둘러보니 빈손은 이순신 뿐이다.

"만호 님, 계십니까?"

부하 군졸의 목소리를 듣고 이순신은 방문을 열었다. 싸늘한 겨울바람이 방안으로 확 밀려들어온다.

"눈이 오는 모양이군?"

이순신은 차가운 마루로 걸어나오며 말했다. 정말 하얀 눈송이가 펄펄 날린다. 눈을 뒤집어쓴 군졸이 걱정스럽게 말했다.

"만호 님, 지금 한가하게 눈 얘기나 하실 때가 아닙니다."

"왜구라도 쳐들어 왔느냐? 호들갑은."

이순신은 서안을 윗목으로 밀어 두고 군졸을 아랫목 가까이 앉게 하였다.

군졸은 앉자마자 허둥지둥 이야기를 시작했다.

"새로 온 좌수사 이용이 무슨 흉계를 꾸미는 모양입니다."

"흉계? 왜?"

이순신은 촛불을 바라보며 나지막히 물었다.

"무슨 영문인지 어제 저녁 무렵 좌수사가 포구마다 샅샅이 순찰했다고 합니다. 만호께서는 그 까닭을 아시겠습니까?"

"글쎄, 왜 소식도 없이 포구를 순찰했을까?"

이용은 지난 저녁, 이순신이 맡고 있는 발포를 비롯하여 전라좌수영에 있는 포구 다섯 군데를 한꺼번에 순찰했다. 전에는 한 번도 그런 일이 없었다.

"아마도 지난 번에 좌수사가 새로 부임했을 때 선물을 바치지 않았다고 하여 트집을 잡으려는 것 같습니다. 어찌하실 겁니까, 만호 님?"

군졸은 걱정이 되어 이순신에게 물었다.

이순신은 아무 말도 하지 않고 창호문을 열었다. 창밖으로는 여러 초가 지붕이며 나뭇가지마다 함박눈이 수북하게 쌓여 간다.

"내가 비록 눈치가 없어 미처 선물을 준비하지는 못했지만, 그게 무슨 허물이.아니거늘 무슨 일이 있겠느냐? 너도 괜한 걱정 말고 그만 돌아가거라."

다음 날 아침 군졸이 다시 이순신을 찾았다. 얼마나 급하게 뛰어왔는지 숨을 헐떡거렸다.

"좌수사가 조정에 거짓 보고를 올린답니다. 어제 좌수영을 순찰한 것도 트집을 잡으려고 한 일이었구요."

"거짓 보고를 올리다니?"

"어제 우리 발포에서 군졸 네 명이 결근했습니다. 하지만 다른 포구에서는 보통 십여 명은 결근하거든요. 그런데 다른 포구는 그냥 두고 우리 발포만 결근한 사람이 많다고 보고했답니다. 어찌 모함이 아니라고 하겠습니까?"

이순신은 평소에 게으름을 피우거나 결근하는 군졸들에게 엄한 벌을 내렸다. 그러나 어제 결근한 사람들은 저마다 까닭이 있다. 부모님이 중병에 걸려 돌볼 사람이 없거나, 제사를 지내기 위해 고향에 다녀와야 하는 등 분명한 이유가 있는 사람들이다.

이순신이 군졸에게 작은 목소리로 명령을 내렸다.

"우리 좌수영 포구마다 돌아다니면서 어제 결근자 명단을 다 조사해 오너라."

이순신의 밀령이 떨어지자 군졸은 재빠르게 밖으로 나갔다. 그리고 좌수영의 각 포구를 돌아다니며 결근자를 조사했다. 이미 알려진 대로 발포에서는 군졸 넷이 결근하고 다른 포구에서는 장수를 포함하여 십여 명이 한꺼번에 결근했다.

이순신이 각 포구의 결근자를 조사한다는 소문이 금세 좌수영에 퍼졌다. 마침내 좌수사 이용의 귀에까지 들어갔다.

"뭣이라구? 이 만호가 결근자를 조사해?"

이용은 깜짝 놀라 소리쳤다.

"뿐만 아니라 조사한 명단을 조정에 올리겠다고 장계를 쓰는 중이랍니다."

이용은 깜짝 놀랐다. 조선은 비록 높고 낮은 품계가 있는 나라지만 모든 판단은 조정이 하고, 그것도 임금이 결정한다. 그러니 말단이라도 얼마든지 장계를 올릴 수 있다.

"이 만호가 맡고 있는 발포의 결근자가 가장 적을 뿐 아니라, 이순신은 각 포구의 결근자 명단을 소상히 가지고 있답니다. 만일 그 내용이 조정에 알려지면 일이 커질 것이 분명합니다."

부하들은 오히려 이용의 처지가 더 곤란해질 것이라고 걱정했다.

"어쩌면 되겠나? 이놈이 날 잡아 엮으려는 것이로다."

일이 다급해지자 이용은 여러 장수들에게 묘안을 물었다.

"우선 장계부터 막아야 합니다. 그러려면 이순신을 찾아가 사과하시는 게 상책입니다."

좌수사 이용은 할 수 없이 만호 이순신을 찾아 발포까지 배를 타고 가서 사과하였다. 이용의 사과를 받은 이순신은 결근자 명단을 조정에 보고하지는 않았지만 굳은 얼굴까지 펴지는 않았다.

그런 일이 있고 난 뒤 이용은 더욱더 이순신을 미워해 어떡하든 모함할 기회를 잡기 위해 혈안이 되었다. 이러니 이순신을 미워하는 사람들은 더 미워하고, 칭찬하는 사람들은 더 칭찬하게 되었다. 따르는 사람이 많다지만 그만큼 적도 늘어간다.

　얼마 뒤에 좌수사와 전라감사가 모여 여러 장수들의 성적을 평가하는 일이 있었다. 이 평가 자료는 정기적으로 조정에 올리는 문건이기 때문에 매우 중요한 자료다. 다섯 포구의 장수들을 놓고 평가하는 자리에서 이용은 이순신에게 가장 낮은 점수를 주었다.

　"발포만호 이순신은 너무 게으르고 부하들을 잘 이끌지 못합니다. 게다가 성격이 아주 거만하여 윗사람을 무시하고 함부로 대들기까지 합니다. 이런 자를 어떻게 내버려 두겠습니까?"

　이용은 입을 열 때마다 이순신을 욕하였다. 아무것도 모르는 사람들은 정말 그런 줄 알고 고개를 끄덕였다.

　"좌수사는 무슨 말을 그렇게 함부로 하시오?"

　이용의 말을 가로 막고 나선 사람이 있었다. 조헌이다. 조헌은 전라감사 아래에서 도사란 벼슬을 맡고 있었다. 그는 훗날 임진왜란 때 옥천, 공주, 금산에서 의병을 일으켜 금산에서 일본군을 크게 물리칠 인물이다. 그렇듯 의기가 투철한만큼 이용이 이순신에 대해서만 유독 나쁜 점수를 매기자 더 이상 참지 못하고 발끈했다. 이용이나 조헌이나 서인이다.

　"소문을 들으니 좌수영에서는 이순신이 제일이라고 합니다. 어린아이는 물론 노인에 이르기까지 이 만호를 칭찬하더군요. 다른 장수라면 몰라도 이 만호를 나쁘게 평가하지는 마시오. 젊으니 혈기가 좀 넘친다 뿐이지요."

조헌은 비록 서인으로서 그들과 교류를 많이 하는 인물이지만 공사에 치우침이 별로 없었다. 세상이 아무리 당쟁으로 미쳐 날뛰어도 이렇게 반듯하게 세상을 보는 사람도 있었다.

기가 꺾인 이용은 갑자기 조용해졌다. 그리하여 이순신을 모함하려던 좌수사 이용의 계략은 물거품이 되고 말았다.

이순신이 서른여덟 살이 되던 해 3월이다. 하루는 뜻밖에 한양에서 군기를 조사하는 관리가 내려왔다. 이순신이 관청에 나가 보니 한양에서 왔다는 관리는 다름 아닌 서익이다. 훈련원 시절에 봉사로 있던 이순신에게 조카의 승진을 부탁하다가 모욕을 당한 뒤 분을 품고 있는 인물이다. 피차 분위기가 싸늘하다.

"아니, 이게 누군신가?"

서익은 짐짓 능청을 부린다.

"나는 그대가 발포에 있는 줄은 꿈에도 몰랐소이다."

그는 계속 능청을 떨지만 속으로는 기뻐서 날뛸 지경이다.

그 날 저녁 서익은 거짓 서류를 만들어 조정에 올렸다. 내용은 뻔하다. 이순신이 군사를 제대로 지휘하지 못하고 무기를 손보지 않는다는 것이다. 흠 잡고, 트집 잡자면 얼마든지 할 수 있다. 한번 모함을 받으면, 아니라고 변명하는 게 더 힘들다.

이순신은 파직당했다. 그는 담담하게 받아들였다. 변명할 절차도 복잡하고 서인인 좌수사가 자신을 지켜주지도 않을 게 뻔하다. 지금까지 충실하게 나랏일을 했으니 그로써 족하다고 생각했다. 또 당쟁의 불똥이 튀는 걸 무슨 수로 막으랴 싶기도 하다.

한편, 이순신이 파직당했다는 소식을 들은 유성룡은 사람을 보내어 일단 한양으로 올라오라고 전했다. 고향 아산으로 아주 낙향할까봐 그런 것이다. 당쟁으로 죽은 사람은 당쟁으로 살릴 수가 있다.

이순신은 연락을 받는대로 주변을 정리하고 한양으로 올라갔다.

"잘 왔네."

유성룡은 이순신을 반가이 맞이했다. 그때 유성룡의 벼슬은 사간원 대사간, 정3품의 당상관이다. 사간원이란, 임금이 잘못할 경우 직접 충고하는 관청으로 대사간은 이 사간원의 우두머리다. 관리들에게는 무시무시한 자리다. 생사여탈권을 쥐고 있는 특수관리들이다. 하지만 서인한테는 통하지 않는다. 당쟁은 나라의 근본을 뛰어넘는다.

"형님, 뵙기 부끄럽습니다."

이순신은 고개를 떨구었다.

"먼 앞날을 내다보게나. 세상 살다 보면 변명초자 못하고 당하는 일이 더러 있다네. 그때마다 좀 참게. 서익이란 놈이 뭐라고 음해를 했든 난 아무것도 안믿네. 우리 당인들도 마찬가지고. 동인 서인 간에 장벽이 너무 높아 말이 다르고 생각이 다르고, 이거야 원."

유성룡은 이순신이 안돼 보이긴 하지만 대사간 벼슬로도 어찌할 방법이 없다. 비판 좀 하려 들면 서인의 말단 9품까지 성질을 부리며 대든다.

당쟁은 당쟁으로 밖에 해결이 안된다. 당쟁을 부추긴 선조 이균도 달리 손쓸 길이 없다. 임금 이균은 당쟁을 도리어 통치 기술로 삼는다. 눈엣가시가 있으면 상대쪽이 손가락질만 해줘도 얼른 잘라버린다. 욕은 당이 대신 먹어주니 이 얼마나 좋은 방법인가. 왕은 그게 아주 재밌을 것이다. 손가락 튕기는대로 사람이 죽어나가고, 기침만 해도 벼슬이 올라갔다 내려갔다 하니 왕노릇하기에는 아주 그만이다.

유성룡이 작정하고 달려들면 이순신 한 사람쯤 구해줄 힘은 충분히 있다. 그러나 그렇게 했다가는 유성룡을 시기하는 쪽 사람들이 결코 가만히 두지 않고 실수를 노릴 것이다. 그렇게 끈질기게 물고 늘어지면 당해낼 재간이 없다. 당파는 무섭다. 한 사람이 무슨 생각을 하면 당인들도 일제히 그 생각을 따라간다. 도둑질을 하든 강도질을 하든 자기들이 하는 일은 무조건 감싸고 두둔한다. 몸은 여럿이고, 성 다르고 이름 달라도 군체(群體)일 뿐이다. 그러니 잠자코 지켜보며 옳고 그름이 밝혀지기를 기다리는 것이 현명한 행동이라고 생각했다.

"헌데 율곡 대감이 자네의 먼 친척이라더군?"

율곡 이이는 이조판서라는 높은 벼슬에 있고 지금은 임금이 가장 아끼는 신하이기도 하다. 하지만 유성룡과 다른 서인 영수다. 그러니 저절로 원수다. 서로 척진 거 없어도 동인 서인은 그냥 원수가 된다.

"율곡이 자네를 꼭 한번 만나보고 싶다더군. 이번 일 때문에 그런 것은 아니니 한 번 찾아가 보는 게 어떤가? 우리하고는 당이 다르지만 그래도 조정에서는 신망받는 분이라네."

이이와 이순신은 덕수 이씨로 먼 친척지간이다. 나이는 이이가 훨씬 많지만 촌수로는 이순신이 아저씨뻘이다. 그러므로 친척이라는 점에서 동인 서인을 떠나 한번 만나볼 수도 있는 사이다.

"그분이 이조판서로 있는 동안은 만나지 않겠습니다."

이순신의 대답은 간결하다. 친척이라는 명분으로 높은 벼슬자리에 있는 사람을 찾아가 괜한 의심을 사지 않겠다는 뜻이다.

"그래, 이순신 자네는 어쩔 수 없는 동인이야. 서인 영수를 만나는 건 부적절하지. 아유, 이놈의 세상은 왜 당이 생겨가지고 이리 복잡한지 원...."

이순신의 깊은 마음을 아는 유성룡은 더 이상 권하지 않았다.

그 뒤 넉 달이 지나자 조정에서는 이순신에게 다시 훈련원 봉사 벼슬을 내렸다. 종4품에서 도로 종8품 봉사로 강등시켜 벼슬만 달아준 것이다. 백의종군이나 다름 없는 모욕이지만 어쩔 수 없다.

7

모함, 시기, 음해가 나의 동무였다

    훈련원 생활을 한 지 얼마 안되어 그는 함경도 녹둔도로 전근하지만, 거기서 녹둔도 전투를 벌이다 처형 위기를 맞았다.

    가까스로 공을 세워 함경병마사 이일의 음해와 모략을 벗어나기는 했지만 몸과 마음이 너무 지쳤다. 원칙을 지켜나가는 것이 이렇게 힘들고, 양심을 안고 살기가 이렇듯 벅차기만 했다. 뭐든 당인의 눈으로 째려보고 노려보니 잘 해도 못하고, 못해도 잘하는 세상이 됐다.

    이순신은 녹둔도 사건 이듬해 6월, 고향 아산으로 내려가 오랜만에 가족들과 지냈다. 홀로 되신 어머니를 봉양하며 편안하게 몇 달을 보냈다. 그것이 일생에서 모자(母子)에게 허용된 짧은 휴식이라는 걸 그때는 알지 못했다.

    나라 안팎이 어지럽자 조정에서는 휴직 중인 이순신을 다시 불러들였다. 조정의 변덕도 이만저만이 아니다. 서인이 강해지면 동인 벼슬을 거두어 서인에게 넘겨주고, 동인이 강해지면 서인 벼슬을 거두어 동인에게 넘겨준다. 임금 선조 이균은 이런 식으로 국력을 야금야금 갉아먹었다. 이랬다 저랬다 조석으로 변덕이다.

그는 짧은 휴식을 마치고 또 벼슬길에 올랐다. 단 한 번도 뜻대로 머물 시간이 없다. 가라는대로 가야만 한다. 당인들의 혓바닥 위에서 수많은 관리들이 춤을 춘다.

이순신이 전라도 관찰사 이광의 군관으로 부임받은 것은 마흔다섯 살 되던 해 2월이다. 그 나이에도 종9품 말단 권관이다. 종4품 만호에서 다시 말단 하급관리로 또 강등되었다. 모함, 시기, 음해가 그의 친구이듯 강등, 좌천, 파직이 그의 일상이다. 당쟁이 어지러우니 개인의 품계쯤 오르락내리락하는 건 일도 아니다. 누가 관심도 갖지 않는다.

이광은 이순신을 기쁘게 맞이했다. 같은 덕수이씨다.

"자네 같이 뛰어난 인재가 뜻을 펴지 못하고 있다니 참으로 가엾구려."

이광은 이순신을 처음 만나는 자리에서 그렇게 말했다. 일찍이 이순신의 남다른 능력을 알아본 이광은, 마침 놀고 있는 그를 전라도 군관으로 보내줄 것을 조정에 요청하고, 조방장이라는 벼슬을 내리도록 건의하였다. 당인인 유성룡이 귀띔을 했을 것이고, 같은 덕수이씨라는 점도 고려됐을 것이다.

조방장으로 가자마자 큰 사건이 터졌다. 전라도감사 이광이 이순신을 급히 불렀다.

"큰일났네. 피바람이 불고 있어."

이순신은 얼른 관찰사 이광에게 가까이 다가앉았다. 누구 한 사람이

다치는 문제가 아니라 누구든지 언제든지 죽어나갈 수 있는 큰 폭풍이다.

"이곳 전주에서 정여립이란 자가 역적모의를 하다가 들켰다네. 그 자가 하필 동인이지 뭔가. 허 이거, 여간 큰일이 아니네. "

이순신도 깜짝 놀라며 고개를 끄덕였다.

"아마 많은 사람들이 끌려가 고문 받고, 그러고 나면 귀양을 가거나 사약을 받거나 목이 베일 것이네. 서인의 대반격이지. 동인은 지금 궁지에 몰려 남인 북인으로 갈리고, 남인만 죽어나가고 있네. 유성룡이 남인이니 자네도 화를 입을지 모르니 조심하게. 결코 빌미 잡힐 일은 삼가게. 목숨이 지푸라기 같은 시절이니 내 말 명심하게."

정여립은 전주 사람으로 15세 때 익산군수인 아버지를 따라 그곳 익산에서 자랐다. 어릴 때부터 성격이 불같아 아버지에게 잘못을 고자질한 친구를 때려죽인 일도 있다. 어린 나이에도 아버지인 군수를 대신하여 공무를 처리할 정도로 머리가 뛰어나 퇴계 이황 문하로 들어가 학문을 닦기도 하였다. 고을 사람들은 그의 아버지의 말은 듣지 않아도 정여립의 말은 어려워했다.

이후 정여립은 재주가 뛰어나 일찍 벼슬길에 올랐으나 임금 이균의 미움을 받아 고향으로 내려왔다. 전주로 내려온 정여립은 대동계를 조직하여 사람들을 끌어들이는 등 세력을 키워나갔다. 전라도와 황해도에서 뜻이 같은 사람들을 끌어모아 드디어 1589년(선조 22년) 가을에 반란을 일으키려고 했다. 아니, 서인들이 그렇다고 주장한다. 그렇다면 그런 것이다.

이러던 중 비밀이 새어 나가서 반란을 시작하기도 전에 주변 사람들이 모두 붙잡혔다고 한다. 남인들은 정철, 성혼, 송익필이 조작한 사건이라고 쉬쉬하며 한탄했다. 궁지에 몰린 정여립은 그의 아들과 함께 스스로 목숨을 끊었다. 조선에서는 달아날 곳이 없으니 저승으로 튈 수밖에 없다.

　이 사건으로 그렇잖아도 어수선하던 나라가 발칵 뒤집혔다. 이는 곧 당파싸움으로 이어져 조정 신하들이 서로 모함하고 헛소문을 퍼뜨려 많은 사람이 죽거나 귀양을 갔다. 정여립은 동인이고, 이순신도 동인이다. 동인은 납작 엎드려 있어야만 한다. 같은 동인이라도 당장 화를 피하려고 눈을 감은 쪽은 북인이 되고, 사건에 연루되어 붙잡혀 가는 세력은 남인이다.

　"자네 혹시 전라도 도사로 있던 조대중에게 편지를 보낸 적이 있나?"

　이광이 근심어린 말투로 이순신에게 물었다.

　"제가 전라도 수군으로 근무한 적이 있으니 도사에게 편지를 쓴 적이 당연히 있지요. 몇 번 낸 적이 있습니다."

　"큰일이로군. 금부도사가 조사 차 내려왔다네. 조대중이 정여립 사건과 관련이 있는 모양이더군. 자네가 보낸 편지도 발견되었다는 소문이 있네. 뭐 이상한 말 쓴 건 없겠지? 그저 아무 거나 마구 엮어버리니 무슨 트집이라도 잡히면 큰일난다네."

　이순신은 이광의 말을 묵묵히 듣기만 했다.

　"다행스럽게 금부도사가 자네를 아는 사람이더군. 그래서 조대중에게 보낸 편지를 없애줄 수도 있다고 은밀히 튕기기에 내가 그렇게 좀 해달라고 청했네. 당인끼리 서로 감싸야 죄를 면하는 세상이라니."

이런 때는 당인이라는 게 도움이 된다. 그 반대이면 어떻게든 엮여 무슨 변고를 당할지 모른다. 글자 하나 가지고도 죽는 세상이다.

정여립 사건으로 수많은 관리가 걸려들었다. 이순신은 그 가운데 전 함경도병마사 정언신이 끼어 있다는 사실을 알고는 깜짝 놀랐다.

정언신은 병마사로 근무할 때 녹둔도에 둔전을 만들게 해달라고 조정에 건의해주기도 했는데, 이순신이 함경도에 있을 때 그를 많이 아껴 준 상관이다. 또 조정에서 무인을 추천하라고 할 때에는 언제나 이순신을 손꼽던 사람이다. 이순신도 그의 인품을 알고 마음 속으로 늘 그를 존경하고 있었다. 물론 같은 동인이다.

이번 정여립 사건에서는 동인들이 피바람을 입에 물었다. 영호남 선비 1천여 명이 참살, 유배, 금고되었다. 죄가 있어 당하는 게 아니라 서인의 미움을 받던 사람들이 무고로 엮인 것이라고들 했다. 당시 사관들의 사초에 '서인들은 기뻐 날뛰고 동인들은 기운이 죽었다', '서인들은 갓을 털고 일어나 서로 축하하였으며 동인은 스스로 몸을 뺐다'고 적혀 있다.

"옥에 갇힌 정언신 어른을 찾아뵙겠습니다."

"자네 지금 제 정신인가? 잘못하면 자네도 역적으로 몰리고 말걸세. 게다가 서신 문제도 걸려 있지 않은가. 긁어 부스럼 만들지 말게나."

"제가 잘못한 것이 없으니 저는 신경 쓰지 않습니다. 두렵지 않습니다."

"세상일이 맘먹은 대로만 되는 것이 아닐세. 그렇게 세상을 살고도 이 세상의 이치를 그리 모르나? 죄는 만드는 거지 짓는 게 아니야. 당쟁의 시대를 사는 관리는 모름지기 쇠오줌이나 말똥조차 조심해서 피해다녀야 한다네. 기생과 이별하다 눈물 흘린 조대중은 정여립이 죽은 걸 슬퍼하여 흘린 것으로 조작되고, 처형장에서 먼지가 눈에 들어와 눈물 흘린 군관은 정여립 도당으로 엮여 즉석에서 목이 잘렸다네. 겁 먹어도 안되지만 무시해서도 안되네. 조심 또 조심하게."

이광은 그래도 같은 당인이라고 이순신을 걱정해주었다.

"함경도에 있을 때 그 어른의 은혜를 크게 입었습니다. 지금 위험에 빠졌다고 해서 모른 척하는 건 사람의 도리가 아니라고 생각합니다."

이순신은 뜻을 굽히지 않았다. 이광도 그런 이순신을 믿음직하게 보기는 하지만 때가 때인지라 걱정스럽다.

"그럼 한양에 다녀오겠습니다."

이광은 말에 오르는 이순신을 보면서 자신감 넘치는 이순신이 부럽기도 하고, 저렇게 대쪽처럼 살다가 언제 어느 놈 손에 부러질까 걱정스럽기도 하다.

이순신은 한양에 도착하자 우선 친한 형인 유성룡부터 찾아갔다. 그역시 펄쩍 뛴다.

"말리지는 않겠네만 정말 몸조심해야 하네. 여간 큰 사건이 아니네. 서인들이 동인의 씨를 말려 죽이려고 작정했다네. 나도 지금 납작 엎드려 있네. 무슨 말만 하면 정여립하고 엮어버리네. 참외 맛이 좋다고 하면 저놈은 정여립이 즐겨 먹던 참외를 좋아한다, 이러며 모함하네. 벌통이 깨진 듯 서인 목소리만 왕왕거리는 시국이네. 우리 남인은 말 한 마디 못하네. 임금이 정여립을 워낙 미워하니 달리 변명도 못하고 있어."

유성룡은 의금부로 가는 이순신에게 거듭 몸조심을 일렀다.

이순신은 정언신이 갇혀 있는 의금부를 향해 일어섰다. 의금부는 죄인을 고문하고 가두는 곳이다. 관리라면 언제 그곳에 붙잡혀가 고초를 당할지 알 수가 없다. 이렇게 당쟁이 심할 때는 정말이지 한 치 앞을 알 수가 없다.

의금부 근처 보신각에 이르면서 살이 타는 듯한 고약한 냄새가 풍겨온다. 이순신은 손으로 코를 감싸쥐었다. 냄새만으로도 정여립 사건의 규모를 알만하다. 줄잡아 천여 명이 고문을 받고 수백 명이 죽어나간다는 소문이 돈다.

여러 개의 대문을 지나고 나서야 옥문에 다다랐다.

마지막 옥문이 가까워지자 풍악소리가 들려왔다. 가야금, 장구, 대금 등 여러 가지 악기 소리가 어우러져 큰 소리를 냈다. 죄인들의 비명과는 어울리지 않는 소리다.

이순신은 걸음을 멈추고 악기 소리가 나는 곳으로 가보았다. 그랬더니 의금부 안 정자에서 나졸과 옥리들이 모여 술을 마시고 있는 것이 아닌가!

"역적들은 아마도 전부 목이 잘릴 게야."

"누가 아니래! 못된 놈의 자식들 같으니. 나라의 녹을 먹는 놈들이 그래 나라를 배신해?"

"그게 역적이지."

"천벌을 받을 놈들. 감히 왕의 자리를 넘보다니."

"어쨌든 역적놈들 덕분에 우리만 살판났지, 뭐."

"도끼는 잘 갈아두었지?"

정자에 모인 나졸들은 히히덕거리며 함부로 지껄였다. 그들은 차출된 양인일뿐 계급과 품계가 없으니 당쟁을 알 리 없다. 의금부에 끌려오는 사람은 그저 죄인으로밖에 보지 않는다.

"뭣들 하고 있는 건가?"

"무엇을 하다니요? 우리가 무엇을 하건 당신이 무슨 상관이요?"

정자 안에서 젊은 나졸 하나가 소리쳤다.

"여기는 관청이고 지금은 일할 시간이오. 그런데도 금부 나졸들이 대낮에 술 취한 그 얼굴이 뭐요! 국록을 먹으며 왕명을 집행하는 사람들이 이래도 괜찮다는 말이오?"

이순신이 소리를 버럭 질렀다. 상대가 누군지 모르니, 정자에 있던 의금부 나졸들은 아무 말도 하지 못하고 서로 눈치만 살폈다.

"술자리를 치우고 앞으로는 조심하리다."

한 사람이 일어나더니 이순신에게 사과했다.

"부디 주상과 백성의 은혜를 저버리지 마시오."

이순신은 위엄있게 한 마디 던지고는 정언신이 갇혀 있는 옥문으로 들어갔다.

"병마사 님, 이순신입니다. 얼마나 고생이 심하십니까?"

정언신은 병조판서를 거쳐 우의정으로 있다가 정여립 사건으로 붙잡혔지만, 이순신은 자신의 상관으로 있던 병마사라고 그를 불렀다. 그는 함경도병마사 시절 여진족 니탕개 무리를 소탕하고 백성들을 잘 보살펴 여진족들조차 아이를 낳으면 언신이라고 이름을 지을 정도로 유명한 무관이다. 다만 영의정을 지낸 이준경이 그에게 통천서각(通天犀角 ; 코뿔소 뿔)을 선물로 주면서 "장차 나를 대신하리라."고 하였다 한다. 그런데 그게 그만 독이 된 것이다. 하필 서인들로부터 역적이라고 지목받는 이준경의 총애를 받은 사람이 돼버렸다.

정언신은 고개를 들어 이순신을 바라보았다. 그의 눈에도 눈물이 그렁그렁 맺혔다. 이순신보다 네 살 더 많다.

"이렇게 와 주다니 고맙기 그지없네. 내 운세가 처량하니 같은 동인조차 다들 나를 피하기만 하는데 자네는 겁도 안나나?"

"원, 별 말씀을 다 하십니다. 저는 병마사 님이 죄가 없다는 것을 믿습니다. 잘못되었다면 세상이 잘못되었을 뿐 대감께 무슨 죄가 있겠습니까?"

"자네라도 말조심 좀 하게. 세상을 한탄하다가는 아차 하는 사이에 역적으로 몰려 죽거나 유배당하는 판국이네. 한숨도 짓지 말고 눈물도 흘리지 말게. 그만 옥사에서 나가게. 공연히 자네까지 의심을 받을까 두렵네. 나하고 얘기하는 것도 죄야 죄! 아무 거나 갖다 걸치면 죄인이라구."

손발에 수갑과 족쇄를 차고 차가운 옥방에 갇혀 있으면서도 정언신은 한때 자신의 부하이던 이순신을 먼저 걱정했다.

  "한겨울에 흰 눈이 내려야만 소나무와 잣나무가 얼마나 푸른지 알 수 있듯이, 지금 내가 옥에 갇혀 있으니 누가 진정한 벗이며 인물인지 알 수 있을 듯하네. 같은 당인이어도 아무 소용없네. 그런들 무엇 하나. 돌이킬 수 없는 함정에 빠져버렸으니."

  정언신은 진심으로 이순신에게 고마워했다. 이순신도 극진한 말로 정언신을 위로하였다. 두 사람은 뒷날을 기약하며 헤어졌다. 캄캄한 옥문을 나서는 마음이 숯검댕이처럼 시커멓다.

  그 일이 있고 나서 몇 달 뒤 이순신은 종6품 정읍현감으로 부임했다. 그 사이 정여립 사건은 여러 신하들이 죽거나 귀양가는 것으로 마무리되었다. 찬바람을 맞고 눈물 흘린 사람조차 정여립을 두둔했다고 덮어씌워 처형할 정도로 서인들이 극성을 부렸다. 이순신이 겁 없이 찾아가 당당하게 면회했던 정언신은 다행히 처형당하지는 않고 귀양을 갔다. 그나마 다행이다.

  이순신은 현감으로서 백성들과 평화스럽게 지내며 일을 했다. 마침 정읍 옆에 있는 태인현에 현감이 부임하지 않아서 몇 달 동안 그곳 현감을 겸하기도 했다.

  일을 잘 처리하여 백성들에게 믿음을 주자, 태인현 백성들도 이순신을 믿고 따랐다. 심지어는 전라감사에게 찾아가 이순신을 태인현의 정식 현감으로 보내달라고 부탁하는 사람들이 있을 정도였다.

정읍으로 부임할 때 이순신은 두 형의 자식들을 데리고 내려왔다. 이순신의 두 형 희신과 요신이 젊은 나이에 죽었기 때문에 이 조카들을 맡아 길러야 하는 처지다. 남들의 비웃음을 무릅쓰고 정읍까지 이 조카들을 데려와 먹이고 가르친다.

벼슬아치가 식구들을 이끌고 부임지로 가는 것을 '남솔'이라 한다. 나라에서는 벼슬아치가 백성들에게 피해를 끼치지 못하도록 '남솔'을 금하였다. 식구가 많이 따라다니면 그 자체가 민폐이기 때문이다. 그런데도 고아가 된 조카들을 어찌 할 도리가 없으니 데리고 있어야만 한다.

물론 이순신은 늘 검소하게 생활했다. 조카들에게는 절대로 백성을 괴롭히지 못하도록 가르쳤다. 조카들도 그러한 숙부의 마음을 알고 처신을 잘 했기 때문에 백성들의 비난을 받지 않았다.

겨울이 다 지나갔는데도 날씨는 여전히 춥다.

이순신은 늦은 밤, 보던 책을 덮어두고 일어나 집을 한 바퀴 돌아보았다. 멀리서 개 짖는 소리나 들릴 뿐 세상은 너무나 고요하다. 그는 뒤뜰을 지나 조카들이 자고 있는 방 앞에 머물렀다. 안에서는 아무 소리도 들리지 않는다. 어린 조카들을 생각만 해도 가슴이 저리다.

이순신은 뒤뜰 아궁이로 갔다. 막대기로 불을 헤치자 불씨가 아직 남아 있다. 그는 장작 한 아름을 안아다가 아궁이에 넣었다. 그러고는 방으로 돌아와 잠자리에 들었다.

다음 날 이른 아침부터 오동나무 가지에 앉은 까치가 운다.

"허허, 반가운 손님이 오려나! 웬 까치가 저토록 울어대지?"

이순신은 관아로 나가다 말고 파란 하늘을 휘어잡고 있는 나뭇가지를 쳐다보았다. 아직 봄이 오려면 더 기다려야 하지만 봄날처럼 따뜻하다. 맑은 하늘로 까치가 솟구쳐 오른다.

이순신은 조카들에게 통감을 마저 읽으라고 이른 뒤 관아로 나섰다.

"현감 어른, 선전관이 내려온다는 전갈입니다."

이순신이 관아에 들어서자 이방이 다가와 말했다.

"무슨 일로 이 궁벽한 시골에?"

"거기까지는 모르겠습니다."

선전관은 임금의 명령을 전하는 관리다. 선전관은 좋은 소식을 전하기도 하지만 때로는 좋지 않은 죄를 통보하러 내려오기도 한다. 가령 높은 벼슬자리를 알리거나 상을 내리기 위해서 오는 경우도 있고, 그와 반대로 벼슬을 빼앗거나 벌을 내리기 위해서 오는 수도 있다. 때때로 사약을 전하거나 자결용 단도를 주기도 한다.

이순신은 선전관이 내려오는 까닭을 어렴풋이 짐작할 수 있다. 데리고 다니는 조카들 때문이리라 짐작했다. 할 수 없다고 다짐했다. 그렇다고 아비 없이 자라는 조카들을 모른 척할 수는 없다.

"선전관이 도착하셨습니다."

잠시 후 선전관이 도착했다는 보고가 들어왔다.

이순신은 선전관을 맞이하기 위해 동헌 마당으로 나갔다. 왕명이니 앉아서 받을 수가 없다. 엎드린다.

"정읍현감 이순신은 주상 전하의 어명을 받드시오."

선전관이 목청껏 외치자 이순신은 엎드린 채 절을 올린다. 어명을 받는 예법이다.

"저는 이 현감을 정읍현감에서 전라좌수사로 벼슬을 높이라는 어명을 받고 내려왔습니다."

땅에 엎드려 있던 이순신은 귀를 의심했다.

느닷없이 전라좌수사라니? 만호가 아니고 수사?

전라좌수사는 전라좌수영 전체를 책임지는 높은 관리다. 종6품 현감이 넘보기 어려운 자리다. 종4품 만호까지 올라갔다가 오동나무 사건으로 미끄러져 여태 하급직을 전전한 그로서는 뜻밖의 일이다.

이순신은 고개를 들어 선전관을 쳐다보았다. 무슨 영문인지 모른다는 표정이다.

"축하드립니다만 종6품 현감에서 바로 정3품 좌수사로 올려드릴 수는 없어 일단 종4품 진도군수로 제수합니다. 또 그런 다음에는 종3품인 가리포절제사로 올렸다가 마지막으로 전라좌수사로 제수하는 형식입니다. 그러니 진도든 가리포든 형식상 그렇다는 말씀이고, 실제로는 바로 좌수영으로 부임하셔야 합니다."

선전관은 함박꽃처럼 활짝 웃었다. 사실상 몇 단계를 뛰어넘는 승진이다. 수군절도사는 정3품이다. 종5품에서 당상관인 정3품으로 펄쩍 뛰었다. 이 소식을 전하는 선전관도 정4품으로 두 칸 아래다.

이순신은 벌떡 일어나 임금이 있는 북쪽을 향해 큰절을 올렸다. 그동안 참고 견뎌온 간난신고가 말끔히 씻겨나가는 듯하다.

이순신이 전라좌수사로 임명되기까지는 사실 유성룡의 힘이 컸다.

그 전에도 유성룡은 이순신을 여러 번 추천하였으나 서인들의 극렬한 반대로 뜻을 이루지 못하였다. 그러나 나라 밖이 너무 어수선해지자 그들도 더이상 반대하지 못했다. 일본이 조선을 치겠다고 거듭 위협하는 상황이라 조정에서는 그나마 당쟁을 떠나 국경 방비를 튼튼히 하고 보자는 여론이 생긴 것이다.

유성룡은 기회를 놓치지 않고 권율과 이순신 두 사람을 조정에 추천하였다. 훗날 그 두 사람은 모두 임진왜란이 일어나자마자 육지와 바다에서 크게 활약하여, 바람 앞의 등불 같은 나라를 구할 명장이 된다. 다만 당인의 추천으로 그 자리에 오른만큼 언제 또 정반대의 화를 당할지는 아무도 알 수가 없다. 급하면 쓰다가도 잠잠하면 언제든지 때려잡을 수 있다. 당쟁 앞에서는 누구라도 소모품이다.

1591년 2월 13일(양력 3월 26일). 이순신의 나이 마흔일곱.

이순신은 전라좌수사가 되어 여수 좌수영에 도착했다. 눈앞에는 푸른 바다가 넘실거린다. 양옆으로는 수많은 군사들이 허리를 굽혀 그의 명령을 기다리고 있다. 고향에 온 듯하다. 바다를 굽어보며 이순신은 나라를 위해 목숨을 바칠 것을 각오했다. 바다를 지켜야 한다.

8

전라좌수사가 되다

전라좌수영은 수군으로 이루어진 여수 병영이다. 모두 5관5포를 관할한다. 즉 순천부사, 광양현감, 낙안군수, 보성군수, 흥양현감이 5관이고 방답첨사, 사도첨사, 여도첨사, 녹도만호, 발포만호가 휘하 장수들이다. 5관이야 전쟁이 안나면 괜찮지만 전쟁이 나면 그 즉시 전라좌수영의 수군 부대가 되고, 관리들은 수군을 이끄는 장수가 된다. 전쟁이 터질 경우 좌수사의 명령에 따라 바다에서 적을 무찌른다. 그러니 무엇보다 싸움배인 전선(戰船)이 가장 중요하다.

바다는 잔잔하고 물결은 햇빛에 비쳐 반짝거린다. 간간이 바람이 불어와 물결이 조금씩 출렁거린다. 멀리서 고깃배들이 오락가락하는 것도 보인다. 군사들은 잔잔한 바다처럼 평화롭게 자기 할 일을 한다.

"내일부터는 전선을 지을 것이다."

좌수영으로 돌아온 이순신은 급히 하인을 불렀다.

"군관 나대용을 불러라."

나대용은 전부터 이순신이 아끼는 부하다. 그는 생각이 깊고 지혜로운 젊은이다.

잠시 후 나대용이 들어와 이순신에게 인사를 했다.

"자네, 거북선에 대해서 알고 있나?"

이순신의 물음에 나대용은 대답을 망설였다. 언젠가 들어본 적은 있지만 자세히 알지는 못하기 때문이다.

"태종 임금 때 만들었다고 들었습니다. 흥국사 자운 스님도 거북선에 대해 잘 아신다고 들었습니다."

처음 거북선이 만들어진 것은 태종 이방원 시절이다. 1413년(태종 13년)에 거북이 모양의 배를 만들어 태종 이방원이 임진강에 나가 거북선끼리 싸우는 훈련을 친람했다고 한다. 그 후 탁신이라는 신하가 이런 상소를 올렸다.

— 거북선은 많은 적선 사이로 치고 들어가 충돌하여도 부서지지 않으
니 훌륭한 전선입니다. 더욱 견고하게 만들어 전쟁 무기로 삼으소서.

탁신의 상소에도 불구하고 그 이후 거북선은 더 만들어지지 않았다. 오랜 기간 전란이 없었기 때문이다. 임진왜란 전 200년간 조선에는 크든 작든 전쟁은 일어나지 않았다. 북쪽에서 소규모 전투만 이따금 있었을 뿐이다. 그런만큼 수영은 관리들이 놀다가는 자리쯤으로 여겨졌다.

"자네를 부른 까닭은 거북선을 만들고 싶어서네. 들려오는 소문을 들

자니, 아무래도 전쟁 준비를 해야만 되겠네."

이순신은 책상 서랍에서 종이 한 장을 꺼냈다.

"거북선 도면이네."

나대용은 앞으로 당겨 앉아 그림을 자세히 들여다보았다. 이순신이 구해온 거북선 도면은 치밀하고 자세하다.

"수사께서 그리신 겁니까?"

"전거를 뒤져 서툴게 그려본 거야. 전부터 거북선이 있었다는 얘기를 듣고 훈련원에 있을 때 자료를 두루 찾았지. 내가 과분하게도 요해처인 전라좌수영을 맡았으니 반드시 전란을 막아야 않겠나. 왜놈들이 쳐들어온다는 소문이 들리는데, 물길이라면 반드시 이곳을 지나야만 하지 않는가. 그럼 여기서 결전을 벌여야 하는데, 그러자니 거북선을 꼭 만들어야겠다고 생각했네."

"그러면 제가 할 일은?"

"거북선을 자네가 좀 만들어 보게. 자운 대사께도 물어보게. 적선 사이를 헤집고 돌아다녀도 끄떡없는 철옹성같은 전선을 만들어내게. 듣자하니 왜적들은 조총이라는 무기를 쓴다네. 납탄이 빗발친다네. 갑옷을 뚫는다 하니 판옥선만으로는 조총을 막기 어렵지. 그래서 거북선을 만들겠다는 거야."

"이 거북선이라면 아무리 가까이 다가가도 조총 공격쯤은 거뜬히 막겠습니다."

"이건 단지 태종 때 만든 자료일 뿐 실전에서 써본 건 아니니 우리는 왜적선과 붙어 이길 수 있는 실전용으로 만들어야 하네. 아래는 판옥선

을 그대로 쓰되 덮개는 조총탄을 막을 수 있게 철판을 대야겠지. 또 육
박전에 대비해 왜적들이 거북선으로 넘어오지 못하도록 날카로운 꼬챙
이를 거꾸로 박게."

"상상만 해도 가슴이 뜁니다. 큰일을 맡겨주시니 영광입니다."

"크고 작은 총통을 빙 돌아가며 배열하되 전면에 사거리가 가장 길고
화력이 좋은 천자총통을 달게. 거북이 머리로 포구를 가리면 더 위용이
있겠지. 근접전에서는 조란탄(鳥卵彈 ; 둥근 자갈 수백 개를 한꺼번에 비오듯
이 쏟아내는 것으로 지자총통에 넣어 발사한다) 수백 발을 묶어 쏘면 적들이
혼비백산할 거야. 신기전이나 비격진천뢰를 발사할 대완구도 설치하고.
결국은 포격전으로 승부가 날 걸세."

나대용은 이순신이 건네는 거북선 설계도를 받아들면서 굳게 머리를
숙였다.

"됐네, 됐어. 자네 자세를 보니 거북선이 절반은 이미 만들어졌구만.
필요한 목수와 재료는 얼마든지 구해다 쓰게나. 자운 대사는 내가 흥국
사를 찾아가 따로 부탁을 드리겠네. 아무래도 승군이 필요하거든."

"당장 거북선을 짓겠습니다."

이순신은 나대용의 손을 굳게 잡았다.

좌수영 본영에서 가까운 바닷가 모래밭에는 망치소리와 톱질 소리가
끊이지 않았다. 수십 명의 목수들이 부지런히 오가며 나무를 자르고 못
질을 했다. 목수들이 뚝딱뚝딱 움직일 때마다 배가 만들어지는 것 같다.
거북선만 아니라 주력선인 판옥선도 만든다.

이순신은 목수들을 격려하고 일의 진행 상황을 점검하기 위해 하루도 거르지 않고 공사장에 나왔다.

"잘 만들어지고 있는가?"

이순신의 물음에 나대용이 힘차게 대답했다.

"예. 다들 제몫을 하고 있습니다."

나대용 이외에도 도편수 박이남, 군관 송희립, 녹도만호 정운 등이 거북선을 짓는 데 참가하고 있다. 이순신올 진심으로 섬기는 부하들이다. 또 자운 대사도 거북선을 짓는 걸 지켜보고 있다.

"고맙네. 나라와 백성을 지키기 위해 하는 일이니 더 성의껏 해주길 바라네. 왜적이 쳐들어온다는 소문이 흉흉하니 바닷길에서 적의 예기를 꺾어버려야 한다네."

이순신은 목수들을 일일이 손 잡고 어깨를 두드려 주었다.

"거북선 스무 척만 있다면 적이 백만이라도 두렵지 않을 텐데."

이순신은 바다를 바라보며 걱정했다. 일본군이 쳐들어오면 그 시작은 수전일 수밖에 없다. 또 섬나라인 일본은 수전에 강할 수밖에 없다. 그동안 왜구들이 쳐들어온 예를 살펴봐도 일본 수군선은 결코 만만치 않다.

"이렇게 방비를 하고 있는데 왜적선인들 무사하겠습니까? 거북선이 다 깨부술 것입니다."

녹도만호 정운이 의기양양 대답한다.

"왜적선이 아무리 강해도 우리 거북선은 당하지 못할 것입니다. 배를 지으면서 저희들이 먼저 놀라고 있습니다. 판옥선과 비교해도 어마어마

합니다."

"고맙네. 자네들의 충성심과 거북선, 이 두 가지면 세상에 두려울 것이 없을 것이네."

이순신은 천천히 발길을 돌려 막 짓고 있는 거북선을 둘러보았다.

거북을 닮은 몸체가 거의 완성 단계에 있었다. 현장에는 쇳물을 끓이는 대장간도 있어서 거북선 덮개에 쓸 철판을 만들고 있었다.

전라좌수영은 거북선뿐만 아니라 조선수군의 주력 전선인 판옥선도 더 만들고, 그밖에 연락선이나 보급선 등으로 쓸 협선(정찰이나 연락용으로 쓰는 소형쾌속선, 노꾼은 3명, 수군은 약 10명이 탑승)도 더불어 만들고 있다. 수군들은 전선이 새로 만들어질 때마다 바다로 나가서 띄워 보았다. 좌수영 포구에는 점점 더 배가 많아졌다.

막상 전선과 화포, 화약, 각종 무기들이 넉넉하게 들어차자 수군들의 사기도 높아졌다. 어떤 적이 쳐들어와도 이길 수 있다는 자신감을 얻은 것이다.

한편 이순신이 거북선뿐만 아니라 전선을 여러 척 만들고 틈만 나면 수군을 훈련시키는 것을 못마땅하게 여기는 사람도 있었다. 이순신이 동인 유성룡의 추천으로 좌수사에 오르자 반대파인 서인들은 이를 못마땅하게 여겼다. 매사 동서의 다툼이니 뒤집든 까든 잘못을 들춰야 한다.

좌수영 관할 순천부사 심유성이 그 대표적인 사람이다. 서인 첩자는 인근에도 널려 있고, 좌수영 내에도 물론 있다. 특히 순천부사 심유성은 관내 돌산포에서 전선을 짓고 수군을 모집하고 훈련을 너무 심하게 한다 하여 못마땅하게 생각하고 있다. 순천부사로서 전라좌수사의 부하가 되는 것도 마땅치 않기 때문이다. 부사는 좌수사의 품계인 정3품 바로 아래 단계인 종3품이다. 더구나 당이 다르면 까짓 품계 정도는 서너 계단을 넘나들며 싸울 수 있다.

그는 이순신이 무리하게 전선을 짓고 수군을 훈련시켜 백성들의 원망을 사고 있다는 장계를 하필 성질 괄괄한 신립한테 보냈다. 그는 이순신보다는 나이가 한 살 적은데 스물세 살에 무과 급제한 탓에 벌써 도원수 자리에 올라가 있다. 신립은 여진족 전투에서 이름을 날린 육전의 명장이기도 하다. 온성부사 시절에는 함경병사 정언신의 지휘로 니탕개가 이끄는 여진족 1만 병을 소탕할 때 참전하여 큰 공을 세웠다.

신립은 심유성의 편지를 그대로 믿었다. 수군을 너무 늘리면 육군이 쓸 자원이 모자란다고 생각했다. 그는 어디까지나 육전에서 승패를 짓는 것이지 수전은 그 보조전투일 뿐이라고 믿는 사람이다. 그는 곧 임금에게 상소하여 이순신이 수군을 자꾸 늘리려는 계획을 막으려고 했다.

이순신은, 이 소식을 유성룡이 급히 보내준 편지를 보고서야 알았다. 그는 도저히 참을 수 없어 바로 상소문을 올렸다.

— 신 전라좌수사 이순신, 주상 전하께 올립니다.
신이 다스리는 이곳 좌수영 백성들은 전하의 은혜에 감사하며 편안하게 살아가고 있습니다.

아뢰옵기 황공하오나 요즘 들어 부쩍 왜적의 기미가 수상합니다. 하지만 미리 철저히 준비해두면 뒷날 걱정거리가 없고 후회하는 일이 없을 것입니다. 특히 바다로 침입할 왜구를 격퇴하기 위해서는 수군이 절대적으로 중요합니다. 우리 수군이 강하면 왜적들은 전하의 왕국에 감히 발을 딛지 못할 것입니다. 신은 왜구들에게 바닷길을 절대로 터주지 않을 것입니다.

부디 바라옵건대 육군과 함께 수군의 필요성을 깊이 살피시어 수군의 증강을 허락해 주십시오. 신의 뜻을 굽어 살피소서.

| 이순신 |

이순신이 올린 상소문을 보고 임금은 생각을 정리했다. 바다를 건너오는 일본군을 수군으로 막는 것이 더 유리하다는 논리가 임금 선조를 움직인 것이다. 국왕은 이순신의 뜻대로 하라고 친히 허락했다. 좌수영 인근 모든 군현은 이제 전라좌수사의 명령에 따라 군비와 장정을 무조건 대야만 하는 것이다. 순천부사도 이렇게 결론이 난 이상 납작 엎드렸다. 그는 어디까지나 좌라좌수사의 지휘를 받는 부하 장수다.

이순신은 임금에게 감사하며 북쪽을 향해 큰절을 올렸다.

국왕 선조가 임란 과정에서 너무 무능하게 처신했다며 많은 비판을 받고 있지만 사실 이순신을 파격적으로 승진시켜 전라좌수사로 제수한 것이나, 이처럼 수군을 마음대로 충원하고 전선과 무기를 갖추라고 독려한 것은 오로지 그의 공이다. 동서 당쟁이 치열한 상황에서 이나마 지지를 해준 그 힘이 이순신이 일본군을 대비하도록 도운 것이다. 다만 경상좌수영, 경상우수영은 나름대로 방비를 한다고 했지만 이만큼 큰 노력을 하지는 못했다.

이런 가운데 거북선 3척 등 여러 판옥선, 각종 병선, 보급선, 연락선이 건조되었다. 이순신이 좌수영을 맡은 지 1년 사이에 전투준비가 완료된 것이다. 물론 그 사이 좌수영 내 수군들이며 군현 수령들이 총력으로 나선 덕분이다.

다만 거북선에 대해서는 장수들 사이에 의견이 엇갈렸다. 판옥선만으로도 충분한데 굳이 철판을 덮은 무거운 거북선을 만들어 어떻게 수전에 쓰겠다는 것인지 모르겠다며 비판하는 사람들도 있었다. 물에 뜨기나 하겠느냐, 굼떠서 어떻게 적선을 추격하느냐 걱정하기도 했다.

이순신은 거북선에 대한 믿음을 주기 위해 말로 설명하기보다 직접 그 성능을 백성들에게 보여주기로 했다.

거북선을 진수한다는 소식이 전해지자 좌수영 관내의 관리들과 백성들이 몰려나왔다. 서인들도 물론 두루 찾아와 자리를 메웠다. 물에 가라앉기만 해봐라, 이런 속셈이다.

"와, 저게 배란 말인가? 경복궁 근정전이 떠 있는 것이지 어디 저걸 배라구 하겠나?"

"세상에 저렇게 큰 배는 태어나 처음 보겠는걸!"

"용머리 좀 보세요. 등짝은 거북 모양이네요."

"배에 뚜껑을 달면 어쩌누? 그것도 쇠뚜껑을... 배가 버틸까?"

"아이구, 저 투박한 몸체 좀 보쇼. 통나무로 만들었구료. 배가 앞으로 나가기는커녕 물에 가라앉겠구만."

혀를 차며 거북선을 향해 손가락질하는 사람도 있었다.

잠시 후 전라좌수사 이순신이 나타났다.

그는 먼저 포구에 차려진 제상(祭床) 앞으로 갔다. 거북선을 바다에 띄우기 전에 남해의 수신에게 제사를 올리기 위해서다. 이순신은 기대 반 걱정 반으로 술잔에 가득히 술을 부었다. 그런 다음 바다 쪽으로 절을 올렸다. 그 뒤로 5관5포 부하장수들이 한 사람씩 나와 차례로 술을 따르고 절을 했다.

도면으로는 거뜬히 물에 뜨고도 날래게 움직일 수 있는데 실제로 그럴 수 있는지는 막상 진수시켜봐야 안다.

제사를 마친 뒤에는 거북이와 자라 따위를 방생했다. 이순신이 즐겨 쓰는 의식이다.

좌수영 앞바다에 밀물이 들어왔다. 수심이 푯대를 타고 넉넉히 올라오자 기다렸다는 듯이 북이 울렸다. 신호에 맞추어 수군들은 거북선을 포구에 매놓은 동앗줄을 끊었다.

거북선은 거대한 물보라를 일으키며 바다로 나아갔다.

거북선에는 수군 160여 명이 탄다. 노를 젓는 격군은 대략 40명이고, 이들은 교대로 20개의 노를 젓는다. 수군 중 70여 명은 총통 포혈(포를 쏘는 구멍)을 하나씩 맡는다. 그 뒤에 수군 36명은 교대로 포혈을 맡기 위해 대기한다. 군기를 잡기 위해 포도장도 탑승한다. 또 부상병 치료를 위해 의원이 동승한다. 나머지 수군은 보급을 맡고 식사를 만든다. 이렇듯 많은 수군이 거북선 안에서 질서있게 움직이지만 밖에서는 보이지 않는다. 그래서 더 무섭다.

거북선 다섯 척이 저마다 육중한 몸체를 밀고 여수 앞바다 한가운데로 미끄러져 나아갔다. 구경꾼들은 소리를 지르며 박수를 쳤다.

"세상에 저럴 수가! 저 큰 배가 과연 물에 뜰까 걱정했더니 쏜살같이 달리는구만."

"보통 배보다 곱절은 빠르겠는걸! 저 큰 배가 바나를 휘젓다니. 참으로 놀라운 일이야!"

"저 용머리에서 뿜는 연기 좀 보게?"

"구멍마다 쏘아대는 대포는 또 어떻구! 산천이 쩌렁쩌렁 울릴 지경이네."

"당해낼 적이 없겠는걸. 아무튼 신통한 배로군."

구경하던 5관5포의 부사, 군수, 현감, 현령, 그리고 수군영 만호, 첨사 등 장수들이며 군사들, 각 마을에서 몰려나온 백성들은 입을 딱 벌리고 감탄했다.

막상 선을 보인 거북선의 위력은 대단했다. 물을 가르는 속도가 판옥선 못지 않고, 전선 내부가 보이지 않으므로 마음 놓고 적을 공격할 수 있다. 또한 갑판덮개에 날카로운 쇠침이 무수히 박혀 있어 백병전을 벌이더라도 적들이 기어오를 수가 없다. 게다가 몸체가 워낙 크고 무겁기 때문에 한번 부딪치면 어지간한 적선은 단숨에 박살날 것이 분명하다.

그때까지 거북선을 두고 사람들 사이에 오고 가던 걱정과 의심이 한꺼번에 가라앉았다. 순천부사도 입을 다물었다.

이 당시 백성들은 일본이 언제 쳐들어올지 몰라 은근히 두려움이 컸다. 그런데 거북선이 위세 당당하게 바다를 누비는 걸 보고는 온갖 시름을 다 놓게 되었다.

당시에도 조정에서는 당파 싸움으로 걸핏하면 대신들이 죽거나 귀양 가는 일이 되풀이되고 있었다. 지방도 마찬가지라서 탐관오리들이 백성들을 못살게 굴어 그러잖아도 전쟁이 난다는 소문으로 힘든 민생이 더 팍팍했다. 또한 몇 해 동안 흉년이 들어 백성들의 생활이 말이 아니어서 논밭을 버리고 고향을 떠나는 사람들도 있었다.

나라가 어수선하면 백성들은 더 편치 않다. 특히 왜구가 종종 나타나는 바닷가 백성들은 나날이 불안하다.

그러던 중 이순신이 좌수영으로 부임해 오더니 믿음직한 수군을 조련해낸 게 아닌가. 백성들이 보기에는 천만다행이다.

이순신은 거북선을 진수한 날에도 일기장을 펼쳤다. 그리고 붓을 들고 마음을 가라앉혔다. 하루 일과를 곰곰이 더듬어 보았다.

이순신이 일기를 쓰기 시작한 것은 오래 전이다. 일기를 쓰면 자신이 하루를 어떻게 보냈는가 정리 되고, 또한 무엇이 잘못되고 잘 됐는가 반성할 수 있고, 앞으로 어떻게 해나가야 할 것인가 방향이 잡히곤 한다. 그리고 먼훗날에 일기장을 다시 펴 보면 지난 날 무슨 일이 일어났는가 소상히 알 수 있다. 당쟁이 심한 시대이니 누굴 왜 만났는지, 무슨 애기를 나눴는지 기록해두는 것도 매우 요긴하다.

8년 전에도 이순신은 일기 덕을 톡톡히 보았다. 북쪽 지방에서 조산보만호와 녹둔도둔전관을 겸하고 있을 때, 군사 부족으로 여진족의 기습을 받은 적이 있다. 그러잖아도 병력이 모자라 병마사 이일에게 충원을 여러 차례 요청하였지만 매번 거절당했다. 그러던 중에 여진족이 기습하여 군졸과 백성들이 죽고 다치자 이일은 패전 책임을 이순신에게 덮어씌우려고 하였다. 이때 이순신은 그동안 자신이 이일에게 보낸 편지와 공문서를 공개하고, 또한 그날그날 자세하게 적어 둔 일기를, 이러한 사실을 뒷받침해 주는 증기로 내밀었던 것이다. 그 뒤부터 이순신은 일기를 적는 일이며, 기록을 남겨두는 게 얼마나 중요한지 깨닫고 지금까지 꼭 지켜오고 있다.

— 3월 27일(정해, 양력 5월 8일), 맑고 바람이 없다. 일찍 아침 식사를 마치고 배를 타고 소포(지금의 종포)로 나갔다. 쇠사슬을 건너 매는 것을 감독하면서 종일 기둥나무를 세우는 것을 보고, 거북선에서 대포 쏘는 시험을 했다.

4월 15일(양력 5월 25일), 전라좌수영 여수 본영.

수사 이순신은 성종의 공혜왕후 제삿날이라 공무를 보지 않고 관사에서 쉬었다. 점심 무렵, 활이나 쏠까 하다가 광양현감 어영담이 대흥사에 다녀오면서 좋은 차를 가져와 함께 달여 마셨다. 어영담하고는, 이순신이 좌수사로 부임하면서 가까이 지내는 사이다. 그의 직책은 비록 현감이지만 이순신보다 더 나이가 많고, 출사 이래 남해 바닷가에서만 근무한 정통 수군이라 바닷길을 아주 잘 안다. 둘이 있을 때는 말투도 더 편해진다.

"어? 현감님이 가져온 거라 그런지 역시 차맛이 다르군요. 참 좋습니다."

"수사의 안색이 어째 좋지 않습니다?"

어영담이 이순신의 빈 찻잔을 채우면서 묻는다.

"현감 어르신이 그걸 어떻게 아십니까? 저야 뭐 서른두 살이 되어서야 겨우 부러진 다리를 묶어 과거에 붙고, 전라도 발포진만호가 되었을 때는 좌수사로 있던 성박이 우리 진의 오동나무를 베어오라는데도 거절했다가 아주 죽는 줄 알았답니다. 글쎄, 내 근무 평점을 하(下)로 올리지 않았겠소?"

"저런, 파직될 뻔했군요? 아이고, 수사님, 제 평점일랑 잘 주셔야지 안 그러면 이 늙은이 큰일납니다. 제 팔자에 수사는 한번 해보고 죽을 수 있을까요? 하하하."

"조선이 망하는 걸 바란다면 어 현감의 평점을 하(下)로 매겨야겠지요. 난 그때 전라감영에서 도사로 있던 중봉 조헌 선생이 아니었다면 정말 아산에 올라가 농사나 지을 뻔했지요. 그런데 그러고도 1년이 지나지 않아 난 결국 파직됐어요. 훈련원 때 사이가 좋지 않던 서익이 검열관으로 내려와서는 군기가 엉망이라나 어쨌다나 트집잡으면서 날 음해했지요. 서른아홉에 겨우 함경도 군관이 되었으나 석달 만에 건원보 권관으로 강등 좌천되었지요. 거기서도 여진족 추장 울지내를 함부로 잡았다 하여 날 죽여라 말라 복잡했지요. 마흔세 살에도 여진족과 싸웠는데, 그때 북병사 이일이 내 목을 베겠다고 대들어 그땐 정말 죽는 줄 알았습니다. 결국 백의종군하는 것으로 목숨은 부지했지요. 품계 바닥이라는 종9품부터 한 칸 한 칸 올라가야 재밌는데, 전 올라가다 뚝 떨어지고 올라가다 떨어지고, 제 팔자가 왜 이렇게 사납습니까."

이순신은 일부러 목을 어루만졌다.

"수사 님 일생도 파란만장하군요? 이 어영담보다 더 곡절이 많습니다."

"그걸로 끝나면 다행이게요?"

"또 있습니까?"

"지금 우리 전라감사 이광 영감이 아니었다면 난 진작에 끝났을 겁니다. 다행히 덕수 이씨 종친이면서 나보다 한 살 어린 이광 감사가, 비록 강등된 자리긴 하나 날 군관 겸 조방장으로 발탁해 줘서 겨우 살아났지요. 그러다가 정읍현감, 고사리첨사, 만포첨사, 태인현감, 진도현감, 가리포첨사까지 숨가쁘게 다녔지요. 우리네 변방 수령은 1년 내에는 전근을 가지 못하는 법인데, 서류상이긴 하나 난 불과 1년 사이에 여섯 군데를 옮겨다녔어요. 서인 대간들이 거품을 물고 떠들어댄 덕분이지요. 그런 끝에 내 죽마고우 유성룡 형이 힘을 얻으면서 뜻하지 않게 전라좌수사 자리에 앉게 된 것입니다. 종6품이던 내가 정3품 당상관이 될 줄은 꿈에도 몰랐습니다. 그래서 이 꿈을 얼마나 길게 꿀까 걱정이 되는 거지요."

"듣고 보니 역마살이 어지간하십니다그려? 을사년(乙巳年) 경진월(庚辰月) 경오일(庚午日) 병자시(丙子時)가 맞지요?"

어영담이 미리 준비한 닥지를 펼치면서 물었다. 이 닥지에는 먹물로 쓴 이순신의 명조가 적혀 있다.

"그렇습니다. 한양성 건천동에서 3월 여드레, 자정에 태어났답디다."

"전라좌수사로 영전한 것이 잘된 것인지 못된 것인지 아리송하군요. 부귀영화를 누리는 명은 아닌 듯합니다. 팔자 좋으면 병마사로 가도 도적놈 하나 기어들지 않고, 팔자 나쁘면 말단 군관으로 가도 꼭 전쟁이 터진다니까요."

"허허허, 명을 보지 않아도 그쯤은 나도 잘 알아요. 안 그렇다면 지금까지 내가 살아온 인생이 지렁이처럼 꿈틀거리지는 않았을 거요."

"하긴요. 얼마 전에는 수군을 폐지하자는 말까지 나왔었잖습니까?"

"조정에서 책상 머리에 앉아 하는 짓이란 게 늘 나라 망하는 짓만 골라서 한다니까요. 내가 현감 님하고나 이런 얘기를 마음껏 나누지 어디 가서 속엣말을 시원하게 꺼내보겠습니까. 하하하."

"수사를 영전시킨 걸 두고도 일본에 부사로 다녀온 김성일인가 하는 부제학은 펄쩍 뛰면서 반대했다더군요. 평화스런 나라에 왜 수영을 보강하여 민심을 소란케 하느냔 거지요."

김성일은 일본에 통신사로 다녀온 뒤 전쟁이 안난다고 보고를 올려 전쟁준비를 게을리하게 만든 장본인이다. 정사 황윤길하고 싸우느라 반대로 말한 건데, 그런 김성일이 이순신의 전라좌수사 발령을 못마땅하게 여겼다는 것 아닌가. 더구나 그는 성을 쌓고, 군사를 징발하는 것도 반대했다. 나지도 않을 전쟁준비를 한다고 백성을 괴롭힌다는 주장이었는데, 당장 몸이 괴로운 백성들은 그를 편들었다.

"난 어쩌다 동인이 되었지만, 김성일 같은 이는 같은 동인으로서도 참으로 답답합니다. 아마 내가 서인이었더라면 벌써 파직되었겠지요.

그 이처럼 저를 싫어하는 동인도 있다니까요. 그래서 제 팔자는 어찌 나옵니까?"

"이거 참, 생사가 오락가락할 만큼 풍파가 많습니다. 우리네 같은 무인에게는 도리어 좋은 수라고들 하지요. 적을 그만큼 많이 때려잡는다는 말이 되기도 하니 말입니다. 그래도 순탄하진 않습니다만."

"대흥사 차맛이나 보십시다. 사람 죽이는 게 직업인데 우리네 삶이 순탄하면 안맞지요. 저기 달이 뜨는군요. 오늘이 보름이오? 달이 참 둥글구려."

"그렇군요. 보름달이 참 아름답습니다."

두 사람은 보름달을 올려다보면서 찻잔을 들었다. 그때 당하에서 그림자가 올라와 머리를 수그린다.

"수사 님, 저 역졸이옵니다."

"어디서 편지가 온 모양이구나?"

"예, 경상우수영에서 원균 수사가 보낸 서찰이옵니다."

"술 한 잔 하러 거제도 우수영으로 놀러오란 편지겠지. 원균 제독은 술을 워낙 좋아한다는군. 게 놓고 가거라."

"저, 급한 서찰인 듯하오니 어서 뜯어보소서. 역참마다 지금 난리가 났습니다. 우리 역졸들이 사방팔방으로 뛰느라 정신없습니다."

"그런가? 아직도 정여립 도당을 다 잡지 못한 모양이군. 빌어먹을, 정여립 죽은 지가 언젠데 아직도 역적 타령이야. 어?"

이순신은 무심코 서찰을 펼쳐보다가 깜짝 놀라서 찻잔을 내려놓았다.

— 왜선 90여 척이 경상좌수영 부산진 앞 절영도에 정박했소. 장차 경상좌수영과 우수영이 연합하여 적을 칠 것이니 전라좌우 수영도 출전 준비를 해 주시오.

| 원균 |

"뭡니까, 수사 님?"

"이런, 왜구가 들어온 모양이오. 왜선 9십 척이 몰려왔다는군요. 9십 척이라면 이렇게 호들갑떨 것 없이 혼자 싸우지 뭘 연락까지 하고 그럴까?"

"그러게 말입니다."

원균의 편지를 가지고 온 역졸이 나가기도 전에 또다른 역졸이 들이닥친다. 이번에는 경상좌수사 박홍이 보낸 공문이다. 원균보다 더 먼 동래에 있다.

— 왜선 350여 척이 경상좌수영 소속 부산진에 몰려왔소. 장차 동래성을 포위하고 들이칠 기세요. 우수사 원균 제독하고 연합하여 적을 치겠소. 전라 좌우 수영에서도 어서 호응해 주시오.

| 박홍 |

"90척이 어느새 350척으로 늘어났군. 90척이면 왜구가 들어온 걸로 볼 수 있지만, 350척은 군대요. 이건 왜구가 아닌 일본군이 쳐들어왔다는 뜻이오. 어서 첨사, 만호, 현감 들을 불러들여야겠소."

"이런이런, 역시나 수사님 팔자 한 번 엄청나군요."

"내 팔자가 왜요?"

"하늘이 전쟁시키려고 수사 님을 이리 보낸 것같습니다. 안그러면 팔자가 그리 복잡할 리가 없습니다. 그냥 아산으로 물러나 글이나 읽고 있었으면 좋았을 텐데, 하하하."

어영담이 5관5포의 모든 장수들에게 연락선을 띄우러 나간 사이 경상좌수사 박홍이 보낸 관문이 또 한 통 도착했다. 역졸들이 연락부절이다.

서둘러 뜯어보았다. 적선 350여 척이 벌써 부산진 건너편까지 왔다는 내용이다. 수군 최전선이니 경상좌수사는 지금쯤 전투에 돌입했다는 의미일 것이다. 부산진 첨사는 정발이다. 숨막히는 상황이다.

오래지 않아 곧 전라좌수영 장수들이 하나둘 모여들었다. 그 밖에도 군관 나대용, 방답첨사 이순신, 흥양현감 배흥립 등이 좌수사 이순신의 호출을 받고 모였다. 낙안, 순천에도 전령을 보내 군수, 부사 다 들어오라고 명령했다.

"그저께 저녁에 왜구가 부산포 앞까지 쳐들어왔다는 관문이 도착했다. 경상좌수영은 지금쯤 전투를 벌이고 있을 것이다. 매우 위중하다."

이순신은 잠시 말을 끊고 부하들의 얼굴을 살폈다. 분위기가 술렁거린다. 전쟁이 났다는 말 아닌가. 아무리 전쟁준비를 잘 해 놓아도 막상 전쟁이 벌어진 상황에서는 긴장되지 않을 수 없다.

"이몽귀는 지금 곧 우리 좌수영 각 진을 돌아보며 방어 준비가 제대로 되었는지 살피도록 하라. 정운과 나대용은 각 진과 각 포구에 무기와 탄환을 충분히 실어 전투 태세를 갖추도록 하라. 배흥립은 관찰사, 병마 절도사, 전라우수사에게 글을 띄워 전란 소식을 알리도록 하라."

이순신은 부하들에게 차례차례 명령을 내렸다. 장수들의 눈빛이 새벽별처럼 반짝거린다. 죽을 수도 있고, 누군가를 죽여야만 하는 진짜 전쟁이다.

이순신은 명령을 받고 떠나는 부하들의 어깨를 힘주어 두드렸다. 그런 다음 자신은 좌수영의 전선과 무기를 다시 점검하기 위해서 포구로 나갔다.

한편 군관 나대용, 배응록, 이언량 세 사람은 휴가 중인 수군들을 불러들이고, 수군 신병을 모집하는 방을 붙일 기마병을 관내 곳곳으로 보냈다. 한편으로 활과 화살, 창, 칼, 화약, 대포 따위를 일일이 점검했다. 그리고 아직 짓지 못한 전선도 서둘러 완공하기로 했다. 또 여천 흥국사에도 사람을 보내 승군(僧軍)을 청하기로 했다.

이날 아침부터 저녁까지 갖가지 공무를 마치고 나니 하루해가 금세 진다. 급한 대로 전투 준비는 대략 마쳤다.

하지만 이날 밤 늦은 해시(亥時), 경상우수사 원균한테서 서찰 한 장이 날아오면서 수영의 분위기는 더욱 침울해졌다.

— 부산진은 이미 함락되고 적은 서생포와 다대포로 몰려갔소. 경상
좌수영은 이미 파하여 수사 박홍이 판옥선을 침몰시킨 뒤 수군들만

탈출했소. 우리 우수영 단독으로 적을 치려 하나 적선이 수천 척이나 되니 감히 싸울 수 없소.

| 원균 |

원균이 급히 휘둘러쓴 서찰을 내려놓고 나니 눈물이 주르르 흐른다. 먹을 갈 시간도 없었는지 글씨마저 흐릿하다. 사람을 죽여야만 하는, 그러면서 살아야만 하는 전쟁이다. 백성들이 얼마나 죽어나갈지 모를 진짜 전쟁이다.

한편 1592년 4월 13일(양력 5월 23일) 오전 아홉 시경.

군마와 무기를 실은 700척의 일본군 전선이 대마도를 출발하였다. 그 날따라 바닷물결은 잔잔했다.

일본군의 침입을 먼저 발견한 곳은 경상도 가덕도에 있는 응봉 봉수대다.

"아니, 저게 뭐지? 저 배들은 우리 수군 전선이 아니잖아?"

"모양도 이상하지만, 우리 전선이 저렇게 많을 리가 없지. 적어도 몇 백 척은 되겠는걸."

"혹시 왜놈들이 쳐들어오는 게 아닐까? 저 울긋불긋한 색깔과 모양을 보라구. 저건 왜적선이 틀림없어. 오장에게 보고해."

"왜구 아니면 누가 부산진으로 들어오겠어! 전쟁이닷! 어서 연기 피워!"

봉졸들은 서둘러 봉화를 올리고, 오장을 찾아 보고를 올렸다.

보고를 받은 오장은 부산 앞바다를 내려다보더니 외마디 비명을 지른다.

"2거!"

봉수 두 개에 연기를 피워 올리라는 명령이다. 2거는 변방이 위급한 상황이라는 뜻이다.

하지만 이어 별장이 달려나와 살피더니 이번엔 "3거!"라고 외치고, 마지막에 도별장이 뛰어나오더니 "5거!" 하고는 "전군 무장!"이라고 소리친다. 적이 침입하여 전투가 시작되면 3거, 전투가 치열하여 전황이 급하면 4거, 5거야 말할 것도 없이 적군이 아군을 무찌르고 내륙으로 쳐들어오고 있다는 뜻이다.

즉시 응봉 관아에 따로 사람을 보내어 전국으로 일본군의 침입을 알리는 파발을 띄우도록 했다. 전쟁 발발 사실은 봉화로 알릴 수 있지만 규모나 형세는 따로 문서를 지어 파발을 놔야 한다.

— 임진년 4월 13일 오후 다섯 시경. 그 수효를 자세히 헤아릴 수는
없으나 대략 9십여 척의 적선이 가덕도 남쪽에서 부산포를 향하여 들
어오고 있습니다. 뒤에도 까마득히 밀려드는 검은 점이 잇따르니 적
선의 규모를 짐작하기 어렵습니다.

이 보고는 곧장 경상도와 전라도 및 각 관청과 조정에 전해졌다. 조선 역참은 워낙 잘 설치돼 있어서 하루가 가기 전에 경상좌도, 우도 관아에 이 사실이 모두 통지되고, 이어 전라도, 충청도로 튀었다.

일본군이 부산포에 밀어닥친 것은 4월 13일(양력 5월 23일)이다. 부산

진의 경상좌수군이 결사항전하였지만 전원 전사하면서 순식간에 무너졌다. 다음 날 14일에는 일본군의 선발대인 소서행장이 이끄는 1만 8000여 명의 일본군이 부산성을 공격, 마침내 함락되었다.

경상좌수사 박홍은 수군을 이끌고 동래성을 지키러 달려가고, 울산에 주둔 중이던 경상좌병사 이각 역시 군대를 이끌고 동래로 달렸다. 휘하에는 우후 원응두, 양산군수 조영규, 울산군수 이언성, 밀양부사 박진, 경주판관 박의장이 있어 동래성 밖에 군영을 차렸지만, 가등청정의 제2군 2만 2800명까지 들어왔다는 보고에 놀라 동래성 구원에 실패하고 말았다. 전임 김성일 경상좌병사는 왜적이 침입한다는 건 서인들의 거짓말이라며 무시하고, 이순신은 전라좌수사로 임명하는 것조차 반대하는 등 자기가 맡은 최전선의 방비마저 소홀히 했다.

결국 4월 18일(양력 5월 28일)에는 동래성이 결사항전 중에 무너지고 이어서 양산과 김해가 차례로 넘어갔다. 경상좌병영과 경상좌수영이 무너져 북으로 후퇴하고, 각 부군현(府郡縣)의 아전과 군졸들은 경상좌도로 흩어지고, 역참도 다 무너져버렸다.

울상 좌병영으로 후퇴한 병마사 이각은 13개 부군현의 군사를 앞세워 방어전선을 마련했지만 잇따라 들어온 소서행장의 제1군과 가등청정의 제2군 기세(약 4만여 명과 별도 수군)에 놀라 곧 방어를 포기하고 각지로 흩어져 버렸다. 그러고도 일본군은 제3군, 제4군, 제5군, 제6군, 제7군, 제8군, 사령관 우히다수가의 중군까지 모두 12만 2000명이 부산으로 몰려들어 경상도로 치고 올라갔다.

적들은 한양까지 단숨에 밀고 올라갈 태세다. 조선 강토는 곧 일본군의 세상이 될 판국이다. 그야말로 조선의 운명은 바람 앞의 등잔불과 같다.

왜인들은 오랜 내전 탓에 밥을 먹을 때나 잠을 잘 때나 늘 칼을 차고 다니는 종족이다. 그들은 거의 천여 년을 도망갈 곳 없는 섬나라에서 피 흘리며 싸움을 벌였다. 그러다가 나라 안이 평정되자, 백성들의 불만을 없애고 전쟁에 미친 장수들과 병사들의 관심을 다른 곳으로 돌리기 위해 이웃나라인 조선에 칼끝을 겨눈 것이다.

이와 반대로 조선은 200년이라는 긴 세월 동안 큰 외적의 침입 없이 태평성세를 누려왔다. 그러다보니 여진족과 소소한 전투, 그리고 마구 붙잡아다 죽이고 유배 보내는 사화(士禍)는 여러 번 있었지만 정작 다른 나라와 목숨 걸고 싸우는 일은 거의 없었다.

그러니 함경도 말고는 전쟁 준비조차 잘 하지 않았다. 그러므로 일본군의 기습침략을 맞아 힘없이 당할 수밖에 없다.

이순신은 조선군의 패전 소식을 들을 때마다 가슴을 치며 통곡했다. 경상좌수영 소속 부산진첨사 정발, 다대포첨사 윤흥신이 적과 맞서 싸우다 장렬하게 전사하고, 동래에 있던 경상좌수사 박홍은 적선이 너무 많아 수영에 불을 지르고 도망쳤다 한다. 그런 데도 남은 수군과 백성 25명이 끝까지 남아 싸우다 전원 전사했다는 애통한 소식이 들려온다. 이를 어쩐단 말인가. 적들은 필시 여수 앞바다로 몰려올 것이다. 그들이 한양을 노린다면 뱃길은 뻔하다.

이순신은 당장이라도 수군을 이끌고 부산 앞바다로 달려가고 싶었다. 그러나 조정의 명령 없이 함부로 군사를 일으키는 것은 국법에 어긋난다. 왕명 없이 군대를 일으키면 반란, 모반이다. 그래서 경상좌우수사들이 전황을 알려줄 수는 있지만 군사를 부를 권한은 없다. 반란을 막기 위해 군사를 관외로 출동시킬 수 있는 권한은 오직 임금에게만 있다. 왕명이 떨어져야만 출전할 수 있는 것이다. 조선 군제는 오직 왕만이 명령을 내릴 수 있는 제승방략(制勝方略)이라서 그렇다.

이순신은 밤잠을 제대로 이루지 못하였다. 일본군의 손에 죽어가는 죄없는 백성들을 생각하면 살점을 도려내는 듯 가슴이 아프다.

'하루 빨리 어명이 내려와야 할 텐데!'

이순신은 전투 준비를 해가면서 한편으로 출전 명령이 떨어지기를 기다렸다.

그러면서 좌수영을 더 굳건히 지키기 위해서 밤낮을 가리지 않고 고민했다. 눈만 뜨면 휘하의 다섯 포구를 돌아보고 직접 군사들을 훈련시켰다. 인근 군현에는 포탄과 화살 등을 더 깎게 하고, 보급품을 넉넉히 확보하도록 독려했다. 군사들도 스스로 전쟁 준비를 했다. 목수들도 자발적으로 전선을 더 지어댔다.

그러면서도 경상좌우수영과 전라우수영에도 각기 전령을 보내 전황을 파악하도록 했다. 경상좌수영은 최후의 25명이 전원 전사한 뒤 아주 연락이 끊겼다.

4월 19일(양력 5월 29일) 미시(未時 ; 오후 1시~3시)에는 승병을 포함한 신병 7백 명이 좌수영 연병장에 모였다. 감사한 일이다. 승군은 주로 격군으로 분류하여 노를 젓는 일을 맡기고, 나머지 신병들은 즉시 화살을 쏘고, 화포를 다루는 훈련에 돌입했다.

4월 20일, 경상감사 김수한테서 또 공문이 날아왔다. 아무리 애를 써도 적을 막아낼 길이 없으며, 경상좌병영, 경상좌수영이 무너져 적 수만 명이 홍수처럼 밀려들고 있으니, 전라좌수영에서 지원할 수 있도록 조정에 청했다는 내용이다. 조정의 명이 없으면 관할 수역 밖으로 나가 전투를 벌일 수 없다. 그러니 이순신으로서는 출전할래야 할 수 없는 상황이다. 그래서 그는 전라감사와 전라병사에게 재차 공문을 보내 수군은 언제든 출전할 수 있는 준비를 갖추고 있으니 적을 치러 가게 조정의 허락을 받아달라고 청했다.

─ 원통하고 울적합니다. 쓸개가 터지는 듯하여 어떻게 아뢰어야 할지 알지 못하겠습니다. 출전 명령을 엎드려 기다리겠습니다.

| 이순신 |

9

전쟁의 시작
― 옥포해전, 사천해전

조정에서는 일본군의 한양성 진입이라도 막으라며 평안도병마사 신립과 함경도병마사 출신 이일 두 장수를 전선으로 내보냈다. 부산부터 치고 올라오는 왜적을 충청도쯤에서는 반드시 막으라는 명령이다.

이때는 경상좌병영이 무너졌으므로 이일을 경상도순변사로 임명, 흩어진 군사들을 수습하고, 적이 오는 길목에서 기다리다 싸우라고 했지만 상주 전투에서 그는 겨우 500명으로 일본군과 맞서다가 힘에 부쳐 도주하고 말았다.

이일은 하는 수없이 도원수 신립의 군영으로 찾아가 문경새재 좁은 길에 매복했다가 왜적을 치자고 건의하고, 신립의 종사관 김여물도 새재에서 싸우자고 했지만 신립은 북방에서 여진족과 싸운 경험으로 충주 벌판 달천강(남한강) 들판에서 기마군으로 맞서자고 고집했다. 기어이 도원수 신립의 주장에 따라 이미 겁먹은 오합지졸의 조선군은 기어이 충주 벌판에서 소서행장, 가등청정의 정예 일본군과 맞섰다.

하지만 승승장구하던 일본군의 기세에 눌린 조선군은 배수진까지 치며 저항했지만 여지없이 무너져내렸다. 이 전투에서 신립은 죽을힘을 다해 싸우다 마침내 탄금대에 몸을 던지고, 이순신과 녹둔도 악연을 맺었던 이일까지 끝내 전사하고 말았다.

이순신은 좌수영에서 탄금대 패전 소식을 들었다. 아직은 후방의 역참이 모두 살아 있어 새로운 소식이 끊이지 않고 날아든다. 말단 역졸들이 죽음을 무릅쓰고 뛰어다니는 걸 보면 나라가 쉽게 망하지는 않으리란 생각도 든다.

"굳게 믿어온 신립 장군까지 돌아가시다니. 장차 나라가 걱정이다! 전세가 여간 위태로운 게 아니다."

이순신은 신립과 이일의 전사 소식에 더욱 가슴이 아팠다. 신립은 한때 수군을 키우려는 이순신의 계획을 반대한 적이 있다. 하지만 그가 주로 여진족과 육전만 치르다 보니 수군의 가치를 잘 몰라서 그렇지 신립 또한 나라를 누구보다 아끼고 사랑하는 사람이다. 그러니 이순신은 신립을 원망하지 않는다. 이일 역시 한때 자신을 죽이려 든 장수지만, 일본군의 침입 앞에서는 역시 크나큰 손실이다. 동서 당쟁을 떠나 경상좌도가 완전히 무너진 마당에 경험 있는 장수 한 명이 귀한 절박한 상황이다.

조정 신하들과 백성들 역시 신립 장군을 나라의 큰 기둥으로 굳게 믿고 있었지만 그의 군대마저 충주전투에서 전멸하자 백성들은 공포에 빠지기 시작했다. 명장 신립이 나섰는데도 적을 막지 못했다면 다른 길은 없다. 도망치는 수밖에, 그렇게들 생각했다. 임금 이균까지 불안해서 잠을 이루지 못했다. 대체 누굴 내세워 적을 막을 것인가. 막는다면 이제는 어디서 막나. 한강인가, 임진강인가.

이때만 해도 수군의 가치는 누구도 상상하지 못했다. 특히 경상 좌우 수영이 모두 일본군에게 격파당한 상황이라 더욱 더 그러하다. 경상 수영이 모두 깨진 마당에 전라 수영은 생각조차 나지 않는다. 당장 충주까지 돌파한 일본군의 기세를 저지하는 게 급선무다. 승세한 일본군은 무인지경의 충청도를 거쳐 경기도로 올라올 것이다. 그러면 한강이다.

일본군이 조선을 침략한 지 보름이 넘었지만 조정에서는 별 다른 대책이 없다. 김성일 말만 믿고 전쟁 준비를 거의 안했으니 지금은 쓸 장수도, 군사도 부족하다.

국왕 이균의 귀에는 연일 패전 소식만 들려온다. 장계는 펼쳐보기도 두렵고, 낮밤 불꽃과 연기가 자욱한 남산 봉수대는 올려다보기도 겁난다. 봉수꾼들은 적이 닥쳐올 때까지 불과 연기를 올리다가 후퇴하곤 했다.

준비가 없었으니 대책도 없다. 나라 전체가 혼절한 것이나 다름없다. 경상좌도는 모든 군현이 파하여 관리들은 장부를 안고 산으로 숨어버리고, 군사들까지 죽거나 달아나 관군 자체가 없어졌다. 더러 경상우도로 숨어드는 부군현(府郡縣) 관리들이 있지만 소속 군사는 다 흩어진 뒤다.

이순신은 좌수영 소속 장수와 부군현 관리들을 모두 불러모았다.

"출전 명령이 내려오질 않고 있습니다. 충주까지 격파당했다니 한양 도성이 난리인 듯합니다. 적은 곧 한강에 이른답니다. 이런 상황에서 명령만 기다릴 수는 없소. 여러 장수들에게 묻습니다. 나라가 짓밟히는 걸 보고만 있어야겠소? 어쩌면 좋겠소?"

이순신의 비통한 목소리에 장수들은 고개를 떨구었다. 먼저 군관 송희립이 의견을 말한다.

"경상좌도가 적지로 넘어갔으니 놈들은 머지않아 경상우도와 전라도로 쳐들어올 것이 분명합니다. 또 우리 좌수영만 지킨다고 나라 전체를 지킬 수 있는 것은 아닙니다. 그러므로 당장 출전해야 합니다. 싸우라고 군대가 있는 것 아닙니까."

송희립의 주장이 끝나기도 전에 낙안군수 신호가 반대 의견을 말했다.

"좌수영에 소속된 수군들은 좌수영을 굳게 지키는 것이 본분이자 제승방략이라는 국법입니다. 그러니 실전 훈련을 하면서 조정 명령을 기다리는 것이 옳다고 생각합니다. 좌수영 관할 밖으로 군대를 몰고 나가면 자칫 역모 혐의를 받을 수 있습니다. 죄 중에 가장 무거운 것이 역모죄입니다."

정운이 자리에서 벌떡 일어나 큰 소리로 말했다.

"지금 방방곡곡에서 백성들이 죽어가고 있소. 또 한양의 조정 대신들은 한강 방어는 감히 생각조차 하지 못한 채 주상 전하를 모시고 개성으로 피난 가자는 얘기까지 나오고 있다 합니다. 이렇게 나라가 위급한 때에 전투를 미루는 것은 무신의 도리가 아니라고 생각하오. 백성이 도탄에 빠져 있는데 국법이 무슨 소용이오. 한양이 함락되어 국왕까지 잘못되면 종묘사직까지 잃게 됩니다. 나라 망한 뒤에 제승방략이 무슨 개뼈다귀나 되겠습니까. 무조건 나가 싸웁시다."

정운이 자리에 앉자 신호가 다시 의견을 말했다.

"경상도 수군은 전국의 모든 수군을 모두 합친 것보다 수효가 많고 전력도 우세하오. 그런데도 싸움 한 번 제대로 못해보고 적에게 완패했답니다. 우리 전라도 수군만으로 적을 막기는 어려울 것이니 적정을 살피면서 좀 더 신중하게 기다립시다. 세작도 좀 보내시고요."

"세작은 진작에 보내두었소."

이순신은 짧게 답했다. 그도 생각이 있지만, 장수들의 의견을 모으려는 것이다.

흥양현감 배흥립이 나서서 낙안군수 신호의 주장을 공격했다. 히지만 아무리 의기가 넘쳐도 국법은 관할 구역을 벗어날 수 없게 엄격하게 제한되어 있다. 반드시 왕명을 받아야만 수역을 벗어나 적과 싸울 수 있다. 어명이 없는 한 적이 좌수영 해역으로 들어오기 전에는 전투를 할 수가 없는 것이다.

이순신 역시 어째야 할지 확신하지 못했다. 낙안군수 말대로 경상좌수영과 우수영의 전력은 전라도 수영들에 비해 월등히 앞선다. 일본군 내침이 예정되어 있었기 때문에 알아서들 준비를 했을 것이다. 그런데도 경상좌수영이 완전 격파되고, 경상우수영은 겨우 10척 미만의 판옥선만 남아 혈전을 벌이고 있다고 한다. 경상좌병영과 경상좌수영이 자진 해산할 정도면 매우 위중한 상황이다. 한 치 앞을 내다볼 수가 없다.

회의를 마친 이순신은 좌수영 집무실로 돌아와 책상 앞에 앉았다. 그리고 조정에 올리는 글을 적기 시작했다. 조정과 지방 사이에 역참이 살아 있고, 전라 수영들은 배라도 띄울 수 있으니 소식은 얼마든지 주고받는다. 그나마 숨통이라도 열려 있다.

— 내륙으로 향한 왜적이 곧 한양을 침범한다고 하기에 신과 여러 장
수들은 전선과 화포를 수리하고 훈련하면서 적을 맞을 준비를 하고
있습니다. 전라좌수영 수군이 죽기를 각오하고 일본과 부산을 오가는
왜적선을 쳐부순다면, 혹시 뒤가 염려스러워 적들이 되돌아 내려올
수도 있을 듯합니다. 하여 오는 5월 초사흗날 첫닭이 울 때 경상도로
진격하고자 하니 허락해주소서. 한편, 전라우수사 이억기에게도 빨리
합류하라는 공문을 급히 보냈습니다.

| 이순신 |

이순신은 상소문을 전령에게 내주어 그 밤으로 달려가게 했다. 전라
도 역참선은 아직 건재하다. 거기서 충청도 서쪽으로 해서 경기, 한양으
로 줄을 이으면 상소문은 내일쯤 한양에 이를 수 있다. 국왕이 한양성을
벗어나기 전에 도착할 수 있어야 한다. 일단 역에 갖다주면 역관들이
알아서 바람같이 공문서를 전할 것이다.

당시 원균 수사도 조정에 같은 내용의 장계를 거듭 올렸다. 경상좌
수영이 완파된 뒤라 원균 수사 혼자서 허덕거리며 최전선을 지키는 중
이었다.

— 비장 이영남을 전라좌수사 이순신에게 보내어 왜적을 함께 치자고
하였더니, 이순신은 제승방략을 핑계로 서로 관할 구역이 다르다면서
거절하였습니다. 그래도 신은 여섯 차례에 걸쳐 이순신에게 거듭 청

병했습니다. 경상도와 전라도는 다 같은 조선땅인데, 왜 전라도만 지키고 경상도는 지키지 않아야 하는 것인지 이해할 수가 없습니다. 조정에서 급히 조서를 내리시어 이순신으로하여금 왜적을 치도록 명령해주십시오.

| 원균 |

제승방략이라는 제도 때문에 생긴 안타까운 사태다. 원균은 이순신을 부르고, 이순신은 원균을 구원하러 가겠다고 애태우는 이런 형국은 실전을 대비하지 않고 오직 반란만 염두에 둔 어리석은 제도 때문이다. 또한 고비마다 혼군 암군 노릇을 해온 국왕 이균이, 전쟁 안난다는 동인당 김성일의 말을 철석처럼 더 믿었기 때문이다.

그러던 중 4월 27일(양력 6월 6일), 마침내 기다리던 선전관이 수영에 당도했다. 조정의 전투 명령이 비로소 떨어진 것이다. 선전관은 이 어명을 전하러 목숨 걸고 먼 길을 달려왔다.

— 선전관을 급히 보내어 이르노니, 그대는 각 포구의 병선들을 거느리고 급히 출전하여 기회를 놓치지 않도록 하라. 그러나 천리 밖에 있으므로 혹시 뜻밖의 일이 있을 것 같으면 그대의 판단대로 하고 너무 명령에 거리끼지는 말라.

| 국왕 이균 |

이때 전라우수사 이억기는 참전을 허락받지 못하고 수군을 육군으로

보내 싸우라는 재촉을 받고 있었다. 그러니 합류하기가 어렵다.

결국 전라좌수영 단독 출전이 결정되었다. 날짜는 승군을 이끌고 수군으로 나와 있는 승장 자운(慈雲) 대사가 잡아주었다. 5월 3일 밤에 출항한다. 그런 다음 이순신이 직접 점을 쳤다. 길(吉)이다. 아니, 길이 나올 때까지 산대를 잡았다.

5월 1일(양력 6월 10일) 낮.

날이 개어 햇빛이 따사롭게 비친다. 바다는 잔잔하다. 물결이 햇빛을 받아 금빛 비늘이 반짝거리는 것같다.

밤새 잠을 이루지 못하고 생각에 잠겼던 이순신은 정오가 되자, 장선에 올라 좌수영의 수군 장수들을 불러모았다. 5관5포 장수들이요, 주로 판옥선에 타는 주장들이다.

이순신은 황색 전투복을 입고 나왔다. 같은 수사라도 경상우수사 원균은 검은 옷, 전라우수사 이억기는 붉은 옷을 입기로 구분돼 있다. 연합 작전 때 서로 구분하기 위해 미리 약속된 색깔이다.

좌수사 이순신이 동헌에 서자 그 아래로 서열에 따라 수군 장수들이 늘어섰다. 방답첨사 이순신(李純信), 사도첨사 김완, 사량만호 이여념, 여도만호 김인영, 발포만호 황정록, 녹도만호 정운, 가덕첨사 전응린, 장흥부사 유희선, 보성군수 김득광, 광양현감 어영담, 순천부사 권준, 낙안군수 신호, 보성군수 김득광, 여도권관 황옥천, 흥양현감 배흥립, 능성현감 황숙도. 그리고 군관으로 얼마 전 거북선을 복원해낸 나대용, 그리고 배응록, 이언량이 각기 전투복을 입은 채 입술을 굳게 물고 늘어섰다.

승장 자운 대사는 늘 곁에 서 있다.

이순신은 비장한 결의를 다지며 장검을 높이 들었다 큰소리가 나도록 마룻바닥을 탁 짚었다. 이순신은 수군들에게 자애로운 전날의 수사가 아니다. 전쟁을 앞둔 좌수사요, 실제로 연합군을 이끌 지휘관이다. 말투부터 달라진다.

"우리가 장수로 있을 때 전쟁이 난 걸 천만다행으로 여깁시다. 우리가 죽어 우리 자식들과 후손과 백성을 살릴 수 있는 기회를 얻었소. 지난 13일, 일본군이 경상좌수영 부산진에 쳐들어왔소. 지금 경상좌수영과 우수영이 연합 작전을 펴고 있고, 육지 쪽에서도 우병사 조대곤과 좌병사 이각이 죽을힘을 다해 방어전을 펴고 있다고는 하오. 여러분은 각자 전선으로 돌아가 즉시 수군(水軍)과 격군(노꾼)을 점고하고 전선과 총통, 신기전, 비격진천뢰, 화약, 화살, 칼, 군량, 약품 따위를 속히 갖추시오. 이곳 좌수영으로 5관5포의 모든 전선과 물자를 집결시켜 주시오. 5월 초사흗날 밤, 군호는 용호, 복병은 산수! 이제 전시군법에 따라 모든 영을 집행할 것이니 조금도 빈틈이 있어서는 안되오. 단 한 번의 실수가 우리 수군을 해치고, 그로 인해 수많은 백성의 목숨이 사라진다는 걸 한시도 잊지 마시오."

이순신은 우렁차게 소리치며 허리에 차고 있던 장검을 다시 한번 높이 쳐들었다. 잘 벼려진 칼날이 햇빛에 번쩍거린다. 이 칼에는 '칼을 들어 하늘에 맹세하니 산천이 다 두려워하도다. 한번 휘둘러 쓸어버리니 피가 강산을 물들이도다.'는 명문이 새겨져 있다.

가끔 바닷물이 출렁거리는 소리가 들려올 뿐 주위는 숨소리 하나 없이 고요하다. 이제는 싸우러 나가야 한다.

　다음 날.

　"광양현감 어영담과 흥양현감 배흥립입니다."

　이순신은 문을 열고 마루로 나갔다.

　"기다리고 있었네."

　이순신은 댓돌로 내려가 두 사람의 손을 잡아 이끌었다. 새벽부터 부슬비가 내린 뒤라 어영담과 배흥립의 갑옷이 축축하게 젖어 있다.

　"경상우수사 원균 장군이 전령을 보내왔네. 적세가 강해 수군을 파하고 전선을 수장시켰던 원 수사가 옥포 쪽에서 왜적선을 막자고 청하네. 원균 수사와 옥포만호, 영등포만호가 지금 남해현에 머물면서 적선과 싸우고 있다네. 어서 출전해야겠네."

　두 사람은 출전 소식에 긴장한 듯했다. 태어나서 처음 치러보는 전쟁이다. 전쟁이란 죽음을 앞에 두고 생사의 칼을 쥐는 것이다. 훈련만 하던 시절과는 비교가 안된다. 상상의 적이 눈앞에 실제로 나타났다.

　"왜적을 무찌를 전략을 짜려고 물길을 잘 아는 자네들을 불렀네. 자네들은 바닷길도 잘 알지만 누구보다 용감한 장수들이니 훌륭한 작전이 나오리라 믿네. 언제 어디서 적을 맞이하고, 어떻게 싸울지 우리가 결정해야 하네. 우리가 원하는 곳에서, 우리가 원하는 시각에, 우리가 원하는 전법으로 싸워야지 하나라도 적에게 끌려가면 안되네. 강산이 무너져내리는 지금, 그래야만 한 가닥 승산이 있어. 수군이 무너지면... 사직(왕실)도 무너지네."

"죽을 각오로 싸우겠습니다."

충성심으로 가득 찬 두 사람의 각오를 듣자 이순신은 마음이 든든해진다.

"귀관들을 보니 힘이 솟는군. 내가 가장 걱정하는 것은 우리 전라좌수영 수군이 전라도 바다는 잘 알아도, 막상 이웃 경상도 해안 지리에 밝지 못하다는 점일세. 우리 좌수영 관할 바다야 나도 제법 아는 편인데 경상도 바다는 가보질 못했으니 어디서 싸워야 할지 정말 모르겠네. 물 깊이와 물길을 모르고, 조수가 드는 시각도 잘 모르네. 조수 때 드나드는 물길을 제대로 알아야 진을 바로 칠지 돌려 칠지 아는 것 아닌가. 그래서 이 점은 광양현감이 책임져야하네."

광양현감 어영담은 고향이 바다 근처인 함안이라 무과에 급제한 뒤 줄곧 바닷가 고을의 관리만 맡았다. 그러므로 포구의 형세, 섬의 위치, 바다의 깊이, 밀물과 썰물의 변화에 대해서 아는 것이 많다. 남해의 지리와 물길에 누구보다도 밝다.

"걱정마십시오. 저를 비롯한 몇몇 장수들은 개이도를 거쳐서 적을 염탐하고, 나머지 전선은 평산포와 곡포, 상주포를 지나 당포에 모이는 것이 좋을 듯합니다."

"적 수군은 바다를 건너오느라 몹시 지쳐 있을 것입니다. 또한 왜적은 남해 물길에 어둡고 적의 무기인 조총은 거리가 있는 바다에서는 별로 힘을 쓸 수 없답니다. 더구나 거북선이 있는데 그따위 조총이 무슨 소용이겠습니까. 우리 수군이 충분히 이길 수 있습니다."

어영담과 배흥립은 씩씩하게 대답했다. 하지만 거북선은 당장 실전에 투입하지는 못한다. 훈련이 부족하다.

"고맙네. 조총은 우리 총통에 비해 사거리는 짧지만 갑옷까지 뚫는 힘이 있으니 매우 위험하다네. 우리 승자총통이 한 번에 열다섯 개의 철환을 쏘니 적선이 모여 있거나 적군이 떼지어 있을 때 쏘면 잘 맞을 거네. 자네들처럼 훌륭한 장수들이 있는 한 감히 왜적이 함부로 덤비지는 못할 걸세."

이순신은 두 사람의 손을 힘있게 잡았다. 두 장수도 이순신과 마주잡은 손에 더욱 힘을 주었다.

"좌수사 님."

"벌써 돌아왔나?"

닷새 전 한양 소식을 따로 알아보기 위해 보낸 심복 하인이다. 역참으로 전해져 오는 공문서만으로는 실상을 믿을 수가 없어 직접 한양 소식을 눈으로 보고 오라고 시킨 것이다.

이 무렵 이순신의 아산집 하인들이 좌수영으로 와서 심부름도 하고 세작일도 했다. 며칠 더 걸릴 줄 예상했는데 너무 빨리 돌아왔다.

"수사 님, 흐흑."

하인은 울음부터 터뜨린다. 애간장이 탄다.

"울지 좀 말고! 한양은 어떠하더냐? 주상 전하는 잘 계시다더냐?"

"말씀드리기 송구스럽습니다만, 이미 왜적이 한양성에 들어섰습니다. 임금님은 궁궐을 버리고 개성으로 피난가셨다고 합니다. 경복궁은 다 타버리고, 한양성은 아비규환이 되었습니다. 전 사대문 안에 들어가보지도 못한 채 발길을 돌렸습니다."

순간 하늘이 캄캄해진다.

임금이 서울인 한양성을 버리고 피난을 떠나다니!

한양성이 함락되고, 경복궁이 불탔으면 이 전쟁은 끝난 것 아닌가.

이제 어쩐단 말인가. 목놓아 울고 싶다. 그러나 그럴 수 없다.

"쉿, 일단 조용해라. 이 사실은 너와 나만 아는 것으로 해야 한다.
다른 군사들에게 절대로 발설해서는 안된다. 사기가 떨어지면 탈영병이
생길지도 모른다."

"명심하겠습니다."

임금이 서울인 한양성을 버렸다는 소식이 군사들 사이에 퍼지면 큰
낭패다. 군사들은 싸울 의욕을 잃을 테고, 그러면 일본군과 싸워보지도
못한 채 수군이 무너질 수 있다. 그러기 전에 적과 싸워 사기를 올려놔
야만 한다.

5월 3일(양력 6월 12일).

이순신은 좌수영의 5관5포 장수들을 불러모았다. 곧 이순신의 지휘
아래 있는 방답, 사도, 여도, 발포, 녹도의 수군 장수들이 수영으로 모였
다. 부군현(府郡(縣) 수령들도 군사를 이끌고 나왔다.

"드디어 출전의 날이다. 약속한 대로 내일 원균 수사가 사력을 다해
지키고 있는 경상우수영 바다를 향해 진군할 것이다. 오늘 밤 모두 전투
준비를 마치고 좌수영으로 모여라. 전라우수영 수군은 육전을 돕기 위
해 대기 중이라 이번 작전에는 참여하지 못한다. 우리는 혹시 모를 적선

을 피해 한밤중에 출항한다."

그때 밖에서 하인의 목소리가 들린다.

"좌수사 님, 아뢰옵니다."

"무슨 일이냐?"

"여도 권관 황옥천이 출동 소식을 듣고 도망치다 잡혔다고 하옵니다."

금세 주위가 시끄럽다. 기어코 일이 터졌다.

순간 이순신의 얼굴이 일그러진다. 머뭇거려서는 안된다. 군기가 무너지기 전에 팽팽하게 당겨야 한다.

그의 입에서 칼날처럼 서늘한 명령이 떨어진다. 평시에 없던 일이다.

"도망병의 목을 베어 좌수영 군문에 매달아라."

이순신의 서슬 퍼런 명령에 장수들은 깜짝 놀랐다. 평소에 이순신은 군사들을 친자식처럼 감싸주었다. 먹을 것이 부족한지, 입을 것은 넉넉한지 항상 아버지처럼 보살폈다. 그런데 겁먹은 탈영병의 목을 당장 베라고 명령하다니!

장수들은 서로 멍하니 얼굴만 쳐다볼 뿐이다.

"전쟁은 전쟁이로군."

전쟁을 실감한다는 표정들이다.

"우리 목숨은 이미 나라에 바쳐진 것이다. 마음대로 생각하거나 마음대로 행동해서는 안된다. 오직 명령만 따르기 바란다. 우리 모든 수군이 한 몸처럼 움직여야만 능히 적을 이기고, 우리들 자신을 지킬 수 있다. 우리가 죽지 않으려면, 내 동료가 죽지 않으려면, 우리 백성이 살려면 우리 모두 군령을 목숨처럼 받들어야 한다."

그의 목소리는 서릿발처럼 차갑다.

1592년 5월 3일(양력 6월 12일) 밤, 전라좌수영 내 5군5포의 모든 수군 전함이 해가 지기 전까지 여수 본영에 집결했다. 판옥선을 비롯해 전선은 백여 척, 수군은 승군까지 합쳐 모두 1천 5백 명이다. 거북선은 이번 전투에는 참전하지 않는다. 적 수군 규모를 잘 모르니 더 훈련을 거친다음 투입하기로 했다.

이순신은 자운 대사가 준비한 거북이와 자라를 장수들과 함께 방생했다. 그러고는 바다를 향해 제물을 차리고 절을 올렸다. 한번 좌수영을 떠나면 돌아오지 못할 수군들이 있을 것이다. 그들을 위해 미리 명복을 닦아두어야 한다.

이순신은 좌수영 높은 누각에 올라 여수 앞바다를 둘러보았다. 비록 일본군 전선의 수효보다는 적겠지만 용감한 군사들이 모래밭에 가득 모여 있고, 포구에는 일전을 각오한 전선들이 줄지어 물에 떠 있다. 깃발이며 군사들의 군모가 반듯반듯하다.

며칠 전까지만 해도 파도가 거셌다. 그러나 승군장 자운 대사가 출정 날짜로 잡은 이날부터 이상하리만치 바닷물이 잔잔하다.

이순신은 장선 위에 우뚝 올라서서 수군의 배치를 보고 받았다.

> 좌수사 이순신
> 승장 자운 대사

순천부사 권준 ― 우후(부수사)

장흥부사 유희선 ― 진주성 1차전 이후 처형

방답첨사 이순신(李純信) ― 중위장

낙안군수 신호 ― 좌부장

보성군수 김득광 ― 우부장

흥양현감 배흥립 ― 전부장

광양현감 어영담 ― 중부장

능성현감 황숙도

발포만호 나대용 ― 유군장

여도만호 김인영

사량만호 이여념

발포만호 황정록

녹도만호 정운 ― 후부장

여도권관 김인영 ― 좌척후장

사도첨사 김완 ― 우척후장

영 군관 최대성 ― 간후장

영 군관 배응록 ― 참퇴장

영 군관 이언량 ― 돌격장

가덕첨사 전응린

여도권관 황옥천(종9품 權管, 탈영하다 잡혀 처형)

좌수영 소속 수군은 장수들의 지휘에 따라 움직이게 된다.

"김인영, 김득광, 어영담, 정운은 오른쪽 개이도로 들어가 적의 정세를 살피고 나머지 전선들은 모두 평산포를 거쳐 미조항으로 출정하라."

장선에는 이순신과 자운 대사가 타고, 승군과 그의 하인들도 모두 탑승했다. 이윽고 한밤중이 되어 전라좌수영 소속 전 함대가 드디어 일본군을 치러 나섰다. 이 전쟁에서 조선군이 일본군과 싸우기 위해 찾아나서는 건 이번이 처음이다. 함락되고, 밀려나고, 패전하는 게 일상이던 조선군이, 국왕이 개성으로, 평양으로, 의주로 숨을 헐떡거리며 달아나는 지금, 정작 남쪽 바다에서는 조선 수군이 일본군을 찾아 전선을 휘몰아 힘차게 노를 저어 달리고 있다.

조선 수군이 출전하는 이 날, 일본군 제1군 가토 기요마사(加藤淸正)가 이끄는 1만 명이 한양성에 들어가고, 어제는 제2군 고니시 유키나가(小西行長)가 이끄는 1만 4천 명이 먼저 경복궁에 들어갔다. 하필 이런 날, 이순신의 전라좌수영 수군이 약 5천 명(예비병력 포함)의 병력과 선단을 이끌고 적선을 찾아 경상도 해안으로 달려가는 것이다.

출동을 알리는 대포 소리가 맑은 하늘을 가르며 천지를 진동시킨다. 구경나온 백성들은 함성을 질러준다.

장선이 앞장서자 나머지 전선들이 뒤를 따르며 서서히 움직이기 시작했다.

왜란이 일어난 지 20일이 지나서야, 한양성이 적군에게 넘어가고 나서야 전라우수영 소속 수군 전원이 전선으로 출동하는 것이다.

바닷물결은 잔잔하다.

가끔씩 땀을 식힐만큼 살랑살랑 불어오는 바람 덕분에 수군 전선은 순조롭게 앞으로 나아갔다.

전선들은 남해까지 진출해 거기 숨어 있던 경상우수영 원균 수사 휘하의 전선들과 당포 앞바다에서 합류하여 연합 함대를 구성했다. 옥포만호 이운용, 영등포만호 우치적, 남해현령 기효근, 미조항첨사 김승룡, 평산포권관 김축, 사량만호 이여념, 소비포권관 이영남, 지세포만호 한백록, 그리고 열여덟 살난 그의 외아들 원사웅(元士雄)이 선봉에 섰다. 경상우수영 소속 판옥선은 4척, 협선은 2척, 수군은 6백 명이다.

이순신의 전라좌수영 소속 전함은 판옥선만 24척, 거기에 수군이 무려 3천 명이 타고 있다. 또 협선 15척, 포작선 46척이 따로 있다. 물론 이중에는 흥국사 승군 4백 명이 참전하고 있다. 승군장 자운대사를 비롯해 순천의 삼혜(三惠), 흥양의 의능(義能), 광양의 성휘(性輝), 광주의 신해(信海), 곡성의 지원(智元)이 각각의 승장으로서 이들을 이끌었다. 연합군 지휘는 전라좌수사인 이순신이 맡고, 자운대사가 수군 승장들을 지휘하는 방식으로 전투에 나섰다. 이 승군들은, 평양성 함락 이후 내려지는 휴정 스님의 격문을 받기도 전에 스스로 일어선 최초의 지원병력이다.

거제도 앞바다에 이르렀다. 원균 수사가 말하기를 이 해안이 일본군 수군의 전진기지라고 한다. 그렇다면 최전선이다. 언제 전투가 벌어질지 모른다.

아니나다를까 척후선이 적선을 발견했다.

"옥포에 왜선이 나타났다."

앞장서 달리던 척후선에서 적선이 나타났음을 알리는 깃발이 나부낀다. 처음으로 일본군과 마주치는 수군들은 잔뜩 흥분했다. 호기심과 불안감이 감돈다. 전투를 피할 수 없다.

이순신은 침착하게 주위를 둘러보았다. 첫 전투인만큼 반드시 이겨야만 한다.

"전선을 불러모아라."

그의 명령이 떨어지자 넓게 흩어져 있던 전선들더러 장선을 중심으로 집결하라는 초요기가 높이 올라갔다. 초요기를 본 배들이 하나둘 장선 주변으로 모여들었다. 그들도 척후선이 올린 깃발을 보았다. 주력 전함인 판옥선이 앞에 서고 그뒤에 유격전을 펼칠 협선들이 줄지어 선다.

"적선이 나타났다. 모든 장졸들은 죽기를 각오하고 있는 힘을 다해 싸워라. 가볍게 행동하지 말고 산처럼 무겁게 처신하라. 사소한 실수 하나로도 동료의 목숨을 잃을 수 있다."

이순신은 침착하고 묵직하게 각 전선의 장수들에게 명령을 전달했다.

그는 이번 싸움이 조선의 운명을 결정짓는다고 판단했다. 일본군이 침임한 이래 단 한 번도 승리하지 못한 조선군, 그러므로 반드시 이겨야 한다. 이기는 습관을 들여야 한다. 첫 판에 이기면 다음 판도 이긴다. 그러나 첫판에 지면 다음 판은 없다. 연전연패하는 육군을 위해서라도 수군이 반드시 승리해야 한다.

"죽기를 각오하되 침착하게, 침착하게 싸우자."

이순신은 다시 한번 군사들을 휘둘러보며 당부했다. 전투 명령을 받은 수군 전선들은 저마다 미리 정한 진에 따라 원래 위치로 돌아가 전투

대형으로 늘어섰다. 이제부터는 깃발로 명령을 대신한다.

척후선이 중무장한 판옥선들을 이끌며 적이 있다는 곳을 향해 앞장서서 나아갔다. 척후선은 배가 작아서 매우 빠르게 움직인다.

이 척후선을 따라 선봉, 선봉 다음은 중위, 중위 다음은 기함, 기함의 양쪽으로는 좌위와 우위, 그 뒤를 간후가 따른다.

진을 갖춘 조선 수군 연합 함대는 곧장 옥포를 향해 진격을 시작했다.

얼마 안 가서 적선이 보인다. 50여 척이나 된다. 도도 다카토라(藤堂高虎)가 이끄는 일본 수군 함대다.

연합군은 연락선, 보급선을 제외하고 전투에 나설 전선은 모두 91척이니 일단 병력으로 밀리지는 않는다. 다만 전술 전략, 무기 등에 대해서는 피차 알지 못하니 승패를 섣불리 장담할 수가 없다.

적선 몇 척은 집채 만큼이나 큰 것도 있다. 2층, 3층으로 된 화려한 층각선(安宅船 ; 아타케부네)도 있다. 일본군들은 옥포 해변에 있는 민가에 닥치는 대로 불을 질러 이미 불꽃과 연기가 하늘을 검게 물들이고 있다.

적의 함대 가운데 제일 큰 배는 화려한 무늬가 있는 장막에 덮여 있다. 장막에는 여러 가지 그림과 무늬가 있다. 사방으로는 붉고 푸른 깃발을 달아 놓아 바람이 불 때마다 펄럭거린다.

일본군들은 질서정연하고 당당하게 다가오는 조선 함대를 보자 슬금슬금 해안 쪽으로 물러났다. 적선은 해안을 몇 바퀴 돌더니 서너 척이 서서히 바다 가운데로 나왔다.

이순신은 어영담을 불러 경상우수사 원균과 의논하여 물때를 맞춰보고 공격 시각을 정했다.

때가 되었다.

"진격하라! 진격하라!"

이순신은 공격 명령을 알리는 깃발을 올리고 북을 두드리게 했다.

연합 함대는 서서히 앞을 향해 나아갔다. 첫 싸움이라 그런지 수군 전선들의 기세가 그리 날카롭지 못하다. 미적거린다. 제자리를 지키는 전선도 더러 보인다. 겁이 날 것이다. 무서울 것이다. 이순신도 흥분을 느끼는데 한번도 목숨 건 전투를 해보지 않은 수군들이야 얼마나 불안하겠는가. 이순신은 모른 척했다.

양측 전선들이 길게 진을 이루어 마주치는데도 누구 하나 선공을 하지 못한다. 일본군도 그저 버티기만 한다. 서로 적을 모른다. 답답한 상황이다.

그때 경상우수영 소속 옥포만호 이운룡이 전선을 몰아붙여 적선을 향해 달려들었다. 경상우수영 소속이니 책임감 때문에라도 더 분투하는 듯했다. 아니면, 그간 원균 수사와 함께 소소한 전투를 많이 치러봐서 자신감이 넘치는 면도 있으리라.

이에 질세라 전라좌수영 소속 녹도만호 정운이 전선을 몰아 적선 가까이 붙이고 포를 쏘기 시작했다. 단숨에 적선 두 척이 깨져버린다.

그제야 조선 수군은 크게 환호성을 지르며 저마다 적진을 뚫고 달려들기 시작했다. 별 것 아니구나 싶은 순간, 조선 수군들은 마구 함성을 지르며 전선을 몰아갔다.

승세한 조선군이 밀어닥치자 적선들도 하는 수없이 맞서기 시작했다. 일본 수군은 선봉으로 나간 정운의 판옥선을 포위하기 시작했다. 그러고는 조총을 마구 쏘아댔다. 포성이 마치 천둥치는 듯하다. 소리에 놀란 조선 수군들은 몸을 낮추고, 이에 맞서 사거리가 긴 총통을 쏘고 신기전을 날렸다. 궁수들은 적선이 가까이 다가올 때마다 화살을 날렸다.

"어서 정운을 구하라."

정운의 배가 적선에 둘러싸이는 것을 보자 이순신은 북을 울리며 군사들을 재촉하였다.

이번에는 전부장 배흥립이 전선을 몰아 앞으로 나아갔다. 그리하여 정운의 판옥선을 포위하고 있던 적선 두 척을 뒤에서 때려부쉈다.

"어? 깨면 깨지네?"

조선 수군들은 판옥선이 일본 전선을 건드리기만 해도 우지끈 깨지는 걸 똑똑히 보았다. 총통에서 날아간 무쇠포탄도 잘만 맞으면 적선 허리를 깨버리고, 그 구멍으로 침수되도록 만들었다. 신기전을 날리면 적선에 금세 불이 붙어 적들이 혼비백산한다. 비격진천뢰도 쏘아보았는데 적들이 물고기 죽듯이 마구 쓰러졌다.

조선 수군들은 조선 수군의 무기가 월등히 앞선다는 걸 눈으로 똑똑히 보았다. 일본 수군은 조총이 주력인데 50미터 이내에서만 살상력이 있을 뿐이다. 근접전만 아니면 조총은 크게 걱정하지 않아도 된다. 다만 여전히 그 폭발력이 공포스럽다.

"왜놈들 별 거 아니네! 마구 치자!"

조선 수군들이 자신감을 얻고 밀어붙이는 사이 일본군들은 점점 두려움에 빠지기 시작했다. 적선이 어이없이 부서져 나가다 뒤로 슬슬 피하며 달아날 궁리를 한다.

이순신은 장선을 타고 돌아다니며 수군을 격려했다.

그 때 적선 두 척에서 불길이 치솟아올랐다. 중부장 어영담이 신기전으로 불화살을 쏘아 적선에 불을 지른 것이다. 적선 두 척은 검은 연기를 내뿜으며 바닷속으로 가라앉았다. 불길을 피하던 적병들이 바다에 몸을 던지기도 했다. 그러면 조선 수군들은 작살을 던져 일본군을 쳐죽였다.

불 타오르는 적선에서 일본군들이 아우성을 쳐가며 조총을 쏘아댔다. 조선 함대에서도 거듭 총통이 발사되고, 자신감을 얻은 수군들은 조란탄까지 어지러이 쏘아댔다. 특히 용감한 어영담은 순식간에 적선 네 척을 침몰시켰다.

조선 수군의 사나운 공격에 기가 죽은 일본군들은 갈팡질팡했다. 이쪽에서 공격을 해오면 저쪽으로 피하고 저쪽에서 공격을 하면 이쪽으로 피할 뿐이다. 그러다 보니 적선들은 한 곳에 모여 자기들끼리 부딪히고 깨진다.

"왜적은 지금 혼쭐을 놓은 형국이다. 적선을 포위하여 총공격한다면 한 놈도 남김 없이 무찌를 수 있다."

이순신은 포위 전술을 전달하고는 북을 두드리고 깃발을 흔들어 모든 전선을 몰아갔다. 순식간에 일본군 함대가 고립되었다. 적선이 사정거리에 몰리자 그 즉시 총통마다 불을 뿜고, 신기전은 하늘을 가르며 불화살을 쏘아올렸다. 불붙은 적선들은 우왕좌왕하면서 피하기 급급하다. 거기에 조란탄이나 비격진천뢰를 발사하면 적들은 그야말로 완전 몰살이다.

다급한 일본 수군들은 불타는 전선을 버리고 해안으로 기어오르기도 했다. 경상도 육지는 일본군 차지다. 수군은, 경상도가 비록 우리 땅이라지만 막상 해안에는 올라가지 못한다. 그곳에 조선 육군은 하나도 없고 오직 일본군 뿐이다. 진주를 분기점으로 그 동쪽은 일본군이 차지하고, 서쪽은 조선군이 아직은 힘겹게 버티는 중이다.

일본군이 육지로 달아나며 버려둔 적선들은 그대로 대파시켜 수장시켰다. 전선을 정리하고 보니 적선 26척을 깼다. 첫 싸움치고는 대단한 승리다.

이순신은 첫 전투인만큼 거기서 전장을 수습하여 거제도 북쪽 영등포 앞바다로 가 임시로 진을 쳤다.

"좌수사 님, 급한 보고입니다."

이순신이 막 갑옷을 벗고 있을 때 척후병이 달려와 보고했다.

"무슨 일이냐?"

"왜적선 다섯 척이 더 나타났습니다."

뒤늦게 발견된 적선이 멋모르고 덤비는 모양이다.

이순신은 즉시 명령했다.

"왜구가 나타났다. 어서 전투 준비를 하라."

저녁밥을 짓고 있던 군사들은 불을 끄고 재빠르게 전투 준비를 했다.

"왜적선은 겨우 다섯 척뿐이다. 서둘러 적을 포위하고 도망치지 못하도록 길을 막아라."

조선 수군은 명령에 따라 움직였다. 적선은 조선 수군에게 앞뒤와 양옆으로 겹겹이 포위당하였다. 뒤늦게 나타난 적선은 앞서 무슨 일이 있었는지 모르는 듯했다. 멋모르고 조선수군 사정 거리까지 들어왔으니 어쩔 도리가 없다. 일본 수군은 죽음을 무릅쓰고 조총을 쏘아대며 끝까지 저항하였다. 하지만 우레 같은 함성을 지르며 돌격해 가는 조선 수군을 도저히 막을 수 없었다. 한바탕 조총과 화살이 빗발치며 조선군 함성이 울려퍼졌다.

우척후장 김완이 일본군의 큰 배로 다가가 불화살을 퍼부었다. 겁에 질린 일본군들은 바다로 뛰어들었다. 적선은 곧 가라앉거나 불에 탔다. 다섯 척쯤이야 간단히 잡아버렸다.

전투를 마친 수군은 영등포는 안전하지 않다고 보고, 거제도 북쪽으로 올라가 창원 땅 남포 앞바다로 가서 닻을 내렸다.

"여러분이 무사하니 참으로 다행이다. 오늘 두 차례 전투를 다 이긴 것은 수군 여러분의 공이다. 앞으로 있을 전투에서도 오늘만큼만 용감하게 싸워주기 바란다."

이순신은 부하들과 두 손을 마주잡으며 공로를 칭찬했다. 원균 수사에게도 승전을 축하했다.

첫 전투에서 큰 승리를 거둔 조선 수군들은 오랜만에 음식을 배불리 먹으며 즐겁게 보냈다. 판옥선 내부에 식당이 마련되어 수군들은 여기서 먹고잔다.

모든 수군은 전선에 올라 망루마다 보초병을 세우고, 따로 척후선을 띄운 채 밤을 지낸다. 노꾼들도 이때는 노를 놓고 쉰다. 보급선들은 전선 사이를 부지런히 오가며 부족한 전투물자를 채워준다. 수군들은 무기를 재점검하고, 의원들은 전투 중에 다친 수군들을 찾아다니며 상처를 돌보았다. 전선 망루마다 야간 경계를 맡은 군사들은 밤잠을 자지 않은 채 적선이 나타나는지 살피고, 전선끼로 수시로 통신한다. 다만 조선 수군은 누구도 육지로는 오르지 못한다. 거긴 아직 적지다.

이순신은 이날 늦게 장선에 마련된 지휘실에서 잠자리에 들었다. 깜깜한 새벽, 누군가 다급하게 깨우는 소리에 눈을 떴다.

"좌수사 님, 왜적선이 나타났습니다."

이순신은 자리에서 벌떡 일어났다.

"고성 땅 적진포 앞바다에 열서너 척의 왜적선이 나타났다고 합니다."

한밤중에도 척후선은 해상 경계 활동을 하고 있었다.

조선 수군들은 지체없이 적진포로 출항했다. 수군들은 운항 중에 아침 식사를 선내에서 해결했다. 전투가 벌어지지 않으면 수군들도 노를 잡아 노꾼들까지 식사를 같이 먹는다.

"적선이 보인다. 어서 추격하라."

수군들은 힘차게 노를 저어 일본군 함대로 다가갔다.

일본군은 아직 조선군 총통의 위력을 모른다. 일본군은 육전에서 이긴 경험에 따라 조선군이 가까이 다가오지 못하도록 조총을 쏘아댔다.

마침 먼동이 터오고 있다. 붉은 해가 바닷물을 뚫고 조금씩 올라온다. 바다는 불이 타오르는 듯하다.

조선 수군은 조총보다 훨씬 더 무서운 총통을 마구 쏘아가며 적선을 향해 나아갔다. 일본군들이 아무리 조총을 쏘아도 조선 수군들은 물러서지 않았다. 조총 사거리는 총통 사거리에 훨씬 미치지 못한다.

곧 접전이 벌어지면서 신기전으로 불화살을 날리고 창검이 햇빛에 반짝거릴 때마다 일본군들은 비명을 지르며 바다에 빠졌다.

적선은 한 척 두 척 연기를 내뿜으며 바닷속으로 가라앉았다. 그럴수록 조선 수군들은 함성을 지르며 기세 좋게 적선으로 달려들었다.

좌부장 신호가 적선을 향해 시원하게 총통을 쏘았다. 무쇠포탄은 적선의 앞부분을 강타했다. 삼나무로 만든 적선은 포탄을 맞고 금세 구멍이 났다. 그 구멍으로 바닷물이 들어간다. 이어 적선은 중심을 잃고 기우뚱거리더니 바닷속으로 가라앉았다. 여기저기서 총통이 발사되고 그때마다 적선들이 박살났다.

이번에는 우부장 김득광이 적선에 불화살을 명중시켰다. 적선은 금세 불이 붙더니 이내 불꽃을 일으키며 타들어갔다. 일본군들은 비명을 지르며 바다로 뛰어내렸다. 불타는 전선에 남아도 죽고, 바다에 뛰어들어도 조선 수군의 화살이나 작살을 피할 길은 없다.

장선의 높은 누각에 서서 전황을 지켜보던 이순신은 북을 울리거나 깃발을 이용해 작전명령을 전하곤 했다. 총통이 발사되는 소리, 일본군이 조총을 쏘는 소리, 적선이 부서지는 소리로 전장은 시끌벅적하다.

연기가 자욱하게 피어오르는 바다를 굽어보던 이순신은 징을 울려 군사들을 거두어들였다. 연합 수군은 징소리에 맞추어 선수를 돌려 뒤로 물러났다.

이번 전투에서 조선 함대는 한 척도 다치지 않았다. 단지 군사 두 사람이 일본군의 조총에 가벼운 상처를 입었을 뿐이다.

"오늘은 거제로 들어가 진을 친다."

조선 수군은 거제 앞바다로 가 닻을 내렸다.

이순신은 거제에 도착하자마자 장수들을 장선으로 불러 격려했다.

"세 번 싸워 세 번 모두 이겼다. 적선 마흔두 척을 무찔렀다. 이는 오로지 여러 장수와 군사들이 있는 힘을 다해 싸운 결과이므로 그대들의 노고와 빛나는 전공을 높이 산다. 각 수영 별로 여러분의 공적을 적어 몽진 중이신 주상 전하께 올릴 것이다. 하지만 적들이 아직 이 강토에 남아 총칼을 버리지 않으니 그대들은 잠시도 방심하지 말고 다음 전투에 대비하도록 하라."

이순신은 선실로 돌아와 오랜만에 갑옷을 풀었다. 언제 일본군이 밀어닥칠지 모르기 때문에 모든 수군들이 다 군장을 유지한 채 쉬곤 한다. 빨랫감도 쌓였다. 보급선은 수영별로 따로 드나들며 전투물자를 채우고, 척후선도 따로 운영한다. 각 수영과 전선을 오가는 연락선도 길게 꼬리를 물고 이어진다. 부상자는 각 수영으로 돌아가고, 그 자리에 예비 수군들이 충원된다.

"수사 님들과 판옥선 선장들은 따로 좀 봅시다."

이윽고 전라좌수영과 경상우수영 장수들이 한 자리에 모였다. 원균 수사를 비롯한 모든 수군장들은 이순신의 통제를 받는 중이다.

"전투를 마치고 몸이 피곤할 텐데 불러서 미안합니다. 그러나 전쟁이 끝난 것이 아니니 잠시도 마음을 놓아서는 안됩니다. 육전에서 번번이 지고 있는 지금, 우리 마음대로 싸움을 쉴 수가 없습니다. 틈나는대로 군사들을 쉬게 하고, 미리 포탄과 화살 따위 보급을 받아 전투 준비를 마친 다음 쉬도록 해주시오. 보급선은 수시로 함대 사이를 돌아다닐 겁니다. 경상우수영 전선들도 전투물자가 부족하면 전라좌수영 보급선에서 뭐든지 보급해드리겠으니 말씀만 하십시오."

이순신은 진심으로 부하들의 고생을 안쓰러워하였다. 특히 원균 수사를 비롯한 경상우수영 수군들은 너무 지쳐 있는 상황이다.

"지금 부산은 적의 소굴이 되고 말았습니다. 부산은 우리나라에서 가장 큰 항구이며 요해처입니다. 그런데 부산이 적에게 넘어갔으니 어찌하겠소. 우리 수군이 서둘러 부산을 되찾아야 한양까지 치고올라간 왜적들이 뒤가 두려워 반드시 돌아올 것이오. 우리는 적진을 어서라도 일본군의 엉덩이를 매우 쳐야 합니다."

이순신의 설명에 장수들은 저마다 고개를 끄덕였다.

그때 낙안군수 신호가 나서서 의견을 냈다.

"얼마 전 신립과 이일 두 장군께서 충주로 나가 적을 막다가 패하셨답니다. 그러니 경상도와 충청도는 왜적의 손에 들어갔다고 볼 수 있습니다. 이미 전라도를 제외한 동남 지방이 전부 왜적에게 넘어갔으니 성급하게 부산으로 들어가서는 안됩니다."

이순신도 고개를 끄덕였다.

"맞소. 우리 수군은 단 한 번이라도 패해서는 안됩니다. 조선을 구할 수 있는 군대는 우리 밖에 없다고 생각하여 매사 신중합시다. 탐마를 보내 적진 상황을 파악한 다음에 움직이는 것이 좋을 듯합니다."

광양현감 어영담이다.

"그러면 일단 탐마를 보내 적정을 살핀 다음 부산으로 진격할지 말지를 결정하시지요. 먼저 상한 배를 수리하고, 수군들 휴식도 주고, 전투 물자를 충분히 갖춘 다음 싸우도록 하지요."

원균 수사도 동의했다. 그간 전투다운 전투를 해보지 못하던 원균은 어제오늘 너무나 신이 나고, 힘이 불끈 솟는다.

이 무렵 전라우도와 좌도, 충청좌도, 경기좌도는 일본군이 침입하지 못한 상태지만 수군들은 전황을 잘 알지 못하는 상황이다. 수영으로 오는 파발이 전선까지 오려면 또 시간이 걸리기 때문이다.

이순신은 한번 더 주의를 주었다.

"지금 조선을 지키는 군대는 우리 수군밖에 없다고 봐야 합니다. 전라우수영이 아직 준비가 덜 되어 연합함대에 들어오지 못했는데, 경상우수영, 전라좌우수영 외에 조선 군대가 차라리 없다고 보고 더욱 신중해야 합니다. 우리가 무너지면 조선은 망할 수도 있다는 막중한 책임감으로 포탄 한 알, 화살 한 대를 쏘아도 성을 다하도록 합시다. 오로지 여러분의 어깨에 이 나라의 존망이 달려 있는 것입니다."

판옥선을 지휘하는 수군 장수들은 모두 나가고 원균 수사만 남게 했다.

"원 수사님, 이제 저는 전라좌수영으로 돌아가 재정비를 한 다음 전라우수영 이억기 수사와 연합한 다음 다시 오겠습니다. 연락선은 수시로 띄울 테니 이곳에 진을 치고 계시면서 적세를 살피시기 바랍니다. 만일 적세가 너무 강하면 절대 싸우지 마시고 우리 전라좌수영으로 후퇴해 주십시오. 절대로 무리하게 싸우지 마십시오."

"이 수사, 고맙소. 우리 수군들이 참으로 멋지게 싸웠소. 덕분에 우리 경상우수영도 겨우 살아났소. 거제에 머물면서 전선을 더 마련하고 수군도 더 조련하겠소. 진주 이서가 아직 건재하니 보급은 큰 문제가 없소."

그날 밤, 전라좌수영 소속 전함들은 휴식을 마친 군사들을 깨워 밤길을 타고 여수 본영으로 향했다. 이제야 숨통이 트인다.

1592년 5월 29일(양력 7월 8일).

하늘이 맑다. 수영 마당에 있는 잎이 넓적한 오동나무가 한껏 기지개를 켜고 있다. 햇살은 제법 뜨겁다. 바다는 잔잔하다.

전라좌수영 진해루에는 소속 장수들이 가득 모였다. 판옥선 한 척에 협선, 척후선, 연락선, 보급선이 한 덩어리가 되어 움직인다.

이틀 전 이순신은 경상우수사 원균이 보내온 공문을 받았다.

— 적선 십여 척이 사천과 곤양을 침범하고 있소이다. 우리 군대는
남해 노량으로 진을 옮길 테니 곧 군사를 일으켜 왜적을 무찌르도록
도와주시오.

| 원균 |

원균 수사는 약속대로 전투를 삼가고 거제를 떠나 남해로 수영을 옮

188

졌다. 최전선에서 그렇게 버텨주는 것만으로도 고마운 일이다. 경상우수영은 전투보다는 척후 기능으로 제 역할을 하고 있다.

이순신은 적선을 치러 다시 출정하기로 했다.

먼저 군관 윤사공에게 명령했다.

"자네는 군사 2천 명을 거느리고 본영을 단단히 지키도록 하게. 전투가 다급하면 부를지도 모르니 언제든 출전할 수 있는 태세를 유지하게."

윤사공은 머리를 숙여 인사하고 뒤로 물러갔다.

"다음, 정걸 조방장은 앞으로 나오시오."

조방장 정걸이 앞으로 나왔다. 그는 이순신보다 나이가 31세나 많은 노장이다. 이순신도 특별히 모시는 맹장이다.

"귀관은 군사 5백 명을 거느리고 좌수영 각 부군현 및 포구를 돌아다니며 서로 긴밀히 연락할 수 있는 연락망을 짜주시오. 전투보급을 소홀히 해서는 안됩니다. 보급이 생명입니다."

"명심하겠습니다."

노장 정걸도 명령을 받고 물러갔다.

나머지 장수들은 출전이다.

이순신은 장선으로 올라갔다. 그의 뒤를 따라 여러 장수들도 각기 전선에 올라 돛을 높이 올렸다.

이윽고 출전을 알리는 북이 울린다. 이번에는 처음으로 거북선이 출전한다. 1차전을 치러본 결과 거북선이 능히 적선을 치기에 알맞다고 판단한 것이다.

모두 스물세 척의 판옥선이 각각 여러 전선을 따로 거느리며 바다를 가르기 시작했다.

옥포 해전 이후 이순신은 무기를 더 만들고 부서진 대포와 전선을 수리했다.

특히 근접전을 치르게 될 거북선은 판옥선보다 군사가 더 많이 필요하고, 지자포와 현자포 같은 각종 대포가 충분히 있어야 한다. 또 거북선을 운항하고 총통을 정확하게 쏘기 위해서는 훈련이 중요하다. 시야가 덜 확보되기 때문이다. 그래서 지난 전투에는 좌수영에 두고 훈련만 하도록 했다. 군관 이기남과 이언량을 거북선 돌격 대장으로 임명하여 날마다 단련시켰다. 거북선에 탑재한 지자포와 현자포 등 여러 총통에 쓸 화약은 군관 이봉수가 밤낮으로 부지런히 만들었다.

잔잔한 바닷물결을 따라서 조선 수군 함대는 노량 앞바다까지 순조롭게 나아갔다. 전선이 이동하기에는 좋은 날씨다. 한여름이지만 바닷바람으로 시원하다.

정오 무렵 함대는 노량에 이르러 잠시 멈추었다.

멀리 하동 쪽에서 배 세 척이 다가온다. 원균 수사가 이끄는 경상우수영 전선들이다.

"이 수사, 부끄럽기 짝이 없소이다. 경상도를 침략한 왜구를 내 힘으로 막지 못해 번번이 도움을 청하는구려. 경상 수영 군사로는 힘이 모자라니 어쩔 수가 없구려."

원균은 장선 가까이 다가와서 이순신에게 말했다.

"원 수사님, 고생이 많으십니다. 나라가 위급한 지금 서로 힘을 모아 적을 물리쳐야지 관할이 따로 있겠습니까. 저희가 선두로 나서겠습니다."

이윽고 이순신의 장선이 앞장서서 노량 앞바다로 나아가고, 그 뒤를 연합함대가 줄지어 따랐다.

한참 노를 저어가고 있을 때다. 곤양 쪽에서 적선 한 척이 나타나 사천 쪽을 향해 빠르게 달린다. 보아하니, 일본군 척후선이다.

"저 배를 잡아라!"

조선 수군은 날랜 협선을 붙여 추격시키고, 방답첨사 이순신과 남해 현령 기효근이 판옥선을 몰아 적선의 뒤를 쫓아갔다. 곧 적선은 협선에 가로막히면서, 이어 이순신과 기효근의 판옥선 사정거리에 잡혔다. 조선 수군은 기다릴 것없이 화살과 총통을 어지럽게 쏘아댔다. 적선은 반항할 새도 없이 그 자리에서 부서져 침몰하고 말았다.

"저쪽에 또 왜적선이다!"

척후선이 다른 적선을 발견하고 신호를 보냈다.

"적선을 공격하라!"

연합 함대가 노란 깃발이 가리키는 쪽으로 더 나아가니 사천 앞바다에 적선들이 한 줄로 길게 늘어서 있다.

적선들은 조선 수군을 기다렸다는 듯이 일제히 조총탄을 쏘아대기 시작했다. 조선 수군들은 깜짝 놀라 사방을 두리번거렸다. 조총은 총탄의 위력보다 그 소리가 더 무섭다.

"저쪽 산기슭이다."

누군가 소리치자 군사들의 눈빛이 바다에서 조금 떨어진 산기슭으로 쏠렸다. 조총을 든 일본군들이 산기슭을 의지해 쭉 늘어서 있다. 조선 수군도 일본군을 향해 화살을 쏘지만 사거리가 미치지 못한다. 조총이나 화살이나 사거리는 엇비슷하지만 살상력은 조총이 조금 더 낫다. 화약 터지는 소리가 날 때마다 간담이 서늘하다.

"싸우지 말고 뱃머리를 돌려라!"

장수들은 말귀를 알아듣지 못했다.

"적선을 이대로 두고 물러설 수는 없습니다."

"내게 생각이 있다. 어서 뱃머리를 돌려 깊은 바다로 나아가라."

조선 함대는 소나기처럼 쏟아지는 조총을 피해 뱃머리를 돌렸다. 마치 일본군의 기세에 쫓기는 형국이다. 그러자 일본군들은 좋아라고 전선을 몰아 추격해 왔다. 적선은 모두 열두 척, 그들은 괴성을 지르며 뒤쫓아왔다.

이순신은 그들을 바라보기만 하면서 계속 바다 멀리 전선을 몰도록 했다. 유인 작전이다. 적선들은 바닷가에 진을 치고 있다가 전세가 불리하면 배에서 내려 산기슭으로 피할 계산이었는데, 조선 수군이 마치 두려워 피하는 듯하니 도리어 바다 한 가운데로 끌려나온 것이다. 유인책에 걸렸다.

"이만 하면 됐다. 다시 뱃머리를 돌려 일제히 적선을 쳐라. 격군들은 힘차게 노를 저어라."

공격을 알리는 깃발이 쑥 올라갔다. 다른 전선에도 잇따라 같은 깃발이 올라간다. 노꾼들은 구령에 맞추어 있는 힘껏 노를 저었다.

조선 함대는 일제히 방향을 바꾸더니 적선을 향해 쏜살같이 달려들었다. 멋모르고 달려들던 적선들은 깜짝 놀라 조총을 마구 쏘아댔다. 전선을 돌릴 시간조차 없다.

하지만 조선 수군은 전선을 세운 채 일절 공격을 하지 않고 대치하기만 했다.

"아무도 화살을 쏘지 말라. 총통도 발사하지 말라. 대형을 유지하고 앞서 나가지 말라. 거북선은 판옥선 뒤에 숨어 있다가 신호에 따라 일제히 진군하라."

조선 수군이 전선을 머문 채 움직이지 않자 적선들은 다시 용기를 얻었는지 조금씩 다가오기 시작했다. 조선 수군이 겁을 먹은 것이라고 판단한 듯하다.

"됐다. 거북선을 출동시켜라."

이순신의 명령이 내려지자 거북선이 앞으로 치고 나아가라는 깃발이 올라간다. 전령선들이 거북선마다 달려가 공격 명령을 전달한다. 판옥선들이 길을 비켜주고, 이윽고 거북선이 빠른 속도로 달렸다.

마침내 거북선이 거대한 몸체를 드러냈다. 처음으로 실전에 나선 것이다.

거북선이 조선 수군 맨앞으로 치고나오자 일본군들은 깜짝 놀랐다. 한번도 보지 못한 전선이다. 그 안에 무엇이 있는지, 어떤 무기가 있는지 알 수가 없다.

그들이 보기에 군사는 아무도 보이지 않고 오직 철갑만 보인다. 저게 뭔가 하고 일본군들은 어리둥절한 채 바라보았다. 싸우는 배인지 화물을 실어나르는 배인지도 알 수가 없다.

일본군이 어째야 할지 몰라 당황하는 사이 거북선은 적선에 거의 맞닿을 정도로 가까이 다가갔다. 적선은 우선 급한대로 거북선을 포위하고 조총을 쏘아댔다. 거북선은 끄덕도 하지 않는다. 조총탄이 거북선 덮개를 맞고 통통 튄다. 일본 수군은 아직도 거북선의 정체를 알 수 없어 단순 공격만 퍼붓는다.

잠시 뒤, 거북선마다 포문이 열리더니 수많은 총통이 일제히 불을 뿜기 시작했다. 가까이 와 있던 적선들은 피할 새 없이 그대로 깨지고 부서졌다. 거북선들은 각자 장착하고 있던 일흔두 개의 총통 포문을 한꺼번에 열어놓고 뱃머리를 좌우로 돌려가며 마구 발포했다.

그러면서 당황한 적선 사이를 헤집고 다녔다. 일부러 부딪히기도 했다. 육중한 거북선이 쿵쿵 받아버리면 일본 전선은 뱃전이 종잇장처럼 찢어지곤 했다.

거북선의 활약을 지켜보던 이순신은 그제야 모든 전선을 출정시켰다.

"총공격이다. 적선은 한 척도 남기지 말고 모두 깨부수자!"

이윽고 전군 전진을 알리는 북이 울리기 시작했다. 판옥선마다 깃발이 일제히 올라간다. 장선도 앞장 서 나아갔다.

연합함대는 다투어 진격했다. 신기전이 빗발치고 창검이 번쩍거린다. 조란탄도 터지고, 비격진천뢰도 날아가 쿵쿵 터진다. 적선은 갑작스런 공격에 정신을 차리지 못하고 허둥거렸다. 여기저기서 불이 붙고, 깨지고 부서져나갔다.

이순신은 장선에 우뚝 서서 직접 북채를 잡고 북을 두드렸다.

수사가 몸소 북을 두드리자 조선 수군들은 더욱 용감하게 적선을 두드려댔다. 적선은 하나둘 깨져 침몰하고 여기저기서 혼전이 벌어졌다.

그때다.

"우군장 나대용이 조총에 맞았습니다."

이순신은 고개를 돌려 나대용을 돌아보았다. 벌써 얼굴색이 변한다.

"어서 선실로 데려가 치료하라."

수군들이 달려들어 조총탄에 맞은 나대용을 선실로 옮겼다. 그러고도 이순신은 다시 북을 두드리며 독전했다.

전투가 한창 벌어지는 동안 몇몇 전선은 싸움보다는 바다에 빠진 일본군의 머리를 베거나 그들이 놓친 조총 따위를 수습하느라고 정신이 없다. 어차피 다 이겼다고 보고 전리품 수습에 욕심을 낸다.

"적선부터 깨라! 적의 수급은 나중에 베어라! 전리품 수습에 한 눈 파는 군사는 군령으로 다스리겠다!"

이순신은 거듭 연락선을 띄워 전투를 독려했다.

시간이 흐를수록 전투는 치열해졌다. 일본군도 죽기를 각오한 듯 맹렬하게 저항했다. 한순간 적선 한 척이 기습적으로 달려들어 장선을 노렸다. 거리가 좁혀지자 그들은 조총을 쏘기 시작했다. 이순신은 아랑곳하지 않고 북을 두드렸다.

그때였다.

총알 하나가 이순신의 왼쪽 어깨를 정통으로 맞혔다.

"흑."

"장군님, 어서 선실로 피하십시오. 이대로 계시면 위험합니다."

수군들이 방패를 가져와 막아섰다.

"먼저 상처를 치료해야 합니다."

"큰 상처가 아니니 걱정하지 마라. 어서 자기 위치로 돌아가 남은 적을 무찔러라."

이순신은 아무 일도 없다는 듯이 북채를 움켜쥐었다. 피가 조금씩 흐르더니 손에서 힘이 빠지기 시작한다.

그 사이 적선은 세 척으로 줄어들었다.

"세 척 남았구나. 남김없이 부서뜨려라."

이순신은 부하들이 말려도 듣지 않고 적선을 향해서 직접 화살을 쏘기도 했다. 그만큼 적선과 거리가 가깝다. 조선 함대는 적선을 포위하고, 위치가 잡히면 바로 총통을 발사하고, 더 가까이 다가가면 궁수들이 화살을 퍼부었다.

결국 적선은 빗발처럼 쏟아지는 화살을 당해내지 못했다. 해질 무렵 적선은 한 척도 남김없이 모두 깨져 바다에 가라앉고 말았다. 섬멸이다.

곧 조선 수군들의 승전고가 울려퍼진다. 전투 종료를 알리는 깃발이 일제히 올라간다.

사천 해전에서 크게 승리한 조선 수군은 전선을 수습하여 사천 모자랑포로 진을 옮겼다. 그제야 이순신은 상처를 살펴보기 위해 자리에 앉았다.

"수사 님, 상처는 어떠한지요?"

이순신이 전투를 하다가 부상을 당했다는 소식을 전해 들은 부하 장수들이 장선으로 모여들었다.

"별로 큰 상처는 아니네. 어깨가 좀 쑤시는구만. 조총, 별거 아니군.

나대용은?"

"다행이 총알이 비껴 맞아서 치료를 끝냈습니다."

"천만 다행이다."

이순신은 갑옷을 벗었다. 붉은 핏물이 옷에 흥건히 고여 있다. 부하 장수들은 깜짝 놀라서 이순신의 몸을 부축하였다.

"여태 참고 계셨군요. 아프셨을 텐데요."

이순신은 고개를 끄덕이며 말했다.

"총알이 박혀 있는 모양일세. 칼끝으로 살을 찢고 그 총알을 뽑아 주게."

이순신은 총 맞은 등을 내밀었다. 아무도 선뜻 나서지 못한다. 살을 찢고 총알을 꺼내야 한다.

"제가 하겠습니다."

녹도만호 정운이다.

그는 단도를 잡고 총알이 박힌 살을 그었다. 조심스럽게 상처를 째자 새끼손톱만한 납탄 총알이 보인다. 그대로 두면 살이 썩는다. 정운은 납탄을 조심스럽게 꺼냈다.

"뽑아냈습니다."

이어서 이몽귀가 상처에 고약을 바르고 깨끗한 헝겊으로 싸맸다. 이순신은 치료가 다 끝날 때까지 묵직한 바위처럼 앉아 꿈쩍도 하지 않는다. 아프긴 하지만 아프다고 말할 수도 없고, 얼굴을 찡그릴 수도 없다.

"정말 괜찮으십니까?"

장수들은 이순신의 곁으로 다가와 걱정스러운 눈빛으로 말하였다.

"내 걱정 말라니깐. 그 대신 승리한 우리 군사들에게 술과 떡을 나눠 주게나. 오늘의 승리는 우리 수군들이 목숨을 아끼지 않고 싸운 덕일세. 그리고 거북선의 위력을 처음으로 확인한 싸움이기도 하지. 나 아주 기분이 좋다네. 이까짓 상처야 뭐 저절로 낫는 거 아닌가."

"오늘 정말 멋지게 싸웠습니다. 왜적은 거북선은 보고는 어떻게 막아야 할지 몰라 허둥대더군요. 아마 웬 괴물인가 했을 겁니다."

"정말이지 여기저기 누비고 다니는 거북선이 그다지도 자랑스러울 수가 없었습니다. 우리 수군이 자신감을 얻은 듯합니다."

얼마 뒤, 이순신은 군사들이 즐겁게 모여 앉아 식혜와 막걸리를 마시는 것을 보고 선실로 들어갔다. 그러고는 오랫동안 인사를 드리지 못한 어머니에게 편지를 썼다. 전쟁 중이지만 편지는 얼마든지 오고간다. 따로 집안 하인들도 판옥선에 올라 늘 이순신 곁에 머문다.

지금까지 임지를 이곳저곳 옮겨다니느라 늙은 어머니를 한 번도 편안하게 모시지 못한 것이 늘 마음에 걸린다. 아침저녁으로 어머니께 인사를 드리고 몸이 불편하면 약도 지어드릴 수 있다면 얼마나 좋을까 하는 생각이 늘 머릿속을 맴돈다.

파직과 좌천을 거듭하던 이순신이 어느 날 갑자기 좌수사가 되자 어머니는 기쁨을 감추지 못했다.

"네가 큰 장수가 되어 멀리 남해로 떠난다니 기쁘구나."

어머니의 눈에는 눈물이 글썽글썽했다.

"나라에서 너에게 수사라는 높은 벼슬을 내린 데는 이유가 있을 것이다. 일찍이 율곡 선생이 예언한 대로 머지 않아 왜구가 쳐들어올 것이 분명하다. 그러니 왜구의 침입을 막는데 네 몸을 아끼지 마라."

"명심하겠습니다, 어머니."

이순신은 어머니의 가르침을 마음 속 깊이 새겼다.

"집안은 이 어미가 지킬 것이니 집 걱정 따위는 잊어버려라. 나라를 지키는 데 죽음을 두려워해서는 안 되느니라."

어머니는 아들이 나라를 지키는 장수가 되기를 바랄 뿐이다. 힘들고 지칠 때마다 어머니가 큰 용기가 된다.

편지를 다 쓰고 나서 이순신은 선실 창문을 열었다.

"순화 좀 불러와라."

잠시 뒤 고향 아산으로 심부름을 갈 하인 순화가 들어왔다. 순화는 후방에서 보급선을 타고 있다.

"여기 편지가 있으니 아산으로 가서 어머님께 전해라. 나는 건강하게 잘 지낸다고 말씀드리거라. 치열한 전투 같은 건 말씀드리지 말고."

"예, 수사 님."

하인이 막 나가려고 할 때다.

"순화야, 잠깐만."

이순신은 다시 하인을 불러세웠다.

"너 혹시라도 내가 다쳤다는 말을 전해서는 안된다. 쓸데없는 말을 해서 어머님 심기를 흔들면 절대 안된다. 알았지?"

"제가 바본가요, 수사님?"

"네 몸도 조심하거라."

순화는 쿵쿵거리며 선실을 빠져나갔다. 좌수영과 선단 사이에 오고 가는 연락선이 늘 있으니 그 편으로 나가면 된다.

10

싸우면 반드시 이긴다
— 당포, 당항포(당목개), 율포, 견내량, 안골포

마침내 전라우수영의 이억기 수사가 이끄는 함대가 당포에 막 도착했다. 겨우 조정의 허락을 받은 것이다. 육군을 보충하라, 서해를 지키라는 조정 명령 때문에 여러 모로 전투 준비가 덜 되어 이제야 전선에 나왔다. 그는 나이는 어리지만 왕족이라서 누구의 간섭도 크게 받지 않는다. 게다가 전라좌수영 소속 순천부사를 거친 뒤 전라우수사가 되어 좌수영 관할 뱃길도 잘 안다.

전라좌수영 소속 전선은 스물세 척, 그리고 몇 척 안되는 경상우수영의 전선만으로 싸우던 조선 수군은 이로써 전력이 부쩍 늘었다. 전라우수영 소속 전선은 모두 스물다섯 척이다. 조선군은 이런 대함대를 육전을 위해 여태 묶어놓고 소속 수군들은 호남 내륙으로 징병했었다. 그런데 일본군은 전라도와 충청도를 비껴 경상도에서 곧바로 치고 올라가 경복궁을 들이쳤다. 이순신의 활약이 아니었다면 끝내 전라우수영은 수군이 아니라 육군이 됐을지도 모른다. 어쨌거나 이제 조선수군은 대함대가 되었다. 장수들도, 수군들도 힘이 부쩍 솟는다.

이순신은 마침내 와준 전라우수사 이억기의 손을 꼭 잡았다.

"이 수사, 이만하면 아무리 강한 왜적이라도 꼼짝 못할 것이오."

이순신은 크게 기뻐하며 껄껄 웃었다. 옥포와 사천 싸움에서 일본군에게 크게 이긴 연합 함대는 당포에서 다음 전투 준비를 하고 있었다.

"이제 함대가 두 배로 늘었으니 왜적을 이 땅에서 몰아내는 것은 시간 문제입니다. 우리 모두 죽기를 맹세하고 싸웁시다."

이순신의 말을 들은 원균과 이억기가 모두 화답했다.

"전라우수영 전선은 이제 좌수사 님의 영을 따르겠습니다. 명령을 받들어 끝까지 싸울 것을 맹세합니다."

이억기는 평소 진심으로 이순신을 존경했다. 그래서 이순신이 전라좌수영과 전라우수영의 수군을 합치자는 의견을 꺼냈을 때 선뜻 받아들인 것이다. 원균 수사는 53세, 이순신 수사는 48세, 그런데 이억기는 한창 힘이 펄펄 나는 32세다.

전라좌수영과 전라우수영, 그리고 이름 뿐이긴 하지만 경상우수영이 만든 연합 함대는 보기만 해도 대단하다. 또한 주력 전선인 판옥선의 수가 두 배로 늘어나자 군사들의 사기도 하늘을 찌를 듯했다.

이순신은 연합함대를 거제(지금의 통영) 땅 판데목(鑿梁)이라는 물길로 집결시켜 두텁게 진을 쳤다. 그리고 장선에서 원균, 이억기 수사와 더불어 앞으로 벌어질 전투에 관해 의논하였다.

이순신은 옥포와 사천에서 차례로 승리를 거둔 상태이므로 자신감이 흘러넘쳤다. 연합 함대는 보급품을 수령하고, 전선을 수리하는 등 출정 준비를 하면서 척후선의 보고를 기다렸다.

그런 가운데 적선 스물한 척이 당포에 정박 중이라는 보고가 원균 쪽에서 들어왔다. 연합함대는 당포(통영 앞바다)로 달려가 적선을 무찌르기로 했다.

당포의 일본 전선들 역시 한 줄로 늘어서 있다. 적들은 바다뿐 아니라, 육지의 높은 봉우리에도 진을 치고 조선군을 기다렸다. 마치 일본땅에 조선수군이 쳐들어온 형국이다. 아무래도 산기슭을 두고 버티면 세가 불리할 때 달아나기에는 편하다.

조선 함대가 당포 앞바다에 이르자 적장으로 보이는, 검은 옷을 입은 장수가 큰 전선에 올라 칼을 휘둘렀다. 조총을 쏘라는 신호다. 그러자 일본군들은 한꺼번에 조총을 쏘기 시작했다. 사거리가 멀어 소용이 없건만 지레 겁이 나니까 일단 쏘고 보는 것이다. 총소리에 놀란 조선 수군들은 틈틈이 화살로 맞받았다. 하지만 총통은 함부로 쏘지 않았다. 확실하게 표적을 잡았을 때 쏴야 적선을 깰 수 있다.

이번에도 거북선이 먼저 적의 장선을 향해 나갔다. 그 뒤로 크고 작은 전선들이 거북선 뒤를 따라갔다.

거북선은 일본수군 장선을 향해 나아가다가 일제히 총통을 발사했다. 장선에 구멍이 여러 개 나있고, 구멍마다 포구가 거북이 머리처럼 쑥쑥 나온다. 그 다음 거북선은 적선 사이로 요리조리 옮겨다니며 마구 총통을 쏘거나 불화살을 날렸다. 적선들은 조총을 아무리 쏘아도 끄떡없는 거북선의 위력을 보고는 슬금슬금 피하기 시작했다.

게다가 순천부사 권준이 판옥선을 이끌고 적의 장선 아래까지 몰래 다가가 화살로 적장을 명중시켰다. 화살을 맞은 적장은 쿵하고 그대로 쓰러졌다. 조총은 불을 붙인 뒤 기다려야 하지만 화살은 아무 때고 재빠르게 쏠 수 있다. 다만 갑옷을 뚫지는 못한다.

대장을 잃은 일본군들은 갈팡질팡하며 사방으로 흩어지기 시작했다. 조선 수군들은 그 때를 놓치지 않고 적선으로 뛰어올라 적장의 목을 베어 판옥선에 높이 매달았다.

일본군들은 죽은 대장의 머리를 보자 겁에 질려 앞을 다투어 도망쳤다. 조선군은 힘있게 노를 저어 달아나는 일본군을 뒤쫓았다. 그러고는 기어이 뒤따라잡아 산산이 부숴버렸다.

또 승전이다. 지금까지 치러온 모든 전투가 다 완벽한 승리다.

노획물을 옮기고, 일본 수군의 머리를 베어낸 다음 전장을 정리한 조선 함대는 안전한 판데목으로 돌아갔다.

이 날 저녁 이순신은 기쁜 마음으로 일기를 폈다.

— 6월 5일(양력 7월 13일). 선선한 아침에 떠나서 고성 당포에 이르니 왜적선 한 척이 크기가 판옥선 만하고, 배 위에는 누각이 높은데, 왜군 장수가 그 위에 앉아 있다. 그 밖에 중선이 12척이요, 소선이 20여척이 되었다. 한꺼번에 쳐서 깨뜨리니 화살이 비오듯 하는데, 화살에 맞아죽은 왜군은 무수하고 왜장의 목도 일곱이나 베었다. 나머지 왜병들은 육지로 달아났지만 그 수는 적다. 이로부터 우리 수군의

기세가 몹시 떨쳤다.

하얀 종이 위로 붓끝이 가볍게 움직인다. 전투 장면을 떠올리며 이 순신은 자기도 모르게 몸을 부르르 떨었다. 아직 가시지 않은 흥분과 기쁨 때문이다. 이순신은 내일 싸움에서도 승리하게 해달라고 하늘을 향해 빌었다.

이튿날.

"아룁니다."

이순신과 전라우수사 이억기가 전투 일정을 의논하고 있을 때다. 일 본군의 움직임을 살피러 나간 척후가 돌아왔다.

"적 함대가 거제도에서 하루를 보내고 어제 당항포(당목개)로 떠났다 고 합니다. 원균 수사가 함대를 거느리고 들어와 있습니다."

"그래? 그럼 뒤쫓아야지."

이순신과 이억기의 눈이 빛난다.

"날이 밝기를 기다렸다가 아침 일찍 수군을 당항포로 보내면 왜군을 소탕할 수 있을 것이오. 이 수사, 우리 함께 적을 치러 나갑시다."

"좋습니다."

이순신의 의견에 이억기도 대찬성이다. 이어 원균 수사까지 합류하 여 오늘은 전투준비를 챙기고, 다음날 일찍 당항포의 적선을 치기로 합 의했다.

다음 날 새벽.

안개가 자욱하게 끼여 바로 눈앞도 보이지 않을 지경이다. 안개비가 소리없이 내린다.

이순신은 안개가 걷히기를 기다리는 한편 척후선을 띄웠다.

해가 떠오르면서 안개가 조금씩 걷히기 시작한다. 조선수군 연합 함대는 당항포를 향해 진군하기 시작했다. 50여 척의 판옥선과 그밖의 크고 작은 보급선, 연락선 등이 줄지어 진을 이루니 한눈에도 장쾌하다. 장수들이든 수군들이든 이런 광경을 보고 스스로 자신감을 얻었다.

"척후선이 돌아옵니다."

척후선 세 척이 나란히 돌아오고 있다. 배에는 적이 나타났다는 깃발이 펄럭거린다.

"판옥선 네 척은 포구에 남아 혹시 모를 적의 기습에 대비하고, 나머지 전선은 당항포로 출정한다."

조선 수군 연합 함대는 적선을 향해 물밀듯이 나아갔다.

당항포에 모여 있던 적선들 역시 척후선을 통해 조선 수군이 다가오고 있다는 걸 알았다. 그들도 진을 형성하며 앞으로 나섰다. 그동안 벌어진 전투마다 패전했음에도 적선은 달아나지 않고 싸울 태세를 갖췄다.

이때 이순신은 모르고 있었지만, 일본군영에서는 조선 수군 때문에 초비상이었다. 일본 육군은 벌써 함경도(2군) 평안도(1군)까지 치고 올라가고, 선발대는 평양성(소서행장)과 종성(가등청정) 등지에 주둔 중인데 배후에서 수군만 연전연패하고 있다 하여 각군 사령관들이 불안에 떨고 있다. 오사카의 풍신수길에게도 패전 사실이 보고되어 대책 마련에 분주하다. 경상우수영 바다마저 조선 수군이 들이닥치면 곧 경상좌수영 관할인 부산 쪽 해안도 불안하기 때문이다. 부산 앞바다를 조선 수군이 장악하면 이미 상륙한 일본 육군은 보급 노선이 끊겨 그야말로 진퇴양난에 빠져버린다. 이때 조선 조정에서도 수군의 거듭되는 승전보를 받아들고 일본군이 지나갈 길목에서는 보급 차단을 위해 청야(清野) 작전을 쓰기 시작했다. 즉 모든 곡식을 옮기거나, 그것도 바쁘면 태워버리고, 양민들은 모조리 옮겨 물 한 모금 보급이 되지 않도록 틀어막는 작전이다. 그야말로 보리쭉정이 하나 남기지 않는 청야작전으로 일본군은 곳곳에서 어려움을 겪고 있었다.

이런 전황 속에서 일본 수군은 더 이상 물러설 수 없다는 각오로 나온 것이다. 일본군은, 요즘처럼 해전에서 계속 밀리면 육전에서도 자신할 수 없다고 보는 상황이다. 그러니 결전을 각오할 수밖에 없다.

적선과 조선 수군 전함들이 각자 진을 치고 마주했다.

적선은 크고 작은 것을 모두 합쳐 서른 척이다. 규모에서 일본 수군은 조선 연합 함대보다 못하다. 하지만 일본 내전에서는 빛나는 위력을 보인 수군이기도 하다.

피차 진이 갖춰지자, 적선들이 먼저 조총을 쏘아대기 시작했다. 일본군은 아직도 조총만 믿는다.

조총탄이 터지는 소리가 워낙 요란하여 초기 전투에는 제법 효과가 있다. 조선 수군들은 그 소리 때문에 겁을 먹지만 이제는 사거리가 짧다는 걸 알고 크게 겁을 먹는 병사들이 없다. 갑옷을 뚫을만큼 힘이 세지만 자주 쏠 수 없다. 납탄을 재우는 사이 화살이 날아들고, 크고 작은 조선 총통들이 불을 뿜는다.

조선 수군은 조총보다 사거리가 훨씬 긴 총통을 쏘아 적선을 때리면 힘들이지 않고도 부서뜨릴 수 있다는 걸 알았다. 또 우리 판옥선으로 적선을 들이받으면 적선은 깨지지만 판옥선은 거의 다치지 않는다는 것도 알게 되었다. 일본 전선은 무른 삼나무로 지은 배라 가볍기는 하지만, 단단한 조선 소나무로 지은 판옥선은 아무리 부딪혀도 끄떡하지 않을만큼 튼튼하다. 신기전이나 비격진천뢰는 말할 것도 없이 우수하다.

적선에서 맹렬한 조총 공격이 시작되자 조선 수군들은 화살을 퍼붓기 시작했다. 조총은 직선으로 날아와야 되지만 화살은 포물선을 그리며 하늘에서 내리꽂는다. 또한 손으로만 쏘는 화살이 아니라 사거리가 긴 쇠뇌를 쏘거나, 신기전을 날리기도 한다.

총통은 적선이 사거리 내로 들어오면 그대로 발사하여 적선을 혼비백산시켰다. 묵직한 무쇠탄이 삼나무 적선을 때리면 그대로 구멍이 뚫려 그곳으로 바닷물이 콸콸 흘러들어간다.

얼마나 지났을까?

일본군은 조선 수군을 당해낼 수 없자 슬슬 꽁무니를 빼고 후퇴하려 했다. 아마도 육지로 물러나 저항하는 작전을 세운 듯하다. 육지는 여전히 일본군 차지다. 이를 눈치챈 이순신은 다음 명령을 내렸다.

"공격을 멈춰라."

조선군은 적선을 쫓다 말고 먼바다로 후퇴하기 시작했다. 적선을 유인하려는 것이다. 이억기 함대는 싸울아비 인형을 만들어 뱃전에 늘어놓았다.

아니나다를까 일본군은 이때다 싶은지 다시 달려나와 뒤를 쫓기 시작했다.

조선 수군 연합 함대는 먼바다까지 계속 달아는 척하다가 갑자기 뱃머리를 돌려 공격 진영을 갖추었다. 여기저기서 공격을 알리는 깃발이 올라가고 북소리가 진동한다.

"총공격하라! 한 놈도 살려보내서는 안된다!"

조선 함대가 순식간에 뱃머리를 돌리며 총통을 쏘아대자 일본군들은 당황했다. 조선군의 유인책에 속았다는 걸 알았지만 이미 어쩔 수가 없다. 거북선까지 달려들어 일본 전선 사이를 비집고 다니며 마구 포를 쏘아댔다.

거북선들이 총통을 어지럽게 쏘아대자 적의 장선까지 박살났다.

지휘소를 겸하는 장선이 깨져 가라앉자 나머지 적선들은 싸울 의욕을 잃고 사방으로 흩어져버렸다.

"놓치지 말라."

이순신은 깃발을 휘두르며 계속 북을 두드리게 했다. 화살을 쏘는 조선군들의 팔에 힘이 넘친다. 쫓기는 군대는 쉬 지치지만 쫓는 군대는 지치지 않는다. 적선마다 검은 연기가 피어오른다.

당항포 앞바다에서 적선을 궤멸시킨 조선 수군은 이튿날 새벽 율포 부근에서 적선 한 척을 더 격파하였다. 또 6월 7일 아침에는 웅천을 거쳐 영등포 앞바다에서 적선 다섯 척을 우연히 만나 역시 다 쳐부수었다.

조선 수군은 이제 적선을 만나기만 하면 반드시 격파하였다.

전투가 끝난 뒤, 이순신은 전라좌수영으로부터 경상좌수영 관할 남해 바다 곳곳의 순찰을 강화했다. 일본군은 그림자도 찾아볼 수가 없다는 보고가 잇따라 들어온다. 혼쭐이 났으니 멀리 물러간 모양이다.

이로써 임진년 5월 29일(양력 7월 7일)부터 6월 10일(양력 7월 18일)까지 이순신이 지휘한 조선의 연합 수군은 일본군과 네 번 전투를 치러 네 번 모두 승리하였다. 소소한 전투는 말할 것도 없다. 결국 적선을 만나기만 하면 반드시 깨뜨려버리는 대기록을 세운 것이다.

조선 수군은 모두 적선 77척을 쳐부수고 일본군 수백 명을 무찌르는 큰 승리를 거두었다. 당포해전을 승리한 뒤 이순신은 6월 10일(양력 7월 18일) 미조항에서 임시 진을 파하고 전라좌수영으로 돌아왔다. 원균의 경상우수영은 군세를 회복하여 주둔지에 남아 경계하고, 전라 좌우수영 전선들은 각자 본영으로 돌아가 보급물자를 더 채우고, 전선을 수리하는 등 다음 전투를 대비하기로 한 것이다.

전사자들이 있어 각 수영 별로 승군 주도로 장례를 치르도록 했다. 좌수영에서도 전사자가 나와 역시 자운 대사가 나서 장례식을 장엄하게 치렀다.

좌수영 넓은 모랫벌에 큰 제사상이 차려졌다. 상에는 각종 과일과 고기와 술 등 음식을 푸짐하게 차렸다. 제사상 양쪽에는 촛불을 켜고 향을 피웠다. 당포해전에 전사한 수군이 열 명이다. 조총탄에 맞은 수군들이다.

이순신은 전사자에 대한 장례를 장엄하게 치러야 남은 수군들이 용기 백 배하여 더 잘 싸울 것이라고 믿었다. 산 사람이든 죽은 사람이든 값어치있게 받들어주자는 것이 이순신의 신념이다.

이순신은 수사의 예복을 갖춰 입고 맨먼저 술을 따라 수군 전사자의 신위 하나하나 술잔을 올렸다. 수사로서 부하들의 죽음은 너무나 안타깝다. 더구나 늘 대하던 얼굴도 있다. 가슴이 미어진다. 비록 대승을 거두었지만 어쩔 수 없는 희생이 난 것이다. 전사자들에게도 부모와 처자식, 혹은 형제가 있을 것이다.

이순신은 절을 하고 나서 제문을 꺼내 읽었다. 간밤에 전사자들의 명목을 빌면서 지은 글이다.

> 윗사람을 따르고 상관을 섬겨
> 그대들은 직책을 다하였건만
> 부하를 위로하고 사랑하는 일
> 내게는 덕이 모자랐노라.
> 그대 혼들을 한자리에 부르나니
> 부디 살아남은 나와 전우들을 용서하시고
> 여기 차린 제물을 흠향하시라.

이순신은 여러 사람들 앞에서 글을 읽었다. 글을 읽는 그의 눈에 정말로 눈물이 흘러내린다.

그 다음에는 자운 대사와 승군들이 염불을 하고, 그러는 동안 장수들이 차례로 잔을 올리고 절을 했다. 그 뒤로 같은 전선에서 싸우던 전우들이 잔을 올리고, 이어 좌수영 백성들이 절을 하며 용감한 군사들의 명복을 빌었다.

이순신은 전사자가 생기면 언제나 극진하게 장례를 치르곤 했다. 그런 다음에는 수레를 내서 고향까지 시신을 운반하고, 수군영 관리들이 가서 장례를 치르도록 했다.

"좀 쉬었다가 하세."

"이리 와서 막걸리 한 사발씩 들고 하지 그러나."

총탄 자국을 메꾸는 등 전선을 수리하느라 땀을 뻘뻘 흘리던 목수들은 저만치에서 대포와 화살을 손질하고 있던 수군들을 불렀다.

"자네들은 참 부지런하구만. 매일 전투를 치르면서도 그렇게 열심히 정비를 하니."

목수 한 사람이 나이 어린 수군에게 막걸리를 따라주며 말했다.

"웬걸요. 바다에 나가서 왜놈들과 한번 싸워 보세요. 어디 쉬거나 한눈 팔 생각이 드나요. 이렇게 시간이 날 때 화살 한 개라도 손질하고 포탄을 새로 만들어 놔야지요. 막상 싸움이 붙으면 정신이 없습니다. 미리미리 해둬야지요."

"참, 젊은이가 대견한 말을 하는구먼. 자자, 내 술도 한 잔 받게나."

"여기 내 술도."

목수는 어린 수군의 자세헤 감격하며 그에게 술을 권했다.

수군은 손을 내젓는다.

"아닙니다. 힘이 날 정도만 마셔야지요. 우리 아니면 조선은 망한답니다. 죽도록 싸우려면 취하면 안됩니다."

"허허, 나이도 어린 수군에게 우리가 당했네 그려. 허허허."

"자네 말이 옳구먼. 자, 우리도 일어나 남은 일을 부지런히 하세나."

목수들은 자리에서 일어나 맡은 일을 다시 잡았다.

목수들은 전투에서 돌아온 전선을 수리하는 일을 맡는다. 조총에 맞아 돛이 떨어져나간 배도 있고 당파전(배를 몰아 적선에 부딪히는 싸움)을 벌이다가 뱃머리가 상한 배도 있다. 목수들은 힘을 합쳐 새로 돛을 달고 망가진 데를 손질한다.

특히 전선은 보름에 한 번씩 밑부분에 연기를 쐬어야 한다. 그렇게 하지 않으면 나무로 된 배 바닥이 썩어버린다. 수군은 목수를 도와서 전선을 뭍으로 끌어올려 연기를 쐬기도 하고 뚫린 곳이 없는지 살폈다.

또 무기고에서는 부지런히 무기와 포탄, 탄환, 화살촉을 만들어냈다. 특히 일본군들이 쓰던 조총을 노획해다가 따로 연구하였다. 일본군의 주력 무기인 조총은 근거리에서는 활보다 더 큰 살상력을 가졌다. 그래서 조총처럼 쓸 수 있는 단거리 총포를 만들 필요가 있어 육지에서 징집된 대장장이들이 따로 만들고 있다.

이렇게 곳곳에서 출전 준비에 열을 올리고 있을 때 이순신도 수군들과 어울려 화살대를 깎거나 총통 포탄을 상자에 담아 쌓는 일을 하기도 했다.

이 무렵 국왕 선조 이균이 북쪽 국경인 의주까지 몽진했다는 소식이 들려왔다. 뿐만 아니라 군사를 모으기 위해서 함경도 회령으로 떠난 왕자 임해군 이진과 순화군 이보는 백성들에게 패악질을 일삼다 국경인, 국세필에게 잡혀 왜장 가등청정에게 바쳐졌다는 소식도 해상 역참을 타고 들려왔다. 육지에서는 패전을 거듭하고 있다. 차마 귀를 열어 들을 수가 없는 소식뿐이다.

소문을 들었는지 전라우수사 이억기가 헐레벌떡 뛰어왔다.

"주상 전하께서 의주까지 피난가셨다고 합니다. 또한 임해군과 순화군 두 왕자께서 가등청정에게 붙잡혀 함경도 왜영에 갇혀 있답니다. 장차 어찌되겠습니까."

이억기는 숨을 몰아쉬며 말했다. 이순신은 이미 알고 있으나 이제는 놀란 가슴이 진정되었다.

"이 수사, 너무 걱정하지 마시오. 아직 평안도 북쪽 지방과 충청우도, 전라도 땅이 남아 있지 않습니까. 특히 전라도가 온전하다는 것은 우리 조선이 아직 살아 있다는 뜻입니다. 그럴수록 우리 전라도 수군의 어깨가 막중한 거지요."

"좌수사께서는 아무 걱정도 없다는 말씀입니까?"

"왜 걱정이 없겠소. 주상 전하께서 한양을 떠나 멀리 의주에서 고생하시는 것을 생각하면 가슴이 아프오. 하지만 걱정한다고 해결될 일도 아니며, 우린 바로 이곳에서 목숨이 다할 때까지 싸울 뿐이오. 우리 수군이 마지막 보루요. 우리가 무너지면 조선이 망하는 겁니다. 그러니 죽도록 싸우는 것 말고 우리가 무엇을 할 수 있겠소."

이순신은 한양성, 평양성을 다 버리고 자기 한 몸 피신한 임금을 원망하지 않았다. 임금도 산 목숨이니 어찌 죽기를 바라겠는가, 그 생각이다.

"우수사께 부탁이 있소이다. 의주 몽진 사실은 우리 두 사람만 알고 있읍시다. 모처럼 승전하여 사기가 오른 군사들이 알면 혼란스러울 것이 분명하오."

"저도 그렇게 생각하고 있었습니다. 조선 팔도에 남아 있는 군대가 오직 수군 뿐이라고 생각하니 어깨가 무겁습니다."

이억기 수사는 고개를 끄덕였다. 국왕이 일본군에게 쫓겨 압록강 주변까지 달아났다면 이건 여간 심각한 상황이 아니다. 육군은 다 무너지고, 이곳 남해 수군이 유일한 전선이요, 마지막 희망이다.

이억기가 우수영으로 돌아간 뒤 이순신은 좌수영 포구로 나갔다. 해가 거의 저물어 가는데 포구에는 목수들이 소나무를 베거나 잘라 부지런히 못질을 하고 있었다. 시키는 사람이 없는데도 이 더위에 알아서들 진땀을 흘린다.

"좌수사 님, 나오셨습니까."

도편수가 이순신을 알아보고는 고개를 숙여 인사했다. 그러자 옹기종기 모여 일하던 목수와 일꾼들이 일어나 인사를 했다. 이순신도 손을 들어서 아는 체를 했다. 오늘은 전시답지 않게 푸근하다. 북녘에서는 패전을 거듭하고, 왕과 조정이 헉헉거리며 쫓기지만 이곳 남해만은 조선군이 승승장구 중이다.

"더 필요한 건 없는가? 이게 다 안면도에서 켜온 소나문가? 왜구들이 타는 삼나무 배를 깨뜨리려면 단단한 소나무가 좋거든."

이순신이 큰 소리로 물었다. 목수들도 신이 나서 밝게 대답했다.

"충청도까지는 뱃길이 늘 열려 있어 조운(漕運)이 잘 되고 있습니다. 충청수영에서 미리 잘라 말려둔 소나무는 무쇠처럼 단단하답니다. 이제 소나무도 충분하고 쇠붙이도 많으니 거북선을 몇 척 더 만들어도 되겠는걸요?"

"염려하지 마십시오. 저희들도 전선을 고치고 새로 만드는 일에 최선을 다하겠습니다."

이순신은 충성스러운 목수들의 말을 듣자 근심과 걱정이 한꺼번에 사라지고, 불끈 힘이 난다. 전쟁이 났다고 급히 불러들인 백성들이지만 하나같이 불만이 없다. 알고 보면 다 애국자들이다.

"고맙군, 그래. 자네들 덕분에 우리 수군이 연전연승하는 것 아니겠는가."

서편 바다로 해가 떨어지자 수평선이 붉게 물들기 시작한다. 이순신의 얼굴에 놀이 비친다. 아무리 생각해도 수군이 마지막 희망이라고 생각하니 어깨가 더 무겁다. 충청도와 전라도가 마지막 전선이다.

"척후선이 돌아옵니다."

"적선을 탐지하러 나갔던 척후선 두 척이 돌아오고 있습니다."

망루에서 바다를 경계하던 군사들이 크게 소리쳤다.

"보고드립니다."

배에서 내린 군관이 이순신에게 달려온다. 전투가 없는 날에도 척후선은 교대로 나간다.

7월 8일(양력 8월 14일) 이른 아침, 이순신은 척후선 두 척을 견내량으로 보냈다. 그 전날 밤에 일본군 함대가 거제도 인근 견내량에 모여 있다는 경상우수영의 정보를 받았기 때문이다.

"그래, 수고했다. 적병은 어떠하더냐?"

"적선은 큰 배가 36척, 중간 배가 24척, 작은 배가 13척이었습니다. 합치면 73척입니다."

규모가 큰 부대다. 그 정도면 주력일 것이다. 조선군 함대 정도의 규모이니 만만하게 볼 수가 없다.

"적선이 머물러 있는 곳은 물목이 아주 좁고, 작은 섬들이 많아서 큰 배는 드나들기가 어렵습니다. 물때도 잘 맞춰야 하구요."

이순신은 고개를 끄덕였다. 작전은 섰다. 그의 입가에 웃음이 번진다.

'이제야 왜적을 모조리 무찌를 때가 왔구나!'

이순신은 휘하 함장급 장수들을 둘러보았다. 장수들의 눈빛은 연전연승으로 사기충천하다. 명령만 내리면 어떤 적이라도 다 무찌를 듯한 투지가 서려 있다.

땅은 일본군 천지라지만 바다는 조선 수군 차지다. 다만 전라좌도, 전라우도가 조선군 지역이고, 충청우도까지 살아 있다. 경상우도 역시 진주 서쪽으로는 조선군 지역이다. 충청수군, 경기수군은 평양성 이북으로 물러난 육군을 돕기 위해 군수보급 물자를 싣고 서해 바다로 돌아다닌다는 소식이다.

지금 일본군의 꼬리를 잡아 흔들지 않으면 국왕을 노리는 일본군 선봉부대를 끌어내릴 수가 없다. 매우 쳐서 경상좌도로 뻗어나가는 보급선(補給線)을 끊어야 할 때다.

　"출정 준비를 서둘러 끝내라. 급하다."

　이순신의 명령이 떨어지고나서 얼마 지나지 않아 모든 수군이 소집되고, 전선마다 보급이 이뤄지고, 전선들마다 전투 준비가 끝났다. 전라우수영과 경상우수영에도 연락선이 떴다. 전선에 있는 경상우수영은 연합함대가 도착하기 전에는 위험한 단독 작전을 펴지 않기로 했다.

　"견내량에 집결한 왜적을 치러 출정한다."

　"우리 함대에 비해 적선이 너무 많습니다. 정면 공격은 불리합니다. 적선을 유인하여 끌어낸 다음 뒤통수를 치는 방법이 가장 좋을 듯합니다."

　"지난 번에도 그 작전을 썼는데 또 통할까?"

　"하지만 정면 공격을 하기에는 우리 수군 규모가 밀립니다."

　"이 참에 강하게 밀어붙이는 것이 좋겠습니다. 아무래도 적 주력으로 보이는데 한 판에 승부를 거는 게 좋겠습니다."

　의견이 여러 가지다.

　이순신은 가만히 들으며 계산하다가 결론을 내렸다.

　"지금부터 각자 할 일을 말하겠다. 적이 원하는 시각에, 적이 원하는 장소에서 싸우면 절대 이길 수 없다. 남해의 물길과 지리는 우리가 더 잘 아니, 우리가 원하는 때에 우리가 원하는 바다에서 전투를 벌여야만 한다. 우선 거북선과 판옥선 등 주력 함대는 거제 쪽 경상우수영 포구와 섬그늘에 숨겨 전투 명령을 내릴 때까지 대기하라. 함장들에게 구체적인 지점을 알려주겠다."

이순신은 광양현감 어영담을 불렀다. 나이 61세, 실전에 나서기에는 너무 나이가 많지만 그가 없이는 안된다. 그의 경험이 간절하다.

"오늘 전투의 승부는 어 현감에 달려 있소. 견내량은 어 현감이 가장 잘 하는 물길이니 그 지혜를 좀 제대로 씁시다."

"우리 거북선, 판옥선은 견내량 물길에서는 제대로 싸울 수가 없습니다. 그러니 왜적선을 먼바다로 끌어내야 합니다."

"그래서 현감 님을 모신 겁니다. 오늘 아주 중요한 임무를 드리겠습니다. 지금 가볍고 빠른 협선 다섯 척에 화려한 깃발을 많이 달아 허장성세하고, 노꾼들을 튼튼하고 젊은 수군으로 바꿔 태운 다음 견내량 앞바다로 나아가시오. 속도가 빨라야 하니 총통은 싣지 않는 게 좋소. 그리고 적들이 보이는 곳까지 나아가 부지런히 오르내리며 일본군을 우리 함대가 숨어 있는 쪽으로 끌어내주시오. 절대로 교전은 하지 마시오."

"예, 수사 님, 명령 받들겠습니다."

"전쟁 끝나면 현감 님 모시고 남해 바다를 유람하고 싶습니다. 그러니 절대로 몸이 상해서는 안됩니다."

명령이 떨어지자 장수들은 곧 전선에 올랐다.

마침내 연합 함대는 한산도 해역까지 나아가 각 전선 별로 마땅한 지점에 숨어 다음 명령을 기다렸다.

수군 함대는 한산도까지 일제히 나아가고, 거기서 선봉장 어영담이 이끄는 유인선이 출발했다.

"수사 님, 적선을 끌어오겠습니다."

광양현감 어영담이 출정 신고를 한다. 61세의 노구를 이끌고 그가 이 전투의 선봉에 섰다.

어영담의 선발 전선은 잔잔한 바다를 헤치며 견내량을 향해서 나아갔다.

어영담이 적을 유인하는 동안 조선 수군 전선들은 적선에 띄지 않도록 숨었다. 그러는 동안 어선으로 위장한 몇몇 척후선이 앞으로 나아가 적선이 다가오지 않나 감시한다.

시간이 꽤 흘렀는데도 어영담의 전선들이 돌아오지 않았다. 이순신은 가슴을 졸였다. 어영담의 선봉군은 총통 등 중화기가 없어 일본군과 맞붙어 싸우면 이길 수가 없다.

"아직도 보이지 않느냐?"

이순신은 답답하다면서 다시 한번 척후선을 띄웠다.

시간이 너무 흐르자 이순신도 초조하다. 삼도수군이 어영담이 돌아오기만 까치발로 서서 기다리고 있다.

'혹시 무슨 변고가 생기지는 않았을까?'

이순신은 먼바다를 뚫어져라 바라보았다.

그때다.

멀리 수평선 저쪽에 작은 물체가 점점이 보이기 시작한다.

"무엇인가 보입니다. 아직 우리 선봉군인지, 적선인지 모르겠습니다."

"어서 척후선을 띄우고 전군 전투 준비하라. 좌우 전선들은 계속 숨어 있다가 적선을 배후에서 치기로 한다."

머지 않아 척후선이 달려오더니 어영담의 광양 전선들이 돌아오고 있다고 보고했다.

이어서 어영담이 이끄는 선발군이 눈에 들어온다. 이윽고 조총 소리가 요란하게 들려온다. 아니나다를까 어영담이 쫓기는 중이다.

"전군 진을 갖추어 나서라!"

여기저기서 깃발이 올라가며 전선마다 전투령이 떨어졌다. 숨어 있던 전선 중 정면 공격령을 받은 판옥선들이 먼저 바다 한 가운데로 치고 나갔다. 이순신의 장선도 앞장섰다.

어영담의 전선 뒤로 맹렬하게 추격 중인 적선들이 보인다.

"출정하라! 저기가 바로 우리가 싸울 지점이다!"

이순신은 급히 전선을 몰아 앞으로 나아가다가 그가 싸우기로 결심한 지점에서 일제히 멈추라고 명령했다. 수십 개나 되는 깃발이 수시로 바뀐다.

"여기가 오늘 적과 더불어 생사를 다툴 바다다."

일본군 수군을 끌고온 어영담의 광양 전선들은 연합함대 뒤쪽으로 미끄러져 나갔다.

"어영담은 어서 포구로 돌아가 판옥선에 오르고, 협선들은 전투 물자를 보급받은 다음 후미에서 쉬면서 대기하다가 신호에 따라 응전하라!"

적선들은 오던 기세를 풀지 않고 그대로 달려들었다.

이순신은 적선과 거리를 쟀다. 그러다가 북채를 잡고 맹렬하게 두드리기 시작했다. 출전 명령을 알리는 깃발이 힘차게 올라간다. 판옥선마다 같은 깃발이 걸린다. 조선 수군 전선들은 북을 치면서 일제히 앞으로 나아갔다.

적선과 조선 전함 사이에 진이 형성되자 이번에는 장선에서 다른 깃발을 높이 올린다. 좌우에 숨어 있던 전선들에게 적선 후방을 감아돈 뒤 총통으로 치라는 비밀 명령이다.

숨어 있던 전선들이 독수리 날개처럼 양쪽에서 몰려나가더니 적선을 중심으로 달려들기 시작한다.

적선들은 대규모 조선 수군이 나타나자 당황하면서 오도가도 못하고 무작정 조총만 쏘아댔다.

"좌우 학 날개를 펴듯이 적을 휘몰아 가둔다. 좌우군은 앞으로 나아가며 적선 주력을 몰아세우다가 포위해버리고, 나머지 중군은 나를 따라 적선을 친다."

전라 좌우수영, 경상우수영 연합 함대는 적선을 포위하기 시작했다.

조선 함대는 날개를 활짝 핀 학처럼 일본 전선들을 둥글게 감싸 안았다. 순식간에 조선 함대가 적선을 포위한 형국이 되었다.

"한 척도 남겨서는 안 되느니라. 총통을 쏘고 불화살을 당겨라. 함포전이다! 총통은 정확하게 조준하여 적선을 깨라!"

이번에도 거북선들이 적선을 향해 돌진했다. 적선들은 거북선 소식을 들었는지 이리저리 피해다녔다. 그러다가 적선들끼리 부딪혔다. 그러면 거북선들은 총통을 쏘아 적선에 큰 구멍을 냈다.

일본군들은 거북선을 일컬어 '장님배'라고 부르며 두려워했다.

거북선은 달아나는 적선 두 척을 단숨에 깨부쉈다. 그 기회를 놓치지 않고 조선 수군 판옥선들이 적선을 향해 달려들었다. 총통이 발포되면서 포성은 천지를 진동한다. 신기전에서 발사한 불화살은 어지럽게 적선을 향해 날아갔다. 조총 소리 정도는 큰 소리도 아니다.

이순신은 장선을 이끌면서 직접 북을 두드리고 형세를 간파하면서 연신 깃발을 바꿔 달고, 급할 때는 전령선을 띄워 긴급 명령을 전했다.

이윽고 견내량 바다는 화염으로 뒤덮었다. 적선마다 불길이 치솟았다. 조선 수군의 총통이 불을 뿜을 때마다 적선들은 구멍이 나고 깨지고 부서졌다. 일본군들은 견디다 못해 배에서 뛰어내렸다. 그러면 소형 전선들이 달려가 일본군의 목을 베거나 창을 찔렀다.

날이 저물면서 치열한 전투도 끝이 났다. 아우성, 총소리, 대포 소리로 가득 찼던 바다가 조용해졌다. 이제야 갈매기 우는 소리가 귀에 들린다.

전투 결과가 집계되었다.

"적선 59척을 물리쳤습니다. 다만 큰 배 한 척, 중간 배 일곱 척, 작은 배 여섯 척을 놓쳤습니다."

이순신은 전라우수사 이억기, 경상우수사 원균과 더불어 보고를 받았다. 대승이다. 일본군은 아마도 완전히 겁을 먹었을 것이다. 적당히 달아나는 것도 나쁘지 않다. 그들이 일본군 본영에 조선 수군의 위용을 알릴 것이고, 그러면 일본군 전체의 사기가 떨어질 것이다.

이순신은 매우 만족한 얼굴로 장수들과 부하들을 칭찬하였다.

"오늘의 승리 또한 삼도 수군의 공이자 여러분들의 공이다. 한 잔씩 하고 전투준비를 다시 갖춰라. 보급선들은 각 수영으로 돌아가 포탄과 식량을 충분히 가져오라. 막걸리를 잊지 말라!"

목숨 걸고 싸운 전투에서 이기고, 또 살아남은 수군들의 외침은 견내량이 떠내려갈 듯 우렁차다. 전투에서 이기는 기분은 무엇보다 더 짜릿하다.

이튿날 7월 10일(양력 8월 12일) 새벽.

조선군 척후선이 진해 안골포에 적선이 모여 있다는 첩보를 가져왔다. 견내량에서 싸우다 도망친 전선들과 진해 지역에 주둔해온 수군일 것이다.

진해 앞바다는 비록 경상우수영이 맡은 바다이긴 하나 조선 수군이 아직 나아가보지 못한 적지다. 일본 수군들은 남해를 거쳐 서해를 통해 평양성에 주둔 중인 소서행장의 제1군에 수송선으로 보급품을 전달하려 애를 썼으나 그때마다 조선 수군 함대에 막혀 뜻을 이루지 못했다.

당시 일본군 제1군은 평양성을 함락시키고 의주로 진출할 준비를 서두르고 있었다. 조선군은 풍전등화 지경이다. 다만 조선군이 청야(淸野) 작전, 즉 백성과 가축 등을 피난시키고, 식량이 될만한 곡식을 모조리 치워버리는 바람에 군량, 의복, 무기, 총탄 등 현지 보급이 전혀 이루어지지 않고 있다. 일본군은 이제나저제나 하면서 서해를 통해 대동강으로 올라올 일본 보급선을 기다리는 중이다. 조선 조정도, 소서행장 군도 남해 바다에서 이렇게 치열한 해전이 벌어지고 있는 줄은 꿈에도 알지 못했다. 심지어 조선 조정조차 우리 수군이 이렇게 강한 줄 알지 못하고, 소서행장 군은 당연히 와야 할 배가 왜 오지 않나 연신 전령을 보내어 부산 주둔 보급군을 다그치기만 했다.

당시 해로가 막히면 육로라도 군수보급을 할 수는 있었지만, 이때에는 곽재우, 고경명 등 의병장들이 나타나 경상도를 통과하는 일본 보급부대를 기습하곤 하였다. 부산부터 평양성까지 보급선이 너무 길고, 느닷없는 의병의 공격이 잦아 일본군은 부대별 방어조차 하기 어려운 상황이었다.

전쟁 초기에 속절없이 무너진 경상좌병사, 우병사 휘하 군졸들도 다시 수습되어 소규모 부대라도 편성하여 유격전에 투입되고, 전혀 피해를 입지 않은 호남좌군, 우군은 이치로 나아가 첫 육지 전투에서 승리할 무렵이다.

이순신은 이런 전황을 잘 알지는 못하지만 적들이 해로를 따라 한양과 평양에 보급선을 띄울 것이라는 걸 예측하고 필사적으로 길을 막아온 것이다.

조선 연합 함대는 견내량을 빠져나가 마침내 진해 안골포까지 나아갔다. 경상우수영 소속 장수와 수군들은 이 지역 지리에 훤하다.

아직 어둠이 걷히지 않은 새벽이다. 검은 바다 위에 철푸덕 철푸덕 물을 치는 놋소리만 들린다.

"절대로 한 눈 팔지 말고 바다를 잘 살펴라. 언제 어느 곳에서 적이 나타날지 모른다."

어젯밤부터 이순신의 마음은 몹시 두근거렸다. 승리의 기쁨을 누리기도 전에 재차 전투를 벌일 생각을 하니 지친 군사들에게 미안하기도 하고, 불안하기도 하고, 설레이기도 했다. 밤 사이에 보급은 충분히 이뤄졌지만 군사들이 쉬지 못해 걱정이다. 특히 노꾼들이 많이 지쳤을 텐데 또 고된 임무를 맡긴 터라 그의 마음이 편치 않다.

안골포에 이르자 적선들이 눈에 들어온다.

"이번에도 학익진으로 사뿐히 날아간다."

이순신은 포격전에서 완전한 우위에 있다는 걸 확인하고 이번에도 포위전술을 구사하기로 했다. 사거리만 잘 유지한다면 조총은 거의 위협이 되지 않는다.

곧 조선 연합 함대는 학 날개처럼 안골포를 감싸안았다. 다만 이 지역 사정을 잘 모르는 전라우수영 소속 전함들은 후미에 예비군으로 대기시키고, 원균이 이끄는 경상우수영 전선들만 데리고 나아갔다. 주력은 어디까지나 좌수영 전선들이지만 선봉은 관할 경상우수영이 맡는다.

적선을 보니 큰 배 21척, 중간 배 15척, 작은 배 6척이 선창에 매여 있다. 3층으로 된 큰 충각선 한 척과 2층으로 된 큰 배 두 척은 포구에서 밖을 향해 뱃머리를 돌리고 있다. 나머지 배들은 줄지어 정박 중이다. 일본군들은 이번에도 여차하면 뭍으로 달아나 응전할 작전인 듯하다. 그러자면 유인해야 하는데, 전략이 먹힐지는 알 수 없다.

"안골포는 포구가 너무 좁고 수심이 얕아 썰물 때는 갯벌이 드러납니다. 거북선이나 판옥선 같이 크고 무거운 배들은 들어가기가 힘듭니다. 적을 먼 바다로 꾀어내는 것이 좋겠습니다."

지리를 잘 아는 원균 수사가 전략을 세웠다.

"그렇게 합시다."

이순신도 찬성이다. 곧 안골포로 유인선을 들여보냈다.

하지만 이틀 전 견내량에서 유인책에 당해 크게 패한 일본군들은 감히 따라나오지 못하였다. 쓴맛을 본 그들은 바다로 나오는 대신 여차하면 안전한 육지로 도망칠 궁리부터 하고 있었다.

"그렇다면 포격전을 펴자."

조선 함대는 일제히 깃발을 올려 안골포로 접근하다가 사거리가 잡히자 천자총통으로 사거리가 1.4km인 대장군전을 쏘고, 아울러 신기전을 퍼부었다. 여러 총통이 사거리에 따라 시뻘건 불을 뿜으며 날아가고 불 붙은 화살이 새떼가 나르듯 적선을 향해 빗발친다.

조선군의 맹공에 적선들은 더이상 숨을 데가 없자 주춤거리며 안골포에서 조금씩 빠져나왔다. 자신감이 떨어지는 게 역력하다.

기다리고 있던 거북선이 선두로 치고나가 적선 두 척을 보기좋게 쳐부쉈다. 역시나 거북선의 위력을 실제로 본 적선들은 슬금슬금 피하기 시작했다.

그때 뒤에서 대기 중이던, 이억기가 이끄는 전라우수영 전선들이 앞으로 치고나가더니 장편전과 총통을 마구 쏘았다. 전라좌수영, 경상우수영 전선들까지 일제히 달려들어 적선들을 마구 쳤다.

패색이 짙자 일본 수군들은 안골포로 물러나 육지로 기어오르기 시작했다. 조선 전선들은 날렵한 협선을 안골포까지 들여보내 포를 쏘아댔다. 곧 달아나던 일본 수군들이 사거리를 벗어나니 효과가 떨어진다.

"더 추격하지 말고 빈 배만 불지른다!"

이순신은 더 이상 추격전을 벌이지 못하도록 모든 전선을 정지시켰다. 그래 놓고 일본군이 빠져나간 큰 전선은 모두 불을 질러 태우고, 그들이 부산으로 후퇴할 수 있도록 작은 배들은 내버려두었다.

"놈들이 육지로 기어올라가면 결국 우리 백성들을 괴롭힐 것이다. 육지에는 피난 가지 못한 백성들이 있다. 우리가 목숨 걸고 왜적과 싸우는 이유는 백성들을 구하기 위해서다. 왜적 몇 명 더 죽인다고 백성이 피해를 보면 안된다. 물러나라. 저들이 스스로 물러갈 수 있도록 빈 배는 남겨두자."

이억기도 이순신의 명령에 화답하고 퇴선 명령을 내렸다.

"전군 견내량으로 퇴선하라."

적선 40여 척을 격파한 조선 수군은 씩씩하게 노를 저어 견내량으로 개선하였다. 조선 함대는 무사히 닻을 내리고 이곳에서 하룻밤을 머물렀다.

밤사이 각 수영에서 들어온 보급선들이 무기와 포탄, 식량 등을 가득 채워놓고 떠나갔다. 각 포구에서 작은 배로 몰려온 수영 소속 목수들은 전투 중 상한 배를 밤사이에 고쳐놓았다.

이 날 안골포 해전에서는 적군 포로를 몇 명 잡았는데 그 가운데 준수라는 일본군은 자진해서 조선 수군이 되었다.

이튿날 해가 뜨자 이순신은 선단을 이끌고 다시 안골포로 나아갔다.

안골포 앞바다는 아직도 일본군 시신이 둥둥 떠 있다. 선창에는 배를 묶었던 밧줄만 남았을 뿐 적선은 모두 도망치고 없다.

이순신은 일본군 시신을 거두어 목을 벨 건 베고, 나머지는 불에 태워버렸다.

그런 다음 조선 수군은 내친 김에 일본군이 장악하고 있는 양산과 김해 포구까지 진출하여 정찰했다. 적군은 그림자도 보이지 않는다. 내륙은 몰라도 바닷가에는 보이지 않는다.

"좋다. 가덕도에서 동래 땅 몰운대까지 배를 늘여세우고 진을 쳐라. 그리고 가덕 응봉과 김해 금단곶, 연대 등지로 탐망선을 보내 적들의 상황을 보고하라."

이순신은 쉬지 않고 몰아붙였다. 이제 그동안 접근조차 어렵던 경상우수영 관할 바다를 완전히 되찾았다. 그러고는 경상좌수영 바다까지 진출할 계획을 세웠다. 물론 경상좌수영은 모든 배를 불태운 채 후퇴해서 전선은 한 척도 없고, 군사 역시 흩어져 육군이 되었다.

적 보급선이 일본과 부산 사이를 오가지 못하도록 계속 들이쳐야만 한다.

잇따른 패전으로 잔뜩 겁을 먹은 일본군들은 어디로 숨었는지 그림자도 보이지 않는다.

해가 떨어지고 밤이 되어서야 탐망선, 척후선 등의 보고가 들어왔다.

경상우수영 소속 허수광이 척후보고를 하였다.

"김해의 금단곶을 지나서 연대로 올라가는데 산봉우리 아래에 암자가 있었습니다. 마침 암자에 스님이 한 분이 있기에 함께 연대로 갔습니다. 연대에서 양산과 김해 바다 쪽을 바라보니 적선이 백여 척쯤 있습니다. 스님에게 적정을 물었더니 요즘은 날마다 오십여 척씩 포구로 들어온다고 합니다. 그런데 어제도 역시 본국에서 배들이 오십 척 들어왔다가 안골포 싸움에서 조선군의 총통 소리를 듣고는 다 도망가고 백여 척이 남았다고 합니다."

일본군들은 조선 수군의 전력을 겪어보고는 뿔뿔이 도망친 것이다. 하지만 아직 남아 있는 백여 척의 적선도 적은 것은 아니다. 반드시 격파하여 일본군의 퇴로를 아주 끊어버려야 한다. 그래야 육지로 진출한 일본군들이 더 진격하지 못할 것이기 때문이다.

"한산도로 진을 옮긴다."

수군 전선마다 승리의 깃발이 나부낀다.

조선 수군은 언제나 개선군이다.

한산도로 진을 옮긴 뒤 조선 수군은 짧은 여유를 가졌다. 연락선들이 수시로 각 수영을 드나드니 수영마다 대기 중인 병력들도 실시각으로 전투 상황을 안다. 그러니 수군 충원, 무기 보급이나 전선 수리 등 모든 것이 순조롭다. 각 수영에서 보급선들이 찾아와 전선을 수리하고, 포탄을 쟁여주고, 군량 등을 싣는 사이 전투로 지친 수군들은 모처럼 마음 놓고 쉬었다. 젊은 수군들은 소속 수영에서 들어온 보급선에서 전투물자를 받는 사이 뭍으로 올라가 축국 놀이를 하는 등 다음 전투를 대비했다.

이순신은 의주로 피신 중인 국왕에게 장계를 적어 보냈다. 서해바닷길은 조선 수군이 장악하고 있으니 장계를 올리는 데는 아무 문제가 없다. 압록강까지 마음대로 오갈 수 있다.

— 삼가 아뢰나이다. 경상도 바다에 있는 왜적들이 경상우도 연해안 지방에 쳐들어와, 민가를 불태우고 노략질하여 사천, 곤양, 남해까지 침범하였습니다. 조정에서 분부를 내리시기 전에 전라우수사 이억기와 경상우수사 원균 등에게 공문을 보내어 함께 적을 무찔렀습니다. 왜적 4백여 명은 힘이 다해 배를 타고 도망할 수 없자, 한산도 바다에 배를 버리고 육지로 달아났습니다. 나머지 적선 큰 배 1척, 중간 배 7척, 작은 배 6척 등은 전쟁이 한창일 때 뒤떨어졌다가, 역시 도망쳤습니다. 하루 종일 전투를 하느라 장수와 군사들이 피곤하고 날도 어두워 끝까지 추격하지 못하고 견내량 앞바다에 진을 치고 밤을 지냈사옵니다.

중위장 순천부사 권준, 중부장 광양현감 어영담, 전부장 방답첨사 이순신, 후부장 흥양현감 배흥립, 우부장 사도첨사 김완, 좌척후장 녹도만호 정운, 좌별도장 전 만호 윤사공과 가안책, 우척후장 여도권관 김인영, 좌돌격 구선장 급제 이기남, 보인 이언량, 좌부장 낙안군수 신호, 유군장 발포만호 황정록, 한후장 영군관 김대복, 급제 배응록 등은 전투가 벌어질 때마다 제 몸을 아끼지 않고 앞장서서 승리를 거두었으니, 얼마나 대견한 일이오니까...

| 이순신 |

이순신은 이름 있는 군사들의 공로만 적는 것이 아니라 노를 젓는 격군, 노비나 사공, 승군 등의 공로도 빠뜨리지 않았다. 전투를 할 때도 이순신은 장수뿐만 아니라 군졸들에 이르기까지 세심하게 보살펴 주었

다. 그래서 이순신 함대는 서로 미워하거나 다투지 않고 오로지 왜구를 물리치는 일에만 정신을 쏟았다.

(이순신은 다만 경상우수영, 전라좌수영 공적에 대해서는 적지 않아 훗날 전공을 가로채려 했다는 비난을 샀다. 하지만 두 수영은 각기 전공을 적어 의주로 장계를 보내므로 중복을 피한 것이기도 하다. 당시 서해바다는 수군만이 아니라 호남, 충청, 경기 쪽에서 올려보내는 연락선, 조운선, 보급선이 무수히 떴다. 이때는 삼도수군통제사가 아니기 때문에 전라좌수사 자격으로 장계를 올렸다.)

이순신은 포로로 잡혀갔다가 풀려난 백성들의 정보를 귀담아 들었다. 비록 그들의 말을 전부 믿을 수는 없지만 적의 움직임을 짐작할 수 있는 내용이 많다.

그는 어떻게든 적의 본거지이자 전진 기지인 부산을 공략할 야망을 불태웠다. 부산 앞바다를 수복하지 않고는 평양성까지 진출한 일본군의 기세를 꺾을 수가 없다.

11

부산을 수복하라

그 사이 추석도 지났다. 잔치를 하지는 못하지만, 수군에게는 며칠의 휴식도 주어졌다. 대부분의 수군이 수영에서 멀지 않은 부군현의 백성들이나 집에 다녀올 시간도 충분하다.

깊은 밤이다. 이따금 파도소리가 들려올 뿐 세상은 고요하다. 이순신은 잠깐 틈을 내어 책을 꺼내 읽었다.

송나라의 역사를 기록한 송사(宋史)다. 역사를 읽으면 거기서 충신도 만나고 간신도 만난다.

거란족이 침입할 때 송나라 신하들은 군사력이 강한 거란족과 굳이 싸우지 말고 화해하자고 주장하였다. 비겁한 행동이다. 그들은 당시 송나라 군사력으로는 어쩔 수 없다고 주장했다. 하지만 거란족 군대는 불과 10만 내외 병력을 동원했을 뿐이다. 송나라야 마음만 먹으면 백만대군도 일으킬 수 있다. 그렇건만 겁먹은 조정 대신들은 싸움을 피할 생각부터 했다. 싸워보지도 않고 지레 겁을 먹은 것이다. 겁먹은 군대는 반드시 진다.

일본군의 침입을 받고 국경 의주까지 도망친 조선 대신들의 행동과 다를 바 없다. 그중에서도 임금인 이균이 가장 비겁하여 명나라로 망명까지 꿈꾼다.

'무릇 신하라면 임금을 섬길 때 죽음이 있을 뿐이요 다른 길이 없다. 지금 나라의 위태로움을 이야기하자면 머리카락으로 바위를 치는 것과 같다. 진정한 신하라면 목숨을 걸고 은혜를 갚아야 할 이 때에 어찌 오랑캐와 화해하라는 말을 입에 담는단 말인가.'

조정 대신들은 명나라 군대에만 의지하려고 몸부림쳤다. 자기 힘으로 힘껏 싸워보기도 전에 명나라에 사신을 보내 구원병을 보내 달라고 애걸하였다. 그런 소식을 들은 조선군은 아예 싸울 의욕을 내지 않았다.

돌이켜 생각해본다면, 충주 방어전투는 한 판 실수에 불과하다. 조령으로 나아가 험한 산세를 이용해 적을 막았다면 훨씬 쉬웠을 텐데 하필 탄금대 앞 벌판까지 물러나 사기가 잔뜩 오른 적을 맞았다. 일본군들도 기병을 잘한다. 기병이라면 조선군이 도리어 약하다. 기마군인 여진족과 싸우는 함경도 소속 기병 정도는 돼야 제대로 싸우지 경상도나 충청도 군사들은 기마전에 약할 수밖에 없다. 그것도 배수진을 치고 싸웠다니 조총 소리에 놀란 군사와 말이 얼마나 당황했겠는가. 조총은 실제 위력보다 그 소리가 더 커서 병사들이나 말이나 깜짝 놀라기 쉽다.

또한 충주에서 한 판 졌어도 국왕이 몸소 한강 방어전을 펼쳤더라면 하는 아쉬움이 있다. 비록 패전을 한다 해도 그때 가서 피하면 될 것을 마흔한 살의 국왕은 너무 일찍 한양을 포기했다. 겁을 먹은 군대는 이길 수가 없다. 넓은 한강을 지킬 마음도 없는 군대가 좁은 임진강은 어떻게 지킨단 말인가. 그러니 실망한 백성들이 경복궁에 불을 지른 것 아닌가.

이순신이 한창 송사를 읽으면서 적의 소굴이 된 부산을 어찌 쳐야 하나 고민하고 있을 때다.

"수사 님, 녹도만호 정운입니다."

이순신은 읽던 책을 덮었다.

"어서 오게. 좀 쉬지 않고?"

정운은 방에 들어와 인사를 하고 자리에 앉았다. 녹도만호 정운은 이순신이 아끼는 장수다. 싸울 때는 언제나 선봉을 자처한다.

"전투로 고단할 텐데, 몸은 괜찮고?"

이순신은 한산도에서 돌아와 정운을 비롯한 장수들에게 앞으로 전투에 대비해서 여러 가지 일을 시켰다. 그 가운데 정운은 전선을 새로 짓는 일을 맡고 있다.

"예. 50여 척을 거의 다 지었습니다."

"수고 많네. 자네에게 일을 맡긴 보람이 있구만."

이순신은 흡족해서 껄껄 웃었다. 부산을 수복하려면 전선이 충분해야 한다. 그래서 견내량과 안골포에서 승리한 뒤에도 수군들에게 쉴 시간도 못주고 전선을 건조 중이다. 관내의 부사, 군수, 현감, 현령들에게는 수군을 더 모집하라고 해두었다. 수군은 경험이 없더라도 일단 노꾼으로는 쓸 수 있기 때문에 한 사람이라도 더 충원해야 한다. 노꾼 경력이 붙으면 군사로 뽑아 쓸 수 있다.

다행이 전라도는 병화를 입지 않아 식량, 의복 등 모든 보급이 정상적으로 이뤄지고 있다. 50척이 마련되었으면 해볼만하다. 전라우수영도 그렇게 준비할 것이고, 경상우수영은 비록 육지 절반을 점령당해 큰 힘을 못쓰더라도 나름대로 군사와 전선을 더 충원할 것이다.

'어떻게 하면 왜적의 소굴이 된 부산을 회복할 수 있을까?'

이순신은 며칠이고 부산 전투를 계획했다. 세작을 부산으로 들여보내 적정을 몰래 살피는 중이다. 척후선도 해안을 부지런히 훑으며 돌아다니는 중이다.

일본군들은 부산포를 통해 조선 땅에 들어왔다. 게다가 부산은 다른 곳에 비해 일본군이 훨씬 많고 힘도 강하여 함부로 맞서기 어려운 지역이다. 일본은 대마도와 부산을 수시로 오가며 보급을 받고 있다. 전선도 수시로 들어올 것이다.

그런 일본군과 싸워 이기려면 무기와 배가 더 필요하다. 총통의 위력이 확인된만큼 더 많이 확보하고, 또 신기전이 요긴하므로 더 많이 제작해야 한다.

전라좌수영은 망치 소리, 톱질 소리가 끊이지 않는다. 각지에서 아름드리 통나무를 가져와 노련한 목수들이 전선을 짓는다. 실전 능력을 확인한 거북선도 몇 척 더 지었다. 전라우수영도 지금 한창 전선을 더 짓고 훈련하고 있을 것이다. 경상우수영은 보급이 원활치 않아 큰 기대를 할 수 없으니 일단 전라좌우수영이 총력을 다해야 한다.

인근 백성들도 수영에 나와 거북선 등 전선을 짓는 걸 구경했다. 수

군이 있는 한 전라도 지역은 일본군의 침입이 없기 때문에 백성들은 수
군을 크게 의지하고 있다. 수군이 있는 한 왜구든, 왜적이든 발을 못붙
일 것이니 마음 놓고 농사를 짓고, 고기잡이를 할 수 있다.

"애야, 저것이 거북선이란다. 우리 전라좌수사 이순신 장군께서 왜놈
을 무찌르신 그 거북선이지. 어떠냐? 정말 대단하지?"

"참, 신기하게 생겼네요. 저 입에서 불이 나온다면서요? 왜적들이 겁
을 먹고 도망칠 만도 하네요."

"그래서 왜놈들은 저 배를 장님배라고 한단다. 밖에서는 우리 군사들
이 한 사람도 보이지 않지? 하지만 저 안에는 백 명이 넘는 군사들이
들어갈 수 있단다. 얼마나 신기한 배냐!"

백성들은 위풍당당한 거북선을 구경하며 자랑스러워했다. 그런가 하
면 백성들은 자진해서 좌수영으로 쌀을 가져왔다. 전투에 바쁜 수군이
직접 군량을 조달하지 말고 그 시간에 훈련을 더 하라는 뜻으로 백성들
이 직접 날랐다. 육전에서 관군이 크게 밀리는 것에 비하면 수전은 거의
완벽한 승기를 잡고 있다. 보급도 척척 이뤄지고 군사들 사기도 하늘을
찌를 듯하다. 경상우수영이 비록 위축되기는 했으나 연합함대를 구성한
뒤로는 제 역할을 충분히 하고 있다. 원균 수사는 최전선에 주둔하는만
큼 주로 척후 임무를 맡고, 실제 전투에서는 전라좌수영과 우수영이 앞
장서는 중이다.

"이제 배도 완성되고 무기도 마련되었으니 부산의 왜적 소굴을 무찌
를 때가 왔구나!"

이순신의 눈빛은 일본군에 대한 분노로 이글거렸다. 아니, 조선의 명운이 오직 수군에 달려 있다. 그 수군을 지휘하는 사람이 바로 이순신이다.

"그렇습니다. 우리 군사들의 사기가 벌써 하늘을 찌를 듯합니다."

출전이 결정되자 녹도만호 정운이 흥분하여 말했다.

이순신은 정운을 바라보았다. 그는 전공을 세우기 위해서 싸우는 사람이 아니다. 이순신과 마찬가지로 나라를 구하려는 마음이 간절하다. 누가 시키지 않아도 스스로 열심이다. 믿음직하다.

"내일 출전한다. 자네가 좌수영의 모든 수군들에게 알리고, 경상우수영에도 전령을 보내게. 이번 목표는 부산이라고, 적의 소굴인 부산으로 진격한다고."

밤이 깊었으므로 정운은 자리에서 일어났다.

"물러가겠습니다."

이순신은 정운을 배웅할겸 밖으로 나갔다. 캄캄한 하늘에는 수많은 별들이 반짝거린다. 장선에서 바라보는 밤바다가 장엄하다.

'왜적을 모두 무찌른다면 한이 없겠나이다.'

깊은 밤 이순신은 하늘을 바라보며 기원했다.

다음 날인 8월 24일(양력 9월 29일).

아침부터 전라우수영 소속 전함들이 전라좌수영 앞바다로 들어왔다.

좌수영 침벽정에서 이순신은 우수사 이억기, 조방장 정걸 등과 점심을 먹으며 군사를 어떻게 일으켜 부산으로 진격할 것인지 의논하였다.

부하들이 차례로 전선, 무기의 준비 상태와 군사 배치 등에 대해 설명했다. 그것을 듣던 전라우수사 이억기는 몹시 놀랐다.

"좌수사께서 이토록 훌륭하게 전투 준비를 하고 계신 줄은 몰랐습니다. 저의 게으름을 용서해 주십시오."

이억기는 좌수영의 규모를 보고 부끄러워하였다.

"별 말씀을 다 하시오. 우수사께서도 열심히 하셨으리라 믿습니다. 마치 자랑하려고 보여드린 것 같아 오히려 제가 부끄럽습니다."

이순신도 겸손하게 말했다.

"언제 군사를 일으키실 예정이십니까?"

"지루한 평양성 대치전도 그렇고, 의주에 계신 국왕 전하를 생각해서라도 지금 당장 일으키는 것이 어떻겠습니까? 마침 서선대사께서 격문을 팔도에 내려보내 대규모 승병이 일어났답니다. 우리에게도 자운 대사가 이끄는 승병이 4백여 명 있는데, 굉장히 열심히 싸웁니다. 흥국사, 대흥사에서 자원하는 스님들이 더 있습니다. 훈련만 마치면 언제라도 전선에 탈 수 있습니다. 우리 전력은 이제 충분한 듯합니다."

"쇠뿔도 단김에 빼자는 말씀이군요."

"그렇소. 우리 수군이 연전연승으로 충분히 달궈졌으니 이 기세로 일본 수군을 아주 뽑아버립시다. 우리가 이 남해를 적군의 피로 시뻘겋게 물들여야만 평양성을 수복할 수 있습니다."

이순신은 곧 부하들에게 전선을 출정시킬 준비를 하라고 명령했다.

진군 나팔소리가 파도를 넘어 멀리 퍼져나간다.

"둥둥둥!"

북소리가 울리고 전라 좌우수영 소속 전선들이 지휘선인 판옥선을 따라 움직이기 시작한다. 거북선, 판옥선 등 주력 전선들이 먼저 물살을 가르며 앞으로 나아가면, 그뒤를 같은 수영의 협선, 각종 보급선 등 크고 작은 전선들이 뒤를 따른다.

이튿날 이순신과 이억기가 지휘하는 조선 함대는 삼천포 앞바다에서 경상우수사 원균의 함대와 만났다. 전라도와 경상도의 수군이 합쳐진 연합 함대는 전선 74척과 협선 92척, 그 사이 원균 수사가 부지런히 만든 전선까지 합쳐 총 180여 척의 대규모 함대가 되었다.

조선 함대는 일단 경상우수영을 겸하고 있던 삼천포 앞바다에 진을 쳤다.

많은 전선과 수군들로 삼천포는 활기가 넘친다. 조선 함대의 울긋불긋한 깃발이 바닷바람에 나부끼고, 노를 저을 때마다 격군들의 함성이 쩌렁쩌렁 울려퍼진다. 경상좌도는 비록 적지로 떨어졌다 하나 경상우도 대부분은 의병과 관군이 거의 다 수복해가는 중이란다. 덕분에 원균의 경상우수영도 점차 위세를 회복해가는 중이다.

"반갑습니다, 경상우수사 어른."

이순신은 원균의 함대와 연합했다. 이순신은 누런색 갑옷을, 원균은 검은색 갑옷을, 이억기는 붉은색 갑옷을 입었다. 휘하 장수들도 마찬가지다.

원균은 이순신보다 나이가 다섯 살 많고 관직으로도 선배다. 그래서 전라 수군이 주력이긴 하지만 이순신은 원균을 선배로서 깍듯이 우대한다.

"전투를 치른 지 얼마 되지 않았는데 그새 출정하십니까? 우리도 겨우 군세를 회복하는 중입니다만."

전라우수사 이억기가 나섰다.

"공을 세울 목적으로 전쟁터에 나온 게 아니잖습니까? 의주에 계신 국왕 전하가 얼마나 괴로우실지 생각한다면 하루를 더 기다리는 것도 불충입니다. 평양성 수복전이 곧 벌어진다니 우리 수군은 남해에서 응원해야 합니다. 배후가 불안하면 평양성의 적들도 오래 버티지 못할 것입니다."

이순신이 원균과 이억기 중간에 끼어 들었다. 아직 원균 수사에게는 부산 공격 계획을 제대로 설명하지 못했다.

"미안합니다, 원 수사님. 제가 미리 원 수사께 연락을 하긴 했지만 의논을 드릴 여유가 없었습니다."

이순신은 공손하게 사과했다. 그래도 원균은 모든 작전에서 주도권을 갖지 못해 심통이 난 표정이다. 원균의 잘못도, 이순신의 잘못도 아니고 형세가 그러하니 어쩔 수가 없다.

"마땅히 내 의견도 들어야지요. 이 경상우수사 원균은 허수아비란 말이요? 우린 그래도 최전선에서 피 흘려가며 싸워온 수군이라오."

원균은 불쾌하다는 듯이 기어이 속엣말을 토해냈다.

이순신은 부산을 공격해야 할 이유를 원균에게 찬찬히 설명했다. 군사를 쉬게 하고 싶지만 평양성까지 함락되어 달아날 곳이 없어진 조선 관군을 응원하려면 적의 본거지인 부산을 칠 수밖에 없지 않느냐고 간

곡히 설명했다. 그래야만 경상우도, 전라좌우도, 충청좌우도가 힘을 합쳐 일본군 허리를 끊어버릴 수 있는 것이라고.

원균은 흔쾌하지는 않지만 일단 연합 작전을 받아들이기로 했다. 물론 경상우수영 수군들은 일본군이 침략한 이래 쉴 새 없이 싸워왔다. 이순신의 전라좌수영 군대가 제승방략에 따라 경상도 바다로 들어올 수 없었기 때문에 오로지 경상우수영 전선만으로 일본군에 대항할 수밖에 없었다. 그런 중에 적들에게 빼앗길까봐 멀쩡한 판옥선을 불태워 없앤 적도 있다. 그럼에도 겨우 열 척 남짓한 전선으로 유격전을 펴오던 중에 마침내 전라좌우수영 전선들이 합류하여 그제야 승기를 잡은 것이다. 그동안 혼자 힘으로 경상도 바다에서 싸운 원균의 공로가 결코 적은 것은 아니다.

오후에 물결이 잠잠해졌다.

"지금 전선을 띄우는 것이 좋을 듯합니다."

정운과 배흥립 등 장수들이 이순신에게 출전을 요청했다.

이순신은 수평선을 바라보았다. 물결이 잔잔하다. 날씨는 전선을 몰아나가기에 그만이다. 거북선이 적선을 쳐부수는 모습이 눈에 선하다. 어서 싸우고 싶다.

"전군 출전을 명령한다. 모든 군사는 각자 위치로 돌아가 전투 준비를 서둘러라. 각자 위치로!"

조선 함대는 서서히 삼천포 앞바다를 빠져나갔다. 이번에도 학처럼 날개를 활짝 편 대형으로 나아갔다.

조선 함대가 부산포에 다다르자 이순신은 먼저 척후선 세 척을 선창 쪽으로 보냈다. 적의 세력을 알아보기 위해서다. 또한 탐망꾼을 육지로 올려보내 그간 부산 지역을 염탐해온 다른 탐망꾼의 정보를 받아오기로 했다.

그렇게 떠나간 탐망꾼들이 돌아왔다.

"적정은 어떠하더냐?"

"부산포에는 왜적선이 세 군데로 나뉘어 진을 치고 있습니다. 크고 작은 것들을 합쳐 배는 400척이나 됩니다. 또한 산등성이에는 육군이 여섯 군데로 나누어 진을 치고 있습니다. 왜군 본영인 듯합니다."

탐망선 보고가 들어오자 여러 장수들이 크게 놀랐다.

"적선이 400척이나 된다구?"

장수들의 눈이 금세 휘둥그래진다. 벌써 몇몇 장수들은 겁에 질렸는지 말을 하지 않는다.

전라우수사 이억기가 나섰다.

"좌수사 님, 적의 기세가 그토록 막강하다고 하니 다음에 싸우는 것이 어떻겠습니까? 우리는 절대 패전해서는 안되는, 승리가 간절한 마지막 군대입니다. 자칫 작은 패배라도 한다면 여태 연전연승해온 우리 수군의 사기가 떨어질까 두렵습니다."

이억기는 조심스럽게 말하고나서 이순신의 눈치를 살폈다.

"우수사 말씀이 백 번 옳습니다. 400척이나 되는 적선을 어떻게 다 감당한다는 말이오."

다른 장수 하나가 이억기의 말이 끝나기 무섭게 끼어들었다. 그는 일본군이 코앞에라도 있는 듯이 목을 움츠렸다. 그러고는 마음을 잡지 못하고 서성거렸다.

이순신은 아무 말도 하지 않았다. 400척, 만만하지 않다.

그는 한동안 골똘하게 생각했다. 적선이 많고 적음을 걱정하는 것은 아니다. 그가 걱정하는 것은 적선 400척이란 규모를 보고 놀랄 수군의 사기다. 400척이라 해도 단지 수송선이 더 많은 것이고, 전함은 그리 많지 않을 수도 있다. 부산은 일본에서 신병을 데려와 대기시키는 곳이니 전투력이 강하지 않을 수도 있지만, 그 수를 보고 놀란다면 달리 도리가 없다.

군사들이 장수들의 나약한 모습을 보고 어떻게 생각할 것인가?

혹시 덩달아 용기를 잃지나 않을까?

이순신의 걱정거리는 바로 그것이다. 한번 겁먹은 군대는 싸워서 이길 수가 없다.

이순신은 장선 밖을 내다보았다. 포구에는 수군들이 씩씩하게 전투 준비를 하고 있다. 바다에는 함대가 질서 있게 떠다닌다. 협선들이 제비처럼 물을 치고 다니며 서로 연락한다. 보급선도 그 사이를 떠다닌다. 기세가 팔팔 살아 있다.

'지금 물러설 때가 아니다. 결코 전선과 군사의 많고 적음이 승리와 패배를 가름할 수는 없다. 죽음을 무릅쓰고 싸워야 한다.'

이순신은 여러 부하 장수들을 둘러보았다. 그러고는 큰 목소리로 입을 열었다.

"왜적이 출몰하는 관문인 부산 앞바다를 틀어막지 않으면 우리 조선은 지금보다 더 큰 어려움을 겪어야 합니다. 평양성까지 함락되었으니 나라의 목숨이 간당간당한 지경입니다. 우리 수군만은 호미로 막을 것을 가래로 막는 사태를 방치해서는 안됩니다. 힘들고 어렵지만 결정해야 할 것이 있습니다. 나는 지금이 바로 그런 때라고 생각합니다. 두려운 상황이지만 전열을 가다듬고 부딪쳐 봅시다. 우리 군대는 오랫동안 착실하게 전투 준비를 해 왔고 실전도 많이 치러 단 한 번의 패배도 당해보지 않았습니다. 사기가 아주 높습니다. 적선 500척? 물론 두렵습니다. 하지만 우리 수군은 지금까지 패배를 모른 채 승승장구해왔습니다. 이 기세로 몰아부칩시다. 조정이 압록강까지 달아난 마당에 우리는 무조건 싸워 이겨야만 합니다. 몽진 중이신 주상 전하가 애타게 승전보를 기다리고 계십니다. 적지로 떨어진 경상도, 충청도, 경기도, 황해도, 평안도, 함경도 백성들이 우리 수군의 승리를 기다리고 있습니다. 우리가 이기면 팔도의 백성들이 들고 일어날 것입니다."

이순신의 눈이 축축하게 젖는다.

방답첨사 이순신, 광양현감 어영담, 녹도만호 정운 등이 앞으로 나서서 전투 의지를 밝혔다. 다들 얼굴이 벌겋다.

"적의 소굴을 보고도 어찌 뱃머리를 돌리겠습니까? 소장들은 죽기를 각오하고 싸우겠습니다."

"거북선이 있고, 우리 수군이 한 사람이라도 살아 있는 한 왜적을 그냥 둘 수는 없습니다. 마지막까지 적을 물리치다가 죽는 것이 대장부의 길인 줄 압니다."

이순신은 더 없이 흐뭇하다.

전라우수사 이억기도 여러 부하들에게 사과하였다.

"부끄럽습니다. 잠깐 나이 어린 제가 잘못 생각했습니다. 목숨을 돌보지 않는다면 세상에 두려울 것이 무엇이 있겠습니까. 변경에 외로이 떨고 계실 국왕 전하를 생각해서라도 우리 모두 죽기를 각오하고 적을 물리칩시다. 왜적 치하에서 모욕당하고 있을 우리 백성을 생각해서라도 우리가 먼저 싸웁시다. 우리가 죽도록 싸워야 나라가 삽니다."

이순신이 다시 나섰다.

"적들이 한 자리에 모여 있다는 것은 하늘이 내려주신 좋은 기회요. 만약 조선의 군사와 의병들이 육지에서 조금만 도와준다면 왜적의 사기는 서리 맞은 가을 낙엽처럼 우수수 떨어지고 말 것이오. 그러면 북쪽으로 올라간 왜적은 독 안에 든 쥐가 됩니다. 하지만 안타깝게도 육지에서 도와줄 우리 군사가 있다는 말이 안들리니 우린들 어쩌겠습니까. 수군만이라도 죽음을 각오하고 싸울 수밖에 없습니다."

이순신은 전선으로 나아갔다. 노꾼들이 노를 저을 때마다 외치는 구령이 힘차다.

부산포가 보인다. 치욕의 부산진, 일본군의 기습 공격을 받고 첨사 정발이 600명의 군민과 함께 결사항전하다 전원 전사한 아픈 땅이다. 부산진과 동래성 전투는 비록 패전하기는 했으나 전원 전사할 때까지 항복하지 않음으로서 일본군을 크게 좌절시킨 전투다. 그럼에도 조선 조정은 지금 압록강 변에서 강 건너 명나라를 향해 구원을 구걸하는 처지다. 백성은 싸우고, 조정은 달아난다.

이순신은 부산진과 동래성에서 싸우다 죽은 군민들을 위해 왜적에게 복수할 때가 왔다고 믿었다.

"부산진을 총공격하라!"

이순신은 진격을 알리는 깃발 영기를 집어들었다.

바닷바람에 붉은 깃발이 펄럭인다. 이젠 피할 수 없다. 모든 전선에 진격을 알리는 깃발이 일제히 올라간다. 이제 누구도 이 싸움을 멈출 수 없다.

일본군이 처음 쳐들어올 때 부산진에는 정발 첨사 등 600명 정도의 수군과 전투 참가자들이 있었다. 지금 그 부산진에는 일본군이 조선 수군에 맞서 싸우려고 버티고 있다. 조선 수군이 조선 땅을 공격하는 것이다.

수군 전함들이 부산포를 향해 미끄러지듯 나아갔다.

맨앞에 거북선이 앞장섰다.

거북선 돌격대장 이언량은 쏜살같이 적진으로 치고 들어갔다. 그 뒤로 우부장 정운과 전부장 방답첨사 이순신과 중위장 권준, 좌부장 신호 등이 판옥선을 이끌고 그 뒤를 따랐다.

총통이 터지는 소리가 천둥처럼 일어나더니 눈 깜짝할 사이에 적선 네 척이 박살난다.

함성이 일어나고 조선 수군들이 적선을 한꺼번에 몰아붙이고는 일제히 달려들기 시작했다. 일본군도 지지 않고 포구에서 쏟아져나왔다. 일본군 입장에서 볼 때 부산진은 일본 본진이 있는 나고야와 연락선,

보급선이 오가는 전략 요충지다. 내륙으로 올라간 일본군의 배후를 잃으면 안되는 처지다. 맹렬하게 방어한다. 이쪽이나 저쪽이나 싸움이 간절하다.

삼도 수군 연합 함대는 맹렬하게 진격했다. 조선 함대는 좌군, 중군, 우군 세 방향으로 나뉘어 빠르고 정확하게 부산진 포구로 쳐들어갔다. 쇠뇌로 날린 화살이 하늘을 가로지르며 적선으로 쏟아져내린다. 불 붙은 신기전도 무수히 날아가 적선에 떨어진다.

일본군들은 육지에서도 공격을 했다. 부산진성 높은 곳에 굴을 파고 조선군을 내려다보며 조총을 쏘았다. 조선군들은 일본군의 총알을 피하면서 전선을 요리조리 움직였다.

거북선에서 불시에 쏴대는 총통은 적의 간담을 서늘하게 했다. 사람이 보이지 않으니 그들은 더 두려운 듯 머리를 들지 못했다.

총통이 불을 뿜을 때마다 적선은 한두 척씩 바다에 가라앉았다.

한창 전투가 치열하게 벌어지고 있을 때다. 위험을 무릅쓰고 앞장서 나가 싸우던 정운의 전선이 적선에 포위되었다. 일본 전선은 아직도 숫적으로 훨씬 많다.

오랫만에 공격 기회를 잡은 일본 전선들은 정운이 지휘하는 판옥선으로 한꺼번에 몰려들었다. 그리고 조총과 화살을 집중적으로 쏘아댔다. 판옥선이 곧 부서질 지경이다. 다만 단단한 소나무 갑판이 잘 버텨준다.

"우부장! 우부장!"

이순신은 정운의 전선이 위기에 빠진 것을 보고는 목이 터져라 소리를 질렀다. 독전기가 올라간다.

"녹도만호 정운을 구하라. 어서 달려라!"

그 사이에도 정운의 전선으로 조총과 화살이 쉴 새 없이 쏟아지고 있다. 이순신은 장선 누각으로 올라섰다. 그리고 정운을 구하라는 명령을 거듭 내렸다.

신호를 본 거북선과 다른 판옥선들이 정운을 구출하기 위해 달려갔다. 적선은 점점 포위망을 좁혔다. 정운 휘하의 수군들은 죽을힘을 다해 일본군을 향해 활시위를 당겼지만, 그들도 하나둘 쓰러져갔다. 정운도 서서히 힘이 빠져나가는 것을 느꼈지만 눈을 부릅떴다.

"끝까지 싸우자. 이미 죽기를 각오하고 전쟁터에 나온 몸, 무엇을 두려워하랴. 마지막 화살 하나까지 적을 향해 쏘아라. 부산진을 지키다 죽은 우리 경상좌도 수군들을 잊지 마라!"

정운은 몇 명 남지 않은 수군을 다독거리며 용기를 북돋웠다.

기세가 오른 적선들이 점점 더 가까이 다가온다. 결국 백병전이 벌어졌다. 하는 수없이 선실에 있던 노꾼, 의원, 승군들까지 뛰어나와 칼을 잡았다.

정운은 마침내 긴 칼을 빼어들고 적과 맞서 싸웠다. 칼과 칼이 부딪는 소리가 허공에 흩어진다.

얼마나 지났을까?

정운은 쿵하는 소리와 함께 갑판에 쓰러졌다. 머리에서 검붉은 피가 흘러내린다. 부하들이 달려들어 정운을 안아 일으켰다.

그때 정운은 거짓말처럼 눈을 번쩍 떴다.

"내 걱정 하지 말고 어서 싸워라. 한 놈도 살려 보내서는 안 된다."

이때 거북선이 적선을 헤치며 정운의 판옥선에 가까이 이르렀다. 판옥선은 구했지만 이미 정운은 숨을 거둔 뒤였다.

거북선들은 더욱 거세게 적선을 몰아댔다. 피하지 못한 적선들은 거북선에서 쏜 총통을 맞고 박살이 났다.

이순신은 곧 정운이 전사했다는 소식을 듣고는 가슴을 치며 통곡했다.

"정녕 녹도만호 정운이 전사했다는 말인가? 피로 맺은 나의 동지 정운이 죽었단 말이냐!"

하늘이 캄캄해진다.

정운은 이순신의 오른팔이나 다름없다. 그는 잇따른 전투에서 무수한 공을 세운 맹장이다. 가슴이 미어진다. 그런 중에도 전투는 곳곳에서 벌어지고 있다.

치열한 전투는 저녁 무렵에야 끝이 났다. 일본군 전선이 사방으로 흩어져 버리면서 저절로 전장이 정리되었다.

조선군은 백여 척의 적선을 쳐부쉈다. 또한 부산진에 웅크리고 있던 일본군 본영의 군사 수천 명을 죽였다. 조선군이 두 배가 넘는 4백여 척의 적선과 싸워 이긴 것은 참으로 대단한 일이다. 그만하면, 용감하게 싸우다 전사한 정발 첨사와 경상좌수영 수군들의 영령을 위로한 셈이다.

하지만 이순신의 마음은 갈기갈기 찢어진다.

"참으로 슬픈 일이다. 나의 복심 정운이 죽다니!"

이순신은 만호 정운의 시체를 끌어안고 울부짖었다. 장수들 역시 눈물을 흘리며 그의 죽음을 슬퍼했다. 정운은 이번 전투에서 서른 척에 가까운 적선을 무찌르는 큰 공을 세웠다. 모든 전투에서 늘 앞장서서 싸워온 그의 죽음은 너무나 큰 손실이다.

대승을 거둔 이순신은 부산 가까운 가덕도에 닻을 내리고 정운을 위한 제를 지냈다.

그는 땅에 머리를 박고 큰 소리로 울었다. 부하들도 가슴을 뜯으며 울부짖었다.

'이 원수를 반드시 갚고야 말리라.'

이순신은 이를 물며 다짐했다. 수군들도 이순신과 마찬가지로 눈에서 불을 뿜어냈다. 정운의 시신은 이제 협선에 실려 그의 고향 해남으로 운구된다.(오늘날 부산시민의 날이 바로 부산포 승전일인 10월 5일이다)

제사를 마친 뒤 전라우수영 전선들은 전선 수리와 보급, 지친 병력 교체를 위해 해남 수영으로 각각 돌아가고, 경상우수영 전선들도 주둔지를 정해 길을 떠났다. 이순신도 전라좌수영 전선들을 몰아 여수로 돌아갔다. 대승을 거두었으니 수군 사기도 살펴야 한다. 지친 군사들을 대기 중인 예비 병력으로 바꿔주고, 화살과 포탄도 충분히 확보해야 한다.

'달이 밝기도 하구나!'

이순신은 밝은 달을 올려다보며 그렇게 생각했다.

"수사 님, 저 돌아왔습니다."

며칠 전 이순신의 심부름을 받고 좌수영 곳곳을 돌아보고 온 군관이 이순신을 찾았다.

좌수영에 딸린 둔전을 돌아보며 혹시 군사들이 백성들에게 피해를 끼치지 않는지 살펴보고 온 군관이다.

"둔전 군사들도 수군 못지 않게 열심히 일하고 있습니다. 오히려 백성들이 음식을 나눠 줘도 피한다고 합니다. 걱정하지 않으셔도 됩니다."

군관의 보고를 듣고 이순신은 크게 기뻐했다.

이순신은 부산 해전에서 대승을 거두기는 했지만 전쟁이 빨리 끝나지 않으리라고 직감했다. 장기전을 대비할 수밖에 없다. 전쟁에서 이기려면 군사와 무기 못지 않게 중요한 것이 군량이다. 더욱이 전쟁이 길어질 경우에는 무엇보다도 군량이 매우 중요하다.

전라도는 전국에서 쌀이 가장 많이 나는 지방이다. 온 나라가 일본군의 소굴이 되었지만 오직 전라도만 안전하다. 이순신이 지키는 전라좌수영의 드넓은 평야도 금빛 물결로 출렁거린다. 하지만 곡식을 거두어들일 사람이 없다. 많은 사람이 전쟁터로 나가거나 피난을 갔기 때문이다. 수군이며 육군이며 징발할 수 있는 군사는 이제 전라도 밖에 없다.

이순신은 군사들에게 농민을 도와 곡식을 거두라고 시켰다. 언제 일본군이 쳐들어올지 몰라 불안하던 농민들은 젊고 씩씩한 군사들이 일을 도와주자 한결 마음이 푸근해졌다.

이순신은 추수를 돕는 수군과 농민들에게 수영에서 빚은 막걸리를 보내주었다. 넓은 평야에서는 풍년가가 구성지게 울려퍼졌다. 백성들과 군사들은 한마음 한뜻으로 기쁘게 일했다. 그 난리 중에도 호남 들녘에서는 풍년으로 온갖 곡식을 충분히 거둬들일 수 있었다.

추수가 무사히 끝나자 백성들은 곡식으로 세금을 내기 위해 좌수영 관아로 모여들었다. 관아는 지게와 수레로 곡식을 실어온 백성들로 가득 찼다.

세금을 받는 관원이 이상하다는 듯 물었다.

"웬 쌀을 이렇게 많이 가져오셨소? 잘못 가져온 거 아니오?"

백성들은 대부분 자기가 내야 되는 세금보다 더 많은 양을 가져왔다.

"어허, 이런 꽉 막힌 관리를 보았나. 지금이 어떤 때요? 왜놈들이 쳐들어와 나라가 바람 앞의 촛불처럼 위험한 때 아니오? 그러니 나라를 구하기 위해서는 보통 때보다 쌀을 더 내는 것이 당연하지요."

"그 많은 군사들의 식량을 감당하자면 이 쌀로도 부족할 텐데..."

좌수영 세리는 할 말을 잃었다. 오히려 부끄럽다.

좌수영 곳간에는 곡식이 가득 쌓였다. 나중에 헤아려 보니 원래 거둬들일 세금보다 5백 석이나 더 들어왔다.

수군들은 백성들의 따뜻한 마음에 진심으로 감사했다. 전투에서 이긴 것만큼이나 뿌듯하다. 적은 아직 전라도 땅만은 털끝조차 건드리지 못하고 있다. 이만한 게 얼마나 다행인가, 수영 군사들은 하늘이 우리 편이라고들 외쳤다.

한편 녹도만호 정운이 전사한 뒤, 조방장 정걸은 충청수사로 자리를 옮겼다. 한양수복전을 앞두고, 한강을 이용한 수전이 중요해졌기 때문에 이순신 휘하에서도 전투력이 가장 뛰어난 노장 정걸을 충청수사로 임명한 것이다.

12

삼도수군통제사

해가 바뀌어 1593년 2월 8일(양력 3월 10일).

지난 겨울 진주에서 큰일이 있었다. 이순신 수군 때문에 바닷길을 열지 못한 일본군은 결국 육로를 통해 곡창지대인 전라도로 진출할 계획을 세웠다. 거기서 군량을 빼앗아 육로로 평양성까지 보낼 계획이다.

일본군은 부산 본영에서 3만 명을 동원했다. 소문이 나자 진주목사 김시민 등 관군들이 일제히 모여들었다. 마침 경상우도에서 활약하던 의병장 곽재우가 일본군 후미를 물어뜯고, 임계영과 최경회가 이끄는 전라도 의병 2천 명이 성밖에서 일본군을 막아섰다. 진주가 뚫리면 경상우도가 넘어가는 것은 물론 전라도를 빼앗기는 것이다.

그런데 이 혈전에서 일본군은 장수들만 3백 명이 죽고, 병사는 1만여 명이 죽었다. 조선군은 각종 총통과 신기전, 비격진천뢰 등 압도적인 무기를 이용해 무수한 일본군을 물리친 것이다. 이로써 조선군은 경상우도를 확실히 지켜내었다. 또한 육전에서도 제대로 치르기만 하면 조선 군 무기만으로 일본군을 충분히 물리칠 수 있다는 가능성을 확인했다.

이제 또 수군들이 나설 차례다.

전라 좌우도와 경상 우도 수군들이 한산도 앞바다에 모였다. 그러던 중 2월 10일(양력 3월 12일) 웅천(진해) 포구에서 적 함대를 만났다. 일본 군은 겁을 먹고 좁은 곳으로 들어가 전선을 피하였다. 조선군이 유인선 을 보내 적들을 아무리 꾀어도 나오지 않았다. 그러면 수군은 전투를 할 수가 없었다.

"도무지 왜적들은 꿈쩍하지 않을 모양입니다. 유인책에 여러 번 당하 더니 이젠 싸울 마음이 없는가 봅니다."

"벌써 몇 번이나 적을 꾀어내려고 했지만 포구 깊숙이 숨어서 나오지 않습니다."

전라우수사 이억기와 그의 부하 장수 한 사람이 보고하였다.

"왜적이 대항하지 않으니 하는 수가 없구려. 새로운 전략을 세워야겠 습니다."

육군이 있으면 양쪽에서 몰아댈 수 있지만 조선 육군은 없다.

이순신은 장수들을 둘러보며 말했다.

그때였다.

"좌수사 님, 행궁에서 주상 전하의 교서가 내려왔습니다."

서해가 안전한만큼 교서든 장계든 수시로 오간다. 왕이 보내는 선전관 은 배를 타고 한산도까지 기어이 찾아온다. 나라가 살아 있다는 징표다.

이순신을 비롯하여 연합군 장수들이 모두 밖으로 나갔다.

붉은 비단 위에 임금이 내린 교서가 있다. 이순신은 땅에 엎드려 북쪽을 향해 큰절을 하고, 선전관은 교서를 읽는다.

— 지난 해 겨울, 명나라 군대가 들어와 개성을 되찾았다. 한양도 곧 되찾게 되었으니 남해에서 도망치는 적을 기다렸다가 무찌르라.

"오, 지난 겨울에 평양성을 수복하더니 이젠 개성까지 되찾았답니다. 불행 중 다행이군요."

"그런데 명나라 군사들은 공보다 횡포가 더 지나치다고 합니다. 우리 조정을 우습게 알고 백성들을 못살게 군답니다."

"그렇기에 왜놈을 얼레빗, 명나라 놈들을 참빗이라고 한다지요."

여러 장수들은 기뻐하면서도 한편으로는 명나라 군사들의 무례한 행동을 걱정하였다. 이순신도 고개를 끄덕였다.

"어쩌겠소. 조정과 백성을 지키는 방법은 하루 속히 왜적을 이 땅에서 몰아내는 길밖에 없지 않소."

2월 12일(양력 3월 14일) 함경도 평안도에서 각각 물러나 한양에 주둔 중이던 일본군은 전라도에서 올라간 권율의 호남군과 충청군이 주둔 중이던 행주산성을 공격했다.

박석고개 싸움에서 명나라 군대를 물리친 일본군은 부대를 다시 조직하고 새로운 계획을 세웠다. 일본군들의 골칫거리는 조선의 충청수군과 경기도 일대까지 치고 올라온 권율의 호남군이다. 영남군은 보급이 어려워 활동이 약하지만 호남군과 충청군은 수시로 수군의 해상 보급을 받으면서 전세를 뒤집었다. 행주산성으로 진출한 권율의 호남군과 허욱성의 충청군은 이때에도 서해와 한강을 통해 전투물자를 보급받으며 끈질기게 싸우고 있었다.

명나라 군대와 싸우기 전에 일본군들은 충청수군과 권율의 군대를 무찔러야만 했다. 그렇지 않으면 일본군이 불리하다는 것을 알았다.

뒤에서는 권율의 호남군과 충청군이 달려들 것이고, 바다에서는 정걸 수사가 이끄는 막강한 충청수군이 버티고 있기 때문이다.

조선군 병력은 처영 스님이 이끄는 승군 1천 5백 명, 김천일이 이끈 의병 1천 명 등 약 4천 명이다. 총지휘는 전라순찰사 권율이 이끌고, 전라병마사 선거이, 조방장 조경, 충청감사 허욱성, 충청수사 정걸이 수군 함대를 몰아 함께 방어전을 폈다. 이중 충청수사 정걸은 이순신 휘하에서 조방장으로 있으면서 몇 차례의 해전을 승리로 이끈 노장으로 이때 한양수복전을 앞두고 충청수사로 부임해 있었다.

행주산성 전투에 동원된 화차는 바로 이순신 전라좌수사가 자신의 조방장으로 있던 정걸을 통해 권율의 육군에게 내준 무기다. 본디 화차는 전라도 소모사 변이중이 만든 신무기인데 3백 량을 만들어 전라도의 육군과 전라좌우 수군에 공급했는데 이때 이순신은 수전용으로 적합하지 않기 때문에 조방장이던 정걸을 통해 전라관찰사 권율에게 육전용으로 보내준 것이다.

조선군은 야산인 행주산성 서북쪽에 이중 목책을 세우고 적을 기다렸다. 목책이란 적을 막기 위해 나무로 만든 방어용 울타리다. 남서쪽은 낭떠러지다.

일본 총사령관 우희다수가는, 개성에서 쫓겨온 뒤 한양을 방어하기 위해 행주산성을 기어이 함락시킬 작정으로 한양주둔군 3만 명을 총동원했다. 평양성 전투에서 패전한 뒤 개성으로 후퇴하고, 그러고도 서울까지 내려온 일본군은 참혹한 겨울을 지냈다. 그들로서는 아직 싸울 수 있다는 자기 확인이 꼭 필요한 전투다.

산성 기슭을 타고 일본군 3만여 명이 새까맣게 밀려들었다. 권율은 군사들에게 주먹밥을 세 개씩 나누어주면서 비장하게 외쳤다.

"호남군이여, 승군이여! 오늘은 적이 다 죽거나 우리가 다 죽어야만 전투가 끝날 것이다. 이 주먹밥을 모두 먹고 나서도 적을 무찌르지 못한다면 그 다음에는 제삿밥을 먹어야 할 것이다."

이윽고 전투가 시작되었다. 이치 전투부터 승승장구해온 호남군과 호남 승군들, 뒤에 합류한 충청군과 충청수군은 한마음으로 적을 막았다. 이 중 충청수군은 한강에서 전선을 동원해 병력을 나르거나 근거리 포격전을 벌였다.

아무리 막강한 일본군이지만 행주산성을 빼앗지는 못하였다. 그 중에도 처영이 거느린 승군들이 가장 치열한 서문 전투를 벌였다.

적이 산성을 무너뜨리려면 서쪽 문을 부수고 쳐들어가는 수밖에 없다. 그런데 이 서문을 승군들이 결사적으로 막아냈다.

일본군은 총 7군으로 나누어 아홉 번에 걸쳐 공격을 했지만 조선군은 신기전, 여러 가지 총통, 비격진천뢰, 승자총통 40문을 한꺼번에 발사하는 화차(火車) 1백 량 등을 동원하여 다 막아냈다. 전투 막바지에는 전라우수사 이억기가 군수보급 차 보낸 보급선이 들어오고, 이어서 구원 요청을 받은 경기수사 이빈이 보급선 2척에 화살 수만 발을 실어왔다. 마침 전라도 조운선 수십 척이 따로 들어오는 바람에 일본군은 구원군인 줄 알고 겁을 먹고 철군했다.

이 전투에서 일본군은 무려 1만 5천여 명이 죽고 9천 명이 부상을 입었다. 조선군 피해는 사상자 130명에 불과했다.

조선군은 일본군이 물러간 뒤에 적의 시체를 모아 불태웠다. 하늘이 검은 연기로 자욱했다.

행주산성의 승리 소식은 곧 팔도에 퍼졌다. 이순신도 행주산성 승리 소식을 듣고 눈물을 흘렸다. 행주산성에서 쓴 화차는 이순신이 전라좌수영에서 충청수사로 부임하는 정걸 편에 보내준 것이다.

행주산성 승리는 조선군들에게 큰 힘이 되었다. 전라도, 충청도, 경기도 3도 연합군이 벌인 이 전투에서 대승을 거두면서 조선군은 육전에서도 큰 자신감을 얻었다.

드디어 2월 22일(양력 3월 24일).

오랫동안 전투를 계획하던 이순신은 적을 공격하기로 결정했다.

"적을 꾀어내어 무찌르던 계획을 바꿔야겠다. 육지와 바다에서 한꺼번에 적을 공격하는 전법이 좋을 듯한데 그대들 생각은 어떻소?"

이순신은 장수들의 의견을 물었다.

"좋습니다."

장수들은 이순신의 의견에 뜻을 같이 했다. 그리고 즉시 계획을 행동으로 옮겼다.

"승군과 의병은 제포로 가 매복하고, 육지에서 싸움을 잘 하는 장정과 궁수들은 동쪽 안골포로 가주오. 육지와 바다에서 힘을 합쳐 적을 무찔러 봅시다."

이 무렵에는 호남에서 처영이 이끄는 승군이 따로 구성되어 권율 휘하 호남군으로 싸우고, 자운이 이끄는 흥국사 승려들을 중심으로 한 승군들은 별도로 이순신 휘하로 들어와 승수군이 되어 있었다.

이순신은 우선 협선 15척을 내포로 들여보냈다.

그러자 내포에 숨어 있던 일본군은 작은 협선을 보고는 자신감을 갖고 슬슬 기어나오기 시작했다.

때를 놓칠세라 조선 수군은 적선들이 사거리 내로 들어오자 즉각 총통을 쏘아댔다. 따라나서던 적선들은 금세 박살이 났다. 그러면서 조선 수군이 계속 밀어붙이자 일본군은 전선을 버리고 육지로 올라섰다.

그러자마자 숲에 매복했던 삼혜와 의능 휘하 승군들, 그리고 의병들이 함성과 함께 벌떡 일어나 전선을 버리고 달아나는 일본군들을 무찔렀다. 퇴로가 막히자 일본군들은 다시 전선을 몰아 바다로 나섰다. 거기는 더 큰 지옥이다.

총알과 화살이 서로 빗발쳤다. 총통을 발사하는 소리가 쉴 새 없이 터져나온다. 귓바퀴가 아득하다. 복병장 김완과 군관 이기남, 김득룡 등이 적선들을 유인하며 기세 좋게 무찔렀다. 순식간에 일본군 시체가 바다에 둥둥 떠오른다. 불붙은 적선은 아비규환이다.

"너무 깊숙이 들어가지 말라. 물이 얕아서 위험하다."

복병장 김완이 소리쳤다. 하지만 이미 전선 두 척이 포구 가까이 들어간 다음이다. 아니나 다를까 전선이 움직이지 못하자 일본군의 공격을 받고 그만 침몰하고 말았다. 조선 수군 전선이 침몰한 것은 처음 있는 일이다. 다른 전선들이 급히 달려들어 물로 뛰어든 수군들을 구조해 냈다.

치열한 전투는 해질 무렵 끝났다.

조선 전함이 부서졌다는 보고를 받은 이순신은 가슴이 아프다. 물론 지금까지 격파한 수백 척의 적선에 비하면 아무것도 아니다. 하지만 이순신은 단 한 척의 전선이라도 일본군에게 내줄 수는 없다고 다짐해왔다.

"너희 왜놈들이 아무리 날뛰고 있지만 내가 살아 있는 한 절대로 서해 바닷길만은 열어주지 않겠다. 또한 조각배 하나라도 도망치지 못할 것이다."

이순신은 바다를 바라보며 이를 악물고 다짐했다.

이 날 이순신의 일기는 다른 날보다 훨씬 길다.

— 2월 22일(정미, 양력 3월 24일) 새벽에 구름이 검더니 동풍이 크게 불었다. 그러나 적을 무찌르는 일이 급하기 때문에 곧 떠나서 사화랑에 이르러 바람이 멎기를 기다렸다. 바람이 좀 잠잠해지므로 배를 재촉하여 웅천에 이르러 삼혜와 의능 두 승군장과 의병 성응지를 제포로 보내어 곧 상륙하는 체하게 했다. 또 우도 여러 장수의 배들 중에서 시원치 않은 배들을 골라 동쪽 가로 보내어 역시 상륙하는 것처럼

속였다. 이것을 본 적들은 당황하여 갈팡질팡했다. 이에 전선을 합쳐서 일시에 무찌르니 적들은 세력이 나뉘고 약해져서 거의 죽었다. 그런데 발포의 2호선과 가리포의 2호선이 명령없이 제 마음대로 돌입하다가 얕은 물에 걸려 적에게 습격당했으니, 그 통분함에 가슴이 찢어지는 것 같다.

어느덧 전란의 와중에도 가을이 찾아왔다. 전쟁이 터지고 두 번째 맞는 가을이다. 하지만 아직 전쟁은 끝나지 않아 총소리와 총통 소리가 곳곳에서 들려온다.

오곡백과가 풍성한 가을을 맞으니 고향에 있는 가족이 더 그립다. 특히 늙은 어머니를 찾아뵙지 못하는 것이 제일 마음에 걸린다.

이그러진 달을 바라보며 이순신은 고향 생각에 잠겼다.

그때였다.

"수사 님, 어명이 왔습니다."

"어명이라니?"

이순신은 놀라 밖으로 나왔다.

"좌수사 이순신은 어명을 받으시오."

그때서야 이순신은 임금이 보낸 선전관이 내려온 사실을 알았다. 전쟁 중이지만 선전관은 남해까지 직접 내려온다. 나라가 살아 있다는 뜻이다. 그 사실이 너무나 반갑다.

이순신은 선전관 앞에 엎드려 어명을 기다렸다.

"전라좌수사 이순신에게 삼도수군통제사의 벼슬을 제수한다는 주상 전하의 어명이오. 이순신은 어서 절을 올리고 어명을 받으시오."

이순신은 북쪽을 향해 절했다.

국왕인 선조 이균은 여수에 수군 통제영을 두게 하고, 이순신에게 통제사라는 벼슬을 내렸다. 삼도수군통제사란 충청도, 전라도, 경상도의 삼도 수군을 지휘하는 높은 벼슬로, 이번에 신설된 것이다. 수사가 정3품인데 통제사는 종2품이다.

특히 임금의 글에는 통제사의 명령을 듣지 않는 사람은 높고 낮음을 가리지 말고 군법으로 엄하게 다스리라고 씌어 있었다.

지금까지는 경상우수영, 전라좌우수영만 연합했는데, 이제는 행주대첩을 이끈 충청수영까지 소환할 수 있게 된 것이다. 충청수사는 바로 얼마 전 전라관찰사 권율을 도와 행주산성에서 대첩을 거둔 정걸이고, 이순신 휘하에서 조방장으로 활약한 맹장이다.

'아! 이것은 반드시 왜적을 무찌르라는 주상 전하의 엄명이리라.'

"통제사 님, 축하드립니다."

"이제야 주상 전하께서 장군의 마음을 읽으신 모양입니다."

동시에 명령을 받은 삼도의 수군 장수들이 찾아와 축하해 주었다.

드디어 이순신은 경기수군을 제외한 조선의 모든 수군을 지휘하는 최고의 자리에 올랐다. 바다에서는 최고의 지휘권을 갖게 된 것이다.

삼도 수군을 지휘하는 통제사가 된 이순신은 더욱 부지런히 일했다. 하지만 일본군이 요리조리 숨어서 나오지 않으니 조선 수군들은 오랜 전투를 잠시 쉬고 수군들에게 휴식을 주기로 했다.

고향에 간 지 오래된 수군들은 급료를 주어 휴가를 내보내고, 한편으로 무기와 전선을 손질했다. 또한 전란으로 버려진 논밭을 찾아 둔전으로 관리하기로 했다.

통제사가 된 이후 모든 장수들이 한 자리에 모였다. 늘 모이던 전라우수사 이억기와 경상우수사 원균은 물론 충청수사 정걸까지 왔다. 정걸은 행주산성 전투의 노독이 채 풀리기 전에 남해로 달려왔다. 전에 전라좌수영에서 조방장으로 일한 덕분에 합류도 쉽다.

"순찰사 이정함이올시다."

전라순찰사 권율은 행주산성 대승 이후 도원수로 승진하고, 그 자리에 이정함이 신임으로 내려왔다.

전라순찰사는 직급은 통제사와 같지만 수전에서는 삼도수군통제사의 지시를 받는다. 물론 육전에서는 통제사가 순찰사의 지시를 받아 응전해야 한다. 그는 전투가 벌어지면 수전을 하는 게 아니라 육지에서 연합 작전을 벌이는 지휘관이다.

"흥양현감 배흥립이옵니다."

"전라병마사 선거이입니다."

선거이 역시 행주산성 승리 후 호남군을 이끌고 급히 내려왔다. 그는 전라관찰사의 지시를 받아가며 수군과 합동 작전을 벌일 참이다.

장수들이 하나둘 모여들었다. 장수들은 오랜만에 갑옷을 벗고 평상복 차림으로 통제영 마루에 모여 앉았다. 그리고 서로 조사해온 것을 이야기했다.

"흥양현감, 하는 일은 잘 되는지?"

이순신이 묻자 흥양현감 배흥립은 심각한 얼굴로 대답했다. 내년부터 남해에 있는 섬에서 순천과 흥양의 군사들이 둔전 농사를 짓기로 되어 있다. 그리고 배흥립이 그 지휘를 맡기로 했다.

"문제가 좀 생겼습니다."

"문제라니요? 말씀해보시오."

"광양 땅에 새로 첨사진이 생긴다는 것을 아시지요? 그런데 조정에서는 순천부 군사들에게 광양첨사진의 방비를 맡기겠다고 합니다. 순천부 군사들이 모두 광양으로 가고 나면 누가 돌산도에서 농사를 짓겠습니까?"

배흥립의 말에 사람들은 시무룩해졌다.

"내 생각으로는 떠도는 피난민을 돌산도로 보내 농사를 짓게 하는 것이 좋을 듯하오. 살 곳도 없고 먹을 것도 없는 피난민들에게 농사를 맡겨 수확량을 절반씩 나누어 가진다면 서로 좋은 일 아니겠소?"

이순신의 설명에 사람들은 고개를 끄덕였다.

"흥양 고을 부대는 고흥으로 들어가 농사를 짓고, 그 밖에 남은 땅은 백성들에게 나누어주는 것이 어떻습니까? 또 군마를 절이도로 옮기면 목장에도 손해가 없고 군량에도 도움이 될 것입니다."

배흥립이 다시 의견을 내놓았다.

"강진 땅 고이도와 해남 땅 황원 목장은 땅이 기름져 농사를 지을 만하다고 소문이 났습니다. 무려 천여 석의 볍씨를 뿌릴 만하다고 하니, 철에 따라 심고 가꾸기만 하면 그 소득은 헤아릴 수 없을 정도라고 합니다. 그러나 농사를 지을 군사가 부족한 형편이니 백성들에게 땅을 맡기는 것도 좋을 듯합니다. 추수 때 나라에서 절반만 거두어들여도 군량미에 큰 도움이 될 것입니다. 전쟁에 대비해서도 꼭 필요한 일입니다."

전라병마사 선거이가 말했다.

이순신이 덧붙였다.

"군사들에게 농사일을 시키는 것은 나 혼자 결정할 수 있는 일이 아니오. 우선 여러분이 허락을 해야 하고, 주상 전하께도 아뢰어야 하오. 오늘 전하께 글을 올려야겠소."

이순신이 빈 땅을 일구어 농사를 지으려는 목적은 군량미를 마련하는 것이다. 지난 봄에 돌산도에 마련한 논에 늙은 군사들을 보내어 시범적으로 농사를 짓게 하였다. 그리하여 5백여 석의 벼를 거두고, 그것을 볍씨로 쓰려고 순천 곳간에 저장해 두었다.

군량미를 마련하려는 이순신의 정성에 장수들이 감탄하였다. 이런 이순신의 마음을 알기 때문에 군사들은 그의 노력에 힘을 합쳤다. 이 덕분에 전쟁이 한창인 중에도 수군 장수와 군졸들의 급여는 결코 밀리지 않았다.

갑오년(1594년) 1월 1일(양력 2월 20일). 새해가 밝았다.

이순신을 비롯한 통제영 소속 좌수영 수군은 바다에서 떠오르는 붉고 둥근 태양을 바라보며 새해를 맞이했다. 태양의 붉은 기운이 수군들의 얼굴에 비쳐들었다.

'부디 갑오년이 가기 전에 왜적을 이 땅에서 몰아낼 수 있도록 도와주소서.'

이순신도 손을 모아 합장 기도했다.

지난해 말 이순신은 아산에 있는 어머니를 통제영 가까이에 있는 통제영 관할 순천부로 모셔왔다. 그리고 시간이 날 때마다 배를 타고 어머니를 보러 다녔다. 전란 중인만큼 고향에 갈 시간이 없어 어머니와 가족을 불러 내린 것이다.

"어머니, 세배 받으십시오."

이순신은 두 손을 앞으로 모으고 공손하게 절을 올렸다.

"고맙구나. 이 어미를 위해 바쁜 중에도 달려오다니, 오느라고 수고 많았어."

지난 번에 인사하러 왔을 때보다 그의 어머니는 더 기력이 없어 보인다. 어머니 변씨 부인은 몸이 불편하여 일어나기조차 힘들지만 무엇보다 자식 걱정이 먼저다. 어머니는 가끔은 쉰 살이 넘은 이순신을 어린아이처럼 대하기도 한다. 그럴 때마다 이순신은 어머니를 위해 재롱을 부린다. 어머니를 조금이라도 기쁘게 해드리려고 애쓴다.

"떡국 드십시오. 어머님."

이순신은 오랜만에 어머니와 함께 밥을 먹었다. 며칠에 한 번씩 인사를 오긴 하지만 얼굴만 보고 서둘러 돌아가야만 한다. 거기서 어머니를 모시는 아내는 모자간의 따뜻한 정을 지켜보며 흐뭇하게 웃는다. 전쟁 중이라지만, 잠시라지만 기분은 좋다.

"어서 먹자. 이렇게 온 식구가 밥상을 받아보는 것이 얼마 만인지 모르겠다."

어머니도 기뻐하며 숟가락을 들었다.

"죄송합니다. 소자가 부족하여 어머니를 제대로 모시지 못하고 있습니다."

"허허, 별 말을 다하는구나. 나라가 전란에 휩싸인 마당에 자주 오지 않는 것을 탓하겠는가? 그런 염려는 하지 마라. 나라가 편안해야 가정도 편안하다."

전쟁 중이라는 사실이 믿어지지 않을 만큼 평화스러운 정경이다.

떡국을 다 먹고 나자 이순신은 어머니와 마주 앉아 윷놀이를 하였다.

"어머님, 윷점을 쳐보실까요?"

"그럴까? 그럼 우리 통제사 아드님부터 윷을 던져보게나."

"아닙니다. 어머님부터 쳐보시지요."

이순신은 어린 시절부터 어머니와 함께 윷점을 치곤 했다. 설날이면 가족들이 방 안에 빙 둘러앉아 윷을 높이 던져 점을 친다. 평소에는 점 따위는 미신이라고 말리던 아버지도 설날 윷점은 말리지 않았다.

윷점은 새해에 잘되고 못되는 것을 재미로 알아보는 놀이다. 대개 한 사람이 세 번을 던져 짝을 맞추는데 64가지 점괘가 나올 수 있다.

어머니가 먼저 윷을 세 차례 던졌다.

도, 모, 걸. 순서로 나왔다. 이순신은 점괘를 찾아보았다.

"추위에 떠는 사람이 옷을 얻는 괘라. 기뻐하세요. 어머니 참 좋은 괘로군요."

"그래, 내 괘가 좋다는 말이지? 이제 우리 통제사가 던질 차례지."

다음에는 이순신이 윷을 던졌다. 개가 나왔다.

이순신은 윷을 모아 높이 던졌다. 윷가락이 방바닥을 구르더니 멈춘다.

"이번에는 도가 나왔네. 마지막으로 한 번 더 하게."

"예, 어머님."

과연 무엇이 나올까 궁금했다.

"또 도로구만. 개, 도, 도를 찾아보게."

어머니는 궁금하다는 듯이 물었다. 덩달아 이순신도 가슴이 뛴다.

'해가 구름 속으로 들어가는 괘라.'

이순신은 속으로 중얼거렸다. 점괘가 나쁘다. 해가 구름 속으로 들어가면 세상이 캄캄해진다는 이야기다. 아무리 심심풀이 윷점이라지만, 사실대로 말했다가는 어머니는 잠을 이루지 못할 것이 분명하다.

"해가 구름 속에서 나오는 괘라고 하옵니다. 참 좋은 괘입니다."

"그래? 참 다행이로구면. 속으로 걱정을 했더니만."

이순신이 점괘를 좋게 고쳐서 말하자 어머니는 몹시 기뻐했다.

'어머니께서 기뻐하시는 모습을 보면 되지 그까짓 점괘가 무슨 상관이라는 말인가! 사람의 운명은 자기 하기 나름인데.'

이순신은 그렇게 생각하기로 했다. 생각을 돌리니 마음도 가볍고 편하다.

"어머니, 소자 그만 돌아가보겠습니다."

해질녘, 이순신은 자리를 털고 일어났다. 그리고 어머니에게 큰절을 했다.

"벌써 가려구? 하기야 나랏일이 급하니 붙잡을 수도 없는 노릇이로구면. 늘 조심해야 하느니라."

어머니는 아쉬워하면서도 아들을 더 붙잡지 않았다.

이순신이 통제영으로 돌아왔을 때는 이미 밤이 깊었다. 겨울비는 여전히 내린다. 어머니를 뵙고 돌아와 일기장을 폈다. 작년 계해년 9월까지 쓰고 지금까지 너무 바빠서 일기장을 들여다보지 못했다. 그동안 크고 작은 수십 번의 전투가 있었고 군사들이 다치거나 죽었다. 진주에서는 두 번째 전투가 벌어져 많은 사람이 죽었다. 1차전의 영웅들조차 이 전투에서는 거의 모두 전사했다.

한 치 앞을 알 수 없는 전황이다.

이순신은 감았던 눈을 떴다. 그리고 붓을 들었다.

— 1월 1일(경진) 겨울비가 많이 내린다. 어머님을 모시고 함께 한 살을 더하게 되니, 난리 중에도 다행한 일이다. 늦게, 군사 훈련 때문에 본영으로 돌아오는데 비가 그치지 않는다.

새해가 시작되고 몇 달이 지났다.

통제영 곳곳에 겨울이 가고 봄기운이 찾아들었다. 봄기운이 돌자 남도 지방은 활기로 가득했다. 전쟁이 잠시 멈추자 군사와 피난민 들이 버려진 논밭을 일구었다. 겨우내 얼어붙어 있던 땅을 파헤치자 봄기운이 물씬 피어오른다.

남자들은 쟁기로 밭을 갈고 여자들은 호미로 이른 풀을 골라낸다. 백성들의 이마에는 땀방울이 맺힌다.

수군이 맡아 농사 짓는 둔전에도 백성들이 들어와 마음껏 씨앗을 뿌렸다.

이순신은 하루도 쉬지 않고 통제영 곳곳을 돌아다녔다.

통제사가 된 뒤, 이순신은 전쟁을 피해 떠돌아다니는 백성들을 모아 그 능력과 재주에 맞는 일거리를 주었다. 둔전을 떼어 농사를 지으라고 내주거나 소금을 굽거나 물고기를 잡게 허락하였다. 또 전쟁에 필요한 말을 돌보거나 생활에 이용되는 질그릇과 솥을 만드는 일도 시켰다. 그러면 통제영에서 이런 물건을 사주었다.

"올봄에 자네는 모를 얼마나 심을 계획인가?"

"한 여덟 마지기는 심어야지. 손가락이 빠지도록 심을 참이야. 자네는 질그릇을 몇 개나 만들었지?"

"스무 개쯤 만들었다네. 앞으로 더 많이 만들어야지."

"하나 주게나. 나중에 쌀로 갚을 테니."

"그러게나."

적어도 수군의 힘이 미치는 땅에 사는 피난민들은 마음 놓고 열심히 일했다. 남도 지방은 어디를 가도 봄기운이 넘쳐흐른다. 백전백승의 수군이 있으니 뭐가 무서우랴, 백성들은 저마다 그렇게 믿었다.

"계획대로 되고 있는가?"

이순신은 병기창에 들렀다.

병기창 내 대장간에서는 포로로 잡혀온 일본군들이 조총을 만들고 있다. 포로들은 같은 포로 출신인 일본인 준수가 맡는다.

"조금 있으면 왜적이 쓰는 조총보다 우수한 정철총통(正鐵銃筒)이 만들어질 것입니다."

준수가 자신 있게 대답했다.

정철총통은 통제영 소속 훈련주부인 정사준이 개발했다. 이순신은 그에게 조총을 연구하여 성능이 더 좋은 총알을 만들게 하고, 일본군들이 사용하는 긴 칼도 수백 개 만들도록 시켰다.

"가볍고 긴 칼은 얼마나 만들었나?"

"백여 개 이상 만들었습니다. 통제영의 대장장이들이 날마다 쇠를 두드리고 있으니 곧 계획한 만큼 완성될 것입니다."

"훌륭하구나. 힘들지만 조금 더 참고 열심히 일해봄세."

이순신은 부하들의 어깨를 다독거려주었다.

3월 6일(양력 4월 25일) 오후.

이순신은 바다를 순찰하기 위해 포구로 나갔다. 새벽에 정탐 다녀온 척후선이, 적선 40여 척이 거제 쪽에서 오고 있다고 보고했다. 뒤이어 경상우수영 수군들이 당항포에서 적선 21척을 모두 불태워버렸다는 보고가 올라왔다.

"통제사 님, 급한 전갈입니다."

"무엇이냐?"

"남해현령 기효근이 보낸 전문입니다."

이순신은 기효근으로부터 온 글을 펼쳐들었다.

— 명나라 군사 2명과 왜놈 8명이 패문(牌文, 통지문)을 가지고 들어왔
기에 그 패문과 명나라 군사를 올려보냅니다.

기효근이 쓴 글 다음에는 명나라 지휘관 담종인이 보낸 금토패문(禁

討牌文)이 있었다. 지휘관으로 조선에 들어온 도사 담종인은 일본군과 화해를 서두르는 임무를 띠고 웅천(지금의 창원)에 있는 소서행장의 부대에 가 있었다. 그 담종인이 보낸 금토패문이란, 일본군을 보더라도 절대로 치지 말라는 명령을 담은 괴이한 통지문이다.

> ─ 왜의 여러 장수들이 갑옷과 투구를 벗고 싸움을 그치려 한다. 그
> 대들도 모두 고향으로 돌아가고 왜의 진영에 접근하여 혼란을 일으키
> 는 일이 없도록 하라.

담종인의 통지문을 읽고 난 이순신은 몸을 부르르 떨었다. 그 동안 조선의 강토는 일본군의 말발굽 아래 짓밟혔다. 임금과 백성이 당한 수모와 고통을 생각하면 일본군은 하나라도 그냥 놔둘 수 없다.

그런데 이제 와서 화해라니?

명군은 구원군이라는 지위를 내세워 사사건건 간섭한다. 부탁하여, 아니 싹싹 빌어 모신 군대이니 그렇게 모시지 않을 수가 없다.

하지만 분하고 억울하다.

"고얀 놈! 우리를 도우러온 놈들이 왜적과 화해할 생각만 하다니. 이 분한 마음을 어찌 가라앉힌단 말인가."

이날 이순신은 마음이 괴롭고 몸도 불편해 자리에 누웠다. 밤이 깊어지자 열이 오른다. 부하들은 돌아가지 않고 남아서 통제사인 이순신을 간호했다. 통제영 소속 의원들도 달려왔다. 의원들은 장티푸스(당시에는 장질부사로 부름)라고 말한다. 신열이 더 오르면서 그는 헛소리까지 했다.

그럴 때마다 부하들의 가슴은 무너지는 듯했다.

이튿날 아침.

이순신은 눈을 뜨고 잠자리에서 일어나 앉았다. 밤새도록 앓았기 때문인지 도리어 몸이 조금 가볍다.

"통제사 님, 아직 누워 계셔야 합니다."

부하 군관이 말했다. 다른 장수들도 쉬기를 권했다.

"얼마간 쉬셔야 하옵니다. 그래야만 몸이 회복되어 적을 무찌를 수도 있사옵니다."

이순신은 장수들을 하나둘 차례대로 살펴보고 웃으며 말했다.

"적과 싸울 때는 이기고 지는 것이 한순간에 달려 있다. 그런데 어찌 누워 있겠느냐?"

아무도 그의 고집을 꺾을 수가 없다. 부하들과 아침 식사를 마친 이순신은 담종인의 금토패문에 대답하는 글을 지어 오도록 부하들에게 명령했다.

처음에 경상우수사 원균의 군관 손희갑이 글을 지어서 가져왔다. 마음에 들지 않는다. 결국 아픈 몸을 일으켜 세우고 이순신은 직접 글을 지었다. 이순신이 말을 만들면 군관 정사립이 글로 옮겨 썼다.

"조선의 신하 삼도수군통제사 이순신은 명나라 선유도사 대인 앞에 답장을 올립니다. 왜인이 먼저 바다를 건너와서 우리의 무고한 백성들을 죽이고, 또 한양까지 침범하여 그 횡포가 말로 다할 수 없었습니다. 우리 조선 백성은 원통함이 뼈에 사무쳐 맹세코 그러한 도적들과 하늘을 같이 하지 않으려 합니다."

이순신은 기침을 해가며 마저 글을 만들었다.

"왜인들은 지금은 물러나 거제, 웅천, 김해, 동래 등지에 무리를 지어 있습니다. 하지만 거기가 모두 우리 조선 땅인데, 조선 군사에게 조선 땅에 가까이 가지 말라고 하는 법이 어디 있습니까? 그리고 우리 조선 군사더러 속히 제 고향으로 돌아가라고 하였는데, 이 나라 전체가 우리 고향인데 어디로 가라는 말씀입니까? 또 이 혼란을 일으킨 자는 우리가 아니라 저 왜적들입니다."

갈수록 이순신의 목소리가 떨린다.

명나라 도사라면 임금도 함부로 대할 수 없는 인물이다. 그런데 글에 풍기는 이순신의 목소리는 너무나 씩씩하고 당당하여 혹시 명나라 도사가 괘씸하게 생각하지 않을까 걱정할 정도다. 고쳐쓰자는 의론이 나왔지만 이순신은 초안 그대로 앞뒤 서식만 갖추어 전령 편에 보냈다.

이 날, 이순신이 답신을 보내고 난 뒤부터 담종인은 더 이상 조선군의 행동을 간섭하지 않았다.

4월 어느 날, 통제영으로 슬픈 소식이 날아들었다. 그간 전투마다 앞장서온 맹장 광양현감 어영담이 죽었다는 소식이다. 나이도 많아 62세다. 그 나이에도 그는 피바람 휘몰아치는 전장의 한복판에 서 있었다.

"어영담 현감이 돌아가셨다구? 아, 난 어쩌란 말인가!"

이순신은 깜짝 놀랐다. 어영담은 이순신이 가장 아끼는 동지이자 부하이자 형님이다. 그는 전투에서는 훌륭한 장수이고, 벼슬아치로서도 청렴결백하여 백성들의 사랑을 한 몸에 받았다.

전쟁이 터진 뒤로 어영담은 군량미를 모으느라 애를 썼다. 그런가 하면 피난민을 위해서 따로 6백여 석의 곡식을 모으기도 했다.

지난 2월 어영담이 웅포 해전에 나가고 없을 때다.

하루는 군수 물자를 조사하여 조정에 보고하는 어사 임발영이 광양에 내려왔다. 임영발은 6백여 석의 곡식을 어영담이 중간에서 가로챈 것이라고 거짓보고를 했다. 조정에서는 당연히 어영담의 벼슬을 빼앗았다.

어영담이 누명을 쓰자 광양 고을 백성들이 가만히 있지 않았다. 126명의 백성이 어영담의 무죄를 주장하는 글을 연명으로 써서 이순신에게 가져왔다. 이순신도 백성들의 뜻을 알고 피난민 구휼에 쓴 것일 뿐이라는 내용을 적어 조정에 보고하였으나 헛수고였다. 임금의 재물을 제멋대로 횡령한 것이라는 게 조정의 반응이었다. 겨우 망해가는 나라를 살려놓으니, 백성을 도적으로 모는 것이다.

,이순신은 나중에 다시 조정에 글을 올려 광양현감에서 파직된 어영담을 조방장으로 삼았다. 얼마 전 어영담은 당항포 해전에서 삼도 수군의 주장으로 전투에 나가 큰 공을 세우기도 했다. 그런 그가 죽었다는 건 도무지 믿기 싫은 소식이다.

어영담이 죽었다는 소식이 곧 통제영에 퍼져나갔다. 함께 전투를 치러온 여러 수군들은 그의 죽음을 안타까워했다. 물론 가장 슬퍼한 사람은 이순신이다. 지난 번 부산 해전에서 정운을 잃고 이번에 어영담을 잃으니 양팔을 다 잃은 듯 가슴이 너무 저린다.

더욱이 이순신은 장티푸스를 앓느라 몸과 마음이 쇠약해진 상태다. 그러잖아도 앞이 잘 보이지 않을 정도로 눈이 침침하다.

장수들은 이순신에게 더 쉬라고 여러 번 권했지만 그는 듣지 않았다. 어떻게 하면 군량미를 늘릴 수 있을까, 무기와 배를 더욱 강하게 만드는 방법은 무엇일까 고민하느라 밤을 꼬박 새우기 일쑤였다.

갑자기 통제영 뜨락이 시끌벅적했다. 마치 잔칫집처럼 군사들은 천막을 치고 돗자리를 깔았다. 그리고 큰상을 놓고 그 위에 술과 음식을 푸짐하게 차렸다. 군사들과 백성들이 둘러앉아 음식을 맛있게 먹었다.

"전쟁 중에 이렇게 좋은 음식을 먹어보다니 뜻밖인걸!"

"이게 다 통제사 어른이 특별히 내려주신 음식이라네."

"아무리 전쟁 중이지만 추석은 가장 큰 명절 아닌가?"

"자자, 한 잔 받게. 내일부터는 다시 전쟁 준비가 시작될 터이니."

오랜만에 수군들과 백성들은 술과 음식을 배불리 먹으며 많은 이야기를 나누었다.

그 날이 바로 8월 한가위(양력 9월 28일)다. 가장 큰 명절날, 고향에 가지 못한 군사들을 위로하기 위해 이순신은 술과 음식을 준비했다. 그동안 군사들은 나라를 위하여 목숨을 아끼지 않고 잘 싸워주었다. 이순신은 군사들을 즐겁게 해줄 방법을 찾았다. 마침 한가위라 장수들과 상의하여 군사들을 위해서 술자리를 마련한 것이다.

이순신은 통제영 운주당에 앉아서 군사들이 즐겁게 노는 모습을 바라보았다. 군사들은 여러 편으로 나누어 씨름을 하거나 활쏘기 시합을 했다. 한 번씩 승부가 가려질 때마다 풍악소리가 울려퍼진다. 풍악소리에 맞춰 군사들의 함성도 하늘을 찌를 듯 크게 울려퍼진다. 군사들이 즐겁게 놀아주자 이순신도 마음이 흥겹다.

"통제사 님, 활을 쏘아보시지오."

곁에 있던 군관이 이순신에게 권했다. 그는 웃으며 손을 저었다.

"군사들이 즐거워하는 걸 보는 것만으로도 흥겹기 그지없네. 괜히 내가 끼여들면 군사들이 불편하게 여길걸세."

이순신이 빼자 군관들이 이순신을 일으켜 세웠다.

"원, 별 말씀을 다 하십니다. 통제사 님이 참여하시면 더욱 즐거워할 것입니다. 인기가 아주 많으시면서 그러십니다?"

"그렇습니다. 저희와 같이 내려가시지요."

이순신은 부하들과 활쏘는 곳으로 갔다.

"통제사께서 오셨다!"

한 사람이 소리치자 수군과 백성들이 모였다. 그는 전투 중에는 군기가 더없이 엄정하지만 평소에는 자애로운 어버이처럼 이물없이 군사들을 대한다.

이순신은 활을 잡았다. 그리고 화살을 시위에 먹이고 힘껏 날렸다.

"명중! 명중!"

이순신이 쏜 화살이 과녁 한가운데를 맞혔다. 명중을 축하하는 풍악 소리가 울린다. 군사들의 함성이 파란 하늘을 뒤덮는다. 기분이 좋다.

한바탕 신나게 놀고 나니 어느새 밤이 되었다. 군사들은 자기 자리로 돌아갔다. 언제 전투에 나갈지 모르는 군사들이라고 여기니 통제사인 이순신의 마음도 아프다.

운주당에 홀로 앉아 있던 이순신은 일어나 누각 끝으로 걸어갔다. 하늘에는 기러기 떼가 한가로이 날아간다.

그때 어디선가 노랫소리가 들려온다. 고향을 그리워하는 군사가 부르는 노래인 듯하다. 애닮다. 군사의 노래를 듣자 이순신 역시 고향 생각이 간절하다. 그래서 말로 표현할 수 없는 마음을 시로 나타냈다.

> 한산섬 달 밝은 밤에
> 수루(戍樓 ; 바다를 감시하는 망루)에 홀로 앉아
> 긴 칼 옆에 차고
> 깊은 시름 하던 차에
> 어디선가 들려오는 한 줄기 피리소리(一聲羌笛)는
> 남의 애를 끊나니.

밤이 더욱 깊다. 달이 어느새 하늘 한가운데로 옮겨와 바닷가 마을과 통제영을 비춘다. 그는 운주당 기둥을 짚고 바닷가를 내려다보았다.

이상한 일이 벌어지고 있다. 바닷가 모랫벌에서 불이 활활 타오르고 있는 것이 아닌가!

모닥불 둘레에는 사람들이 손에 손을 잡고 천천히 돌아가고 있었다. 이순신은 하인을 불러 물었다.

"무엇이냐? 누군데 이 밤중에 사람들이 모닥불을 피우고 동그랗게 둘러서서 춤을 추고 있는 게냐?"

이순신은 걱정스럽게 말했다.

"통제사 님, 걱정마십시오. 통제영 인근 백성들이 왜적을 감시하기 위해서 추는 강강술래입니다."

"강강술래라구?"

"예. 모닥불을 가운데 두고 사람들이 둥근 원을 만들어 강강술래라고 크게 소리치며 춤을 추는 것이지요."

"허허, 그래? 가까이 가서 보고 싶구나."

이순신은 하인과 바닷가로 나갔다. 가까이 다가가서 보자 불은 더 활활 타오르고, 구경하는 사람들도 훨씬 많다.

　　하늘에는 별이 총총

　　강강술래

　　대밭에는 대가 총총

　　강강술래

　　잘도 돈다 잘도 돌아

　　강강 술래

한 사람이 노래를 부르면 나머지 사람들이 강강술래라는 후렴을 붙인다. 이순신도 백성들과 춤을 추며 노래를 부르고 싶을 만큼 흥겹다.

"강강술래가 무슨 뜻이냐?"

이순신이 하인에게 물었다. 그러자 하인이 대답했다.

"강강은 동그라미란 뜻이옵니다. 그리고 술래란 순라에서 나온 말이옵니다."

"순라라니? 밤중에 도둑을 잡는 순라꾼 말이냐?"

"그렇사옵니다. 순라꾼을 전라도 사투리로 술래꾼이라고 하지요. 그러니 강강술래란 둥글게 모여서 왜적이 쳐들어오지 못하게 경계한다는 말입니다."

"기특하구나! 참으로 기특한 백성들이다! 우리 수군의 노고를 춤과 노래로 달래주는구나."

이순신은 무릎을 치며 감탄했다.

나라의 어려움을 저토록 염려해주다니!

통제영으로 돌아오는 이순신의 발걸음은 가볍고 씩씩하다. 몇 달 동안 내내 아프기만 하던 몸이 거뜬히 나은 듯하다. 그동안 우울하던 마음도 활활 타오르는 모닥불처럼, 빙빙 돌아가며 만드는 동그라미처럼 환하고 뿌듯해진다.

이순신의 기억은 여기서 멎는다. 그래, 한 바탕 꿈같다.

그 기억의 끝에 잠시 찾아온 이런 여유는 금세 검은 폭풍우로 돌변한다. 긴장의 끈을 놓지 않은 채 군사를 훈련시키고, 총기와 화포를 창고마다 가득 채우느라 바쁘던 그 시각, 한양에서는 마치 전쟁이 끝난 듯 아무도 저 남쪽의 적을 걱정하지 않았다.

그러다가 마침내 1597년, 그 당쟁의 지독한 버릇이 도져 조정은 희생양을 찾아 물어뜯기 시작했다. 일본군이 더 들어왔다는 말만 듣고도 금세 이순신을 잡아죽이라는 원성이 하늘을 찌른다.

그로부터 다시는 겪어볼 수 없는 모욕, 고문, 참담함이 줄지어 달려든다. 죽음이 더 가까워진 듯하다.

이순신은, 일본에 들어갔던 가등청정이 재무장하여 부산으로 들어올 때 수군으로 치라는 어명을 바로 집행하지 못했다. 요시라의 간계로 보고 세작들을 부산으로 보내 적정을 살피던 중 그만 어명을 어긴 벌을 뒤집어 쓰고 느닷없이 한양으로 잡혀간 것이다. 무조건 어명을 받들지 않은 건 그의 실수지만, 수군이 절대로 패배하면 안된다는 절박감은 전혀 고려 할 바가 아니다. 수군이 무너지면 서해 뱃길이 열리고, 그러면 일본군이 한양으로 바로 뛰어든다는 사실조차 그리 중요하게 여겨지지 않는다. 그건 이순신이나 걱정하는 일이고, 조정 대신들은 권력 투쟁이 우선이다. 나라야 망하든 말든 먼저 상대 당인부터 쳐죽여야 직성이 풀린다.

서울이 수복되고 나니 그동안 전쟁 통에 잠잠하던 당쟁이 다시 시작된 것이다. 전쟁이 좀 가라앉으니 혓바닥부터 날뛴다. 혓바닥이 총통이고 화살이다. 동인은 서인을 향해 쏘고, 서인은 동인을 향해 쏜다.

비참한 나날이다. 이순신을 처형시키라는 목소리가 귓전을 때린다.

결국 고문 끝에 백의종군하라는 어명이 떨어져 이순신은 계급없는 병사가 되어 초계 땅 도원수 부중인 권율 막하로 온 것이다. 그간의 일들이 주마등처럼 그렇게 흘러간다. 이번 사건으로 어머니까지 하늘로 보내드렸으니 그가 기대할 것은 아무것도 없다. 미련도 없다.

또한 오른팔 정운이 없고, 왼팔 어영담도 없다. 부를 하인도 없다. 오직 늙은 몸 하나다. 일본 수군 전함은 얼마든지 때려부술 수 있지만 당쟁의 저 혓바닥은 도저히 이길 수 없다. 그들의 혓바닥은 이순신의 칼보다 더 날카롭고, 목숨 걸고 싸우는 군사들의 함성보다 더 높다.

13

이순신, 텃밭을 가꾸다
— 칠천량 해전

경상우도 진주부 합천 초계땅 도원수 권율의 중군영.

이순신은 권율이 오기를 벌써 한 시간이나 넘게 기다리고 있다. 초계
에 도착한 지 이틀이 지나도록 도원수 권율을 만나지 못하였다.

화려한 도원수 방을 둘러보니 한산도 통제영에 있던 자신의 방이 생
각나 저절로 헛웃음이 나온다.

"도원수께서 드십니다."

밖에서 기다리던 하인이 외친다.

이순신은 벌떡 일어나 도원수를 맞이했다.

"오래 기다리게 해서 미안하오, 이공."

도원수 권율은 정중하게 사과했다. 상대는 삼도수군통제사 이순신이
아니라 계급이 없는 한낱 군졸이다. 아무 일이나 시킬 수 있는 잡부나
다름없다.

"별 말씀을 다 하십니다. 바쁘실 텐데 불러주시니 영광입니다."

이순신은 겸손하게 말끝을 들어올렸다. 권율은 올해 61세다. 쉰셋인 이순신보다 무려 여덟 살이 많다. 그런 노구로 왜구들을 행주산성에서 섬멸시킨 노장이다. 권율은 이치 전투에서 승리한 이후 충청도, 경기도를 거쳐 한양까지 진출했다. 그런 호남군을 지원하기 위해 전라우수사 이억기 수사는 초기 해전에 참여하지 못하고, 이순신의 조방장 정걸을 충청수사로 보낸 것이다.

권율은 흰옷을 입은 이순신을 훑어보며 물었다.

"고생이 많았소. 나도 당쟁에서는 바늘 하나 꽂을 자리가 없어서."

"제 판단 잘못으로 생긴 일이지요."

"아니오. 경상우병사 김응서의 장계만 믿고 그대로 조정에 보고한 내 실수입니다. 지금이라도 이공의 무죄를 주상 전하께 알리고 싶지만 어디 그럴 수가 있어야지요. 참새처럼 짖어대는 저 당인들의 혓바닥을 진정시킬 재간이 없습니다. 아무튼 미안하게 됐소이다. 여기 머물며 내게 조언을 좀 해주시오. 수군으로 가봐야 원균 휘하에 있으려면 불편할 것 같아서 일부러 이리 모신 거요."

이순신은 미소를 지을 뿐 말이 없다. 하긴 흰옷 입은 무보직 수군 신분이지만 원래는 삼도수군 소속이니 그리 가야만 한다. 육군으로 당긴 건 그나마 권율 도원수의 배려다.

지독한 고문을 받을 때는 동인 서인 할 것없이 세상이 다 원망스러웠다. 그러나 이 어지러운 세상에서 누구를 원망하랴. 이순신은 새롭게 출발하기로 결심했다. 부하들은 수없이 죽어나가기도 했는데, 이만한 수모쯤 왜 못견디랴 싶다. 어머니마저 잃었는데 더 잃을 게 뭐랴 싶다.

"다시 전쟁이 터질 것 같소. 가등청정이 들어와 또 한양을 노리고 있다는군. 아마도 뱃길로 달려들 것같소."

"큰일이로군요. 가등청정은 왜장 중에서도 악독하기로 유명하다던데."

이순신은 드디어 올 것이 왔구나 하고 생각했다. 그가 수집한 정보로는 일본군은 명나라와 화해를 하는 척하면서 뒤로 전쟁 준비를 해온 것이 분명하다. 그러한 일본군의 움직임을 눈치 채고 그가 걱정하던 참이다. 일본이 총력전으로 나오면 명나라 군대는 또 뒤로 뺄 것이다.

"명나라에 다시 구원병을 요청했소. 명나라 장군 양호를 만나러 남원에 다녀오는 길이라오."

명군은 황제의 명령은 받았으니 일단 조선땅에 주둔은 하고 있지만 싸움은 안하고 시간만 보낸다. 남의 나라 전쟁에 목숨 걸 리가 없다. 그러니 이런 군대를 일본군인들 무서워 할 리가 없다. 무서운 건 오직 이순신 뿐이다.

권율의 말을 듣고 이순신은 고개를 끄덕였다.

"이공 앞에서 말하기 부끄러운데 통제사 원균 때문에 걱정이오."

권율은 얼굴을 찡그리며 말했다.

"원균은 왜적과 싸우고 싶은 마음은 아예 없는 모양이오. 육군이 먼저 안골포를 쳐주면 수군이 뒤따라 움직이겠다고 하는구려. 그러면서 수군을 한산도에 숨겨놓고 통 나오지 않고 있소. 그리고 여러 장수들과 한 마디 의논 없이 혼자서 모든 것을 결정하고 행동하니 각 수영과 진포의 수군장들 불만이 대단하오."

권율은 매우 걱정스럽다는 듯 한숨을 폭폭 내쉬었다. 도원수는 정2품, 통제사는 종2품이다. 도원수 권율이 상관이지만 원균은 개의치 않고 할 말 다 한다. 너는 육군, 나는 수군, 그러고 만다.

"중책을 맡았으니 알아서 잘 하겠지요. 무슨 일이 있겠습니까?"

이순신은 조심스럽게 대답했다.

누가 보아도 이순신과 원균은 치열한 경쟁 상대다. 바다에서 두 사람은 가장 용감하고 벼슬도 거의 비슷했다. 게다가 두 사람을 이간질하는 헛소문이 무수히 나돌았다. 당쟁이 있는 한 두 사람 사이는 벌어질 수밖에 없다. 차라리 전투가 한창일 때 두 사람은 협력이 잘 되었다. 임진년, 남해의 왜적선을 무찌를 때는 둘도 없는 전우였다. 그런데 일본군이 평양성, 한양성에서 쫓겨내려온 뒤부터 갈등이 벌어져 도무지 아물지 않는다.

이순신은 누가 뭐라든 원균을 욕하거나 원망하지 않는다. 오히려 원균이 큰 공을 세워 조선 땅에 다시 평화가 찾아오기를 바란다. 하루 빨리 이 땅에서 일본군을 내쫓는 것이 무엇보다 중요하다. 누가 일본군을 무찌르느냐는 중요하지 않다. 이순신이든, 권율이든, 원균이든 상관없다. 다만 서인들은 그렇게 생각하지 않는다.

"내가 듣기에 원균은 통제사가 된 것보다 이공을 꺾은 일이 더 기쁘다고 하던데, 이공은 어찌 원균을 원망하지 않소?"

이순신은 허허 웃을 따름이다.

아무리 경쟁 상대라지만 그럴 리가 있겠는가.

오히려 이순신은 소문을 꾸며내는 몇몇 조정 대신들을 속으로 원망했다.

"나라가 이 지경인데 누구를 원망하고 욕하겠습니까. 원균은 나와 원수진 일이 없는데, 그가 나를 꺾는다는 것도 우스운 일이지요. 원 통제사가 잘하고 있을 겁니다. 그 분은 맹장이자 용장이십니다."

"참으로 놀랍소이다. 이공의 너그러움으로 지난 날 장수들과 수군들이 하나로 뭉칠 수가 있었군요."

권율과 이순신이 한참 이야기를 하고 있을 때였다.

"도원수께 아뢰오."

도원수부 군영으로 군관이 찾아왔다.

"무슨 일인데 그러느냐? 안으로 들어오너라."

군관은 안으로 들어와 절을 하고 자리에 앉았다.

"10만 대군으로 세를 불린 왜적이 부산포로 들어오고 있다는 소식입니다. 그리고 통제사 원균을 부산으로 보내 적을 무찌르게 하라는 조정의 명령이 내려졌습니다."

이순신과 권율은 깜짝 놀랐다. 조금 전에 두 사람은 조만간 일본군이 다시 쳐들어올 것이라고 짐작하지 않았던가! 그런데 벌써 본대가 도착했단 말인가. 그것도 10만 대군이란다.

권율은 원균에게 어명을 전했다.

"지금 당장 삼도수군통제사 원균에게 부산 앞바다로 출동하라고 명령을 전해라."

"예."

군관이 뛰어 나가자 이순신이 권율에게 물었다.

"도원수 님, 이제 어떻게 하실 작정이십니까? 이 전투는 결코 만만치 않습니다."

이순신의 물음에 권율은 한숨을 길게 내쉬었다.

"원균은 도무지 명령을 따르지 않는 사람이오. 이번에도 내가 지휘하는 육군이 먼저 안골포를 쳐주면 수군이 부산으로 떠날 것이라고 우길 것이 뻔하오. 그러니 내가 사천으로 가서 수군을 직접 감독하는 수밖에 없겠구려."

아무리 권율이 훌륭한 장수라지만 그는 육군이다. 육지전은 바다에서 싸우는 것과 다르다. 바다의 지리에 밝고 전략에도 뛰어나야만 수륙양동작전을 펼칠 수가 있다. 권율이 사천으로 가서 수군을 감독한다는 것은 있을 수 없는 일이다.

'아! 조선 수군의 운명도 끝장이로구나. 이 일을 어찌해야 한다는 말인가.'

권율이 일어서자 이순신도 따라서 일어섰다.

"부디 큰 승리를 거두시기를 빌겠습니다."

이순신은 알 수 없는 불길한 기운이 느껴졌지만 말은 그렇게 했다.

이순신이 가등청정이 들어온다는 첩보를 받고 주저한 건과 이번에 10만 대군이 온 걸 알고 싸우는 건 전혀 다른 상황이다. 이순신도 첩보가 부정확하여 진격하지 못한 것이지만, 원균은 더욱 더 두려울 것이다.

"저들이 다시 올 때는, 우리 수군에게 연전연패당한 예전의 그 수군은 아닐 것입니다."

"나도 최선을 다하겠지만 어찌 될지 모르겠구려. 아직 적 상황을 알지 못하니 답답하오. 모든 것을 운명에 맡길 수밖에."

권율도 자신감이 없다. 정유년의 왜군이 임진년의 왜군일 리는 없다.

그가 도원수 군영의 직속 장수들을 이끌고 사천으로 떠난 뒤 이순신은 둔전 텃밭으로 나갔다. 이순신은 벼슬도 권력도 없다. 백의종군, 도원수 부중의 텃밭을 가꾸는 잡군일 뿐이다. 남들은 그에게 천하를 경영할 재주가 있다지만, 있든 없든 지금은 쓸 수가 없다.

6월(양력 7월)의 햇빛이 따갑게 내리쬔다. 이순신은 소매를 걷고 넓은 무밭을 일구었다. 굵은 땀방울이 검은 흙으로 떨어진다. 김을 매다가 힘들면 이순신은 허리를 펴고 맑은 하늘을 올려다보았다. 파랗고 맑은 하늘을 보고 있으면 마음이 가볍고 밝아지는 듯하다. 몰려오는 구름을 보니 왜적선처럼 보인다. 눈을 떠도, 눈을 감아도 온통 적선으로 보인다.

이순신은 이렇게 권율의 도원수 부중에서 백의종군하였다. 불안하지만 편안하고, 편하지만 불안한 휴식이다. 함경도병마사 때문에 백의종군하다가 아산에서 어머니를 모시던 그 짧디 짧은 휴식처럼, 통제사 시절 어머니를 순천에 모셔놓고 살짝 살짝 즐기던 그때처럼 이 한가함이 언제 끊어질지 불안하다. 그런만큼 하루라도, 한 시각이라도 주어진 시간이나마 소중히 느껴야 한다.

한편 도원수 권율로부터 즉시 출동하라는 명령을 받은 원균은 잔뜩 심통이 났다. 권율은 원균이 전투를 미룬다며 통제영 소속 군관 하나를 데려다 곤장까지 쳤다. 사실상 원균을 때린 셈이다. 일부러 모욕을 준 것이다.

"아니, 덮어놓고 부산으로 가라면 어쩌라는 거야? 먼저 육군이 안골포를 공격한 다음에 수군이 출동해야 순서가 맞는 거 아닌가?"

원균은 조정의 명령이 떨어졌는데도 계속 고집을 피우며 투덜거렸다. 도원수 권율은 공식적으로는 삼도수군통제사 원균을 잡아다 곤장을 쳤다. 기록에는 그렇게 적힌다. 다만 실제로 매를 맞은 건 그를 대신한 부관이다. 그러고는 통제사 휘하 수사 3명에게 별도의 명령을 내렸다.

> — 경상우수사 배설, 전라우수사 이억기, 충청수사 최호는 즉시 부산
> 앞바다로 진격하시오. 어명이 내려온 지 오래 되었소. 나는 이제부터
> 통제사는 없는 것으로 여길 테니 세 수사가 알아서 싸우시오.
>
> | 도원수 권율 |

발등에 불이 떨어진 세 수사가 나서서 통제사 원균을 설득했다. 이기든 지든, 살든 죽든 이제는 무조건 싸워야만 한다. 겁많은 국왕의 어명이 있고, 도원수의 명령이 덧붙었다.

"어명을 거역하는 것은 반역입니다. 어서 수군을 출동시키시지요."

이억기가 채근하자 배설도 답답하다는 듯 가슴을 쳤다. 싸워보기도 전에 이순신처럼 끌려갈지도 모른다.

"누가 수군을 출동시키지 않는다고 했소? 조금 더 생각해보자는 말이지? 내 군관 하나 잡아다 때린다고 내가 어린애처럼 굴 것같소? 나도

책임있는 사람입니다. 나라고 우리 수군들 목숨이 왜 귀하지 않겠소? 이순신만 수군 걱정하나?"

원균은 계속 능장을 부렸다. 이순신이 출전하지 않을 때는 비겁하다, 무능하다 마구 욕을 해댔는데, 막상 원균이 나서자니 일본 수군이 어느 정도 규모인지 아직도 파악이 안되고, 무작정 나가 싸우자니 아까운 수군이 상할까 두려워진다. 지금까지 백전백승한 수군인데 원균의 이름으로 나가 패배한다면 얼마나 큰 수모인가.

이억기가 우선 전략부터 이야기했다.

"지금 적들이 해안에 쫙 깔려 있습니다. 그러니 적의 눈에 띄지 않도록 밤에 공격하는 것이 좋을 듯합니다."

"밤에 출동하다니, 우리가 무슨 도둑 고양이요? 이 원균이 지휘하는 조선 수군이 그까짓 왜적이 두려워 밤에 나가서 싸운다는 말이오?"

이억기의 말을 듣고 원균은 펄쩍 뛰었다. 물론 겁이 나서 하는 말이다.

"통제사께서는 전라우수사의 말을 들으셔야 합니다. 지금 왜군이 각 섬과 포구마다 없는 곳이 없습니다. 함부로 공격했다가는 크게 실패할 것이 분명합니다. 저들이라고 늘 같은 전법으로 나오겠습니까. 5년간 뭐라도 준비했을 것 아닙니까."

배설 또한 원균에게 충고하였다.

원균의 생각은 다르다. 이순신보다 못한 통제사로 여겨지면 큰일이다. 수사들마저 지금 원균을 미덥지 않게 보고 있다.

"이런 겁장이들을 보았나! 싸움을 하자던 사람들이 그토록 겁을 낸다는 말인가? 그런 그렇고, 도원수는 뭐가 두려워 안골포를 못치는데? 육군 아껴 어디에 쓰려고 저러시나? 왜 나더러만 자꾸 적과 싸우라는 거야! 내가 못싸울 까봐! 도대체 이 날 이때까지 도원수는 왜적하고는 안 싸우고 왜 저리 자빠져 있는 거야? 왜구하고는 수군만 싸우라는 법이 있어? 있냐구!"

원균은 버럭 고함을 질렀다.

"그런 게 아닙니다. 육군도 수군을 보아가며 대응하겠지요. 무엇보다 우리 수군의 움직임이 적에게 노출되면 크게 불리합니다. 무조건 쳐야 한다면 한밤중에 급습하시지요."

이억기가 다시 설득을 했지만 원균의 고집을 꺾을 수가 없다.

"밤중에 비단옷 입는다고 누가 알아주나? 밝은 대낮에 우리 수백 척의 조선 함대를 이끌고 나가면 왜적들도 기가 죽어서 꼼짝하지 못할 것이라. 수사들은 지금부터 내 명령을 잘 들으시오. 그리고 명령을 어기는 자는 군법대로 엄하게 다스리겠다고 알리시오."

자신감은 넘치지만, 그건 통제사의 위엄을 생각해서 일부러 하는 말이고, 실제로는 두렵다.

다음 날 아침, 국왕 이균이 보낸 선전관 김식이 통제영에 나타났다. 싸우라는 어명이다. 더구나 김식은 한양으로 돌아가지 않고 자기가 먼저 장선에 올라타버렸다. 싸우는지 안싸우는지 직접 눈으로 보고 국왕에게 알리겠다는 엄포다.

"선전관, 자네가 왜 장선에 타나? 자네가 활이라도 쏠 거야?"

"국왕 전하께서 원균 통제사가 싸우나 안싸우나 끝까지 감시하고, 전투하는 걸 눈으로 일일이 보고 오라십니다. 나도 활은 쏠 줄 아니 폐는 안끼치겠소."

"아니, 전쟁이 무슨 소꿉장난인 줄 아나? 빌어먹을."

도원수 권율이 보낸 군관 최영길도 전선에 이미 타고 있다.

국왕이 보낸 첩자 한 명, 도원수가 보낸 첩자 한 명이 장선에 버티고 서서 원균 통제사가 무얼 하나 일일이 들여다본다. 그러고는 붓을 들어 먹을 찍고, 마치 사관처럼 통제사가 방금 소피 보고 나서 장선에 오르고 있다 등 보이는대로 들리는대로 죄다 적어댄다.

"빌어먹을, 이러고도 내가 통제사란 말인가."

원균은 툴툴거리며 선전관이 먼저 오른 장선에 올랐다.

"그래, 내가 싸운다, 싸워! 아주 장렬하게 싸우다 죽어주마!"

통제사 원균이 이끄는 경상도, 전라도, 충청도 연합 수군 함대는 부산을 향하여 떠났다. 거북선 3척, 판옥선 180척, 협선 200척의 대군단이다. 어마어마한 군단이다. 조선이 믿는 유일한 군단이기도 하다. 규모만 보면 일본 수군쯤 크게 두려워할 것도 없다는 생각이 든다.

그 날따라 바람이 거세게 불어 배에 돛을 달지 못했다. 전선들은 느릿느릿 노를 저어 앞으로 나아갔다. 더욱이 역풍이 불어서 속력을 낼 수 없다. 지금 속력을 내면 노꾼들이 지쳐 막상 전투가 벌어질 때는 속도를 낼 수가 없다.

저녁이 되자 날씨가 서늘해졌다. 바람도 잔잔해지고 무더위도 한풀 가신 듯하다. 7월 5일(양력 8월 17일), 입추가 지나 처서가 며칠 남지 않았으니 미지근하던 바닷물이 점차 시원해진다.

"적선이다!"

앞서 가던 척후선에서 적선이 나타났음을 알리는 깃발이 올라간다.

"그래! 잘 되었구나. 서둘러 추격하라."

원균은 부하들의 보고를 듣고는 곧 명령을 내렸다. 선전관과 군관이 붓을 들어 적이 나타났다고 적는다.

원균은 이들을 힐끗 바라보며 직접 북채를 잡아 큰북을 둥둥 울렸다. 국왕이 보낸 선전관 놈이 쳐다보면서 또 뭐라고 적는다. 도원수 군영에서 나온 군관 놈도 붓을 쳐들고 적고 있다. 몇 시에 적이 나타나니 통제사가 싸우란다, 뭐 이렇게 적을 것이다. 원균은 이 상황이 몹시 짜증나지만 어쩔 수가 없다.

적선 10여 척이 절영도 근처에서 나타났다. 조선 함대가 추격하자 적선들은 서둘러 도망치기 시작했다.

"저 놈들 달아나는 꼴을 보아라. 참 보기 좋구나."

원균은 큰 소리로 웃었다. 선전관과 군관 모두 보란 듯이 웃는다.

"추격하라. 적선은 한 척도 남기지 말고 모두 무찔러라."

적선들은 꽁무니를 빼고 쏜살같이 달아났다.

원균은 발을 구르며 군사들을 재촉했다. 달아나는 적선을 잡으라고 긴 칼을 휘두르며 명령한다.

그때 뜻밖에도 부산 쪽에서 적선 1백 여 척이 나타났다.

"저건 뭐야?"

수군들은 당황했다. 1백여 척은 너무 많다. 적선이 오히려 유인책을 쓴 것이다.

"하하, 저 놈들이 도망치는구나. 그러면 그렇지, 왜놈 주제에 감히 이 원균이 이끄는 조선 수군을 넘보려 들다니."

원균의 말대로 일본군들은 슬슬 뒤로 도망치기 시작했다. 달아날 상황이 전혀 아닌데도 달아나자 이억기 수사가 얼른 전령선을 보내 원균에게 적정을 더 살핀 뒤에 공격하자고 권했다.

"통제사 님, 우리 이억기 수사가 말하기를, 적선 움직임이 뭔가 좀 이상합니다. 적들이 저토록 허겁지겁 달아날 필요가 있습니까? 이렇게 여쭈면서 신중하자고 하십니다!"

"글쎄, 조금 이상하기는 하군. 하지만 우리 수군을 이길 수가 없으니까 도망치는 게 아닐까? 너는 가서 걱정말고 뒤를 쫓자고 수사에게 말씀 전하라. 칠 수 있을 때 쳐야 한다."

원균은 이렇게 이억기의 말을 무시했다. 그러고는 긴 칼을 휘두르며 진군을 명령했다.

선전관이고 군관이고 아무 말 없이 전황을 적기만 한다. 그럴수록 원균은 더 용감해진다. 다른 전투라면 원균이 장계를 적어 전공을 국왕에게 보고해야지만 오늘은 선전관과 군관이 알아서 일일이 적으니 그럴 필요가 없고, 그러자니 신경은 더 쓰인다.

일본군 함대는 가덕도 쪽으로 달아났다.

통제사 원균의 명령에 따라 조선 수군들은 부지런히 노를 저어 적선을 쫓아갔다. 일본군 본영이 차려진 부산을 노려보며 항해하는 맛도 있다. 이순신도 그랬으니 원균도 자긴들 못하랴 싶다.

"어?"

적선들이 갑자기 뱃머리를 돌리는 것이 아닌가!

"저, 저 놈들이."

원균은 적선의 갑작스런 공격에 당황하였다. 임진년 전투 이래 조선 수군은 단 한 번도 적선의 유인책에 휘말려든 적이 없다. 그런데 이게 뭔가.

우후가 숨가쁘게 달려와 원균에게 아뢰었다.

"통제사 님, 저쪽을 보소서."

원균은 우후가 가리키는 손가락 끝을 쳐다보았다. 조선 함대의 반대쪽에서 적선들이 새까맣게 몰려들고 있다. 숨어 있던 적선이 뒤에서 나타난 것이다. 순간 조선 함대는 수백 척의 적선에 포위당하고 말았다. 대충 헤아려 보니 300척이 넘는다.

"아니 이럴 수가. 공격을 중지하라. 어서 피하자."

후퇴할 시간조차 허락되지 않았다. 벌써 포성이 울리면서 조선 수군과 일본군 사이에 치열한 전투가 벌어졌다. 이번 전투는 일본군이 원하는 시각에 일본군이 원하는 자리에서 치르게 되었다.

비로소 원균은 자신의 판단이 잘못되었음을 깨달았다. 정신이 없다. 지휘관인 원균이 흔들리자 전선들마다 어찌할 바를 모르고 허둥거렸다. 명령이 없으니 각자 싸워야 하는데, 전선이 뒤엉켜 통제가 안된다. 통제사가 명령을 내리지 못하니 수영마다 각자도생이다. 경상우수영, 전라좌수영, 전라우수영, 충청수영 별로 작전이 서로 달라진다. 원균이 타고 있는 장선조차 이리저리 헤매다가 일단 가덕도로 달아났다.

원균이 타고 있는 장선이 가덕도에 닿은 것은 한밤중이다. 달도 뜨지 않고 별도 드물어 포구는 온통 깜깜하다. 군사들은 배에서 내리자마자 물을 마시느라 정신이 없었다. 아침부터 그 때까지 지칠 대로 지친 수군들은 무거운 몸을 이끌고 물을 찾아나섰다. 그런데 더 큰 난관이 원균을 기다리고 있었다.

"앗! 적병이다."

일본군은 처음부터 가덕도에 군사를 매복해 놓고 기다리고 있었다. 걸려도 제대로 걸렸다. 일본군들은 숨을 죽이고 기다렸다가 육지에 내리는 수군들을 마구 공격했다. 여기저기서 우리 군사들의 비명이 들려왔다. 일본군의 매복 기습에 걸리자 원균은 정신을 차리지 못했다.

"안되겠다. 안전한 칠천도로 가자. 거기라면 적이 매복하지 못했을 것이다."

원균은 깃발을 올리고 북을 쳐서 후퇴 신호를 보내고, 얼른 전선을 수습하여 거제도 옆 칠천도로 향했다.

하늘도 깜깜하고 바다도 깜깜하다. 원균은 천길 낭떠러지에 선 것처럼 절망스럽다. 도무지 벗어날 길이 없어 보인다.

뜨거운 눈물이 원균의 갑옷 위로 떨어진다. 어두운 밤바다에서 조선 수군들이 노젓는 소리가 가만가만 들려온다. 조선 수군의 첫 패배다. 선전관이 부지런히 적어댄다. 군관도 적어댄다. 그걸 보자니 더 열이 뻗친다.

연락선을 띄워 각 수군에게 거제도와 칠천도 사이의 좁은 바다인 칠천량으로 피하라는 영을 내렸다. 이 어둠 속에, 그것도 바다 한 가운데서 통제사의 명령이 제대로 전달될지는 아무도 모른다. 그냥 가는 것이다.

조선의 운명은 어찌될 것인가.

후퇴령을 받은 이억기 수사를 비롯하여 각 판옥선 장수들은 바다를 가르며 흐르는 눈물을 닦았다. 노꾼들도 지쳐 노를 젓는 어깨가 무겁다. 수군들은 아무것도 하지 못하고 한숨만 푹푹 내쉴 뿐 한 치 앞을 알 수 없는 어둠 속으로 빠져들었다.

칠천도와 거제도 사이 칠천량에 모여든 삼도수군영.

"통제사 님, 통제사 님 안에 계시오?"

원균은 눈을 번쩍 떴다.

칠천량 바다라면 아주 좁고, 들어오고 나가는 뱃길도 좁아서 왜적들이 알아차리지 못할 것이라 하여 숨어든 곳이다.

"이 밤 중에 누구요?"

"통제사 님, 이억기입니다."

다행히 삼도수군 전선 대부분은 칠천량으로 모여들었다.

"전라우수사가 이 밤 중에 무슨 일인가? 쉬지 않고?"

원균은 부스스한 얼굴로 이억기 수사를 맞이했다.

젊은 수사 이억기의 얼굴에는 근심이 가득하다. 부산에서 도망쳐온 것도 부끄럽지만 앞날이 더 걱정이다.

원균은 눈을 비비며 이억기를 바라보았다. 이억기 37세, 원균 58세다. 이억기가 비록 왕족이라지만 나이 차가 너무 크니 말이 안먹힌다.

"지금 적선이 이곳 칠천도 근처 포구에 수없이 출몰한답니다. 적들이 만일 우리 삼도수군이 이 비좁은 칠천량에 다 모여 있는 걸 알면 양쪽

입구를 틀어막아 총공격을 해올 텐데, 그러면 우리는 피할 도리가 없습니다. 통제사 님. 이 다급한 마당에 군사를 쉬게 할 수가 없습니다. 매우 급합니다. 더구나 칠천량은 물이 얕아서 판옥선이나 거북선을 띄우기에는 어려움이 많습니다. 잘못하면 꼼짝도 못하게 생겼으니 전선들을 더 안전한 곳으로 옮겨야 합니다."

"아니, 이 밤중에 지친 수군을 깨워 굳이 전선을 옮기자는 말이오? 아무튼 나가 보기나 합시다."

원균은 이억기를 따라 장선 갑판으로 나갔다.

경상우수사 배설과 여러 장수들이 통제사 원균을 기다리고 있었다.

두 사람이 나오자 모든 장수와 군사들의 눈길이 원균과 이억기에게 쏠렸다.

"통제사 님, 어서 전선을 더 서쪽으로 옮겨야겠소. 전라좌수영까지만이라도 이동해야 합니다. 어서 명령을 내려주시오."

원균을 보자마자 경상우수사 배설은 목소리를 낮추고 조용히 말했다.

원균은 들은 체도 하지 않고 성큼성큼 걸어갔다. 아까부터 선전관과 군관이 따라붙어 무슨 말을 하나 다 듣고, 또 적고 있다.

원균은 장수들을 한번 둘러보더니 입을 열었다.

"아무도 멋대로 움직이지 말고 통제사의 명령에 복종하라. 절영도에서 적에게 패배한 원인은 모두 생각 없이 함부로 행동했기 때문이다. 도원수가 패악을 부려 어쩔 수 없이 나가 싸우기는 했지만 적에게 속고 말았다. 그러므로 이제부터는 칠천도와 거제도에 의지하면서 적선의 움직임을 잘 파악하도록 해라. 그것이 가장 현명한 방법이다."

원균은 지난 전투에서 크게 혼이 났으므로 조심스럽게 행동할 필요를 느꼈다. 그래서 전선을 옮기라고 명령을 하는 것이 아니라 그냥 머물러 있으라는 것이다. 얼핏 보기에 칠천량은 배를 숨겨두기에 좋은 곳이다. 배를 묶어둔 채 칠천도에 내려 쉬면 더 좋다고 본 것이다. 하지만 절영도에서 승리한 일본군 수군이 추격하지 않을 리가 없다. 승세한 군대는 반드시 적을 뒤쫓는 법이다.

"통제사 님, 지금 당장 전선을 옮기지 않으면 위험합니다. 이 급한 상황에서 전선을 묶어둔 채 육지에 내려 쉬라니 이게 무슨 말씀입니까? 이건 아닙니다!"

배설은 화가 치솟았다. 그러다보니 목소리가 좀 커졌다.

"경상우수사와 전라우수사는 내 부하가 아니란 말인가? 자네들 눈에는 통제사가 아예 안보이는가? 만약 명령을 어긴다면 그대들도 용서하지 않겠소. 군령은 엄정한 것이오."

원균은 배설과 이억기에게 으름장을 놓았다. 그러고는 돌아갔다.

"참 큰일이로군요."

"어쩌면 좋겠소?"

이억기와 배설은 울상이 되었다. 그들은 원균이 무슨 생각을 하고 있는지 짐작할 수 있었다. 충청수사 최호도 이 상황이 막막하여 얼른 결정을 내리지 못했다.

원균은 절영도 싸움에서 지고 나서 싸울 의욕을 완전히 잃었다. 그래서 칠천도와 거제도 사이 좁은 뱃길에 숨어 있으면서 일본군과 조정의 눈치나 살피겠다는 것 같다. 하지만 이 칠천량은 입구든 출구든 너무 좁아 어느 곳 하나라도 막히면 달아날 길이 없다.

한동안 이억기와 배설, 최호는 아무 말 없이 서 있었다. 배설이 먼저 입을 열었다.

"저는 제 생각대로 행동하는 수밖에 없습니다. 이러다간 조선 수군이 하나도 남지 못할 것입니다. 이 좁은 칠천량에 삼도수군이 모여 웅크리고 있다가 길이 막히는 날이면 큰일납니다. 이 좁은 바다에서는 판옥선도 거북선도 힘을 못쓰고, 사거리가 긴 총통도 소용이 없게 됩니다. 제 부하들을 다 죽일 수는 없습니다. 경상우수영은 따로 움직이겠습니다. 수사 님들도 잘 판단하십시오. 여기 옹기종기 모여 있다가는 우리 수군은 다 몰살당합니다."

"뜻은 맞지만, 그래도 군법이 있지 않소?"

이억기도 배설과 똑같은 생각을 했지만 군법을 어길 수는 없다. 더구나 그는 왕족이니 함부로 행동해서 왕실의 명예를 더럽힐 수 없는 처지다.

최호도 어쩌는 수없다며 결사항전을 다졌다.

"나 역시 왕명을 지킬 수밖에 없소. 우리 충청수군은 무슨 일이 있어도 이 자리에서 적과 싸우다 죽겠소."

충청수사 최호는 국왕이 몽진할 때 배후를 끊으면서 파천 길을 지킨 장수다. 그뒤 의주 행궁을 지키다 함경도병마사가 되어 가등청정과 맞서 싸우기도 한 맹장이다. 전임인 충청수사 정걸은 83세까지 현역으로 싸우다 이 해 노환으로 사망하여 최호가 그 후임이 된 것이다.

"가만히 앉아서 죽는 것보다야 뭐라도 해보는 게 낫지 않겠소?"

배설은 굳게 결심한 듯 담담하게 말했다.

이억기는 이 상황이 점점 두렵지만 전투를 피하지는 않겠다고 다짐했다. 조선 수군이 태평하게 잠들고 있는 동안에 일본군은 부지런히 전투 준비를 하고 있을지도 모른다는 생각이 들었다. 아니면 벌써 일본군은 노를 저어 칠천도 앞바다까지 와 칠천량 양쪽을 틀어막고 있는지도 모르는 일이다. 이억기는 애가 타서 견딜 수가 없다.

이억기와 배설은 말없이 어둠이 내려앉은 밤바다를 바라보았다. 이따금 철썩거리는 파도소리가 들린다. 충청수사 최호는 어떤 상황이든 끝까지 싸우다 죽겠다며 충청수군 장선으로 돌아갔다.

"혹시 왜적선이 따라붙은 게 아닐까요?"

배설은 부르르 떨며 이억기에게 말했다.

이억기는 대답하지 않았다. 이억기도 물론 두렵지만 배설에게 나약한 모습을 보일 수는 없다. 왕족의 위엄을 지켜야 한다고 생각했다. 이 시각에 일본군 수군이 거제도 가까이 다가왔다면, 생각만 해도 끔찍한 일이다. 하필 칠천량에 스스로 갇히다니.

동편 하늘이 뿌옇게 밝아온다.

"그만 가 봐야겠소."

경상우수사 배설이 자리를 털며 일어섰다.

"여길 떠나면 어디로 가시겠다는 말이오?"

이억기가 걱정스흐럽게 묻는다.

"내 전선으로 가야지요. 우리 경상우수영 수군이라도 보존해야 않겠소? 칠천량에 있다가는 몰살된다니까요?"

배설이 협선을 타고 경상우수군이 모여 있는 곳으로 떠나자 이억기는 홀로 남아 깊은 생각에 잠겼다.

'서둘러 전선을 옮겨야 한다. 그렇지 않으면 우리 수군은 전멸하고 말 것이 분명하다.'

배설이 경상우수군영으로 돌아간 뒤 이억기는 자리에서 일어났다. 그는 다시 한 번 원균의 마음을 움직여 볼 생각이었다. 그때였다.

대포소리가 크게 들려왔다.

"이 소리는 우리 총통이 터지는 소리가 아니다. 그렇다면?"

이억기는 바다로 눈길을 돌렸다. 바다 저편에 적선이 새까맣게 몰려오고 있다. 일본 수군이 쏘는 대포다.

"적이다. 적이 나타났다."

그제야 잠을 자던 군사들이 눈을 비비며 하나둘 나타났다. 일본군의 침입을 알리는 나팔 소리가 길게 울린다. 사방에서 북이 둥둥 울린다.

이억기는 다리가 후들후들 떨릴 지경이다. 기습을 당하다니, 조선 수군 역사에 이런 일은 처음이다.

칠천량을 위아래로 살피니 위에도 적선이 보이고, 아래에도 적선이 보인다. 이 좁은 곳에서 달아날 곳도 없다. 해역이 너무 좁으니 총통보다 조총이 더 위력적이다.

어찌해야 하나.

이억기는 전라우수영 전선을 오가며 전투 준비를 서둘렀다.

"통제사를 모셔오너라."

이억기가 소리치자 부하들은 고개를 숙이고 기어들어가는 소리로 말했다.

"통제사는 벌써 도망치고 없습니다. 장수와 군졸 몇 명을 거느리고 새벽에 어디론가 떠났다고 합니다."

통제사는 전라좌수영 전선조차 부하 장수들에게 맡겨놓고 장선에서 내렸다는 것 아닌가.

하늘이 무너지는 듯하다.

이제 수군 지휘는 이억기가 맡아야 한다. 두렵다. 하지만 부하들이 보는 앞에서 당황한 표정을 지을 수는 없다. 심호흡을 한번 크게 했다가 큰 소리로 명령을 내렸다.

"우리 전라우수영 모든 장수와 수군들은 서둘러 전선에 올라라. 즉시 전투에 나서라."

이제 전라우수영 수군이 선봉을 맡아야 한다. 그러나 수심이 얕아 판옥선들이 잘 뜨지 못한다. 밤에 편히 쉬라고 전선들을 칠천도 기슭 쪽으로 너무 가까이 대놓았다. 그때 막 밀물이 들어오기 시작했다. 일본군들은 바로 코앞까지 다가와서 조총을 어지러이 쏘아댔다. 앞으로 나갈 수도 없고 뒤로 물러설 수도 없다.

이억기는 발을 동동 굴렀다.

적선은 이미 칠천량 포구 양쪽을 포위하며 들어오고 있다. 상황이 다급해지자 전선들은 이억기의 명령을 따르지 않고 마음대로 움직였다. 그 가운데에는 적을 피해 도망치려는 군사들도 있었다. 그러나 적선이 길을 막고 조선 함대를 겹겹이 둘러싼 뒤라 그마저 불가능하다. 일본군들은 요리조리 도망치는 우리 전선을 가만 두지 않았다. 조선 수군은 싸워보기도 전에 박살났다.

또한 통제사인 원균이 보이지 않자 전라좌수영 수군들은 자기 위치를 잃어버리고 아무 데로나 몰려다녔다. 그러다가 조선 전선끼리 부딪쳐 배가 부서지기도 했다. 일본군이 공격하기도 전에 조선 수군은 겁을 먹고 도망치거나 놀라서 허둥거렸다.

일본군은 점점 칠천량 양쪽 포구로 몰려들었다. 어쩔 줄 모르고 허둥거리는 조선 수군을 지켜보던 일본군은 크게 용기를 얻었다. 그리고 멀찌감치 떨어져서 조선 수군을 비웃었다.

"판옥선과 거북선은 너무 무거워 이 좁은 바다에서는 잘 뜨기 어렵다. 이 틈을 타서 총공격하라!"

일본군 전선은 너무 많아서 셀 수조차 없다. 수평선에서 포구 가까이에 이르기까지 좁은 바다를 가득 메운 듯하다. 조선에 쳐들어온 일본군 전선이 모두 비좁은 칠천량으로 들어온 것만 같다.

"수사 님, 왜군이 전선으로 기어오르고 있습니다. 어서 피하십시오."

부하 군관이 숨을 몰아쉬며 이억기에게 말했다. 정말 이억기가 타고 있는 전라우수영 장선에 일본군이 기어오르고 있다. 칠천량이 워낙 좁다보니 일본군 전선과 조선군 전선의 거리가 너무 가깝다. 근접전이 벌어지면 조선군은 조총 사정권에 그대로 노출되고 만다.

사태가 이미 기울어간다. 이억기는 군관에게 소리쳤다.

"여기서 피하면 어디로 간다는 말이냐? 죽을 때까지 싸우자!"

이억기는 아랑곳하지 않고 침착하게 화살을 쏘았다. 왕족인 그마저 도망치면 군단 자체가 무너진다. 나이 서른일곱 살, 나이는 어리지만 어려서부터 부사 자리를 거쳐 전라우수사가 되었으니 이제는 은혜를 갚을 때도 되었다고 결심했다.

"싸우자! 우리가 죽어 조선을 구하자! 나 하나 죽더라도 우리 백성 수천 명이 산다!"

다가오던 일본군 하나가 이억기가 쏜 화살을 맞고 바다로 떨어졌다. 그러나 일본군의 수를 당해낼 도리가 없다. 더구나 일본군은 장선을 골라 집중 타격한다. 경상우수영 전선은 아까부터 보이지 않고, 전장을 바라보니 전라우수영 전선들과 충청수영 전선들만 미친 듯이 싸우고 있다. 전라좌수영의 통제사 직할 전선들은 이리저리 흩어져 아예 통제가 안된다.

이억기는 점점 팔에서 힘이 빠져나가는 것을 느꼈다. 일본군은 끝없이 장선으로 기어 올라왔다. 너무 가깝다. 화살로는 조총을 이길 수가 없다.

일본군이 달려들자 이억기는 긴 칼을 뽑아들었다. 그리고 닥치는대로 칼을 휘둘렀다. 일본군은 비명을 지르며 쓰러졌다. 칼을 휘둘러 하나를 쓰러뜨리고 나면 두 명이 나타난다. 노를 젓던 격군들까지 다 올라와 싸우지만 갈수록 밀린다. 배를 젓는다는 건 이미 의미가 없다. 노꾼이고, 의원이고, 승군이고, 하인이고 다 몰려나와 미친 듯이 싸운다.

정신 없이 칼을 휘두르건만 눈앞의 적은 줄지 않는다. 오히려 늘어나는 것 같다. 그 시각 원균은 멀리 달아나고, 배설 역시 경상우수영 전선들을 데리고 빠져나간 뒤다.

그때 곁에서 싸우던 군관이 조총을 맞고 쓰러졌다. 이억기는 군관을 구하기 위해서 몸을 숙였다.

때를 놓칠세라, 총알이 또 날아와 이억기의 허벅지를 뚫는다. 비명을 지를 사이도 없이 이억기는 허벅지를 감싸고 일어나 칼을 휘둘렀다.

총알이 계속 날아온다. 일본군들은 한 발자국 한 발자국 앞으로 다가오고, 배 안에는 남은 군사가 없다. 노꾼이며, 의원, 취사병, 노비들까지 나와 활을 쏘며 저항했지만 중과부적이다. 적선은 너무 많고, 전라우수영 장선을 알아본 적선들은 벌써 빙 둘러가며 포위하고 있다.

"이얏!"

이억기의 긴 칼이 일본군을 향해 날아간다. 일본군 하나가 비명을 지르더니 피를 토하며 쓰러졌다. 그는 뒤로 물러섰다. 그리고 바다로 뛰어들었다.

경상우수사 배설은 통제사 원균에게서 불안감을 느끼고 전투가 시작되기 전에 미리 군사를 거느리고 칠천량을 빠져나왔다. 그는 통제영이 있는 한산도가 가장 안전한 곳이라고 생각했다. 그래서 수군들을 재촉하여 한산도 본영으로 전선을 몰았다.

"수사 님, 이 일을 어찌하오리까? 전라우수사께서 왜적과 싸우다가 스스로 배에서 뛰어내렸다고 하옵니다."

연락선은 전투 중에도 계속 오간다.

"무엇이? 전라우수사가 자결했다는 말이냐?"

연락선의 보고를 전해들은 배설은 깜짝 놀랐다. 형세가 불안하기는 했지만 전라우수사마저 죽을 정도로 불리하리라고는 짐작하지 못했다.

'기어이 칠천량이 무너졌구나. 그렇다면 우리 수군이 끝장난 게 아닌가. 아아! 이 일을 어쩌면 좋단 말인가. 정녕 경상우수영만 남은 것인가.'

배설은 자기도 모르게 한숨을 내쉬었다.

"통제사는 어찌 되었느냐?"

배설은 통제사 소식이 궁금했다.

"아직 모르겠습니다. 새벽 먼동이 트기 전에 어디론가 달아났다는 군사도 있고 전투 중에 죽는 걸 보았다는 말도 있습니다. 시신을 찾지는 못하였으니 자세한 사실은 아무도 모릅니다. 통제사를 잃은 전라좌수영 전선들은 벌써 무너졌답니다."

통제사 원균이 살았는지 죽었는지도 모르다니. 배설은 기운이 빠져서 자리에 털썩 주저앉았다.

'무엇부터 시작해야 하는가?'

한산도 통제영에 도착한 배설은 곰곰이 생각했다. 배설에게는 열두 척의 판옥선과 스무 척 정도의 협선, 연락선, 보급선, 그리고 얼마 안 되는 군사들이 있을 뿐이다. 그 전력으로는 일본군에 맞설 수가 없다. 이억기와 최호 수사를 구하러 갈 수도 없다.

어느새 밤이 깊어 한산도에 어둠이 깔렸다. 배설은 바닷가로 나갔다. 포구에 묶여 있는 전선들이 너무나 초라하다. 바람이 불자 전선들이 힘없이 흔들린다. 수많은 왜선을 깨뜨린 임진년의 그 용맹스런 전선들이건만 오늘은 초라하다.

이순신이 통제사일 때 포구에는 바닷바람을 맞으며 자란 안면도 붉은 소나무로 지은 육중한 판옥선들이 마치 거인들처럼 가득 들어차 있었다. 보기만 해도 든든했다. 총통 72문, 서너 대의 신기전, 비격진천뢰와 조란탄 등으로 중무장한 각각의 전선들이었다. 그 중에 거북선은 적들의 가슴을 서늘하게 만들었다. 새삼스럽게 배설은 이순신의 용맹과 지혜가 아쉽다고 생각했다.

'이럴 때 이순신 통제사만 있었다면 걱정을 훨씬 줄일 수 있을 텐데.'

배설이 넋을 잃고 포구에 서성거릴 때 칠천량 소식을 탐문하러 나갔던 척후선이 돌아왔다.

"말씀드리기 부끄럽습니다. 이미 칠천량은 왜적에게 넘어가고, 승리한 적들이 지금 한산도 본영으로 몰려오고 있습니다. 이제 어찌해야 합니까?"

"이억기 수사는? 최호 수사는?"

"다 깨져 한 척도 보이지 않았습니다. 다 전사하신 듯합니다."

"아, 어쩌란 말인가. 조선 수군이 이제 우리 밖에 없단 말인가. 정녕 이게 사실인가!"

군관들은 땅바닥에 엎드려 흐느끼며 울었다. 배설은 무릎을 꿇고 주저앉았다. 머리가 어지럽고 몸에서 힘이 쫙 빠져나가는 것 같다. 땅을 치며 울고 싶다.

"가자, 곡식 창고로 가자."

눈을 감고 있던 배설이 벌떡 일어나 군관들에게 힘주어 말했다.

"무엇을 하려고 그러십니까?"

배설은 입술을 꼭 물고 군량미를 쌓아둔 창고로 달려갔다. 그 뒤를 놀란 군관들이 따라갔다.

"창고 문을 열어라."

"예? 창고 문을 열라구요?"

배설이 명령을 내리자 부하들은 어안이벙벙해서 되물었다.

"창고 문을 열라니까."

배설이 다급한 목소리로 명령을 내렸다. 창고를 지키는 군졸 두 사람이 열쇠로 문을 열었다. 창고 문이 열리자 어마어마한 쌀가마들이 보인다. 배설은 창고 안의 쌀가마를 들여다 보았다. 이순신이 통제사로 있을 때 둔전을 개간해 군량미로 모아 둔 것들이다. 얼마든지 버틸 수 있는 군량이지만, 이제 이 군량마저 지킬 군대가 없다. 그렇다면 적에게 넘길 수는 없다.

"불을 질러라."

배설의 명령을 들은 군사들은 깜짝 놀랐다. 어떻게 모은 군량인데 불을 지르란 말인가, 군사들은 깜짝 놀라 되물었다.

"예?"

"무슨 말씀이십니까요?"

"곡식 창고의 쌀을 전부 태우라는 말씀이십니까? 우리의 목숨인데요?"

군사들은 입을 다물지 못했다. 부하들을 둘러보고 나서 배설이 말했다.

"저 쌀은 이제 우리가 먹을 수 있는 것이 아니다. 그냥 내버려두면 왜군들의 입으로 들어갈 것이다. 그러니 왜군들의 식량으로 쓰게 하는 것보다 불태워 없애는 게 낫다."

군관들은 배설의 명령이 무슨 뜻인지 그제야 알아들었다. 군사들은 곧 기름과 마른 장작을 준비했다. 나무토막에 기름을 붓고 창고 안으로 집어던지고는 불을 붙였다.

불기둥이 확 일어난다. 금세 창고 안에는 불길이 번져나갔다.

"이 통제사께서 저 곡식들을 어떻게 마련하셨는데."

나이 든 수군들이 훌쩍인다. 이순신이 군량미를 마련하기 위해서 노심초사하던 모습이 떠오른다.

곡식 창고에 불을 지른 뒤 배설은 무기고로 갔다. 무기고의 문이 활짝 열렸다. 그 곳에는 화살과 대포 등의 무기들이 가득했다.

"전선마다 무기와 탄환을 가득 채우되 남는 것은 모조리 불태운다!"

통제사로 있을 때 이순신은 더 성능 좋은 총을 만들려고 노력했다. 뛰어난 군관들과 함께 일본군들에게서 빼앗은 조총을 밤낮으로 연구하였다. 그래서 이순신이 통제사의 자리에서 물러나기 바로 전에 조총보다 더 우수한 총이 거의 만들어졌다. 그것도 모르고 배설은 무기고에 불을 지르고 말았다. 적에게 넘길 수는 없기 때문이다.

판옥선마다 무기를 가득 싣고 나서도 무기고는 줄어들지 않을만큼 탄환이며 화살, 총이 넘친다.

"어쩔 수 없다."

무기고가 활활 타오른다. 곡식 창고와 무기고가 타오르자 통제영 근처는 대낮처럼 환해진다. 그 안에 있던 화약과 포탄이 터지는 소리 때문에 산과 바다가 쾅쾅 울린다. 군사들은 옷소매로 눈물을 닦으며 무기고가 불타는 것을 바라보았다.

그리하여 이순신이 삼도수군통제사가 된 다음부터 3년 동안 쌓아올린 모든 노력이 물거품이 되고 말았다. 이로써 곡식 십만 석과 각종 신무기가 새까만 숯더미가 되고 말았다.

"이럴 수가 있단 말이냐? 어허, 세상에 이럴 수가."
도원수 권율은 주먹으로 그의 가슴을 두드리며 한탄했다.
"다시 한번 말해보아라."
패전 보고가 믿어지지 않는다는 듯 권율은 목소리를 높여서 말했다.
군관 최영길은 자기 잘못인 것처럼 바들바들 떨며 제대로 말을 하지 못했다. 그는 도원수 권율의 엄명으로 한양에서 내려온 선전관 김식과 함께 장선에 올라 전투를 지켜보다가 탈출해왔다.
"차근차근 말해 보게."
곁에 있던 백의종군 이순신이 군관에게 말했다. 이순신도 믿어지지 않는다. 아니, 믿기 싫다.
"우리 수군이 칠천도에서 왜군에게 크게 패하였습니다. 새벽에 왜군이 천여 척의 배를 끌고 쳐들어와 칠천량 양쪽을 틀어막는 바람에 우리 수군은 전투 준비를 할 겨를도 없이 당했습니다. 그 때문에 우리 수군이 많이 죽고 대부분의 전선이 부서졌습니다. 또한 원균 통제사를 비롯하여 전라 우수사 이억기, 충청수사 최호 등 수많은 장수가 죽었습니다. 다만 선전관 김식은 무사히 탈출하여 한양으로 장계를 올려보내고, 경상 우수사 배설은 한산도 통제영으로 달려가 무기고와 곡식 창고에 불을 질렀다고 합니다."

"그렇다면 왜적과 싸울 무기와 군량이 전부 타버렸다는 말인가?"

이순신은 깜짝 놀라서 군관에게 물었다.

"그렇습니다. 이제 아무것도 없습니다."

순간 하늘이 노랗게 보인다. 크게, 아주 크게 잘못되었다. 그 무기와 군량이 어떻게 마련된 것들인데. 좌수영 시절부터 수군들이 밤잠을 자지 못하고 밤낮으로 머리를 짜서 만들어 놓은 것들이다. 무기없이, 군량 없이 어떻게 적들과 싸운단 말인가.

쇠가 부족하여 집집마다 백성들이 가져온 수저와 놋그릇을 녹이고, 나무가 부족하여 조상을 모신 선산의 소나무까지 베어다가 만든 것들이다.

군량은 어떠한가. 남녀노소 할 것 없이 피난민들과 수영 인근 백성들이 아껴둔 쌀 한 줌을 보태어 곡식 창고를 가득 채운 것이다. 그런데 그 무기고와 곡식 창고가 불에 타버리다니. 안타깝고 한스럽다.

"이공, 진정하시오. 이공의 마음은 내가 잘 알겠소이다. 그러나 어찌 하겠소. 이미 엎질러진 물인데."

최종 책임자인 권율은 늙은 몸을 거듭 떨었다. 수군이 무너졌으니 일본군은 이제 도원수 군영이 있는 진주부(진주부 소속 합천군, 초계군)를 들이치고 호남으로 쳐들어갈 것이다. 임진계사 두 해 동안 일본군은 호남 허리를 치고 들어가려고 진주성을 쳤으나 두 번 다 실패했다.

"이번에는... 막을 길이 없다."

"도원수님, 이젠 일본군을 태운 왜적선이 남해, 서해를 거쳐 한강으로 달려갈 겁니다. 나라의 부고(府庫)인 호남을 들이치는 동시에 또 다시 궁성을 노릴 겁니다. 수군도 없고, 의병도 육군도 지쳤는데."

당장 도원수 군영을 옮겨야 한다. 관아 하나 없이 천막을 치고 목책을 둘려쳐 놓은 초라한 군영이지만, 그래도 여기서 조선군을 총괄했다. 육군은 경상우병영이 따로 있고, 전라좌우 병영이 따로 있어 도원수의 군영이 대단할 건 없다. 육군의 주력은 어디까지나 명나라 구원군이니 도원수조차 명나라 군대의 지시를 받아야 한다. 그나마 여기저기 흩어진 조선군을 조정하고, 명군의 명령을 받아 연합작전을 지휘할 뿐이라서 당장 일본군이 쳐들어온다면 이 군영을 지킬 군사조차 없다. 지금까지 도원수 군영이 이 자리에 이만큼이라도 버틴 건 어디까지나 막강한 무력을 자랑하던 삼도수군 때문이었다. 그런데 그 의지처가 사라졌다. 도원수 군영 하나 지킬 군대가 없다.

"벼슬에서 물러나 있는 이공이 오히려 부럽소. 도원수라는, 이름만 높은 자리에 앉아 있는 나는 이제 이 패전을 어찌 감당해야 된다는 말이오. 앞길이 아득하고 깜깜하오. 행주산성에서 새카맣게 밀려드는 적 3만 명을 보고도 우리 군사들은 기세등등했는데, 그때는 다 같이 죽자고 맹세한 호남군과 충청군, 승군이 한 마음 한 뜻이었는데... 어쩌다가..."

"도원수 님, 우리 수군을 깬 왜적들이 곧 이곳으로 쳐들어올 겁니다. 합천 군영만이 아니라 진주부 전체가 위험합니다."

"자네 말대로 진주부가 넘어가면 그 다음에는 전라좌도가 넘어가고, 그러면 또 한양이 위험해지네. 그 다음 수를 보아 군사를 부려야 하네. 지금 매우 위태로운 지경이라. 도원수인 내가 할 수 있는 일이 별로 없다네."

권율은 어느새 눈물을 흘리고 있다. 원균의 군관을 때리면서까지 수군 전투를 밀어붙인 죄책임이 밀려온다. 원균과 수군 장수들을 사지로 떠다 민 듯하다.

슬픔과 충격이 너무나 큰지, 권율은 노구에도 불구하고 부끄러움도 모르는 채 눈물을 뚝뚝 흘린다. 물론 그의 책임도 적지 않다. 수군이 싸울 때 육군은 전혀 응전을 해주지 못했다. 아니, 응전해줄 육군조차 없다. 이름만 도원수다.

"내가 너무 늙었나..."

권율의 나이 61세, 전투를 하기에는 몸이 느리다. 행주대첩을 벌이던 때하고도 다르다. 다 자기 탓인 것만 같다.

하루가 다 지나도록 권율과 이순신은 아무 일도 하지 못했다. 도원수 휘하 장수와 군관들은 알아서 퇴각 준비를 했다. 일본군이 쳐들어오고 있다는 첩보가 잇따른다. 일본군은 칠천량에서 대승했으니, 남해 어디든 수송선을 대놓고 일본군 조총부대를 풀어놓을 수 있다. 당장 내일 일본군이 나타난다 해도 이상할 것이 없는 긴박한 순간이다.

그토록 믿어온 수군마저 일본군에게 패하자 더 이상 의지할 군대가 없다. 특히 수군 덕분에 가까스로 버텨온 경상우도는 더욱 위험하다. 원래 육군은 보잘 것이 없다. 한참 승세하던 임진년에는 그나마 예기가 있었는데, 몇 년 평화가 오면서 조정이나 군사 모두 시들해졌다. 또 농사로 먹고사는 군사들을 마냥 군영에만 잡아둘 수 없어 대부분 집으로 돌려보낸 탓도 있다.

두 사람은 때가 지나도록 밥 먹는 것도 잊고 골똘히 생각에 잠겼다.

아무리 생각해도 좋은 방법이 떠오르지 않는다. 임진년보다 더 큰 위기지만, 지금은 어디로든 달아나 방어전을 준비하는 수밖에 없다.

날이 저문다. 도원수 군영에 딸린 종이 들어와 방 안에 촛불을 밝혔다.
"도원수 님."

오랜 침묵을 깨뜨리고 이순신이 권율을 불렀다. 이순신 53세, 권율 61세, 이 난세를 감당하기에 두 사람 다 너무 늙은 게 아닌가 싶다.

지금 이러고 있을 시간이 없다. 일본군이 거제도를 지나 사천으로 상륙하여 도원수 군영으로 올라오고 있을지도 모른다.

권율이 무겁기만 한 고개를 천천히 들어 이순신을 바라보았다.
"저에게 조그만 바람이 있습니다."

"무엇이오? 실낱 같은 희망이라도 찾아봅시다."

이순신의 말에 권율은 힘없이 대답했다.

"남해안 전선을 한 바퀴 돌아보고 싶습니다. 우리 수군이, 그 용맹스런 우리 수군이 다 죽기야 했겠습니까. 포구마다 사정을 살펴본 다음에 대책을 올리겠습니다. 허락해주시겠습니까?"

도리어 권율의 입이 벌어졌다.

"이공이 그래 준다면 더 무엇을 바라겠소. 마침 내가 부탁드리려던 참인데, 왜적선이 천여 척이나 되었다면 위험하지 않은 곳이 없을 것이오. 칠천량 동쪽으로는 말할 것도 없고, 경상우도 해안은 일본군이 드글거릴 것이고, 전라도 해안도 위험하지 않겠소?"

"이 목숨, 이미 나라에 바쳐진 것입니다. 어머니 돌아가신 뒤로는 아무 미련이 없습니다. 말을 타고 재빨리 돌아보겠습니다."

"고맙소. 우리 수군이 전멸을 당했다지만, 그래도 삼도수군이 어찌다 무너졌으리오. 어서 패잔병이든 도망병이든 보이는대로 수습하고, 새 전선을 짓고 또 수군을 모집하다 보면 무슨 수가 나올 거요. 적들도 격전을 치렀으니 당장은 못들어올 테니, 아직 전라도까지 넘보지는 못할 것이오. 군마와 호위군을 내주리다."

"그럼, 준비 되는대로 내일 아침 날이 밝자마자 떠나겠습니다. 제 부하들은 칠천량의 고혼이 되어 떠도는데 잠신들 기다리겠습니까. 한시가 급합니다."

권율은 이순신의 손을 부여잡고 고마워했다.

다급한 이순신은 가만히 앉아 있을 수가 없다. 수군의 문제는 다른 사람의 일이 아니라 이순신의 일이다. 이순신의 책임이다. 그가 아니고는 전선 한 척 띄울 수가 없는 형편 아닌가.

"진작 이공을 알아보지 못한 것이 후회스럽소이다. 내 불찰이오. 다 내 잘못이오."

밤 사이 이순신을 호위할 도원수부 군관들이 선발되고, 군마와 칼, 전통과 활이 준비되었다. 길 가다 일본군을 만나더라도 싸워가며 뚫고 나아가야만 한다.

도원수 권율은 무작정 해안 포구들을 둘러볼 이순신과 군관들을 격려했다.

"군관들은 들어라. 이순신 장군은 도원수인 나를 대신하는 것이니 각

별히 호위하라. 도원수로서 이순신의 통제사 복직 상소를 올릴 것이니 이 시각부터 삼도수군통제사와 같은 예우를 하라."

"옛!"

군관들은 힘차게 대답했다. 지금은 경상우도든 좌도든 안전한 곳이 따로 없다. 어디서 일본군을 마주칠지 모른다.

"가자!"

이순신은 박차를 두드려가며 먼저 달리기 시작했다. 도원수 군영에서 멀지 않은 진주부 수곡에 있던 그의 개인 거처에 들러 일기장 등 짐을 정리했다. 그곳에 다시 갈 일은 없다.

칠천량 패전 이틀 뒤, 이순신은 도원수 군영을 떠나 수영 시찰에 들어갔다. 송대립, 유황, 윤선각, 방응원, 현응신, 임영립, 이원룡, 이희남, 홍우공 등이 말을 탄 채 그를 호위했다.

흙먼지를 날리며 달려 하동에 이르러 바다를 바라보니 정든 풍경이 눈앞에 펼쳐진다. 푸른 물결과 빗살무늬로 쪼개지는 파도가 잔잔하게 밀려왔다가 돌아나간다. 전쟁이 아니라면 어부들이 평화롭게 고기를 잡아올리는 넉넉한 바다였을 것이다.

하지만 이 바다는 임진년부터 무시무시한 전쟁터가 되었다. 셀 수 없을 만큼 많은 사람들이 죽고 크고 작은 전선이 가라앉았다.

이순신에게 바다는 고향이나 다름없다. 아산에서 자랄 때도, 감옥에 갇혀 있을 때에도, 도원수 군영에 딸린 둔전의 무밭을 갈면서도 이순신의 눈앞에는 항상 푸른 바닷물결이 어른거렸다.

이순신은 그토록 보고 싶던 바다를 보고 나서 해안 마을로 들어갔다.

너무 조용하다. 개 한 마리 짖지 않고, 길목에 서 있던 장승마저 불에 탄 숯이 되어 있다.

'마치 태풍이 휩쓸고 지나간 마을 같구만.'

이순신은 고개를 갸우뚱거렸다.

"여보시오. 누구 없소?"

군관들이 들어가 확인해 보니 집집마다 사람이 없다.

"개미 새끼 한 마리도 없는 모양입니다."

"아직 여기까지는 왜군이 들어오지 못했을 텐데! 집 안 곳곳을 빠짐없이 살펴보시오."

이순신은 뒷마당으로 가 이리저리 살펴보았다.

"여기 아낙네와 아기가 숨어 있습니다."

이순신이 부엌으로 가자 뒤주 속에서 아기를 안은 젊은 아낙이 나왔다.

"왜 거기 숨었소?"

처음에는 두려워서 어쩔 줄을 모르던 아낙이 마음이 진정되었는지 입을 열었다.

"우리 수군이 왜군에게 전멸당했다는 소식이 들리자 이곳 백성들은 모두 지리산으로 피난을 떠났습니다. 저는 아기가 있어서 피난을 가지 못하고 있다가 군사들이 오는 걸 보고 무서운 나머지 뒤주에 숨은 것입니다."

"남편은 어디 있습니까?"

이순신의 물음에 아낙은 눈물을 뚝뚝 떨어뜨린다.

"제 남편은 수군 나간 지 오래됐는데, 절영도 싸움에 나갔다가 돌아오지 않았습니다. 죽은 것이 분명합니다. 이제 어떻게 살아가야 할지 막막합니다."

아낙이 울자 아기가 잠에서 깨어나 따라 울었다.

가슴이 미어진다. 도원수 군영에서 따라나온 군관들도 따라서 눈물을 흘린다.

"미안합니다. 왜적을 하나도 남김없이 무찌르겠소."

"감사합니다, 나리. 흐흐흑."

이순신은 마치 친정아버지처럼 아낙을 따뜻하게 위로하였다.

하동에서는 일본군이 곧 쳐들어온다는 소문이 널리 퍼져 백성들이 이리저리 흩어지는 중이었다.

이순신은 아무래도 군수 문제를 더 먼저 살피기 위해 거기서 구례, 곡성, 옥과, 강정, 순천을 빙 돌아가며 현지 사정을 살폈다. 이곳은 모두 전쟁을 치러야 할 땅들이다. 관리들은 다행히 자리를 지키고 있다. 그렇다면 물자를 구하는데 어려움은 없다. 역참도 살아 있으니 언제고 군사를 징발하고, 군량을 실어올 수 있다.

먼 길을 돌아 남해 노량포구에 이르니, 거기 숨어 있던 수군들이 이순신을 알아보고 울면서 달려들었다. 칠천도 전투에서 겨우 살아남은 수군이거나 교대를 기다리던 수군들일 것이다. 얼마 뒤에는 칠천량 전투에서 살아남은 거제현령 안위가 이들을 데리고 달려왔다. 거제도가 적지로 떨어졌으니 현령이라는 감투도 아무 소용없다.

"살아 있는 것이 부끄럽습니다. 통제사 님, 용서해 주십시오. 원균 통제사, 이억기 수사, 최호 수사를 구하지 못한 죄인을 용서하십시오."

320

이순신은 패전했는데도 흩어지지 않고 포구에 숨어 있어준 군사들이 고마울 따름이다.

"이제 우리는 모두 죽은 목숨이다. 왜군은 우리 수군과 비교할 수 없을 정도로 막강하다. 그러니 죽을 때까지 싸울 뿐 다른 건 생각하지 말자. 지금부터 협선을 이끌고 포구마다 돌아다니며 숨어 있는 우리 수군을 찾아 데려오라. 크든 작든 온전한 전선을 수습하라. 부서진 전선은 어서 수리하도록 하라. 우리는 다시 일어날 것이다. 내가 왔다고, 이순신이 돌아왔다고 널리 알려라!"

군사들은 울기만 한다. 패전을 겪은 군사들은 자신감을 잃었다. 또 얼마나 굶고 고생을 했는지 몸은 깡말랐다. 그런 군사들을 보고 있노라니 이순신은 자기 살점이라도 떼어주고 싶은 심정이다.

곧 경상우수영 우후 이의득이 소문을 듣고 달려왔다. 배설 수사를 모시던 정4품 수군 장수다. 그는 말없이 무릎을 꿇고 울기만 한다. 이순신은 그의 어깨를 다독거렸다.

"얼마나 놀랐느냐. 걱정마라. 내가 왔다. 나 이순신이 왔다. 다같이 들어라. 하늘이 우리를 버리기로 마음먹었다면 지금까지 살려두었겠느냐? 너무 걱정하지 말고 용기를 갖자. 너희가 살아 있고, 나 이순신이 아직 살아 있다. 나의 용맹스런 군사들아, 이렇게 살아 있잖느냐. 여기 없는 우리 수군들을 죽인 왜적들, 우리가 원수를 갚아주자."

이순신은 우후 이의득, 거제현령 안위 등 살아남은 수군들의 어깨를 돌아가며 토닥거려주었다. 경상우수사 배설은 보이지 않는다.

"우후, 어째 배설 수사는 보이지 않는가?"

"아무도 모릅니다. 그날 칠천량에서 한산도로 도망쳐 무기고와 곡식 창고에 불을 지르고 달아난 뒤 소식이 끊어졌습니다. 제가 살아남은 경상우수영 수군을 대신 수습하고 있었습니다."

"경상수영에는 판옥선이 몇 척 남았느냐?"

"잘 모르나 열 척은 넘습니다. 저만 협선을 타고 여기에 와서 패잔군을 수습 중이었습니다. 지금 해안가 포구마다 일본 척후선이 돌아다니기 때문에 어디 숨어 계실 듯합니다."

이순신은 배설에게 단 몇 척의 판옥선이라도 남아 있을 거라고 생각했다. 배설이 중요한 게 아니라 그가 거느린 판옥선이 궁금하다. 칠천량 그 좁은 바다에 갇힌 거북선마저 다 깨져버렸다니 판옥선이라도 구해야 한다. 아는 군사가 아무도 없으니 이순신은 답답하기만 하다.

"용기를 잃어서는 안된다. 무엇보다 먼저 생각할 것은 나라와 백성이다. 이 두 가지는 무엇과도 바꿀 수 없다. 나라를 잃고 백성을 잃으면 우리도 없다."

지친 수군 패잔병들의 눈에서 다시 빛이 난다.

"바다를 부끄럽게 해서는 안 된다. 준비되는 대로 내가 돌아올 것이다. 곧 적과 싸워야 하니 모두 몸을 잘 보전하면서 전선을 고치고 연락선을 띄워라. 어서 배설 수사와 경상우수영 수군을 찾아라. 우후 이의득, 거제현령 안위는 여기서 살아남은 군사들을 수습하여 내 명령을 기다려라. 여기저기 연락선을 띄워 수군을 수습하라. 한 명이 아쉬우니 이곳으로 데려와 어서 대오를 갖추자. 나를 보라. 이순신을 보라. 우리는 다시 무적의 수군이 될 것이다!"

이순신은 비장하게 말하면서 패잔병들을 거듭 위로했다. 패잔군들을 뒤로 하고 말머리를 돌리니 눈물이 빗물처럼 쏟아진다.

'내가 지금 무슨 짓을 하고 있나. 그 지옥같은 칠천량 전투에서 겨우 살아남은 군사들더러 그 목숨 도로 내놓으라고 하다니, 내가 저승사자 로구나. 그래도 할 수 없다. 나 아니면 일본군을 막을 수 없으니 달리 어쩌랴. 국왕도 조정도 아닌 우리 백성들을 위해 나는 목숨을 바쳐야 한다. 어머니 가신 세상에 가더라도 자랑스럽게 가자."

— 7월 21일(경자, 양력 9월 2일) 맑음. 일찍 떠나 곤양군(사천시 일부와 하동군 일부)에 이르니 군수 이천추도 고을에 있고, 많은 백성들이 자 기 고장에서 벼와 밀보리를 거두고 있다. 점심 후 노량에 이르니 거 제 현령 안위와 조계종 등 10여인이 와서 통곡하고, 가까스로 도망쳐 나온 군사와 백성들도 울부짖지 않는 이가 없는데, 경상우수사 배설 만 어디에 숨었는지 보이지 않는다. 우후 이의득에게 패하던 당시의 상황을 물었다. 모든 사람들이 울며 말하기를 대장 원균을 비롯하여 군사들이 모두 육지로 달아나 이 지경에 이르렀다고 한다.

며칠간 남해안 여러 수군 진지를 둘러본 이순신은 권율이 있는 도원 수 군영으로 돌아갔다. 이미 천막과 목책을 거두고 이동할 준비를 하고 있다. 이곳은 이제 도원수의 군영이 있을 자리가 아니다.

도원수 권율은 마침 군영에 머물고 있어 멀리 가지 않아도 만날 수 있었다. 그는 어찌나 마음을 졸였던지 눈이 푹 꺼진 듯했다. 일본군이 육지로 올라와 물밀듯이 몰려오고 있다는 소식이 들어오고, 명나라 군사들이 조선 백성들에게 몹시 행패를 부린다는 좋지 않은 소식만 들려오는 중이다. 무엇보다 사천 내륙까지 일본군이 종종 보인다는 첩보가 있다.

"얼마나 기다렸는지 모르오, 이공. 왜적들이 호남 진출을 노리고 있소. 호남이 뚫리면 우리는 영영 기회를 잃을 수 있다오. 당장 우리도 도원수 군영을 울산 쪽으로 옮겨 명나라 구원군과 함께 부산에서 올라오는 왜군을 막아야 하오. 왜군이 이번에는 호남부터 친다는 첩보도 들어오고 있는데, 조정에서는 도원수 군영을 울산으로 옮기라고 하오."

권율은 이순신을 보자 두 손을 덥석 잡으며 걱정했다.

조정은 임진년처럼 경상도 길을 따라 일본군이 들어오는 것부터 걱정하는 것이다. 하지만 일본군은 그러지 않을 것이다.

일본군은 임진년과 계사년에 호남을 세 번이나 노렸다. 진주를 통해 남쪽으로 들어가려던 노력은 두 번에 걸쳐 좌절되었다. 임진년에는 적이 완전히 패퇴하고, 계사년에는 충청, 전라 양군의 지원을 받아 조선군 측이 결사항전하다 비록 졌지만 일본군도 피해가 막심해 결국 부산으로 물러나야만 했다. 또 금산에서 내려가려던 시도 역시 조헌의 의병과 영규 스님이 이끄는 승군이 결사적으로 막아 이 역시 좌절되었다. 그러니 이번에는 일본군이 처음부터 호남을 목표로 삼을 것이다. 그러자니 경상우도가 최전선이요, 그곳에 조선 수군 잔여 병력이 겨우 숨어 있다.

"도원수 어른 덕분에 무사히 살펴보고 돌아왔습니다."

"그래, 해안은 어떻습디까?"

"적군이 아직 전라도까지는 들어오지 않아 다행입니다. 전라도가 무사하니 희망이 있다는 말이지요. 군량 조달도 어려워 보이지 않고, 남은 수군을 수습하면 급한대로 유격전은 벌일 수 있을 것같습니다."

사실 배설 수사를 보지 못해 자신할 수 없는 말이지만, 일단 수군부터 살려놓고 봐야 한다.

"도원수 군영은 울산으로 옮깁니다. 거기서 명군과 연합하여 한양으로 향하는 일본군을 막을 것입니다."

"도원수 님, 일본군은 이번에는 경상도보다 전라도를 먼저 칠 것입니다. 일본군에게 전라도를 빼앗긴다면 어떻게 되겠습니까. 그러면 일본군은 서해를 돌아 곧바로 한양으로 진격할 것입니다. 서해 뱃길을 막을 충청수군마저 이번에 깨졌으니 경기수군 홀로 막아야 합니다. 아마 안될 것입니다. 이러면 일본군은 뱃길로 마음대로 군사를 나르고, 물자를 보낼 것입니다. 그러면 임금은 다시 피난을 떠날 것이고 나라는 또다시 지옥으로 변합니다."

"이공, 우리나라가 그만 바람 앞의 등불이 되었소. 육군도 수군도 없는 마당에 전라도가 얼마나 더 버티겠소. 어쩌면 벌써 적들이 전라도까지 쳐들어갔는지도 모를 일이오. 여기저기서 첩보가 들어오는데 시간이 별로 없는 듯하오. 아주 위중한 상황이오."

권율은 한숨을 내쉬며 말했다. 도원수 휘하 육군의 규모도 변변치 않은 상황이다. 한양 수복 이후 조정은 육군을 키울 생각은 안하고 당쟁만 일삼았다. 욕 잘하고, 남 헐뜯기 좋아하는 혓바닥만 모아 조정을 채우고 있다. 그러다 보니 지금 경상우도와 좌도의 군사를 다 끌어모아야 겨우 2만 여명이란다. 이 군사로는 재정비하여 쳐들어온 일본군을 막지 못한다.

"적이 아무리 빠르다 해도 전라도까지 들어오자면 며칠은 더 걸릴 것입니다. 여기 진주부도 남해 말고 육지는 아직 안전하잖습니까. 지난 번 전투에서 조선 수군이 크게 패했다지만 이억기 수사와 최호 충청수사가 결사항전했으니 적군도 피해가 클 것입니다. 우리가 백 척을 잃었으면 저들도 그만큼 잃었을 것입니다. 원래 우리 수군 전력이 월등합니다. 칠천량 그 좁은 해역에 갇혀서 패한 것이지 넓은 바다에서는 그렇게 속절없이 질 리가 없습니다. 그러니 저들도 수군을 새로 가다듬자면 시간이 좀 걸릴 듯합니다."

도원수 권율은 울상이 되어 고개를 끄덕인다. 믿고는 싶지만 위로하는 말이려니 싶다.

"또한 적들은 전라도 해안에는 한 번도 발을 들여놓은 적이 없습니다. 그러므로 전라도 앞바다의 물길을 저들이 조사하고 해안선을 익히려면 꽤나 시간이 걸릴 것입니다. 그때까지는 제가 수군을 수습하고 전라도 해안을 지킬 수 있습니다."

"해안 사정이야 조선 사람 몇 명만 포로로 잡거나 돈으로 흥정하면 쉽게 알 수 있지 않겠소?"

이순신은 고개를 저었다.

"그렇지 않습니다. 우리 백성들이 적의 앞잡이가 되지는 않을 것입니다."

권율의 표정은 아직 어둡다. 듣기 좋으라고 하는 말이려니 여기는 듯하다.

"듣자하니 명군 행패가 심하다고 합니다. 명군이 일본군을 막을 준비는 하고 있는지요?"

이순신이 근심스러운 얼굴로 말했다. 이 급박한 상황에 기댈 수 있는 것은 그나마 명군이다.

"이래저래 걱정이 많소. 싸우려 들지는 않고 오직 강화만 구하다가 이 모양이 됐으니."

권율의 얼굴이 크게 일그러진다.

명나라 군대가 지나가는 고을은 쑥밭이 된다는 소문이 돌았다. 민가에 들어가 쌀과 가축을 빼앗는가 하면 대낮에 부녀자들을 희롱했다. 백성들은 일본군 때문에 피난을 가기도 하지만 때때로 명나라 군사를 피해 산으로 숨기도 한다. 명군은 싸움은커녕 도리어 일본군을 피해 다닌다.

"떠도는 소문에 따르면 왜적은 얼레빗이요, 명군은 참빗이라고 한답니다. 그러니 얼마나 백성들의 고통이 심하겠소."

얼레빗은 빗살의 틈이 엉성하고 참빗은 빗살이 촘촘하다. 그래서 참빗은 작은 머릿니를 잡을 때 사용한다. 그러므로 일본군을 얼레빗이라고 하고, 명나라 군사를 참빗이라고 한 백성들의 비유는 정확한 것이다. 그만큼 명나라 구원군의 행패가 심하다는 이야기이다.

"그뿐이 아니오. 나는 가끔 명나라 군대가 우리를 도우러 온 군대인지, 우리를 망하게 하려고 온 군대인지 의심스러울 때가 있소. 그들은 조선 군대를 무시하고 조선 장군의 명령을 들은 체도 하지 않소. 명령에 따르지 않고 함부로 행동하여 적에게 우리 위치를 들킨 적이 한두 번이 아니라오. 그 뿐인가. 조선 군사들을 하인처럼 부려먹으려 하니... 솔직히 말해 왜군과 명군이 무슨 차이인지 난 도저히 모르겠소."

화가 치솟는지 도원수 권율의 목소리가 떨린다. 한숨마저 나온다. 그 고뇌를 느낄 수 있을 정도다.

구원군을 부를 때는 그만한 수모를 견뎌야 하지만, 막상 당하니 그 모욕을 참기 어렵다. 압록강에서 발 구르던 국왕은 이것저것 돌아볼 것도 없이 명나라에 구원군을 청했다. 하지만 이들은 굳이 목숨 걸고 싸움을 하지 않았다. 남의 나라 전쟁이니 적당히 세를 보여 일본군을 후퇴시킬 생각이나 할 뿐이다.

"어쩌겠습니까? 하루라도 빨리 왜적을 몰아내는 수밖에요. 어차피 명나라 전쟁이 아니고 우리 전쟁이잖습니까."

"옳은 말이오. 속히 왜적을 몰아내야 명나라 군사도 자기네 나라로 돌아가겠지요. 이공께서 큰 힘이 되어주리라 믿습니다. 우리 힘을 합쳐 왜구를 무찌릅시다. 시간이 많지 않소."

"예. 명심하겠습니다."

14

전선 열두 척에 걸린 조선의 운명

　권율의 도원수 군영에서 그리 멀지 않은 진주부 내 한 가옥. 이때 이순신은 비좁은 도원수 군영에 머물 수 없어 진주부 내 수곡 땅 송경례라는 사람의 집을 얻어 지내고 있었다. 도원수의 배려로 수군 패잔병을 끌어모으고, 남은 전선을 수습하라고는 해놓았지만 그건 어디까지나 도원수의 위세를 빌어 한 말이고, 권율의 이순신 복직 상소는 올라갔지만 그는 아직 백의종군 중이니 계급조차 없다. 그래도 도원수 권율을 믿고 어떡하면 수군의 위세를 되살릴까 고민하는 중에 마침 선전관이 내려왔다.

　집 마당에 명석이 깔리고, 작은 서안에 붉은 비단이 깔렸다. 그 위에 임금이 내린 교서(敎書)가 가지런히 놓여 있다. 선전관 양호가 어명을 전한다며 조촐하게 형식을 갖춘다. 양호가 교서를 펼쳐든다.

　"이순신은 어명을 받들라."

이순신이 자리를 잡고 엎드리자, 선전관 양호는 어명이 적힌 교서를 읽어내려간다. 교서 제목은 기복수직교서(起復授職教書)다. 기복(起復)은 상중(喪中)에 있는 사람을 굳이 벼슬자리로 부른다는 뜻이다. 조선시대에는 기본 3년상, 상중에는 벼슬을 쉬는 법인데, 이순신은 지금 어머니 상중이다.

— 이순신을 삼도 수군통제사에 임명하니, 그대는 충심을 다하여 칠천량의 치욕을 씻고 왜적을 섬멸하여 나라의 근심을 덜게 하라.

교서에는 주절주절 변명과 사설이 많으나 요점은 통제사 복직이다.

이순신은 북쪽을 향해서 절을 올렸다. 형식이니 어쩔 수 없다. 자기를 죽이려던 임금에게 올리는 절이다.

농담처럼 그는 다시 통제사가 되었다. 다만 국왕은 종2품이던 통제사 직급을 정3품으로 한 품이나 내렸다. 수사가 정3품이니 살아남은 배설과 품계가 같다.

국왕은 지금도 이순신을 의심하는 것이다. 혹시 모르니 다른 수사들이 통제사를 지켜보라는 뜻이리라. 다른 수사라야 다 죽고 배설 밖에 없다. 웃음이 나오지만 국왕조차 우스워진 마당에 굳이 따질 것도 없다. 이번에 남해안을 돌아보면서, 백성 때문에 다시 수모를 참고 일어서는 것이지 국왕 위해 싸우는 건 아니라고 몇 번이나 다짐했다.

나중에 안 일이지만 국왕 이균은 이순신을 복직시키는 걸 끝까지 반대했다. 그는 비변사 회의 도중 자리를 박차고 나가버렸다. 결국 대신들이 다른 대안이 없다는 결론에 이르러 이순신을 통제사를 삼고, 단 종2품이 아닌 정3품으로 벼슬을 깎기로 의견을 모은 것이다.

이처럼 급하면 쓰고 편해지면 잡아가는 게 당쟁이다. 머릿속에 토사구팽(兎死狗烹) 넉 자가 떠오른다. 다시 사냥개가 되어 죽도록 싸워나보라는 뜻이다. 국왕이 이순신을 다시 쓴다는 것은 전쟁이 시작되었다는 뜻이요, 그가 잡혀간다는 것은 전쟁이 끝났다는 뜻이다. 당쟁은 너무 크면 찍어 누르고, 아주 가라앉으면 살짝 건져 숨은 쉬게 한다. 국왕이든 조선 당인들이든 하나도 다를 바가 없다. 그러니 이순신도 국왕에게 충성할 이유가 없다. 그는 실제로 복직 이후 단 한 번도 망궐례를 하지 않았다. 거의 모든 외직 관리들은 매달 초하루 궁궐이 있는 곳을 향해 충성을 맹세하는 이 의식을 치른다. 그런데 이순신은 이 의식을 노골적으로 거부했다. 이 또한 누군가의 밀계로 조정에 보고될 것이다. 그런 사실 또한 다 알면서도 그랬다.

백의종군 이순신은 계급도 직책도 없는 무계급 무보직 말단 군사 신세에서 다시 삼도수군을 거느리는 통제사가 되었다. 아직은 부하도 없고 전선도 없는 허명이다. 계속 허명이 될지 진짜 통제사가 될지는 지금부터 이순신이 하기에 달려 있다.

"전선과 총통, 신기전, 비격진천뢰 등 무기가 부족하니 도원수 군영에서 지원해주시기 바랍니다. 즉각 전투에 돌입하겠습니다."

"무기는 곧 통제영으로 보내주겠소. 도원수 군영도 옮길 참이니 이번에 수군 무기를 제대로 갖춰 주리다."

이 당시 한산도 통제영은 적 수중에 떨어지고 다시 전라좌수영으로 물러난 뒤다. 좌수영이 있던 여수도 불안하니 더 서쪽으로 가야 한다. 장흥 어란포가 임시 통제영으로 정해졌다.

"도원수 님, 왜적을 무찌른 뒤에 다시 뵙지요. 신체를 보전하소서."

"통제사 이공. 무운을 빌겠소. 제발이지 이겨주시오. 간절히 바라오. 어서 떠나시오. 일본군이 시시각각 다가오고 있다는 급보가 잇따르는 중이오. 서두시오."

권율은 도원수 군영의 영문 밖까지 나와 손수 이순신을 배웅했다.

이순신은 밤낮을 가리지 않고 말을 달렸다.

길에 사람이 보이지 않는다. 각 고을의 관청도 마찬가지다. 수군이 일본군에게 무참하게 패했다는 사실이 알려지자 크게 놀란 백성들이 모두 짐을 꾸려 산으로 들로 도망쳤기 때문이다. 남도백성들이 의지하는 것은 오직 수군뿐인데 그 수군이 깨졌다니 백성들의 절망감은 엄청날 것이다. 그렇게 실망한 백성들을 품어줄 지리산이라도 있으니 다행이다.

진주를 떠난 지 하루 만에 이순신은 옥과현(곡성)에 닿았다. 그나마 전라도 땅이라고, 옥과현에는 경상우도에서 온 피난민들로 꽉 찼다. 굶주림에 시달려 저마다 사람꼴이 아니다.

이순신이 그 곳에서 젊은이 30여 명을 현지 징발하여 막 길을 떠나려 할 때였다.

"통제사 님."

누군가 이순신을 불렀다.

"누군가?"

뜻밖에도 전에 군관으로 있던 이기남이 서 있었다.

"아니, 너 이기남 아닌가? 살아 있었구나."

"통제사 님도 살아계시네요? 의금부에서 죽일 듯이 고문한다는 소문도 듣고, 도원수 군영에서 백의종군한다는 말도 듣긴 들었습니다."

"그거야 뭐 내 개인의 문제이니 더 생각하지 말고, 우린 이 불쌍한 백성만 생각하세. 내가 뭐 국왕 한 사람 때문에 목숨 걸고 싸우겠는가. 그래, 자네는 어떻게 지냈는가?"

이순신은 이기남의 초췌한 얼굴을 어루만지며 말했다. 그는 입술까지 바짝 마르고, 몸도 야위었다.

"칠천량 싸움에 진 뒤 그럭저럭 목숨줄 잡고 있습니다. 저보다는 통제사 님이 고생이 심하셨지요?"

"고생은 무슨 고생. 이다지도 고초를 겪는 백성들 앞에서 감히 고생했다고 말할 수 있겠나? 아무튼 자네를 만나게 되어 다행일세. 자네도 가세. 복직을 명령하네."

이순신은 서둘러 길을 떠났다. 이순신이 통제사가 되었다는 소문이 돌면 일본군이 추적해 올 수 있다.

이순신은 군관 이기남과 더불어 오래지 않아 순천부에 이르렀다. 사람이 없기는 이곳도 마찬가지다. 성이 텅 비어 있다. 벼슬아치들도 모두 도망을 가 아무도 없다. 순천부야 부사가 칠천량에서 전사하고, 이 부중의 군사들도 거의 전사했으니 새 부사가 부임하고 수군이든 관리든 새로 갖춰야 하는데, 이 난리 통에 어쩔 도리가 없다.

이순신은 우선 무기고로 갔다. 다행히 무기는 무사하다. 부피가 큰 대포와 총통은 일단 땅에 파묻고 화살과 창검은 옥과현에서 같이 온 신병들에게 나누어 짊어지게 했다.

"총통은 빗물이 스미지 않게 잘 묻게. 곧 수레를 가져와 실어가야 할 테니 표시도 잘 해주고."

마침 혜희라는 스님이 소문을 듣고 찾아왔다. 칠천량에서 많은 승군이 전사했는데, 그런데도 또 승군들이 참전하겠다니 목이 메인다. 주로 좌수영에서 멀지 않은 흥국사에서 수행하던 스님들인데, 어차피 전란 중이니 절이라고 더 안전하지도 않다. 그러느니 전사한 승군들 원수도 갚을 겸 수군에 들어오겠다고 자원한 것이다. 칠천량에서 힘껏 싸우다 전사한 승군이 많지만 스님들은 죽음 따위는 개의치 않았다.

"잘 오셨습니다. 힘껏 싸우겠습니다."

혜희는 눈빛이 형형하다. 이순신은 승군들에게 의장첩을 주었다. 승려로서 전투에 참가하는 사람에게 주는 문서다. 이제 그들도 수군이다.

다음은 서둘러서 낙안현으로 향했다. 일본군이 오기 전에 서둘러 진용을 갖춰야만 한다.

낙안현에 들어서자 뜻밖에도 많은 사람이 나와서 이순신을 맞이했다. 소문을 듣고 몰려든 젊은이들이 너도 나도 수군이 되겠다고 나섰다. 그리하여 순식간에 모인 군사가 백여 명이 넘는다. 또 낙안현 부고에 곡식이 쌓여 있으므로 군사 네 명을 배치해 지키도록 했다. 통제영이 정해지면 다음에 수레를 내어 옮길 것이다.

이순신은 이번에는 말을 달려 부지런히 보성으로 향했다. 일단 그곳을 임시 통제영으로 삼기로 했다. 어란포로 올 도원수부 무기는 현지에서 지키라고 해두었다.

보성에서는 신병을 훈련시키고 전선을 마련하는 일부터 서둘렀다. 삼도수군영에 딸린 여러 지방에 전령을 보내 흩어진 수군 복귀령을 내렸다. 칠천량 전투에 참여하지 않은 예비병력도 적지 않을 테니 그들이라도 수습해야 한다.

"통제사 님, 손님이 찾아왔습니다."

이순신이 보성 관아에서 전투 계획을 짜고 있는데 밖을 지키던 군사가 외쳤다. 밖으로 나가보니 뜻밖에도 옛 동지인 송희립과 최대성이 서 있었다.

"자네들! 수군을 떠난 자네들이 웬일인가? 군관으로 복귀하는 것이렷다!"

"통제사 님, 흐흑."

"반갑네. 어서 오게. 나하고 같이 죽자."

송희립과 최대성은 이순신의 군관이었다. 그러나 이순신이 통제사에서 물러나면서 그들도 군관직을 그만두었다. 두 사람은 해전에서는 누구보다 뛰어난 능력을 갖춘 장수들이다. 그들이 소문을 듣고 스스로 찾아온 것이다. 적어도 판옥선 한 척씩 지휘할 능력이 되는 사람들이다.

"자네들을 보니 내가 기운이 펄펄 나네."

이순신은 두 사람의 손을 잡고 방으로 들어갔다. 너무 반가워서 무슨 말부터 해야 될지 알 수가 없다.

"군사가 매우 부족하네. 노꾼도 더 모집해야지만 무엇보다 전선을 지휘하고 대포를 다룰 줄 아는 포수가 있어야 하네. 어떡하든 전령을 띄워 은퇴한 사람들까지 불러들이고, 칠천량에서 살아남은 수군들을 찾아내 야 하네. 우리에게는 지금 훈련할 시간도 없고, 전선도 부족하네. 다만 총통이나 신기전 등은 도원수 군영에서 가져와 나름대로 충분하니 잘 훈련된 장수와 군사가 필요하네. 자네들이 더 뛰어주게. 시간이 없어. 지금도 적들이 밀려들고 있다네."

그 때 밖에서 군졸이 찾는 소리가 들린다.

"저 통제사 님, 급히 아뢸 반가운 소식이 있습니다."

"반가운 소식이라니?"

"경상우수사 배설이 장흥 회령포에 있다고 합니다. 그 뿐 아니라 배 설 수사에게 판옥선 열두 척이 온전히 남아 있다고 합니다."

"뭣이? 판옥선 열두 척? 참말이더냐!"

이순신은 기쁨을 감추지 못하고 큰 소리로 되물었다. 드디어 판옥선 을 찾았다. 그것도 열두 척이나 된다. 열두 척이면 한 척에 백명씩만 있다 해도 군사가 모두 1천 명이 넘는다.

"오, 하늘이 우리를 버리지 않으셨구나! 판옥선이 열두 척 남아 있 다니."

이순신은 당장 자리에서 일어났다. 그리고 송희립과 최대성에게 말 했다.

"자네들도 어서 군복으로 갈아입게. 그리고 옛날처럼 지성으로 도와 주게. 우리 한 날 한 시에 같이 죽기 전까지는 쉬지 말고 싸우세."

"예."

즉석에서 복귀한 두 군관은 씩씩하게 대답했다.

"그렇다면 회령포로 가자."

이순신은 보성에 마련한 임시 통제영을 거두고 협선을 타고 회령포로 달려갔다. 일단 전선을 갖추고 있으면 일본군이 따라붙어도 얼마든지 따돌릴 수 있고, 협선이나 연락선, 척후선을 띄워 적정을 감시할 수 있다. 다행 중 다행이다.

이순신이 군사들과 무기를 실은 수레를 이끌고 회령포에 다다르니 정말 판옥선 열두 척이 포구에 멀쩡히 매여 있다. 가슴이 두근거린다. 열두 척이 다른 수군을 도와 힘껏 싸웠더라면 전라우수사 이억기나 충청수사 최호가 전사하지 않을 수도 있지 않았나 하는 아쉬움은 크지만, 남아 있는 것으로도 고맙다. 지나간 일을 곱씹을 시간이 없다.

"경상우수사 배설은 어디 있느냐?"

이순신은 배설부터 찾았다.

배설은 칠천량 패전 뒤 한산도 통제영의 곡식 창고와 무기고에 불을 지르고 달아나 지금은 장흥 회령포에 전선을 숨겨두고 있던 중이다.

"지금 몹시 아프다고 합니다."

이순신의 표정이 심하게 일그러진다.

죄가 있다 보니 배설이 꾀병을 부리는 듯하다. 이순신이 도로 통제사가 되고, 그가 지금 회령포에 왔다는 걸 알면서도 나오지 못하는 것이다. 사실 이 정도 전선을 갖고 있으면 진작에 도원수 군영으로 사람을 보내 알릴 수도 있는 일인데 그는 그러지 않았다. 물론 이순신이 도로 통제사가 됐다는 걸 그가 모를 수도 있다. 다만 지금은 알 것이다. 그런데도 병을 핑계로 나오지 않는다. 물론 강제로 잡아들이지는 않는다.

이순신은 곧바로 배설 휘하 군관들을 불러모아 회의를 열었다. 배설이 오든말든 이제는 삼도수군통제사 이순신이 모든 수군을 지휘한다.

장수들을 불러 모았다. 전라좌우수영 군관들도 대부분 전사하거나 흩어졌기 때문에 지금부터 조직을 새로 짜야 한다. 부사, 군수, 현감들도 거의 신임들이니 역시 처음부터 다시 시작해야 한다. 조정에서는 삼도수군에 소속된 부사, 군수, 현령, 현감 중 칠천량에서 전사한 후임을 모두 새로 임명했다. 충청수사도 다시 임명하여 수영을 복구하라는 명령을 내려두었다. 그래도 다 모이기까지 보름은 더 걸릴 것이다.

이순신은 윗사람과 아랫사람이 해야 할 일을 나누고 조직을 갖추어 전투 준비를 해나갔다. 훈련이 필요하다. 전라좌수영, 전라우수영, 충청수영을 부지런히 복구해야만 한다.

"어째서 배 수사를 그대로 두십니까?"

이튿날도 배설이 나오지 않자 군관들이 불만을 말했다. 군관이라면 대부분 판옥선 지휘관이다.

이순신은 조용히 대답했다.

"배설은 경상우수영의 수사다. 자기만 살아남았기 때문에 부끄럽기도 할 것이고, 그러니 반성할 기회도 줘야 한다. 얼마나 마음이 무겁겠느냐. 다만 그에게는 전선 열두 척을 고스란히 보존해 두었다는 공이 있구나. 전선마다 화포도 그대로고, 무기도 충분하다. 노꾼도 있다. 이

338

제부터는 우리가 잘하면 되고, 내가 잘하면 된다."

며칠이 지났다. 장수들은 수군 훈련으로 바쁘고, 새로 들어온 승군과 자원병들을 교육시키느라 정신이 없다.

이순신은 갑자기 토사곽란에 걸렸다. 설사와 구토가 멎지 않고 힘이 쭉 빠지는 듯하다. 물을 갈아 먹어서 그런 것 같다. 판옥선이 장흥 회령 포에 있으니 이곳은 저절로 임시 통제영이다. 아무 데고 그가 있는 곳이 통제영이다. 전라좌수영, 전라우수영이 모두 깨지고, 경상우수영도 적지 로 떨어졌으니 달리 갈 데도 없다.

이순신은 답답해서 바닷가에 나가 앉았다. 멍하니 바다를 보고 있는 데 군관이 다가와 말했다.

"통제사 님, 한양에서 선전관이 내려왔습니다. 어명이 있는가 봅니다."

"어명?"

이순신은 천천히 고개를 돌려 군관을 바라보았다. 그리고 선전관을 만나러 들어갔다.

"통제사, 적선은 천 척이 넘는데다 우리는 전선과 수군이 없으니 있 는 수군이나마 수습하여 육군으로 보내 합치라는 어명이오."

선전관 박천봉은 임금의 명령을 전하였다.

"수군을 폐하라니? 겨우 천 명 남짓한 수군마저 육군으로 보내라고? 판옥선 열두 척이 이렇게 멀쩡한데 왜 수군을 포기하란 말인가?"

그러잖아도 힘이 없는데 머리가 지끈거리며 더 어지럽다.

이순신은 선전관을 객사로 나가 기다리라 해놓고 그의 방으로 들어 갔다.

뭐가 뭔지 알 수 없다. 물론 삼도수군통제사라는 건 이름 뿐이고 전선은 겨우 판옥선 열두 척이다. 수영을 원래대로 편제대로 복구하는 건 엄두도 낼 수 없는 지경이다.

'아, 어쩌란 말인가!'

일본군이 아무리 강해도 수군은 꼭 필요하다. 수군이 해로를 막지 못하면 무슨 일이 벌어질지 알 수가 없다. 전선 열두 척이라도 웬만한 적선은 깰 수가 있고, 길이라도 가로막을 수 있다. 또 전력을 다해 전선을 새로 짓고, 수군을 모집하여 훈련시키면 몇 달 내에 싸울만한 전력은 마련할 수 있다.

이순신은 선전관을 불러 포구로 나갔다.

"선전관 들으시오. 저기 저 판옥선이 보이는가?"

"예, 저희는 수군이 전멸한 줄 알았습니다."

"그렇겠지. 판옥선 한 척에 장수와 군졸, 노꾼 백오십 여 명이 탄다네. 열두 척 판옥선을 끌고나가 왜적과 싸울 수군이 충분하고, 총통과 신기전 등 무기도 넉넉하지. 도원수 군영에서 보급을 받았으니 눈으로 확인하시게. 내가 서둘러 장계를 써줄 테니 통제영을 한번 둘러보시게. 이 군사들은 다 독기가 서려 왜적을 만나기만 하면 당장 목숨 바쳐 싸우겠다고들 하네. 내가 부르기도 전에 자기들이 먼저 달려온 자원병들이네. 내가 목숨 바쳐 바닷길을 틀어막을 테니 주상 전하께서는 이순신을 한번만 더 믿어달라고 꼭 전해주시게."

"통제사 님, 그럼 어서 장계를 적어 주십시오. 제가 통제영 사정을 좀 둘러보고, 한양에 가는 즉시 조정 대신들을 설득하고 국왕 전하께도 이곳 사정을 아뢰겠습니다."

이순신은 붓을 들었다. 국왕 이균에게 올리는 장계다.

— 전하, 임진년 왜란이 터지고 5, 6년에 이르는 동안 왜적이 전라도
지방을 단 한 번도 침범하지 못한 것은 우리 수군이 그 길목을 막았
기 때문입니다. 지금 신에게는 판옥선 열두 척이 남아 있으니 죽음을
각오하고 싸운다면 적을 막을 수는 있습니다. 만일 조정에서 수군을
없앤다면 좋아할 자는 왜적뿐이며, 그들은 전라도 뱃길을 돌아서 곧
한양에 이를 것이니 참으로 끔찍한 일입니다. 전선이 부족하나 신이
아직 죽지 않았는데 어찌 왜적들이 우리 수군을 업신여기겠습니까.

| 이순신 |

'전하께서 청을 들어주셔야 할 텐데.'

이순신의 장계는 그 날 즉시 한양으로 올라갔다. 권율 도원수 군영에
도 사람을 놓아 이런 뜻을 보고했다. 도원수 군영을 울산 쪽으로 이동
중이라는 보고가 들어왔다. 도원수 권율은 따로 장계를 올릴 테니 이순
신이 원하는대로 수군을 조련하라고 화답해왔다.

이순신은 임시 통제영이 된 회령포에서 군졸 120명을 더 모으고, 이
순신의 설득으로 몰려든 장흥 주민 300명을 모아 깨진 전선을 수리하고,
화포를 새로 달고, 포탄을 실어 올렸다. 주민들 스스로 노꾼을 자원했으
니 판옥선 열두 척을 움직이는 건 해결이 되었다. 다만 연락선, 척후선,
수송선, 보급선 등 작은 전선들을 더 수리하고, 고치고, 만들어야 한다.

장계를 올린 지 며칠 되지도 않아 이순신이 띄운 척후선이 멀지 않은 곳에 왜적선이 나타나 척후 활동을 하고 있다고 보고했다. 그렇다면 일본 수군도 장흥 회령포에 임시 통제영이 섰다는 것을 알 것이다. 일본군 수군이 대규모로 달려들면 회령포는, 숨어 있기는 좋아도 방어하기에는 마땅치 않다.

칠천량 패전 이후 이순신은 하루도 쉴 틈이 없었다. 이리저리 바람처럼 달려 장흥 회령포까지 왔는데, 이곳도 안전하지 않으니 더 서쪽으로 가야 한다. 전라우수영이 있는 해남까지 가서 적당한 곳을 찾아야 한다. 전라우수영은 수사 이하 전멸당하여, 지금 새로 임명된 수사가 나름대로 복구 중이니 그 옆으로 가서 통제영을 설치해야 한다. 충청도 보령에 있는 충청수영은 조정에서 수사는 내려보냈지만 수사 최호와 여러 만호, 첨사, 수군이 모두 전사하여 처음부터 다시 만들어야 한다.

이순신은 수군과 전선을 해남 어란포로 후퇴시켰다. 이제는 싸우게 되면 싸울 수도 있는 판옥선 열두 척이 있는데 너무 숨어 있는 것도 좋지 않다고 본 것이다. 또한 역참을 통해 들어오는 비밀 정보에 따르면 일본군은 턱밑까지 다가오고 있다. 순천, 하동까지 들어온 듯하다는 보고가 잇따른다. 이 무렵 통제영까지는 소식이 전해지지 않았지만 일본군 육군은 이미 전라좌도를 돌파하여 남원성 쪽으로 진격 중이었다. 도원수 군영도 자칫하면 일본 육군에 무너질 뻔했다.

"통제사 님, 경상우수사 배설 인사드립니다."

"전라우수사 김억추 문안 인사드립니다."

통제영을 어란포에 설치하자마자 배설과 김억추가 들어왔다. 김억추

는 이억기 전사 이후 새로 임명된 전라우수사다. 순창군수 때 왜란이
나 방어사가 되었지만 평양성 방어전에 실패한 뒤 삭탈관직되었다. 그
러다 몇 년 뒤 만포진첨사로 복귀하고 이어 진주목사와 고령진첨사를
지내다 좌의정 김응남의 천거로 이번에 빈 자리가 된 전라우수사로 급
히 임명되었다. 김응남은 문제가 생길 때마다 원균 편을 들어온 사람이
다. 이순신은 김억추가 만호감도 안된다고 여기지만 지금은 어쩔 수 없
다. 만호 한 명도 아쉬운 판이다. 없는 것보다는 낫다.

"어서들 오시오."

배설은 이순신을 보고 고개를 들지 못하였다. 이순신이 그토록 어렵
게 마련한 통제영의 곡식과 무기를 모두 불태웠으니 면목이 없다.

"경상우수사는 병이 깊다고 들었는데, 다 나았소?"

배설은 고개를 끄덕였다. 아무래도 힘이 날 리 없다. 죄인의 몸이다.

"예. 덕분에 많이 나았습니다."

"며칠 전 나도 회룡포에서 심하게 앓았다오. 이제 우리 두 사람이 병
도 나았으니 김억추 수사와 함께 힘을 합쳐 왜적을 무찔러 봅시다. 그래
도 여기가 삼도수군통제영 아니오. 우리가 살아 있으니 삼도수군도 살
아 있는 것이오."

과거의 잘못을 용서한다는 의미다.

배설이 무겁게 입을 연다.

"통제사 말씀이 백 번 옳습니다. 그러나 고작 열두 척의 배로 천 척이
넘는 왜적을 어떻게 무찌르시려는지요?"

"하늘이 우리에게 열두 척의 배를 남겨주셨는데 무엇을 더 바란단 말

이오? 판옥선 열두 척을 지켜준 배 수사, 참으로 감사하오. 전라우수영
도 살아남은 군사가 있을 테니 잘 훈련시키고, 전선을 어서 마련하시오.
판옥선을 새로 짓기는 어렵겠지만 협선이라도 많이 만들어 적을 눈속임
합시다."

"저희도 판옥선 한 척은 수리 중입니다만, 달걀로 바위 치기 아닐까요?"

"전투란 본디 이길 수도 있고 질 수도 있는 법이오. 단 한 번 패전한
것으로 기가 죽어 있어야 되겠소? 난 한 번도 패한 적이 없으니 나만
믿고 따라주시오. 그러자면 철저히 준비해야 하오."

배설은 아무 말도 하지 않는다. 이래저래 풀이 죽었다.

배설은 경상좌수영이 없으니 통제영에 머물고, 전라우수사 김억추는
해남 수영으로 돌아간 뒤 이순신은 포구로 나갔다. 얼마 지나지 않아
척후선을 끌고 나갔던 군관이 달려와 불길한 소식을 전한다.

"통제사 님, 왜적이 벌써 포구 가까이 접근하고 있습니다. 회룡포에
서 이곳 어란포로 옮기기를 정말 잘했습니다. 하루만 늦었어도 큰일날
뻔했습니다."

이순신은 망루로 올라가 바다를 살펴보았다. 정말 적선 여덟 척이 어
란포 주위를 빙빙 돌고 있다. 칠천량 전투 이후 일본군은 전라도 바다까
지 멋대로 휘젓고 다닌다. 일본군은 조선 수군이 얼마나 남았는지 살펴
보려는 것이다.

이순신은 곧 부하 장수들을 불러모았다.

"우리 수군을 염탐하기 위해 잠입한 척후선이 분명하다. 그러니 어느

때보다도 더 당당하게 싸우자. 한 판 승으로 조선 수군이 건재하다는 걸 보여줘야 한다. 전군 출정!"

처음 전투에 나가는 군사들 중에는 경험이 없다 보니 두려워서 도망치려는 사람도 있었다. 이순신은 허둥거리는 군사들에게 호령했다.

"절대로 가볍게 움직이지 말라. 내 명령만 들으면 살 수 있고, 이길 수 있다. 알겠느냐! 나 이순신이 살아 있는 한 왜적들은 감히 함부로 덤비지는 못할 것이다."

그리고 계속해서 명령을 내렸다.

"경상우수사는 즉시 적선을 추격하시오."

이순신도 곧 장선에 올랐다. 일본군 척후선들일 테니 어렵지 않게 격파시킬 수 있다.

이순신은 장선에 올라 북을 울리며 적선을 추격했다. 조선 수군의 즉각적인 출전에 놀란 적선들은 뱃머리를 돌려 달아나기 시작했다. 그제야 용기를 얻은 수군들은 도망치는 적선을 맹렬히 추격했다.

이순신은 땅끝마을이 있는 칡머리까지 적을 뒤쫓다가 저녁 무렵 군사를 거두어 어란포 근처 노루섬에 정박했다. 적어도 조선 수군이 건재하다는 건 보여준 셈이다. 조선 수군에 판옥선이 남아 있고, 이순신이 돌아왔다는 보고가 일본 수군영에 들어갈 것이다. 이제 그들이 선택해야 할 차례다.

새벽이다.

아직 바다는 어둠에 잠겨 캄캄하다. 바람이 불 때마다 잔잔한 파도가 일렁거린다. 이순신은 벽파진에 앉아 있다. 엊그제 노루섬에서 진도 벽파진으로 통제영을 옮겼다. 어란포에 있던 모든 군사와 보급품과 무기 등을 죄다 옮겼다.

통제영을 또 옮긴 데는 까닭이 있다. 벽파진은 진도 동쪽 끝에 있으면서 전라우수영이 있는 해남을 마주보고 있다. 그 앞으로는 작은 섬들이 많아서 배를 숨기기에 안성맞춤이다. 또 북쪽으로 조금만 올라가면 진도와 해남 사이에 울돌목이라는 좁은 물길이 있다.

이 울돌목은 바닷물이 목포 앞바다로 들어가고 나오는 관문 역할을 한다. 하루 네 번씩 밀물과 썰물이 들어왔다 나간다. 썰물 때는 물살이 엄청나게 거세고 물기둥이 설만큼 거세다. 물살이 빠를 때는 조수가 우는 소리가 들리기 때문에 이름이 울돌목이다.

이순신은 그 전부터 언제고 울돌목을 이용하여 일본군을 무찌르겠다는 계획을 갖고 있었다. 울돌목은 특히 썰물 때 물살이 빠른데다가 해류가 북서쪽에서 갑자기 남동쪽으로 바뀐다. 해류가 바뀌면 적선이 제대로 진군할 수 없다. 일본군은 경상도 해안 지형은 어느 정도 숙지가 됐을 것이나 전라도 지역인 이곳까지는 잘 모르고 있을 것이다. 게다가 일본 수군은 명량 쪽으로는 단 한 번도 온 적이 없다. 이 점을 적극 이용하기로 했다.

생전의 전라우수사 이억기도 같은 생각을 했었다. 그래서 이억기는 울돌목에 무쇠줄 두 가닥을 가로걸쳐 놓은 적이 있다. 다만 적선이 감히 호남 연안으로 들어오지 못하여 울돌목을 이용할 기회가 없었을 뿐이다.

이순신은 다음 전투에서 울돌목의 험한 물길과 이억기가 생전에 쳐 놓은 무쇠줄을 쓰기로 결심했다. 적선은 지금 호시탐탐 호남 해역까지 넘나들고 있다. 이곳을 통과해야만 서해로 진출하여 한양까지 일본군을 실어나를 수 있기 때문이다. 어제 떠나온 임시 통제영인 어란포마저 왜병으로 득실거린다는 첩보가 들어왔다. 전라도 땅이 마구 무너지고 여기저기서 치열한 전투가 벌어지는 중이라는 급보도 들어온다. 남원성이 무너지고, 일본군은 더 북으로 북으로 진군 중이란다.

"그럴수록 서해 뱃길을 지키는 게 중요하다. 여기서는 더 물러날 수 없다. 이곳 벽파진에서 죽든 살든 결판을 내야 한다. 명량, 이억기가 남겨 준 마지막 기회다. 나는 여기서 죽어야 한다."

물끄러미 수평선을 바라보던 이순신은 선창으로 발길을 돌렸다. 전선을 점검하는 건 그의 일상이다. 전선을 세어보았다.

"어?"

판옥선이 열한 척 뿐이다. 그 귀한 판옥선이 없어지다니!

"판옥선 한 척이 없어졌다. 도대체 어찌된 일이냐?"

부하들도 영문을 모르겠다는 듯 고개를 갸웃거린다.

"누구 짓이냐? 누가 마음대로 전선을 끌고나갔느냐?"

그제야 정보가 들어왔다. 경상우수사 배설이다.

'감히 전선을 훔쳐 달아나다니.'

이순신은 도망친 배설보다 잃어버린 판옥선 한 척이 아까워서 견딜 수가 없다. 배설이라고 귀가 있는데 어란포까지 왜적선이 들어왔다는 걸 모를 리가 없다. 불안할 것이다. 그래도 그는 수사인데, 수사가 탈영을 하다니.

'이 절박한 상황에서 판옥선 한 척을 잃어버리다니!'

이순신은 치밀어오르는 분노를 억누르며 중대 결심을 했다. 판옥선 한 척이면 거기 딸린 군사와 포수, 노꾼이 몇인가.

이순신은 수군 장수들을 한 곳에 집결시켰다.

"경상우수사 배설이 오늘 새벽 판옥선 한 척을 훔쳐 도망갔다. 그는 나라와 백성보다 자기 한 목숨을 소중히 여겼다. 혹시 여러 수군 가운데에도 왜적이 두려운 사람은 자리에서 일어나라. 그리고 떳떳하게 고향으로 돌아가라. 나는 그대들을 붙잡지도 않을 것이고 벌.주지도 않을 것이다."

이순신은 한 바퀴 둘러보았다. 자리에서 일어서는 군사가 한 사람도 없다.

"두려울 것이다. 나도 두렵다. 남원성이 무너지고, 전주성으로 왜적이 몰려갔다 하고, 왜적이 어란포까지 들어왔다 하니 왜 안두렵겠는가. 나는 이곳에서 죽겠다. 여기가 나의 배수진이다. 이곳이 뚫리면 서해 뱃길이 뚫리고, 그러면 왜군은 한강으로 치고 올라갈 것이다. 그러면 조정은 또 무너진다. 그래서 난 이곳에서 결사항전할 것이다. 마지막으로 묻는다. 살고자 하는 사람은 일어나라. 보내주겠다. 아무도 없느냐?"

이순신은 다시 물었다. 그리고 말을 이었다.

"지금 일어나는 사람은 살아서 돌아가지만 나중에 몰래 달아나려는 사람은 군법으로 엄하게 다스릴 것이다."

그때 군졸 하나가 이순신 앞으로 나와서 말했다.

"통제사 님, 비록 우리는 전투경험이 부족하지만 왜놈과 싸우기 위해서 스스로 전쟁터에 나온 피끓는 자원병들입니다. 여기 계신 스님들도 마찬가지일 것입니다. 지금 와서 어찌 마음을 바꾸겠습니까? 하오나 왜적은 군사와 전선이 어마어마하다고 하는데, 얼마 되지 않는 우리가 그들과 싸워서 나라를 구하지도 못하고 괜히 개죽음을 당할까 두렵습니다."

나이 어린 군졸은 또박또박 말을 했다.

이순신은 숨을 크게 내쉬고 말했다.

"죽음을 겁내지 않는다면 한 사람이 능히 백 명의 적을 무찌를 수 있다고 하였다. 금산벌에서 조헌과 영규 스님 휘하 천오백 명이 결사항전하여 1만 5천이나 되는 적군을 물리쳤다. 진주에서는 조선군 3천 명이 10만 명이나 되는 왜군과 싸워 비록 모두 목숨을 잃었지만 적들을 부산으로 내쫓았다. 행주대첩에서는 4천 명의 조선군이 일본군 3만 명을 맞아 통쾌하게 물리쳤다. 우리도 그렇게 싸울 것이다. 그대들만 죽게 내버려두고 통제사 혼자만 살아남지 않을 테니 우리 모두 죽기를 각오하고 함께 적을 무찌르자. 사는 길이 따로 있는 것이 아니다. 사내대장부로 태어나 떳떳하게 싸우다 죽는 것이 영원히 살아 남는 길이다. 다시 한번 말하겠다. 다른 뜻이 있는 사람은 지금 자리에서 일어나라. 결코 벌주지 않을 것이다."

이순신이 거듭 말했지만 일어서는 군사는 역시 한 명도 없다.

"죽음을 각오하고 장군을 따르겠사옵니다!"

군졸 한 명이 큰 소리로 말했다. 그러자 기다렸다는 듯이 여기저기서 군사들이 소리쳤다.

"통제사께서는 부디 저희를 버리지 마시옵소서!"

"장하구나! 그대들의 결심이 그러하다면 나 또한 그대들과 뜻을 함께 하겠다. 조만간 전투가 벌어질 것이니 자기 맡은 바 훈련과 전투 기술을 열심히 익혀라. 시간이 없다. 적이 언제 쳐들어올지 모른다. 한시도 헛되이 보내지 말라."

이순신은 부하들에게 간절하게 말했다. 비록 배설을 잃었으나 군사들의 의지는 더욱 굳건해졌다.

그 무렵 소식이 끊겼던 부하들이 매일같이 하나둘 통제영으로 모여들었다. 칠천량 전투에서 대패했다고는 하나 사실상 전열이 무너져 흩어졌을 뿐, 그들은 각자 숨어 있다가 수군이 재건되었다는 소문을 듣고 속속 모여든 것이다. 전투 경험이 풍부한 수군이 절실한 상황에서 그나마 이들의 귀환은 가뭄의 단비다. 어디라도 꼭꼭 숨어 있으면 아무도 모를 텐데 굳이 이리저리 옮겨다니는 수영을 찾아 기어이 돌아온 것이다.

옥포싸움에서 한산대첩에 이르기까지 빛나는 공을 세운 배흥립을 비롯하여 남해현령 유형과 군관 송희립, 군관 제만춘과 군관 이기남, 만호 송여종, 여도만호 김인영 등이 한 자리에 모였다. 크게 용맹을 떨친 용장들이다. 그들이 있는 한 이순신은 이길 자신이 있다고 확신했다.

이순신은 하루에도 여러 차례씩 포구로 나가서 군사들을 보살폈다. 일본군은 하루도 거르지 않고 울돌목 가까이 다가왔다. 육지에서 명나라와 조선 연합군이 꼼짝 못하고 당하자 바다의 일본군들도 기세등등하게 나왔다. 그들은 칠천량 대승 이후 아무 두려움 없이 이순신이 지키는

울돌목까지 멋대로 기웃거렸다. 이순신은 두렵지만 조선 수군쯤 종이호
랑이로 보고 있는 것이다.

"적선이 다가와도 명량으로는 들어오지 못하게 막아라. 단 싸우지는
말라. 명량을 크게 쓸 일이 있으니 적들에게 물길을 들켜서는 안된다."

일본군의 침입이 잦아지자 일부 판옥선이 나가 포를 쏘면서 맞서는
한편, 나머지 수군은 밤을 새워가며 전투를 준비했다.

당장 군졸들이 먹을거리, 입을거리가 부족하다. 이순신은 포구로 나
가 수군들과 함께 식사를 하고 훈련을 감독하였다. 모든 상황이 전라좌
수사로 있을 때에 비해서는 턱없이 부족하다. 따지고 보면 만호 정도
수준밖에 되지 않는 상황이다. 새로 전선을 짓는 일도 하루이틀에 되는
것이 아니라 시간이 필요하다. 소나무를 베어온다 해도 말릴 시간조차
없다. 그러니 깨진 배를 수리할 마른 목재도 부족하다.

또 무기 보급 역시 육지가 안전해야 원활한데 지금 도원수 권율도
허겁지겁 뛰어다니며 전전긍긍하는 중이다. 그래도 수군이 통제하는,
왜적의 피해를 입지 않은 전라우도, 전라좌도 각 부군현에 전령을 놓아
군사를 모집하고, 군량을 거두는 일을 계속 하고 있다.

그 날도 이순신은 포구에서 군사들이 훈련하는 것을 지켜보고 있었다.

"장군님, 어민들이 몰려오고 있습니다."

군관 한 명이 급하게 전해 주었다.

"으흠!"

이순신은 짧은 한숨을 토했다. 바라다보니 울돌목을 건너 벽파진으
로 수십 척의 어선이 들어오고 있었다. 이순신은 무슨 일인지 궁금해

포구 아래로 어민들을 만나러 내려갔다.

"통제사 님, 저희들을 보살펴주십시오."

"가는 곳마다 왜놈들 소굴이라 어선을 댈 곳이 없습니다. 어란포까지 왜군이 차지했으니 우린 어디로 가야 합니까."

백성들은 통제사 이순신을 알아보고는 벽파진에 어선을 대게 해달라고 하소연했다. 모두 고기잡이를 해야 먹고사는 해남이나 장흥, 보성, 순천의 어민들이다.

"아무 걱정마시오. 여러분은 우리 수군만 믿으시오."

이순신은 따뜻한 말로 어민들을 위로하였다. 그리고 군관에게 명령했다.

"어선을 안전한 곳에 숨겨주도록 해라."

"통제사 님, 고맙습니다."

"이 은혜를 잊지 않겠습니다."

어민들은 고마워하며 어선을 몰아 포구로 들어왔다.

그 날 이후 수군이 어선을 지켜준다는 소문이 나자 날마다 인근 어민들의 배가 벽파진으로 몰려들었다. 이순신은 귀찮게 여기지 않고 이 어선들을 모두 숨겨 주었다. 그렇게 모인 고기잡이배가 300척이 넘는다. 고기잡이를 할 때는 수군 협선이 나가 경계를 해주기도 했다. 반대로 전투가 벌어지면 고기잡이 배들이 연락선이나 척후선 노릇을 해줄 수도 있다.

9월로 접어들자 한결 바람이 매서워졌다. 바닷가는 밤이 되면 육지보다 훨씬 춥다. 군사들은 의복을 보급받지 못해 가을 추위에 시달렸다. 언제 적이 쳐들어올지 모르니 경계를 게을리할 수가 없다. 밤이고 낮이고 척후선을 띄우고, 전라우수영과 충청수영에 연락선을 보내야 한다.

이순신은 아직 여름 홑옷을 입고 떠는 군사들을 보다 못해 전라우수사 김억추를 불렀다. 육지는 온통 일본군이 차지하고 있으니 보급이 될 리가 없다. 최근 육군이 무너지면서 일본군은 남원을 거쳐 전주성까지 함락시켰다. 그들은 임진년 때 차지하지 못한 호남땅을 마음껏 유린 중이다. 그러니 보급은커녕 배후마저 불안한 상황이다. 군사 조달마저 자발적이지 않으면 불가능하고, 포탄, 화살 등 전투무기 제작도 이뤄지지 않고 있다. 그래도 초기에 권율 도원수가 보내준 신기전, 총통 등이 있어 다행이다.

"어서 오시오, 김 수사."

이순신과 김억추는 한 자리에 마주 앉았다.

이윽고 저녁 밥상이 나왔다. 밥상을 보고 김억추는 깜짝 놀랐다. 밥에는 잡곡이 더 많이 섞이고 반찬은 두 가지뿐이다. 소금에 절인 물김치와 간장이다. 일개 현령의 밥상도 이보다는 낫다.

"아니 국도 없이 밥을 잡수십니까?"

김억추가 놀라서 물었다. 이순신은 아무렇지도 않다는 듯이 대답하였다.

"굶어죽는 백성이 하나둘이 아니오. 난리 중에 국이 문제겠소. 임진년에는 호남만은 안전해서 모든 보급이 풍부했는데 지금은 군량보급도 안되고, 전선도 없고, 새로 전선을 지을 수도 없고, 무기 조달도 불가능하오. 그저 맨주먹으로 싸워야 될 상황이오. 오늘 저녁 김 수사를 부른 것은 따로 의논할 일이 있기 때문이오."

밥을 다 먹고 나서 이순신은 이야기를 꺼냈다.

"어려운 임무를 맡아 주어야겠소. 강진 출신인 김 수사께서 뭍으로 올라가 군량을 구해와야겠소. 지금 날씨가 가을로 접어들어 아침저녁으로 쌀쌀한데 먹을거리와 입을거리가 모자라 군사들이 몹시 고생하고 있소. 이 일을 김 수사가 맡는 것이 좋을 듯하여 부른 것이오."

이순신은 간절하지만 위엄있게 부탁했다. 김억추를 보내려는 데에는 까닭이 있다. 우선 그는 신임 수사라 해전 경험이 없으므로 당장 전투가 일어나지 않을 바에야 그 높은 벼슬을 달고나가 군량을 구해오는 것이 더 낫다. 또 강진 출신이니 그런대로 지리도 알 것이다.

한참 잠자코 있던 김억추가 입을 열었다.

"통제사 님, 실은 저도 전라우수사로 부임한 지 며칠 되지 않아서 이 지방을 잘 모릅니다. 우수영 군사도 겨우겨우 수습하는 중이라 수영을 지킬 군사마저 부족합니다. 더구나 육지는 왜군이 출몰한다니 어디로 가야 할지도 모릅니다. 다른 사람으로 바꾸어주십시오."

김억추가 발을 빼려고 하자 이순신은 다시 부탁했다.

"혼자서 가라는 말이 아니오. 지리를 잘 아는 군관들과 함께 가면 되지 않겠소? 또 백성들에게서 거둔 물품을 보관하자면 여러 사람이 필요할 것이오. 수사라는 높은 직급이 아니면 백성들이나 관리, 군사들이 말을 듣지 않을 수도 있소."

"오늘 온 전령에 따르면 육지 곳곳에 왜놈들이 숨어 있다고 들었습니

354

다. 남원성, 전주성까지 무너진 마당에 호남땅 어딘들 안전하겠습니까. 왜적들이 갑자기 들이닥치기라도 하는 날에는 어떡합니까?"

김억추는 계속 변명을 늘어놓는다. 방어사로서 임진강이며 대동강을 지키지 못한 전력까지 있는 용렬한 인물이다. 이순신은 부아가 치민다.

"알았소. 그럼 물러가시오."

김억추는 얼굴을 환하게 폈다. 마치 죽었다가 살아난 사람처럼 기뻐하며 넙죽 절까지 했다.

김억추는 원래 무인이 아니다. 단지 조정에 있는 당인들의 도움으로 전라우수사 자리까지 오르게 된 것뿐이다. 그러니 그건 남의 자리지 그의 자리가 아니다. 당시 조선은 문무에 분명한 경계가 있는 것이 아니고, 또한 육군과 수군 역시 크게 분별을 두지 않았다. 그저 책상 머리에 앉아 헛바닥 돌아가는대로 결정할 뿐이다.

"통제사 님의 분부를 받들지 못해 부끄럽습니다."

김억추는 인사를 마치고 서둘러 나갔다.

이순신은 어이가 없어서 멍하니 앉아 고민했다.

그때 군관 송희립이 찾아왔다.

"마하수가 피난선 10여 척을 이끌고 장군님을 뵈러 왔습니다."

마하수라는 이름을 듣고 이순신은 고개를 들었다.

"뭐? 마하수라고?"

마하수는 충성심이 강하고 용기가 대단한 사람이다. 그러나 조정에서 그를 알아주지 않아 늘 낮은 벼슬에 머물러 있다. 그의 됨됨이를 알아본 사람은 이순신뿐이다. 이순신은 언젠가 마하수가 큰일을 할 것이라고 생각했다.

"마하수가 살아 있다니. 그동안 어떻게 지냈다던가?"

"마하수는 통제사께서 옥에 갇히신 뒤 세상을 원망하여 벼슬을 버리고 지금까지 바다에 나가 살았다고 합니다. 그러다가 장군께서 다시 통제사가 되었다는 소식을 듣고 동지를 모아 벽파진으로 찾아온 것입니다."

"기특하구나. 어서 마하수를 불러다오."

잠시 후 흰옷을 입은 마하수와 몇몇 사람이 이순신 앞에 나타났다.

"통제사 님, 문안 여쭙습니다."

마하수는 이순신을 보자마자 눈물을 흘렸다. 그렇게 몸집이 크던 마하수가 뼈만 앙상하다. 이순신도 그의 어깨를 부여잡고 눈물을 흘렸다.

"이게 얼마 만인가? 그동안 고생이 얼마나 심했는가? 다 부덕한 내 잘못이네."

"고생이라니요. 전쟁으로 온 나라가 쑥밭이 되었는데도 이렇게 살아남았으니 부끄럽기만 합니다."

이순신은 곧 마하수와 그 동지들에게 군복을 내주었다.

벽파진 임시 통제영에는 나날이 많은 사람이 모여들었다. 전투경험자들이 속속 복귀하고 있어 사기도 날로 높아간다. 다만 전선과 군량과 무기가 부족하다.

15

죽으면 죽고 살면 살리라
— 명량대첩

음력 9월 9일(양력 10월 19일).

중양절이다. 원래 중양절에는 가까운 사람끼리 떡과 술을 만들어 나누어 먹는 정겨운 풍습이 있다.

전쟁 중이지만 벽파진도 잔치 분위기로 들떴다. 인근 백성과 통제영, 전라우수영 수군들이 어우러져 술과 음식을 먹으며 즐겼다. 아직 전쟁이 끝나지 않아 불안하지만 이 날만큼은 모두 전쟁을 잊고 마음껏 먹고 마시며 즐겁게 놀았다. 마침 일본군 좌군이 충청도에서 퇴각했다는 소식이 들려왔다. 아마도 일본군 수군 보급이 안되니 배후가 두려워 물러나는 모양이다. 그런즉 일본 수군의 도전이 임박했다는 뜻이기도 하다.

"장군님, 제가 올리는 술 한 잔 받으십시오."

마하수가 이순신에게 술을 따라 주었다.

"고맙네. 자네가 참 많은 일을 했네."

이순신은 술을 마시며 마하수를 칭찬했다. 그는 벽파진 통제영에 온 뒤 여러 가지 일을 추진했다. 부하들과 배를 타고 돌아다니며 군량미와 온갖 물자를 구하고, 멀리 떨어져 있는 전선이나 어선끼리 연락하는 일도 훌륭히 해냈다. 마하수는 전라우수사 김억추가 엄두도 내지 못한 일을 척척 해냈다.

이번 중양절 잔치도 따지고 보면 마하수의 공이다. 벽파진의 삼도 수군 형편이 어렵다는 소문이 전라도 곳곳에 알려졌다. 소식을 전해 들은 백성들 중 전란 피해를 입지 않은 이들이 저마다 벽파진으로 쌀과 가축과 옷감 등을 보내왔다. 직접 술과 음식을 만들어 찾아온 사람도 한둘이 아니다.

"이 술이 얼마만인가?"

"이 고기는 또 어떻구? 모두 통제사 어른과 마하수 장군 덕이지."

군사들은 실로 오랜만에 술과 고기를 실컷 먹었다. 그리고 노래를 부르고 덩실덩실 춤을 추며 즐겁게 놀았다.

이순신도 기꺼이 술을 마셨다. 군사들이 권하는 대로, 백성들이 부어 주는 대로 마셨다. 군사들이 웃으며 좋아하는 모습을 보자 이순신 역시 기분이 편안하다.

그로부터 닷새가 지났다.

"아룁니다."

척후선을 이끌고 적정을 살피러 나갔던 군관 임영준이 돌아왔다. 척후선은 낮이고 밤이고 교대로 뜬다.

"적선 2백여 척이 지금 칡머리를 돌았고, 그 가운데에 55척이 어란포 앞바다까지 이르렀습니다. 그곳 백성들 말에 따르면, 왜군 2만 5천 명이 하선했다 합니다. 아마 물길이 뚫리는 대로 서해를 통해 한강으로 진격할 모양이랍니다."

어란포는 지척이다. 일본군은 서해보급선을 개척하기 위해 계속 쳐들어오는 중이다.

"그래? 어서 피난민과 백성들을 안전한 곳으로 옮기고 각 전선에 전투 준비를 하라고 일러라."

이순신은 일단 어란포에 첩자를 보내 놓고, 전라우수영과 충청수영에도 연락선을 보내 전투 명령을 내렸다. 전선이 있으면 있는대로, 없으면 없는대로 협선이나 척후선을 끌고라도 오라는 군령이다.

이제 내일일지 모레일지 모르지만 전투는 반드시 벌어진다. 그렇다면 이 상태로 적과 맞서야 한다. 그 사이에 적선이 나타났다는 보고가 잇따른다.

모든 판옥선마다 장수와 수군, 노꾼이 탑승한 채 대기 중이다. 그들도 곧 전투가 벌어진다는 걸 안다.

이순신은 장수와 군졸들을 장선 앞으로 불러 모아놓고 전투 명령을 내렸다.

"이제야 왜적을 이 땅에서 몰아낼 기회가 왔다. 결코 죽음을 두려워하지 말라. 싸우기를 두려워하거나 뒤로 한 걸음이라도 물러서는 자는 군법에 따라 처형하겠다. 우리가 여기서 물러나면 적군은 서해를 타고 충청도, 경기도, 한양까지 유린할 것이다. 죽으면 죽고 살면 살리라. 내게는 이 싸움을 이길 비책이 있다. 나를 믿고 분투하라. 나는 너희들 앞에 서서 싸울 것이다."

이순신이 자신감 넘치는 눈빛으로 사방을 둘러보니 모든 장수와 군사들이 칼을 높이 들어 명령에 복종하는 뜻을 나타냈다. 잘 닦인 칼날이 햇빛에 번쩍거리며 빛을 뿜는다. 이순신은 그들을 향해 주먹을 쥐어 보였다. 통제영이 있을 뿐 경상좌수영, 전라좌수영, 전라우수영으로 굳이 나눌 만한 군사도 없다.

이번에는 피난선 어부들을 향해서 말했다.

"피난선들은 가볍게 움직이지 말고 수군의 지시를 따르시오."

이순신은 어민들을 두루 훑어보고 나서 입을 열었다.

"싸움은 우리 수군이 합니다. 어민들은 수군 뒤에서 우리 군선이 많은 것처럼 적을 속이기만 하면 됩니다. 왜적에 비해서 우리 편 전선이 너무 적기 때문에 그러는 것이오. 수고스럽더라도 수군 전선처럼 배를 꾸며주시오. 오늘 안으로 모든 출전 준비를 마치시오."

이순신의 설명을 듣고 어부들은 고개를 끄덕였다.

"그런 다음 수군 전선 뒤에 멀찍이서 배를 줄지어 세우시오. 절대 앞으로 나오면 안됩니다. 내가 죽거든 멀리 도망가시오. 단 내가 살아서 적과 싸우는데도 도망가면 안됩니다."

이순신의 명령이 떨어지자 어부들은 재빨리 움직였다. 이 어부들은 연전연승해온 이순신 한 사람을 믿고 벽파진까지 찾아온 사람들이다.

밤이 깊다. 수군과 어민들은 잠을 한숨도 자지 못하고 배를 손질하고 창과 화살을 다듬었다. 판옥선 안에서 먹고 자야만 한다. 이순신은 잠시도 쉬지 않고 여러 판옥선을 돌아다니며 군사들을 격려했다.

명령을 받은 전라우수영과 충청수영이 적은 군선과 군사나마 이끌고 벽파진 통제영으로 달려왔다. 그리고 나니 판옥선 13척, 협선 32척이다. 그 사이 판옥선이 늘었다. 충청수영에서 한 척, 김억추의 우수영이 부서진 판옥선 한 척을 수리해낸 것이다.

달이 기운다. 해가 뜨려는지 동쪽 산봉우리가 또렷이 드러난다.

"장군님, 봉화가 올랐습니다."

군졸이 달려와 노적봉 망대에 봉화가 오른 사실을 급히 알렸다.

'드디어 놈들이 오는구나. 결전의 날이다.'

이순신은 눈을 부릅떴다.

"모든 장수에게 적침을 알리고 전투 준비를 서둘러라."

곧 이순신은 전투채비를 하여 장선으로 올라갔다. 포구에는 군사들과 어부들이 모두 나와 통제사를 기다리고 있다.

"적선은 몇 척이나 되느냐?"

이순신은 탐망선을 이끌고 돌아온 군관 임중형에게 물었다.

"몇 척인지는 알 수가 없습니다만 왜적선이 울돌목 좁은 바다를 가득 메웠습니다."

군관은 숨을 헐떡거리며 대답했다.

그렇다면 일본 수군이 전력을 다해 울돌목을 돌파하겠다는 의도일 것이다. 이순신만 통과하면 서해바다는 그대로 열린다.

이순신은 애써 침착하게 행동했다. 마음 속으로야 걱정이 태산이다. 스무 척도 안 되는 배로 어떻게 그 많은 적선을 무찌른단 말인가?

이순신은 출전 명령을 내렸다. 이제 누구도 피할 수 없다. 조선군은 벼랑에 서고, 일본군도 이곳 싸움에 명운이 걸린 셈이다.

통제사 이순신이 장선에 오르자 충청수사 권준, 전라우수사 김억추가 승선하였다. 두 수사는 전사한 최호, 이억기 후임이니 수전 경험이 없다.

경상우수사 배설은 달아나 아직 자리가 비었다. 첨사 출신의 이순신, 미조항첨사 김응함, 거제현령 안위, 영등포만호 조계종, 조방장 배흥립, 평산포대장 정응두 등이 각각 판옥선에 올라 지휘봉을 잡았다.

어젯밤, 어민들을 육지로 대피시켰는데, 이들은 오늘 아침 솜이불 100채를 거둬 물에 적신 다음 판옥선 뱃전마다 늘어놓았다. 조총 탄알이 젖은 솜이불은 뚫지 못한다고 그런 것이다. 덕분에 수군들은 적잖이 안심한다.

헤아릴 수 없이 많은 적선이 울돌목을 향해 몰려들고 있다. 눈에 보인다. 대충 세어보아도 수백 척은 될 것 같다. 칠천량으로 달려들었다는 천 척이 아니니 얼마나 다행인가, 이순신은 그렇게 생각했다. 비록 원균 통제사가 죽고, 이억기, 최호 수사가 전사했다지만 그들이 앉은 채 죽은 것은 아니다. 죽을 때까지 싸우다 죽었으니 그만큼 적선도 무수히 깨뜨린 것이다. 그러니 이 중요한 울돌목 전투에 기껏 수백 척밖에 오지 않은 것이다. 어란포에 육군 2만 5천 명을 대기시켜 놓고 달려드는 수군 위용이 이 정도라면 이건 죽은 원균, 이억기, 최호의 목숨값이다.

적선은 조선군을 포위하기 위해서 넓게 퍼져서 다가왔다.

일본군 총사령관은 등당고호(藤堂高虎 ; 도도 다카도라), 선봉은 내도통총(來島通總 ; 구루지마 미치후사)이다. 이순신과 맞서 패전을 경험한 장수들이다. 그러니 함부로 덤비지는 못할 것이다.

일본군 함대 규모는 칠천량의 3분지 1인 333척, 그중 133척이 1진으로 몰려든다.

"진격하라. 적에게 두려움을 들켜서는 안 된다. 모두 앞으로 나아가라."

장선을 몰아 맨앞으로 달려나간 이순신은 북을 울리며 공격령을 내렸다. 대장선이 먼저 적진을 향해 파고들자 다른 전선들도 용기를 내어 부지런히 전진했다.

명량(鳴梁).

명량이란 전라좌수영 소속도 아니고 빙 돌아 우수영, 그것도 어란포, 해남을 돌아서도 진도와 마주보고 있는 바다의 골짜기, 그래서 해협(海峽)이다. 물길의 길이는 1.5킬로미터, 폭은 5백여 미터, 그러나 해안 기슭을 빼고 실제로 배가 다닐 수 있는 길은 불과 4백미터. 그나마도 회오리가 생기는 울돌목에 이르러 폭은 더 좁아져 3백미터 밖에 되지 않는다. 또한 양 언덕에 암초가 많아 항진 가능 거리는 120미터로 병목처럼 쑥 줄어든다. 썰물이 되면 그 암초가 마치 육지와 섬을 잇는 다리나 들보 같다 하여 명량의 량(梁)이 된 것이다. 이처럼 해협이 좁다보니 밀물이 몰려들 때에는 시속 30킬로미터의 급한 물살로 변해 마치 해룡(海龍)이 우는 듯하다 하여 명(鳴) 자가 붙은 것이다.

이 달 9월의 만월(滿月) 시각은 이틀전인 14일 오후 7시 44분, 16일의 조수는 오전·오후 7시경에 남해안에서 서해안 쪽으로 흐르기 시작하여

(밀물) 오전·오후 10시에 절정을 이룬다. 그 반대로 오전·오후 1시경에는 서해안에서 남해안 쪽으로 흐르기 시작하여(썰물) 오전·오후 4시에 가장 빨라진다. 이순신은 이 사실을 간파하고 결전 장소를 울돌목으로 잡았다.(표기 시각은 현재 기준이며, 당시에는 2시간 단위의 12시진으로 나누고, 시진은 15분 단위의 刻으로 구분)

이순신은 일본군에게 포로가 되었다 탈출해온 군사로부터 일본군 좌군 일부가 서해안을 따라 북상하여 한강상륙작전을 감행할 것이란 첩보를 얻었다. 왜군 육군 별동대 2만 5천 명이 어란포에 대기 중이라는 사실도 안다. 지금 이순신이 쓸 전략은 단 한 가지 뿐이다.

"내가 원하는 곳에서 내가 원하는 시각에 싸운다."

싸움터는 명량, 울돌목이다. 그들이 오기를 기다렸다. 와주었다.

그렇다면 이순신이 정한 시각에 싸워야 한다. 물길을 들여다보았다. 그가 정한 시각이 되었다.

삼도수군통제사 이순신 휘하에는 판옥선 13척이 있다. 수군이 모자라 이중 한 척은 우수영에 묶어놓고, 바다로 나온 건 12척뿐이다. 이밖에도 협선이 32척, 해안 백성들이 의용 참전한 일반 어선 100척이 있다. 일반 어선은 허장성세를 위해 동원된 것일 뿐 전투력은 없다. 하지만 왜적들이 볼 때 협선은 어선까지 합쳐 132척으로 보일 것이다. 협선은 전투가 벌어지면 요리조리 재빨리 달리며 유격전을 편다. 결코 무시할 수 없다.

전투지로 설정한 울돌목, 작전도 섰다. 그러나 칠천량에서 대패한 경험을 안고 있는 수군들의 사기를 끌어올릴 길이 없다. 더구나 한 달 전인 8월 16일(양력 9월 16일)에 남원성이 함락되고, 이어 전주성까지 무혈 점령당했다는 소문이 나고, 게다가 경상우수사 배설이 탈영하는 등 군사들의 동요가 심하다. 군사들도 두려울 것이다. 그런 때에 이순신은 부하들에게 꿈 이야기를 들려주었다.

"어젯밤 꿈에 신장님이 나타나 이렇게 하면 크게 이기고, 저렇게 하면 크게 질 것이라면서 자세하게 병법을 일러주었다. 그러니 이번 전투 한 번으로 칠천량 원한을 갚을 수 있을 것이라. 내가 누구냐! 이순신이다!"

그러고도 장수들이 보는 데서 승장과 함께 육효(六爻)도 뽑아 보였다.

"필사즉생(必死卽生) 필생즉사(必生卽死)! 보아라! 이렇게 장쾌한 괘가 나오잖느냐! 죽기로 싸우면 반드시 이긴다!"

물론 무슨 괘가 나왔는지 장수들이야 제대로 들여다볼 수 없다. 그렇다니 그러려니 할 뿐이다. 어쨌든 수군들 사이에서는 신장이 돕느니, 점괘가 좋게 나왔느니 하면서 도망가는 군사는 생기지 않았다.

가까스로 수군의 동요를 막은 이순신은 일본 수군을 울돌목으로 꾀어들이기 위해 치고 빠지는 전술을 쓰기 시작했다. 미끼를 던진 것이다.

이순신은 지자포, 현자포 등으로 중무장한 판옥선 대부분을 진도 벽파진에 숨겨두고 협선만 내보내 일본군 척후선과 밀고 당기게 만들었다. 그러다가 칠 수 있으면 치고, 아니면 도망쳐 오는 것이다. 유인책이다.

지금 불안한 것은, 333척이나 되는 일본 전선이 명량을 포기하고 진도를 빙 돌아 서해로 들어가는 것이다. 넓은 바다로 전선을 옮기면 전선이 모자라는 조선 수군이 불리하다. 그러니 어떡하든 일본 수군을 울돌목으로 끌어들여 한바탕 쳐부숴야만 한다.

"적선은 우릴 깔보고 분명 벽파진으로 몰려들 것이다. 그러거든 울돌목에 가둬 단박에 깨뜨리자."

이순신이 딱 하나 걱정하는 것은 일본군이 울돌목으로 오지 않고 진도 남쪽으로 멀찍이 돌아가는 것이다. 그런 날이면 아무리 이순신이어도 대규모 적선을 상대할 재간이 없다. 그들을 뒤쫓는 것으로는 승산이 없다. 제발 그러지만 않기를 빌었다. 승장들에게도 제발이지 왜군이 명량으로 들어오게 해달라고 기도를 청했다.

9월 16일(양력 10월 26일), 과연 이순신이 쳐놓은 덫에 일본 수군이 걸려들었다. 칠천량에서 얻은 자신감 탓이다. 또 진도를 돌아가기에도 부담이다. 어차피 일본 수군은 어란포에 대기 중인 육군을 수송해야만 하니 여기서 결판을 내야 한다고 생각하는 것같다.

척후선을 통해 벽파진에 이순신이 주둔하고 있다는 정보를 입수한 일본 수군은 선봉 수군 200척을 동원해 일제히 밀고들어왔다.

지척인 해남 어란포에는 좌군 별동대 2만 5천여 명이 이 싸움을 지켜보며 한양까지 치고 올라가겠다며 발을 동동 구르고 있다. 이순신군이 박살나기만 하면 일제히 전선에 올라 한강으로 북진한다는 것이다. 이 한 판 싸움에 조선의 명운이 걸렸다.

오전 진시(辰時 ; 07:30-09:30), 이순신은 적선 2백여 척이 드디어 공격을 시작했다는 척후선의 보고를 받았다. 시간이 맞지 않다. 두어 시진,

즉 오시까지는 기다려야 한다.

"일단 우수영으로 후퇴한다!"

후퇴가 아니라 적을 유인하려는 것이다. 먼저 깃발을 올려 어선들을 물리고, 그 다음에 협선, 연락선 등을 물리고, 마지막에 판옥선이 슬슬 물러난다.

후퇴하는 것처럼 부산하게 움직인 조선 수군은 마침 그 시각에 남해에서 서해로 흐르는 빠른 조수를 타고 무사히 울돌목을 지나 우수영에 이르렀다. 단지 용맹한 군관들이 지휘하는 협선과 판옥선 세 척만 울돌목을 지키도록 하여 일본군이 마음 놓고 들어오도록 꾀었다.

마침내 정오, 일본군은 척후선을 띄워 조선 수군이 판옥선 겨우 12척에 불과하다는 걸 재확인하고 드디어 안심하고 울돌목으로 진입하기 시작했다. 그들은 울돌목을 알지 못한다. 그들이 보기에 울돌목은 그저 좁은 바다일 뿐이다. 형편없는 조선군이니 좁은 바다든 넓은 바다든 겁낼 이유가 없다. 200척만 해도 조선 수군의 몇 배인가. 일본 수군은 결코 겁먹지 않는다. 좁은 칠천량에서 조선 수군을 대파시킨 경험이 있다. 이번에도 조선수군을 명량 이 좁은 물길에 가둬넣고 한꺼번에 때려부수겠다는 전략이다.

이순신은 판옥선을 몰아 적진을 향해 달렸다. 딱 그가 원하는 장소까지 나아가는 것이다.

적선들이 마주 달려온다. 자신 있을 것이다.

"적선이 사정거리 내에 들어오면 일제히 총통을 발사한다."

적선은 위용만 믿고 거침없이 달려들었다.

이순신은 물길을 살폈다. 밀물과 썰물이 부딪히기를 기다려야 한다. 그가 기다리던 소용돌이가 일어나려면 조금 더 버텨야 한다. 다만 그러기 전에 적선들을 울돌목 안으로 끌어들여야 한다. 그러자면 지금이 가장 좋은 시각이다. 그의 눈에서 빛이 난다.

"쏴라!"

드디어 총통 사거리 내로 적선이 들어온다. 공격을 알리는 깃발이 올라가자 대장선 포수들은 통제사의 명령에 따라 적선을 겨냥하여 총통을 날리기 시작했다. 함포사격이다. 역시 총통의 위력은 변함이 없다. 적선들이 우지끈 부서진다.

놀란 왜적들이 조총을 마꾸 쏘아보지만 사거리가 짧아 판옥선까지는 이르지 못한다. 소리만 요란하다. 여기는 양쪽이 적선에 가로막힌 칠천량이 아니다.

이때 조선 수군들은 이순신의 장선 후미에서 주춤거리고 있었다. 아직 공격령을 내리지 않았지만, 불안감 때문에 주춤거리는 것도 있다. 일본군이 보기에는 판옥선 열한 척이 미적거리는 것으로 보인다.

적선을 끌어들이자면 대장선이 나서야 한다. 칠천량에서 크게 진 조선 수군이 겁먹은 것처럼 보여야 한다.

이순신은 장선을 이끌고 단독으로 달려나가 적선과 맞부딪혔다. 지금은 그가 정한 전투 시각이 아니다. 물길이 조금 더 몰아쳐야 한다. 그때까지는 이순신 자신이 적과 맞서 그들이 조선 수군을 얕잡아 보도록 해야 한다. 사실상 겁먹고 있을 조선 수군을 독려하기 위해서라도 그가 희생할 수밖에 없다. 앞장서겠다고 했으니 앞장 선다.

"두려워 말라. 적이 수백, 수천 명이라고 해도 나 한 사람을 당해내지 못할 것이다. 조금도 겁내지 말고 힘을 다해 싸워라."

이순신은 대장선에 탄 수군들에게 큰 소리로 독려했다. 기운을 얻은 수군들은 총통을 발사하고, 이어 신기전을 발사하여 적선에 불을 붙였다. 또 사거리가 긴 쇠뇌를 발사하기도 했다.

그렇건만 적선들은 한꺼번에 몰려든다. 다시 뒤를 보니 조선 수군 판옥선 열한 척은 여전히 일정한 거리를 둔 채 멀찍이 물러나 있다. 더구나 충청수사 권준, 전라우수사 김억추는 아무런 움직임이 없다. 그래도 이순신은 그들을 부르지 않은 채 적선에 맞섰다. 아직은 부를 때가 아니다. 그들은 수전 경험이 없으니 우리가 이긴다는 확신이 들어야 뛰어들 것이다.

통제사가 직접 투혼을 불사르는 걸 보여줘야 한다. 적선의 포위가 급해진다. 장선에 이순신이 탄 걸 안 일본군은 더 사납게 달려든다. 이순신을 노리는 적선들이 떼를 지어 다가온다.

그제야 거제현령 안위가 판옥선 한 척을 이끌고 달려나온다. 그나마 고맙다. 그는 전투 경험이 많은 장수다. 그를 격분시켜야 한다.

"안위야, 군령으로 죽을래 왜적에게 죽을래? 달아나면 어디로 달아난다고 머뭇거렸느냐! 죽어도 여기서 죽고 살아도 여기서 살아야 한다. 너하고 나하고 여기서 같이 죽자! 알겠느냐!"

이순신은 목청을 돋구어 안위에게 호통을 쳤다.

"통제사 님, 분전하겠습니다. 소장이 앞장서겠습니다!"

"조수가 바뀔 때까지만 힘껏 싸워라. 내가 너를 믿잖느냐! 너무 나가지 말라!"

거제현령 안위가 판옥선을 몰아 적진으로 돌격했다. 그 역시 총통과 신기전을 부지런히 발사하면서 적진을 누볐다.

안위가 돌격하자 미조항첨사 김응함이 이끄는 판옥선도 장선 곁으로 다가왔다. 이순신은 김응함을 향해서도 벼락같이 소리를 질렀다.

"너는 중군장으로서 멀리 피하기만 하고 통제사를 구하지 않으니 그 죄를 어찌 면할 수 있겠느냐? 당장 처형해야 마땅하지만 전투가 급하므로 우선 공을 세울 기회를 주겠다. 나가 싸워서 너의 죄를 씻어라! 곧 조수가 바뀌니 너무 깊이 들어가진 말라. 나 죽기 전에는 너도 죽지 말고, 너 죽기 전에는 나도 죽지 않을란다! 알겠느냐!"

"예, 통제사 님!"

김응함의 판옥선도 적선을 향해 물살을 가르며 나아갔다.

조총탄이 빗발친다. 안위와 김응함이 이끄는 전선은 무수한 일본군 함대에 맞서 용감하게 싸웠다.

그때 안위의 판옥선에 적선 두 척이 양쪽으로 달라붙었다. 일본군들은 조총을 쏘기도 하고 눈치를 보아 갈고리를 던진 다음 판옥선에 기어 오르려고 했다.

안위가 이끄는 수군들은 손가락이 부르트도록 화살과 총통을 쏘았다. 그리고 배로 넘어오려는 적을 향해서 창과 칼을 휘두르거나 몽둥이와 돌을 던졌다.

적은 너무 많다. 무려 200척이다. 죽여도 죽여도 끝이 없다. 시간이 지날수록 일본군을 당해내기가 벅차다. 군사들은 힘이 빠져 허둥거리고 안위도 기운을 잃어간다.

"안위를 구하러 가자!"

이순신은 장선을 몰아 직접 안위의 전선에 다가갔다. 그러고는 달라붙는 적선을 향해 신기전을 퍼부었다.

적선 돛에 불이 붙었다. 천자총통과 지자총통이 꽝꽝 울릴 때마다 적선들이 깨지면서 한 척 두 척 가라앉는다.

해를 바라보니 조수가 완전히 바뀔 시간이 얼마 남지 않았다.

이순신은 전령선을 불러 각 판옥선에 예비 명령을 전하게 했다.

"판옥선 열두 척이 앞장 서고, 협선은 그뒤, 그리고 어선들은 맨뒤에서 함성을 지르고 북을 치고 깃발을 휘두른다! 초유기가 한 번 올라가면 전군 돌진한다! 깃발을 지켜보라!"

총공격령이 임박했다. 진도와 남해쪽 해안에는 흰옷 입은 조선 백성 수천 명이 나와서 조선의 명운이 걸린 이 한 판 싸움을 지켜보고 있다. 그들도 이 전투의 진짜 시작은 울돌목이 올 때라는 걸 알고 있다. 그런 만큼 조수에 밀릴망정 목청이 찢어지도록 쏘아라, 죽여라 악을 쓴다.

조선군을 얕잡아본 일본 수군 130척은 밀물을 타고 점점 더 울돌목으로 들어왔다. 누가 봐도 조선 수군은 겁을 먹은 것처럼 보인다. 겨우 세 척만 앞에 나오고 아홉 척은 아직도 멀찍이 뒤에 서 있다. 사실은 전략에 따라 때를 기다리는 것이지만 그들이 보기에는 겁 먹은 전선일 뿐이다.

"그래, 그렇게 조금만 더 들어와 다오. 올커니."

적선 2백여 척이 모두 울돌목으로 들어왔다.

이순신은 물길을 들여다보았다. 그렇다. 적선이 있는 쪽으로 물길이 슬슬 바뀌기 시작한다. 밀물 썰물이 교차하느라 소용돌이가 만들어진다. 곧 거대한 소용돌이가 용처럼 꿈틀거린다.

오후 1시경이면 조류가 완전히 뒤바뀌어 썰물이 된다. 지금은 적들이 조수의 힘을 얻고 있지만 잠시 뒤에는 조선 수군이 그 힘을 얻는다. 힘껏 노를 저으면 조수의 물살 30킬로미터에 그 속도를 더해 엄청난 속도와 힘으로 울돌목에 갇힌 적선을 밀어부칠 수 있다. 그때 가서 적선들은 물러나려 해도 물살에 밀려 도로 밀려들 것이다. 바로 이순신이 노리던 시각이다.

"통제사 님, 울돌목이 웁니다!"

울돌목 물길이 뒤바뀌는 시각에 바로 작전이 시작된다는 걸 미리 알고 있는 장수들이 저마다 소리쳤다.

명량이 운다.

"지금이다. 초요기를 올려라!"

장선이 초요기를 올리자 여기저기 판옥선마다 전투 시작을 알리는 깃발이 올라가며 총공격령이 떨어졌다. 마침내 이순신이 기다리던 그 시각이다. 죽든 살든 이 전투가 끝날 때까지 쉬임없이 싸워야 한다.

"전군 포문을 열어 탄약이 떨어질 때까지 남김없이 쏘아라!"

이번에도 중군장 김응함, 거제현령 안위가 이끄는 판옥선이 선봉에 섰다. 두 척이 포를 쏘아가며 전진하자 전라우수사 김억추, 녹도만호 송여종, 평산포 대장 정응두가 이끄는 판옥선 세 척이 그 뒤를 따라들어가며 총통을 쏘아대기 시작했다.

울돌목은 사실 조선수군 판옥선 12척이 늘어서기에도 좁다. 그런데 일본 전선은 200여 척이 딱 붙다시피 오밀조밀 밀려든다.

그만큼 조선수군이 일제히 함포 사격을 하자 빗나가는 것 하나 없이 적선을 정확히 쏘아맞힌다. 1킬로미터 이상 날아간 포탄이 후미의 일본 함대를 깨뜨리기도 한다. 깨진 적선이 흩어지며 일본군의 퇴로를 차단한다. 함포 사격을 맞은 일본 수군은 후퇴령을 내리려 해도 그 좁은 명량에 200척이나 빽빽하게 들어차 뱃머리마저 돌리기 어렵다. 그나마 조수가 빠른 썰물로 바뀌자 악을 쓰며 노를 저어도 배가 잘 나아가질 못한다.

일본 수군은 조선 수군의 갑작스런 진격에 놀라 저마다 뱃머리를 돌리지만 이미 물살이 거꾸로 흐르던 터라 대혼란이 일어났다. 적선들끼리 뒤엉켜 부딪히고 쏠려다닌다. 그러는 걸 조선 수군이 총통을 어지럽게 쏘아 마구 깨나갔다. 조선 수군 판옥선 열두 척이 모두 적선을 치며 나아간다.

일본군 전선에서 떨어진 시체며 부서진 뱃조각이 물살을 타고 일본 전선들 쪽으로 둥둥 떠다닌다. 조총, 총통이 발사하면서 내는 소리, 비명, 군사들의 아우성, 어민들 함성, 파도치는 소리 등으로 명량은 이미 지옥이다.

"적세는 이미 무너졌다! 총돌격하라!"

조선 수군 전선은 비록 12척에 불과하지만 위력은 임진년에 못지 않다. 승세한 조선군은 우왕좌왕하는 일본군을 무섭게 밀어부쳤다.

"이번에는 당파하라!"

엄청난 화력으로 적선을 맹공한 조선군은 이번에는 주특기인 당파 작전에 나섰다. 시속 30킬로미터의 빠른 썰물을 타고 달려간 판옥선이 일본 전함의 허리를 힘껏 들이받으면, 삼나무로 만든 일본 전선들은 서로 부딪치며 마구 부서져나갔다.

그런 틈을 놓치지 않고 조선 수군은 신기전을 날려 적선에 불을 붙이고, 일본 수군 전선 여러 척이 붙어 있는 걸 발견하면 즉시 함포 사격으로 응징했다.

"시신 중에 적장이 있느냐?"

이순신은 곁에 있던 준수에게 물었다. 그는 안골포 싸움에서 항복한 왜인으로 이순신의 장선에 타고 있다. 적선을 살펴보던 준수가 이순신에게 보고했다.

"저기 화려한 그림을 수놓은 붉은 비단옷을 입은 놈이 적장 구루지마 미치후사('마다시'로도 불림), 내도통총입니다."

바로 내도통총(來島通總), 일본 수군 선봉장이다. 일본 이요국 영주이자, 1592년에는 당포에서 그의 형 특거통년이 죽었다. 그 원수를 갚겠다며 바다를 건너와 이곳 명량에서 죽은 것이다.

이순신은 부하 김돌손을 불렀다. 힘이 장사이며 물길을 잘 안다. 내도통총을 손가락으로 가리키며 명령했다.

"저기 저 놈이 왜군 선봉장 내도통총이다. 저 놈을 어서 갈고리로 찍어올려라."

이순신의 말이 떨어지기 무섭게 김돌손은 시체가 떠다니는 곳으로 협선을 저어갔다. 그리고 머리에 화살을 맞고 죽어가는 적장의 시체를 갈고리에 찍어 한 손으로 끌어올렸다.

"이 놈이 적장 내도통총이란 말이지?"

"제가 모시던 놈이라 얼굴을 잘 압니다. 맞습니다."

준수에게 다시 한번 확인한 뒤 이순신은 내도통총의 목을 잘랐다. 그리고 길다란 창에 꿰어 높이 매달았다.

조선 수군의 함성이 여기저기에서 터졌다. 그와 반대로 그를 따라 조선에 온 이요국(지금의 에히메 현) 출신 수군들은 겁을 잔뜩 집어먹고 달아나기 시작했다. 영주가 죽었는데 더 싸울 이유가 없다. 어서 도망쳐 목숨을 보전하는 게 급하다.

이순신은 일본군들에게 달아날 기회조차 주지 않았다.

"한 척도 놓치지 말라. 적은 우리 판옥선 사거리 안에 있다. 마구 쏘아라!"

이순신은 다시 북채를 쥐고 진격 명령을 내렸다. 노꾼들은 손바닥이 짓무르는 것조차 잊고 힘껏 노를 저었다. 조선군의 맹렬한 공격을 받자, 도망치던 적선들은 저항조차 못해보고 소용돌이에 가라앉거나 불에 탔다. 조선 수군은 잔뜩 주눅들어 있던 처음과 달리 다시 임진년의 그 용감무쌍한 수군으로 돌아와 있었다.

피난선들도 가만히 있지 않았다. 마하수가 이끄는 피난선 어부들은 길목을 지키고 있다가 적선들이 도망치지 못하도록 막았다. 그들도 화살을 쏘거나 돌을 던져 일본군 한 명이라도 무찌르려고 애썼다.

이때 과도직무(鍋島直茂 ; 베시마 나오시게)가 이끄는 어란포의 일본군 좌군 2만 5천 병력은 지척에서 벌어지는 이 참담한 패배에 그만 넋을 잃고 주저앉았다. 과도직무는 가등청정의 2군 소속으로 임진년에는 함경도까지 진출, 북관대첩에서 정문부에게 패한 전력이 있다. 하지만 그는 이번 정유년에는 경상도 함양의 황석산성에서 조선군과 싸워 함락시킨 뒤 한양 입성을 위해 이곳 어란포에 대기 중이다.

순식간에 벌어진 일이다. 이순신은 내도통총과 등당고호가 이끄는 일본군함 31척을 종잇장처럼 찢어놓고, 100척은 반쪽으로 부서뜨려 전투력을 완전히 빼앗아 버렸다. 일본군은 귀신에 홀린 듯 무너졌다. 움직일 수 있는 전선은 겨우 70여 척뿐이다. 그야말로 이순신으로서는 대승, 대첩이고, 일본 수군으로서는 대패, 참몰이다. 칠천량 전투가 완전히 뒤집혔다.

뒤에 대기 중이던 일본군 수군은 재빨리 어란포를 향해 몰려갔다. 조선 수군이 달려들기 전에 육군을 태워 멀찍이 후퇴시켜야 한다.

야심차게 계획한 일본군의 한강상륙작전은 수륙 양전(兩戰)에서 완패함으로써 공격은커녕 도리어 패주로를 닦기 바쁘게 되었다.

어란포의 과도직무는 곧 명량에서 패전한 일본 수군 전선을 타고 급히 부산으로 후퇴했다.

이제 다급한 전선은 정리되었다. 적선 31척이 완파되어 침몰했다. 적은 적어도 1800여 명이 전사했다. 조선 수군은 협선 한 척 잃지 않았다. 천운이다. 다만 순천감목관 김탁과 이순신의 종 계생이 전투 중 사망했다. 또 분투한 거제현령 안위의 전선에서 7명의 전사자가 나왔다.

이순신은 용감하게 싸운 장수와 수군들을 두루 돌아보며 깃발을 높이 들어 격려했다. 판옥선 12척, 협선 32척, 어선 100여 척이 대장선을 중심으로 일제히 모여들었다. '국왕 전하 천세' 소리로 들끓는다. 국왕? 아무 감동이 없는 말이지만, 어쨌든 기쁘지만 이순신은 국왕 천세를 부르지 않았다.

전라우수사 김억추, 충청수사 권준이 보인다. 그뒤로 무의공 이순신, 중군장 미조항 첨사 김응함, 거제현령 안위, 남해 현령 유형, 녹도만호 송여종, 여도만호 김인영, 평산포대장 정응두, 영등포만호 조계종, 조방장 배흥립, 승군장 혜희(惠熙)와 휘하 승군들, 군관 송희립, 군관 제만춘, 군관 이기남, 군관 최대성, 군관 임영준, 군관 임중형, 김돌손, 일본인 준수, 마하수 및 그의 휘하들이 두루 보인다. 이로써 예전 삼도수군통제영의 위엄을 되찾았다.

장수들의 얼굴은 온통 피와 땀으로 얼룩졌으나 패기만만하다. 자신감이 물씬하다. 김억추 전라우수사와 권준 충청수사도 자신감을 얻은 듯 이제야 얼굴이 붉다.

"그만 돌아가자. 우리 전선이 너무 적기 때문에 벽파진을 벗어나면 위험하다. 적의 기습이 있을지 모르니 군선은 당사도로 물러나 진을 이루고, 어선과 피난선은 어외도로 피난한다."

한참 적을 뒤쫓던 이순신이 회군령을 내렸다. 고작 12척의 전선으로 수백 척의 적선과 맞서 31척을 무찌른 것은 대단한 승리다. 울돌목 싸움, 곧 명량해전은 승리 자체가 기적이다. 이순신은 전선을 수습해 벽파진으로 돌아갔다.

벽파진에서 큰 승리를 거둔 이순신은 승군장 혜희와 휘하 승군들과 함께 전사자 장례를 치르고, 위령제를 올렸다.

그런 다음 통제영을 보길도 남쪽 당사도로 더 전진시켰다. 군사를 더 훈련시키고 전선을 짓거나 수리하기에 벽파진은 너무 좁다. 명량 물살을 이용하는 것도 이번 한 번 뿐이다. 적들도 이 전술에 두 번 당하지는 않을 것이다.

이순신은 당사도로 통제영을 옮기고 나서도 척후선을 띄워 일본군의 움직임을 살피고, 군사를 훈련시키고 무기와 전선을 고치거나 새로 만드는 일에 전념했다.

이순신이 새로 짓는 전선 설계도를 들여다보고 있을 때다. 밖에서 시끄러운 소리가 들린다.

"웬 놈이냐?"

"아산에서 온 통제사 댁 하인입니다. 급히 전해드릴 편지를 가져왔습니다."

"잠깐 기다려라."

아산 집에서 하인이 찾아온 모양이다. 순천에 와 있던 가족들은 지난번 백의종군 때 모두 아산 본가로 올라갔다.

불안하다.

고향집에서 하인이 왔다면 뭔가 급히 전할 소식이 있다는 뜻이다.

"어서 들여보내라."

이어 그도 낯이 익은 가노가 들어섰다.

"아이고, 어르신!"

하인은 들어서자마자 엎어지며 대뜸 울음을 터뜨린다. 대번에 가슴이 저리다.

'어머니 아버지는 돌아가셨으니.... 그렇다면?'

짐작하는 바가 있다.

"무슨 소식이냐? 어디 편지부터 보자꾸나."

하인은 이순신에게 편지를 내밀었다.

하인은 차마 입을 열어 말로 전하질 못한다.

이순신의 손이 떨린다. 입술을 꽉 물고 편지를 받아들었다.

둘째아들 이름 열(苅)의 이름이 적혀 있는 겉봉을 뜯자 '통곡(痛哭)'이라는 두 글자가 드러난다.

둘째아들 열이 통곡(痛哭), 아프도록(痛) 울부짖는다(哭)는 말이니, 어머니 아버지를 이미 잃은 이순신이 통곡할 일이란 아산에 있는 셋째아들에게 변이 생겼다는 뜻이다. 편지를 펼쳐 보니 아니나 다를까, 집을 지키던 아들 면이 죽었다는 부고다.

"내 아들 면이... 죽었다는 말이냐?"

"통제사 님, 흑흑흑!"

하인은 다짜고짜 운다. 그도 울부짖었다.

"아아, 하늘은 이다지도 잔인하단 말인가. 날 잡아다 죽도록 고문하

여 우리 수군을 도륙시키고, 어머니마저 데려가시고, 대체 왜 내 아들마
저 데려가십니까!"

이순신은 울부짖었다.

한참 이순신을 따라 울던 하인이 천천히 자초지종을 눈물 콧물 섞어
가며 이야기한다.

이순신이 일본군의 공격을 막아내기 위해 이리 뛰고 저리 뛰다가 벽
파진으로 수영을 옮기던 날, 전주부를 돌파한 일본군이 충청도 아산까
지 몰려갔다. 충청병마사가 서산 해미에 있고, 충청수영이 보령에 있으
니 일본군이 그리 간다면 말이 되지만 굳이 아산까지 갈 이유가 없다.

일본군은 일부러 이순신의 집을 찾아낸 것이다. 소문을 들은 이순신
의 가족은 진작 산으로 피난을 갔다. 그러나 이순신의 셋째아들 면은
혼자 남아 집을 지키겠다고 고집을 부렸다. 겨우 스무 살, 가족들은 면
의 고집을 꺾지 못했다.

면의 형이 둘 있다. 큰아들이 회, 둘째가 열이다. 이순신은 백의종군
전, 순천에 어머니를 비롯한 가족들을 불러 살게 할 때 큰아들과 둘째아
들은 수군으로 징발해 심부름을 하라며 옆에 두었다. 의금부에 끌려갈
때 둘째아들 울은 아산으로 돌아갔지만, 큰아들 회는 다시 남해로 내려
와 아버지 곁을 지키고 있었다.

그러다가 전주부를 함락시킨 일본군이 충청도로 들어간다는 첩보가
있자 큰아들 회를 급히 고향으로 보내 남은 가족을 구하게 했지만, 안타
깝게도 일본군이 더 빨랐다. 형들은 동생을 구해내지 못했다.

"사내대장부가 왜적이 두려워 조상님의 위패를 모신 가묘를 버리고 도망친단 말인가! 난 삼도수군통제사 이순신의 아들이다. 적이 쳐들어오면 죽기를 각오하고 싸우리라. 지금 우리 아버지가 죽기를 각오하고 남해에서 싸우시는데 난들 편안히 있을 수 없다."

면은 칼과 화살을 준비하고 일본군이 오기를 기다렸다. 그사이 둘째 열은 어머니를 모시고 달아났다.

드디어 적의 선봉 50여 명이 마을 어귀로 들어섰다. 면은 일본군을 향해 화살을 쏘았다. 일본군 서너 명이 그 자리에 쓰러졌다. 하지만 불가항력이다. 일본군들이 면을 둘러싸고 포위망을 죄어오기 시작했다. 점점 거리가 좁혀지고, 면은 활을 버리고 칼을 뽑았다. 일본군들은 면을 향해 활을 쏘거나 총을 쏘지 않았다. 그러더니 오히려 말을 건다.

"너 누구냐? 다 도망간 마을에서 왜 너 혼자 난리야!"

면은 일본군들을 비웃으며 대답했다.

"나는 대조선국 삼도수군통제사 이순신의 아들 면이다!"

"오, 그래? 네가 정말 이순신의 아들이냐?"

"그렇다. 나는 너희들 오랑캐와 길게 얘기하고 싶지 않다. 죽음이 두렵지 않거든 어서 내 칼을 받아라."

일본군들은 주춤했다.

"진정하거라. 우리는 너와 싸우러 온 것이 아니다. 너를 우리 대장에게 안전하게 데려가려는 것이다."

일본군은 부왜(附倭 ; 조선인 앞잡이)를 내세워 이면을 설득했다. 일본군은 면을 잡아다가 협박용으로 쓸 참이다. 왕자인 순화군, 임화군을 포로로 잡은 뒤에도 일본군은 철저히 협상용으로 이용했다.

면은 포로로 잡히면 아버지가 궁지에 몰린다는 걸 알고 더 꼿꼿하게 맞섰다. 아직 뜨거운 피가 솟구치는 스무 살이다.

"나더러 너희 오랑캐놈들의 앞잡이가 되라는 말이냐? 천하에 죽일 놈들 같으니. 잔 말 말고 어서 내 칼을 받아라."

면은 칼을 움켜쥐고 적군을 향해 몸을 날렸다. 또 일본군 두 명이 땅바닥에 나뒹군다. 치켜보던 일본군들도 더 이상 참을 수가 없었는지 칼을 뽑아들고 나섰다. 어찌나 분한지 이순신의 가족을 포로로 잡아오라는 명령도 잊었다.

"안되겠구나. 저 놈을 죽여라. 마을을 뒤져 다른 아들 놈을 잡아가면 된다."

명령이 떨어지자 일본군들이 면을 둘러싸고 공격하기 시작했다. 얼마 못가서 면은 일본군의 칼을 맞고 쓰러졌다.

결국 일본군은 이순신의 가족을 한 사람도 붙잡지 못하고 돌아갔다. 그 소식을 전해들은 적장 가등청정은 면의 굽힐 줄 모르는 충성심을 부하들 앞에서 칭찬했다.

하늘이 무너진다. 남해 물결이 온통 새까맣게 보인다. 이순신은 털석 주저앉아 눈을 감았다.

"통제사 님, 고정하십시오."

"장군님."

지켜 보던 군관들이 달려들어 이순신을 부축하여 통제영 안으로 옮겄다.

이순신은 정신을 잃은 채 아무 말도 하지 못했다. 그렇듯 슬퍼하는 모습은 지금까지 아무도 본 사람이 없다.

이순신은 자리에 누워서야 비로소 이 전쟁이 무슨 뜻인지 절절이 느꼈다. 이 전쟁으로 어머니를 잃고, 아들을 잃었다. 전쟁이 아니면 의금부에 끌려가 죽도록 고문당할 일도 없었을 것이다. 이순신 좌우에 늘어섰던 그 많은 장수와 군사들을 먼저 보내지도 않았을 것이다.

'내 아들 면아! 네가 죽다니, 네가 정녕 죽었단 말이냐?'

이순신은 목놓아 통곡하고 싶지만 참기로 했다.

끙끙 앓던 그는 한밤중에 자리에서 벌떡 일어났다. 하늘이 흐려 달도 별도 보이지 않는다. 검은 하늘가에 사랑스런 아들 면의 얼굴이 어린다.

'면아, 사랑하는 내 아들아! 너 잘 죽었다. 왜적에게 잡혔더라면 그들이 너를 내세워 나를 조롱했을 것 아니냐. 애비를 위해 네가 죽었구나. 고맙구나. 너는 내 아들이다. 다음 생에도 꼭 내 아들로 와다오.'

이제 아버지 어머니도 가고, 아들마저 세상을 뜨니 그야말로 세상에 남고 싶은 마음이 싹 가시는 듯하다. 우울증이 전신으로 퍼진다.

승군장 혜희가 소식을 듣고 들어와 신위를 만들어 앉혔다. 그러고는 승군 세 명을 더 불러들여 낭랑한 목소리로 독경을 시작한다. 들어보니 금강경이다.

이순신은 눈물을 쏟으며 일기를 쓰기 위해서 붓과 종이를 끌어당겼다.

— 10월 14일(신미, 양력 11월 22일). 어찌 하늘은 이렇게 올바르지 못

한가? 간장이 불타고 갈가리 찢어지는 듯하다. 내가 죽고 네가 사는 것이 올바른 이치인데, 어린 네가 죽고 늙은 내가 살다니 이것은 잘 못된 이치이다. 하늘과 땅이 어둡고 저 태양이 빛을 잃는구나! 슬프 다, 내 아들아. 나를 버리고 어디로 갔느냐? 영특한 기상이 남보다 뛰어나기 때문에 하늘이 너를 시기한 것이더냐? 아니면, 아비가 죄를 지어서 그 화가 너에게 미친 것이더냐? 이제 내가 세상에 살아 있은 들 장차 누구를 의지한단 말이냐? 차라리 죽어 너를 따라가서 같이 지내고 같이 울고 싶구나.

명량해전 이후 일본군 수군은 감히 남해를 넘보지 않았다. 그 사이 조선수군은 판옥선을 더 짓고, 포와 화살, 신기전 등을 충분히 확보했다. 군사가 모자라 명량 전투에는 내보내지 못한 판옥선 두 척도 바다로 나 갔다.

명량 해전으로 수군이 다 깨진 일본군은 육지에서도 후퇴를 하여 좌 군 소서행장은 순천에 성을 쌓고 농성에 들어가고, 중군은 부산으로 물 러가고, 우군 가등청정은 울산에 성을 쌓고 농성에 들어갔다. 한양으로 올라가려던 일본군은 마침내 확전을 포기한 것이다.

이만한 게 천만다행이다. 명량해전 단 한 판 승으로 모든 전선을 한 번에 정리한 셈이다. 이제 순천 이북, 울산 이북에는 일본군이 없다. 이 순신의 삼도수군에 덤벼드는 일본 수군도 없다. 그저 부산진에 숨어 있 을 뿐이다.

해가 바뀌어 무술년 1598년 7월 16일(양력 8월 17일).

고금도 앞바다가 떠들썩하다. 깃발이 펄럭거리고 군악이 울려퍼진다.

명량대첩의 흥분이 가시고, 아들을 잃은 이순신 통제사의 슬픔도 깊이 가라앉았다. 다만 이순신은 녹을 먹는 관리라면 누구나 하는 망궐례도 하지 않고, 요즘에는 점도 치지 않는다. 살면 살고, 죽으면 죽으리라, 욕심도 다짐도 따로 없다.

조선 함대는 선창에 한 줄로 매여 있고 수군들이 훈련하는 소리가 씩씩하게 들린다.

"진 도독은 언제쯤 도착한다던가?"

지친 군관이 언짢은 말투로 대답한다.

"명나라 장수들은 원래 약속을 지키지 않기로 유명하니 진 도독이 언제 도착할지는 저도 알 수 없습니다. 유람 온 놈들이 뭐 날짜나 지키겠습니까. 해지기 전에라도 오기나 하면 다행이지요."

곁에 있던 장수가 덧붙여 말한다. 명군에 다 짜증이 나 있다.

"진 도독은 성질이 사납고 교만하답니다. 항상 남을 못살게 굴고 누구에게나 싸움을 건다니 통제사께서도 조심하십시오."

이순신은 껄껄 웃었다.

"사람이란 대우하기 나름일세. 내가 진실되고 정중하게 대한다면 아무리 성격이 괴팍한 진 도독이라 하더라도 어쩌겠는가?"

"저기 배가 보이는군요."

약속한 시각보다 한참 더 지나 마침내 진린의 명군 전선이 고금도에 닿았다. 명나라 도독인 그는 수군 7천 명과 백여 척의 전선을 거느리고 왔다. 광동 출신으로 장강 유역의 수군을 이끌고 온 것이다. 이순신보다 두 살 더 많다.(이때 진린은 뒷일을 전혀 몰랐지만, 그의 손자 진영소는 명나라가 망하면서 남경을 탈출, 일가족을 이끌고 남해 장승포로 건너온다. 그런 다음에는 진린이 승전을 기록한 강진 고금도, 바로 이곳으로 옮겨 광동진씨 가문을 연다.)

"어서 오십시오."

이순신은 반갑게 맞이하건만 진린은 본체만체한다. 대국 도독이란 위세를 부리는 것이다.

이순신은 그럴수록 통제영에서 가장 크고 넓은 집들을 진린과 명나라 장수들에게 내어주었다. 그리고 자신은 임시로 지은 허름한 초가를 쓰기로 했다. 그리고 진린 도독의 참전을 기리는 잔치를 연 것이다. 이순신도 그들에게 지지 않겠다는 배짱이다. 한산대첩, 명량대첩에 빛나는 조선 수군은 시퍼렇게 살아 있다, 이렇게 말하고 싶은 것이다.

진린이 묻는다.

"조선 수군의 전선은 열세 척뿐이라고 들었는데, 지금은 어째서 200척이나 되오?"

이순신은 웃으며 대답했다.

"왜적이 이 땅에 머물러 있는데 어찌 가만 있겠습니까? 전투가 없는 동안 우리 목수와 군사들이 틈틈이 만들어 싸울 수 있는 판옥선이 어느새 200척이 되었답니다. 연전연승하던 임진년의 위세를 되찾았습니다. 왜적들이 지금 순청과 울산에 숨어 있는 것은 우리 수군이 무서워서 그렇답니다. 뭐, 열두 척만 갖고도 적선 3백여 척을 물리쳤으니 저들이 어찌 겁을 내지 않겠습니까."

그 동안 이순신과 삼도 수군영의 노력은 정말 대단했다. 피눈물 나는 노력을 다 했다. 특히 아들 면을 잃은 슬픔이 채 가시기도 전에 이순신은 전선 건조에 들어가고, 군량을 마련하느라 바쁘게 움직였다. 분노와 슬픔을 전투 준비로 삭였다.

이순신은 삼도수군의 통제영을 강진 고금도로 정하고 칠천량 패전 때 흩어진 군사들을 재차 불러모았다. 통제사 이순신이 고금도에서 수군을 모은다는 소식이 퍼져나가자 전직 수군들이나 젊은이들이 자청하여 고금도로 찾아왔다. 명량대첩의 소식이 그들을 불러들인 것이다. 그이전에는 나가봤자 죽는다는 소문이 돌아 몸을 숨긴 수군이 많았지만 이제 아니다. 게다가 이순신이 칠천량에서 탈영한 죄를 묻지 않겠다고하니 때는 이때다 하면서 흩어졌던 수군들이 거의 다 모여들었다.

또한 각 지방에서 이순신에 의지하려고 모인 피난민의 수는 셀 수조차 없다. 소서행장이 전라좌수영 관할 순천에 웅크리고 있자 그 주변에 사는 백성들이 통제영 근처로 피난 온 것이다. 통제영은 바다를 틀어막고 있지만 육지 쪽으로도 많은 병력을 내보내 일본군이 쳐들어오지 못하게 막고 있으니, 이곳은 어느 곳보다 안전하다. 순천이 지척이라지만 겁먹은 쪽은 일본군이고, 조선 수군은 틈틈이 순천 앞바다까지 들어가 시위하며 괜한 총통을 쏘아 겁을 준다.

통제영이 있는 고금도 일대는 갑자기 많은 사람들이 몰려들었다. 완도, 신지도, 약산도까지 붐빈다. 그러자니 먹고 살 길이 막막하다. 이순신은 이 백성들을 먹여 살리기 이해 궁여지책으로 통제영을 지나가는 배마다 통행세를 받았다. 당시 경상, 전라 어민들은 주로 안전한 통제영 인근에서 고기잡이를 했는데, 통제영에서 통행세를 받아도 아무 불만이 없었다. 고기잡이하는 바다를 수군 판옥선이나 협선이 안전하게 지켜주기 때문이다. 그렇게 모인 쌀 1만 석으로 급한대로 피난민들을 먹여 살렸다.

한편으로 전선을 짓던 목수들을 시켜 피난민이 살 집 5천 채를 임시로 짓고, 이들에게 일자리를 마련해주었다. 어떤 사람은 고기를 잡고, 어떤 사람은 소금을 굽고, 어떤 사람은 통제영 관할 둔전에 나가 농사를 지었다. 모두가 다 통제영 소속으로 알고 열심히 일했다. 급하면 모두가 다 군사가 되어 싸우겠다는 사람들이다. 하다 못해 노꾼이라도 하겠다니 얼마나 든든한가. 삼도수군 관할 부군현이 모두 병영이요, 공동체다.

이순신은 피난민을 먹여살리는 일에 힘쓰는 한편, 그 전 여수 통제영에서처럼 수군을 키우는 데에도 온갖 노력을 기울였다. 나무를 베고 쇠를 다듬고 기와를 굽는 일이 모두 수군의 힘으로 이루어졌다. 짧은 기간에 훌륭한 병영과 많은 전선이 새로 만들어졌다. 수군만으로도 서해와 남해를 굳게 지켜낸다, 이순신의 원칙이다.

진린은 그간의 과정을 설명 듣고 이순신 통제사의 노력에 감탄했다. 그럴수록 그는 조금씩 마음의 문을 열었다. 하기야 남의 나라 전쟁에 수많은 군사와 전선을 이끌고 참전한다는 것이 쉬운 일은 아니다. 구원군이야 목숨바쳐 싸우기보다는 조선 수군이 앞장서고, 그들은 뒤에서 시위하는 게 여러 모로 유리하다. 그러니 막강한 수군을 이끌고 있는 이순신의 심기를 굳이 거스를 이유가 없다, 진린은 그렇게 계산했다.

며칠이 흘렀다.

일본군이 통제영이 있는 고금도를 넘본다는 보고가 잇따라 들어왔다. 부산의 일본군 본영에서는, 순천왜성에 갇혀 있는 소서행장군을 구하고, 일본군의 위세를 한번쯤 보이자는 계산이다.

삼도 수군은 명나라 도독 진린의 명령을 받고 움직이라는 어명이 내려왔으므로 통제사 이순신은 일본군의 침입을 알리기 위해서 도독 진린을 찾아갔다. 삼도수군통제사 위에 명군 도독이 있다.

전에 도원수 권율은 명군 때문에 옴짝달싹도 하지 못했다. 조선군 단독 작전을 벌이기라도 하면 명군 총병관 겸 제독 마귀가 한사코 막으려 애썼다. 진주부에 있던 도원수 군영이 그처럼 지리멸렬해 보인 것도 다 마귀가 나서서 크고작은 전투를 사사건건 막기 때문이었다.

이순신이 일본군의 침입 사실을 보고하자 진린은 매우 좋아했다. 아직 한 번도 일본 수군과 전투를 치러보지 않아서 자못 기대가 되는 모양이다. 든든한 조선 수군까지 있으니 한번 놀이 삼아 붙어볼 마음이 있다는 것이다.

"이제야말로 황군(皇軍)이 위엄을 떨칠 날이 왔구려. 이번 전투에서는 우리 명나라 수군이 앞장설 테니 조선 수군은 뒤에서 구경이나 하며 슬슬 따라오시오."

이순신은 기분이 언짢지만 참았다. 왜란을 돕겠다고 구원군으로 왔으니 있는 힘껏 돕는 수밖에 없다. 대신 싸워주겠다는 것만도 고맙다. 물론 군량이고 의복이고 조선 조정에서 다 대주는 것이지만.

드디어 전투가 벌어졌다.

7월 24일(양력 8월 25일), 절이도 앞에서 적선과 명나라 함대가 마주쳤다. 일본군들은 처음부터 명나라 수군을 깔보았다. 적선은 닥치는 대로 바다를 가르며 명나라 함대만 골라 깨부쉈다. 서로 전법이 다르다보니 경험이 많은 일본군이 우세하다. 명나라 수군은 실전 경험이 없다.

"안되겠다. 후퇴하라."

일본군의 맹렬한 공격에 겁먹은 진린은 곧바로 후퇴 명령을 내렸다. 벌벌 떨고 있던 명나라 전선들은 기다렸다는 듯이 뱃머리를 돌렸다.

멀리서 명나라 함대의 우스꽝스런 전투를 지켜보던 통제사 이순신은 휘하 장수들을 불러모았다.

"자, 이제 우리가 나설 때다. 어차피 여기는 우리 바다이고 우리 전쟁이니 우리 손으로 적을 물리쳐야 한다. 섣불리 달려들지 말고 침착하게 싸우자."

수사와 부군현의 지휘관급 장수들은 각자 주력선인 판옥선으로 돌아갔다.

진격을 알리는 북소리가 둥둥 울린다.

명군 함대가 물러나고 조선 함대가 서서히 바다 한가운데로 나아갔다. 명군 함대를 쫓던 적선들은 이번에는 조선 함대를 공격하려고 몰려들었다. 조선 수군 판옥선을 보고도 머뭇거리질 않는다.

"저들 기세가 수상하다. 우리 수군을 두려워하던 일본 수군이 왜 갑자기 용감해졌을까?"

여러 모로 의심스럽지만 일단 전투가 시작되었으니 물리치고 볼 일이다.

"천지현황 모든 총통을 사거리에 알맞게 쏘아라."

이순신이 힘차게 명령했다.

한 시간이 채 못되어 조선 수군은 적선 6척을 사로잡고 적병의 머리를 무수히 베었다.

뒤늦게 조선 수군의 승리를 보고받은 진린은 화가 머리끝까지 치밀어올랐다. 그래놓고 싸움을 못한 부하들만 못살게 굴었다.

진린이 화를 내는 이유가 있다. 황제에게 보고할 공이 없다는 것과 명나라 군대의 체면이 떨어졌다는 것이다.

이순신은 그런 진린의 마음을 훤히 꿰뚫어보았다. 그날 저녁 이순신은 진린 도독을 찾아갔다.

"진 도독은 명나라 황제께서 친히 보내셨으니, 어느 나라 군사가 싸워 이기든 모두 진 도독의 승리입니다. 도독께서는 조선 통제사의 상관이십니다. 이번에 조선군이 잡은 적선과 적의 머리를 전부 진 도독이 거두시고 그 공을 황제께 보고하는 것이 어떻겠습니까?"

입이 삐죽 나와 있던 진린은 눈을 크게 뜨며 기뻐했다.

"통제사 말씀이 너무 감격스럽소. 얘들아, 어서 술자리를 마련해라. 이 통제사를 대접할 것이니라."

진린은 싱글벙글 웃으며 이순신에게 술을 권했다. 그 술과 음식은 다 조선 조정에서 보내온 것들이다. 이순신에게는 보내오지 않는 것들이다. 이순신은 아직 임금이 보낸 술과 음식을 먹어보지 못했다. 속이 쓰리지만 달래야 한다.

"여러 장수들은 들어라. 이제부터 통제사를 노야라고 높여 불러라. 또한 노야의 명령을 나의 명령과 똑같이 엄히 받들어야 하느니라. 알겠느냐?"

노야란 귀한 어른을 가리키는 높임말이다. 진린의 마음이 확 풀린 듯했다. 그의 나이 56세, 이순신은 54세로 이순신이 두 살 어리다. 그런데도 노야로 예우하겠다니 기분이 썩 좋아진 것이다.

밤이 늦어서야 이순신은 진린의 장선에서 내려 통제영으로 돌아왔다.

마음이 한결 가볍다. 이제부터는 명나라 군사들의 행패가 웬만큼은 수그러들지 않을까 싶다. 어차피 남의 나라에 와서 전쟁을 하는 사람들인만큼 사기를 올려줘야 한다. 비위를 맞추든 아첨을 떨든 열심히 싸우도록 해야 한다. 누가 뭐라든 남해는 이순신 관할이다, 그는 그렇게 생각했다.

16

대장기를 경상우수사
이순신의 장선에 꽂아라

— 노량대첩

전선에 냉랭한 기운이 감돈다. 붉은 바탕에 검정색으로 공작을 수놓은 병풍 앞에 통제사 이순신과 도독 진린이 마주 앉았다. 김이 모락모락 올라오는 찻잔이 놓여 있는 탁자를 두고 마주앉아 두 사람은 한참 동안 아무 말도 하지 않았다. 요즘 일본군이 수상한 행동을 하고 있다.

"진 도독, 뭔가 이상하지 않습니까?"

이순신은 진린을 매섭게 쏘아보며 물었다.

진린은 헛기침을 토하며 계속 능청을 떤다.

"글쎄요."

진린은 계속 딴청을 부린다. 이순신은 화가 치밀지만 그렇다고 함부로 화를 낼 수도 없는 처지다. 발등에 불똥이 떨어진 사람은 이순신이다. 명나라 수군 도독 진린은 남의 나라 일이라고 태연하기만 하다.

"유정(劉綎) 제독이 왜적과 싸우기를 피하는 까닭이 무엇입니까?"

당시 순천왜성과 맞선 명군 도독은 마흔한 살의 유정이다. 당시 울산성으로 간 명군도 역시 힘차게 싸울 생각을 하지 않는다. 권율 도원수는 작년부터 울산성을 치려 했지만 명군의 반대로 끝내 뜻을 이루지 못하고 있다며 울분을 토하는 서신을 몇 번이나 보내왔다. 명군은 유정 제독을 순천왜성으로 보내 툭툭 건드리기만 하면서 울산성 공성전에 총력전을 편다고 말은 하는데, 그때마다 조선군이 죽도록 싸워도 막상 명군은 번번이 물러나고 강화만 고집했다. 유정 제독은, 울산성의 가등청정을 눈속임하는 작전이라고 둘러대면서 막상 전투를 건성으로 한다는 불만이 나왔다.

"어허, 피하긴 누가 피한다고 그러십니까? 육전은 그리 쉽지 않은 겁니다."

진린은 말끝을 얼버무렸다. 아는 바가 있지만 입을 다문다. 그리고 찻잔을 잡았다. 찻물은 향기롭지만 마음이 불안하니 맛이 잘 느껴지지 않는다.

"그렇다면 명나라 군대는 어째서 그 많은 군사를 가지고도 겁먹은 왜군을 내버려 두는 겁니까? 제발 싸워주십시오. 도와주십시오. 명군과 조선군이 일본군보다 더 굳센데 왜 안싸우십니까."

"허 참, 기다려 보시오. 좋은 소식이 있으리라."

바다에서 삼도수군이 버티고 있으니 육지에서 명군이 조금만 힘내 싸워주면 순천왜성의 소서행장을 멀찍이 쫓아낼 수 있다. 그런데 명군은 도무지 싸우질 않는다.

1598년 9월 20일(양력 10월 19일).

명나라 육군 제독 유정이 그제야 군사 1만 5천 명을 거느리고 순천에 숨어 있는 소서행장의 군대를 공격했다. 소식을 들은 이순신도 가만 있을 수가 없었다.

명군 진린 제독 휘하의 수군과 연합하여 순천 앞바다로 나갔다. 적들이 도망치지 못하도록 뱃길을 틀어막자는 것이다.

하지만 전투가 시작되고 여러 날이 지났지만 별 다른 성과가 없다. 일본군은 줄어들지 않고 명나라와 조선의 군사들만 줄어들었다. 9월 22일(양력 10월 21일)에는 명나라 군사 11명이 죽고 조선 수군 가운데서도 순천왜성 가까이 다가가 싸우던 지세포만호와 옥포만호가 조총에 맞아 크게 다쳤다. 육군 수군 합동 작전인데, 막상 명군 육군은 싸우지 않고 조선 수군만 죽을 힘을 다해 순천 앞바다를 누빈다. 왜성 앞 뱃길은 너무 좁아서 조총 사거리 안에 있어 위험도 크다.

10월 2일(양력 10월 31일)에는 적군을 많이 죽였지만 사도첨사 황세득과 군관 이청일이 아깝게 전사했다. 그 이튿날 저녁부터 한밤까지 싸워 명나라 전선 19척이 부서졌으며 안골포만호가 부상을 입었다.

(전투가 치열할 수밖에 없었다. 당시 풍신수길이 이미 사망하여 순천이든 울산이든 모두 후퇴령을 받아들고 있는 중이었다. 이들은 달아날 길을 찾는 중인데, 조선 수군이 길을 막고 있으니 더 맹렬하게 저항한 것이다. 조선 수군도 아직은 풍신수길이 죽어 일본군이 후퇴 중이라는 사실을 알지 못했다. 다만 일본군이 부산으로 후퇴하려 한다는 것만 짐작하고 있었다.)

웬일인지 그 다음 날부터 일본군은 바다로 나올 생각을 하지 않았다. 유정 또한 일본군이 나오면 싸우고 나오지 않으면 구경이나 하겠다는 듯이 군영에 틀어박혔다. 울산성을 치던 명군 주력이 설렁설렁하라는 연락을 보내왔다. 명군 주력과 조선군 주력이 소서행장보다는 악독한 짓을 많이 한 가등청정부터 쳐죽여 없애겠다고 벼르는 중이다.

이순신은 이상하게 생각하고 유정이 일본군을 공격하지 않는 까닭을 이리저리 궁리해보았다. 육지에서 일본군을 공격하면 일본군은 틀림없이 바다로 내려올 것이고, 바다로 내려오기만 하면 조명(朝明) 연합수군이 총공격을 하려고 바다를 막고 있다. 이런 식으로 지지부진 싸우다 보면 십 년, 이십 년이 지나도 전쟁은 끝나지 않을 것이다.

때마침 도원수 권율한테서 비밀 편지가 왔다.

"이런 이런."

유정이 왜 싸움을 하지 않았는지 그제야 알 수 있었다. 이 해 마흔한 살에 불과한 유정은 중국 남부에서 미얀마군을 막아낸 경험을 갖고 있었다. 임진년, 어린 나이에 부총병으로 와서 지금은 총병으로 승진했다. 그래봐야 올해 마흔한 살이다. 그의 아버지 유현(劉顯)이 명군 대장군을 지낸 덕분에 일찍 출세하고, 조선에는 임진년, 정유년, 두 번이나 출병했다.

하지만 그는 소서행장이 보내온 뇌물을 받아먹고 잘 싸우려 들지 않았다. 겉으로만 일본군을 공격하는 척하고 실제로는 일본군이 빠져나갈 길을 터주기까지 했다. 유정을 뇌물로 설득한 소서행장은 진린 도독까지 매수하려고 시도하는 중이라는 첩보다. 권율의 비밀 편지에 이들이 적과 내통한 내용이 적혀 있었다.

이순신은 당장 유정의 목을 베고 진린에게 잘못을 따지고 싶지만 그러지 못했다. 그러던 중에 분을 참다못해 진린 수군 도독을 찾아온 것이다.

"제독 님, 유정 도독이 혹시 소서행장의 뇌물을 받아먹고 싸움을 봐주는 것 아닙니까! 안그러면 왜 저리 천하태평입니까."

"통제사, 나는 명나라의 제독이오. 대명제국 황제폐하의 명령을 받들고 이 나라에 구원병으로 온 사람이란 말이오. 그런 내게 감히 이처럼 무례하게 따질 수가 있소? 뇌물을 먹다니, 누가 뇌물을 먹어요!"

켕기는 게 있는지 진린은 버럭 소리를 지른다.

이순신은 더 따지고 싶으나 참았다. 그의 자존심보다 나라의 명운이 걸린 문제다. 지금 진린의 비위를 잘못 건드렸다가 철군이라도 하면 더 큰 문제가 생긴다. 남의 나라에 구원군으로 온 것이니 안싸우겠다면 그만 아닌가. 명나라 황제는 저 멀리 북경에 있으니 여기서는 진린이 수군 전투에 관한 모든 작전을 지휘하고 결정한다.

"그렇다면 좋습니다. 도독 님만 믿습니다. 나는 진 도독의 마음이 끝까지 변하지 않기 바랍니다."

이순신은 자리를 털고 일어섰다.

"노야께서는 아무 걱정 말고 돌아가시오. 나도 황제의 명을 받고 온 몸이니, 때를 보아 굳세게 싸울 것이오."

진린은 턱수염을 쓸며 건성건성 말했다.

이순신은 통제영으로 돌아와 깊이 생각해보았다. 무슨 일인가 벌어지고 있는 건 틀림없다. 명군은 뇌물을 챙겨가며 싸움을 피하고, 일본군은 어떡하든 왜성을 벗어나려 애쓴다. 부산으로 집결하겠다는 것인지, 일본군이 노리는 게 뭔지 알 수가 없다.

낮에 있던 일이다.

적선 두 척이 노루섬에 다가왔다는 척후선 보고가 있었다. 이순신은 진린과 함께 마침 노루섬에 진을 치고 있었다. 단 두 척만 온 것이라면 싸우자는 것이 아니라 회담을 하자는 것이다.

과연 적선이 들어오자 그들을 만난 명나라 장수가 일본군 사자를 받아들이더니, 곧 진린을 부르러 왔다. 진린은 그의 지휘선으로 들어갔다. 그리고 한참 후에 아무 일도 없다는 듯이 돌아왔다.

'무슨 이야기가 오고 갔을까? 아무 일도 없어야 할 텐데.'

뭔가 명군들 사이에 오가는 전갈이 따로 있는 듯하다. 명군과 일본 수군이 조선 수군 몰래 속삭이고 있다. 그게 뭔지 궁금하다.

지금 전라도를 공략했던 일본군 소서행장은 전주성 전투에서 패퇴한 뒤 순천에 성을 쌓고 숨어 있는 중이다. 이 왜성은 명군과 조선군에 포위되어 꼼짝 못하고 있다. 이렇게 일년째 지지부진이다. 그런데 소서행장이 지금에 와 수로를 열어 달아날 궁리를 하는 모양이다. 까닭이 무엇인지 알 수가 없다.

머릿속이 무겁고 선실 안이 답답하다.

"뭘까. 대체 왜 소서행장이 자꾸만 사자를 보내올까?"

그는 바다라도 내다보려고 선실에서 나와 갑판으로 나갔다.

어둠이 깔리기 시작한다. 수평선도 잘 보이지 않고 바닷물도 보이지 않는 어둠뿐이다. 깊은 밤, 그가 내쉬는 한숨소리가 캄캄한 바다로 퍼져 나간다.

"통제사 님, 이 깊은 밤중에 웬일이십니까? 걱정거리라도 있습니까?"

경상우수사 이순신이 찾아왔다. 전사한 이억기 수사의 친척이기도 한 방답첨사 출신 이순신은 수많은 전투를 치르면서 승승장구했다. 마침 배설이 달아난 뒤 권율 도원수의 군영에서 수배령을 내려놓고 일단 그 자리에 이순신을 앉힌 것이다. 올해 마흔여섯 살, 두 사람은 한자 이름은 다르지만 발음이 같아서 임진년부터 각별하게 지내는 사이다. (배설은 이후 노량해전이 끝난 뒤 경북 선산에서 체포되어 처형된다.)

경상우수사 이순신이 걱정스러운 말투로 물었다. 그는 평소에 통제사 이순신의 건강을 걱정해오고 있었다.

"바람이나 쐬러 나왔어. 우리 이순신과 이순신이 정담이나 나누세."

"사실, 이 밤중에 통제사께서 갑판에 나오신 이유를 저는 알고 있습니다. 도독 진린 때문이 아닙니까?"

우수사가 대놓고 말하자 이순신은 고개를 끄덕였다.

"오늘 저녁에 진 도독을 만났어. 믿음직스럽지 못해서 걱정이야. 진린 뿐만 아니라 명나라 장수들은 이번 전쟁이 남의 나라 일이라고 너나 없이 나 몰라라 하고 있는 듯해. 순천왜성을 포위하고 있는 유정 도독도 먼산만 바라보고, 진린 제독도 먼바다만 바라본단 말이야. 그런데 소서 행장이 보내는 사신은 연락부절이고. 이를 어쩐다?"

이순신의 말을 듣고 난 우수사도 같은 생각인 듯 고개를 끄덕인다.

"그렇습니다. 명군은 먼 산 불구경하듯이 자기들 편한 대로 대충 싸우고 있습니다. 뭔가 일본군과 내통이 있는 것같습니다. 일본군도 말못할 사정이 있는 듯하고요."

우수사의 생각도 통제사와 같다? 서로 속마음을 꺼내 말이라도 하고나니 가슴이 좀 시원해진다. 하지만 걱정이 사라지지는 않는다.

"통제사께 아룁니다."

군관이 헐레벌떡 뛰어온다.

"무슨 일인가?"

"발포만호와 당진포만호가 통제사 님을 뵙겠다고 찾아왔사옵니다."

그러기 무섭게 발포만호 소계남과 당진포만호 조효열이 나타났다. 둘 다 판옥선을 지휘하는 장수들이다. 소계남은 다리를 절고 조효열은 얼굴과 팔목에 핏자국이 엉겨붙어 있다. 누군가에게 심하게 얻어맞은 모양이다.

"무슨 일들인가?"

"어디서 그렇게 다쳤는가?"

소계남과 조효열은 복병장이다. 복병장이란 적들이 자주 출몰하는 자리에 숨어 적을 살피는 장수다.

"자네들 혹시 왜적과 싸웠는가?"

이순신이 묻자 두 사람은 고개를 저었다.

먼저 소계남이 말했다.

"저희들은 오늘도 적정을 살피러 남해로 들어갔습니다. 거기서 곡식을 싣고 나오는 적선 한 척을 발견하였습니다. 저희가 화살을 쏘며 추격하자 적들은 배를 버리고 달아났습니다."

"잘했군. 그런데?"

소계남의 뒤를 이어서 조효열이 말했다.

"적선에 실려 있던 곡식을 옮겨싣고 돌아오는 길에 명나라 군선을 만났습니다. 그런데 그 놈들이 다짜고짜 곡식을 실은 배를 빼앗지 뭡니까. 이건 뭐 수적이 따로 없습니다. 명군을 가만히 보아하니 장강에서 놀던 수적들 같습니다."

"게다가 저희들이 반항하자 몽둥이와 쇠사슬로 때리기까지 했습니다. 놈들의 수가 워낙 많아 감히 맞서 싸울 수가 없었습니다. 이놈들은 수군이 아니라 틀림없는 장강 수적(水賊)입니다."

이순신은 몸을 부르르 떨었다.

명나라 수군의 군기가 무너지고 있다.

"되놈들이 제 버릇을 고치지 못한 모양입니다. 잡아다가 군법에 따라 엄한 벌을 내리십시오."

우수사 이순신이 분을 참지 못하고 말했다. 그러나 통제사 이순신은 곧 마음을 가라앉혔다.

"지금은 그런 일로 명나라 군대와 충돌해서는 안돼. 고작 배 한 척 때문에 조선 수군과 조선 전체를 잃을 수는 없어. 참게. 우리가 못나 구원을 청해 할 수없이 들어온 군대인데, 어쩔 수 없지."

이순신이 차분하게 사정을 말하자 우수사는 입을 다물었다.

"자네들에게는 미안하지만 어쩔 수가 없는 일일세. 내 말뜻을 알아듣겠지? 돌아가서 상처를 잘 치료하고 푹 쉬도록 하게나. 다 내 잘못이네."

"예, 통제사님."

두 장수가 막 돌아갔을 때다. 바다에 불빛 한 점이 가물거린다.

"우수사. 저 불빛이 뭐지?"

우수사는 이순신의 손가락 끝을 한참 바라보았다. 그러더니 조그만 목소리로 말했다.

"틀림없는 왜적선입니다."

"아니 그럼, 이 늦은 밤에 왜적선이 명나라 함대 사이를 들락거린단 말인가?"

"그렇습니다."

"이럴 수가! 여태까지 진 도독이 나를 속였구나."

"요즈음 날마다 진 도독의 장선에 왜적선이 드나든답니다. 아마도 뇌물을 주고받는 것이겠지요. 왜적들이 몹시 다급한가 봅니다. 저 죽일 놈들."

우수사는 분해서 이를 갈며 말했다.

이순신이 길게 한숨을 쉬었다. 진린까지 일본군의 꾀에 넘어간다면 정말 큰일이다. 그까짓 금은보화에 눈이 멀어 일본군에게 돌아갈 길을 내준다면 얼마나 분하고 억울한 일인가.

'원수를 살려보낼 수는 없다! 반드시 복수해야 한다.'

이순신은 주먹을 움켜쥐고 눈을 부릅떴다.

"그만 돌아가 보겠습니다."

경상우수사 이순신이 자리에서 일어나며 통제사 이순신에게 인사를 했다.

"우수사, 내일 봅시다."

이순신도 손을 들어 배웅했다.

우수사가 돌아가자 이순신도 군영으로 들어갔다. 얼마 지나지 않아 누군가 부른다.

"통제사께 아뢰오. 명나라 진 도독이 전령을 보내왔습니다."

이순신은 다시 몸을 일으켜 명나라 수군 전령을 맞았다.

"저희 도독께서 급히 장군을 뵙고자 하십니다."

이순신이 되묻는다.

"지금 말이냐? 이 늦은 시각에 굳이?"

"예."

이순신은 명군 전령을 내보내고 진린을 찾아갈 준비를 했다. 안 그래도 서둘러 만나보려던 참이다. 마침 사람을 보내왔으니 차라리 잘 된 일이다. 서둘러 역관을 데리고 협선을 타고 나갔다.

진린은 군영 밖까지 나와 이순신을 기다리고 있었다.

"어서 오시오, 통제사."

"밤이 늦었는데 주무시지 않으셨군요."

두 사람은 인사를 나누고 안으로 들어갔다. 진린이 손뼉을 탁탁 치자 술상이 나온다.

"먼저 한 잔 받으시오. 그리고 천천히 얘기합시다."

진린은 일부러 늑장을 부리는 듯하다. 반드시 뭔가 중요한 사실을 털어놓으려고 그를 부른 게 틀림없다. 이순신은 일단 술은 사양했다.

"하실 말씀을 먼저 하시고 술은 천천히 주십시오."

이순신이 웃으면서 말하자 진린도 따라 웃었다.

"통제사, 실은 소서행장이 나에게 여러 번 사람을 보냈소."

이미 알고 있으므로 이순신은 고개만 까딱거렸다. 그런 줄 알고 진린도 사실을 털어놓는 것이리라.

"자기네 나라로 돌아갈 터이니 길을 열어달라고 부탁합디다."

"왜요?"

"싸움에 지친 모양이지. 전쟁은 더 하고 싶지 않다는군."

진린은 이순신의 눈치를 보았다.

"뭐라고 말씀하셨습니까?"

"내가 마음대로 결정할 수 없는 문제이니 통제사인 이순신 장군과 상의해보겠다고 했소."

이순신은 비장하게 말했다.

"도독께서는 제발이지 왜적과 화해한다는 말씀만은 절대 하지 말아주십시오. 결단코 원수를 그냥 돌려보낼 수 없습니다. 지금까지 우리 강토를 유린한 게 얼마고, 우리 백성을 죽인 게 얼마입니까. 올 때는 마음대로 왔지만 갈 때는 머리를 놓고 가야할 겁니다. 결코 무사히 보내주지 않겠습니다!"

이순신은 그 말만 하고 벌떡 일어섰다. 그러자 진린이 놀라서 그를 붙잡았다.

"통제사, 너무 노여워하지 말고 술이나 한 잔 하고 가시오. 그리고 왜적에게는 통제사의 뜻을 그대로 전하겠소."

"진 도독 님, 저는 백성을 잃은 조선의 장수입니다. 이번 전쟁에 어머니와 아들을 잃었습니다. 아끼던 부하들을 많이 잃었습니다. 무슨 일이 있어도 왜적을 용서할 수 없습니다. 왜적의 소굴까지 쳐들어가 다 불질러버리고, 풍신수길 머리통을 향해 총통을 쏘고 싶습니다."

이순신은 손을 잡는 진린을 뿌리치고 군영 밖으로 뛰쳐나왔다.

이튿날 일본군 연락선 한 척이 통제영을 찾아왔다.

수군들이 대포를 쏘아대자 일본군 연락선은 감히 접근하지 못하다가 조선군 협선이 나가 데려오자 그제야 포구로 따라들어왔다. 일본군 사신선에는 조총과 일본도를 비롯하여 금은보화가 실려 있었다. 후퇴가 다급하다는 뜻이다.

이순신은 일본군 사신을 만나보려고도 하지 않았다. 대신 군관 한 명이 나가서 대신 만났다. 수군의 답은 정해져 있다.

"우리 대장 소서행장이 통제사를 간절히 뵙고자 청합니다."

군관이 다시 들어와 일본 사신의 말을 전했지만 이순신은 한 마디로 거절했다. 어차피 죽이고 싶은 적장을 만나 괜히 분노를 가라앉힐 필요가 없다.

"나는 너희 대장을 만날 까닭이 없다. 만나면 죽이는 일 외에 다른 것은 아무것도 볼 일이 없다."

이순신이 차갑게 거절해버리자 일본군들은 물건이라도 전하고 가게 해달라고 부탁했다.

"우리가 가져온 물건만이라도 통제사께서 받아주시면 고맙겠다고 전해주시오."

일본 사신의 말을 전해들은 이순신은 화를 버럭 냈다.

"내게 뇌물을 주려 하다니. 이놈들이 날 죽일 작정이구나!"

하지만 침착하게 말했다.

"이렇게 전해라. 나는 왜란이 터진 임진년부터 수없이 많은 왜선을 깨부수고 수많은 왜병을 죽였다. 그때 빼앗은 조총과 칼만으로도 삼도 수군이 다 쓰고도 남을 지경이다. 그러니 그 물건들은 도로 가지고 갔다가 달아날 때 요긴하게 쓰라고 해라. 그리고 화해란 절대로 있을 수 없다. 오직 죽느냐 사느냐 싸움이 있을 뿐이라고 전해라. 올 때는 너희 맘대로 왔지만 갈 때는 그러지 못하리라."

일본군 사신선이 돌아간 뒤 이순신이 막 포구로 나가려 할 때다. 군관 송희립이 헐레벌떡 뛰어들어왔다.

"통제사 님, 급한 보고입니다."

"무엇인가?"

송희립은 숨을 몇 번 몰아쉬고 말하기 시작했다.

"복병선 보고에 따르면 순천왜성에 고립된 소서행장이 부산에 있는 왜군 본영에 구원병을 요청했다고 합니다. 머지않아 왜적선이 떼로 몰려올 것이 분명합니다. 이곳은 포구가 좁고 앞뒤가 막혀서 적과 싸우기 불리합니다. 제 생각으로는 넓은 바다로 나가 적과 한바탕 싸우는 것이 좋을 듯합니다."

순천왜성의 일본군이 기어이 부산으로 탈출하겠다는 것이다.

송희립의 보고를 받은 이순신은 곧 진린에게 달려갔다. 마침 진린은 점심을 먹고 낮잠을 자려던 참이었다.

"통제사, 웬일이시오?"

진린은 엉거주춤 일어나 앉아 말했다. 진린의 자세는 앉은 것도 아니고 누운 것도 아니다. 젖혀진 옷 사이로 살찐 아랫배가 드러난다.

"진 도독에게 급히 드릴 말씀이 있어 왔습니다."

진린은 눈살을 찌푸렸다.

"지금 전군을 이끌고 왜군이 달아나는 노량으로 출전해야겠습니다."

진린은 일부러 딴소리를 한다.

"노량이라니요. 나는 남해를 공격할 생각이었는데? 먼 노량까지 갈 일이 있소?"

남해에는 일본군에게 붙잡혀간 조선 사람이 많다. 그래서 백성들이 다칠까봐 이순신은 일부러 그곳은 공격하지 않았다.

"이미 포로가 된 놈들은 다 왜놈과 한통속이오. 또 지금 남해로 쳐들어가면 적의 머리를 베는 것은 식은죽 먹기요. 한바탕 머리베기 놀이나 합시다."

진린의 말은 조선 포로들이야 죽든말든 머리나 많이 베어 공을 세우겠다는 것이다.

"진 도독 님, 황제가 도독을 조선에 보내신 까닭은 조선 백성을 하나라도 더 구하라는 뜻 아닙니까? 그런데 백성을 해치게 되면 황제의 높은 뜻에 어긋나지 않겠습니까?"

이순신이 강력하게 항의하자 진린은 허리에 찬 칼을 툭툭 치면서 말했다.

"황제께서는 내게 이 칼을 내려주셨소. 황제의 칼로 못할 일도 있을까?"

대들다가 혼나지 말라는 소리다.

"내 한 목숨이 죽는 것은 아깝지 않소. 그러나 이 나라 백성을 죽이려는 자는 가만두지 않을 것이오. 난 왜적을 고분고분 보내주지 않을 겁니다. 제발이지 노량으로 가십시다."

이순신이 너무 강하게 나오자 진린도 수그러들지 않을 수가 없다. 비겁해 보일 수는 없다.

"통제사의 말뜻은 알겠소. 그런데 굳이 노량으로 가겠다는 이유가 무엇이오?"

"소서행장은 우리에게 화해하자고 해놓고 사실은 경상도 왜군 본영에 연락하여 수군 구원병을 요청했소. 그것은 우리와 싸우겠다는 뜻 아닙니까. 그러자면 사천과 남해의 왜군은 반드시 노량으로 들어옵니다."

진린은 무릎을 탁 쳤다.

"그렇다면 내가 왜놈에게 속았다는 말이오? 아, 이 놈들이 부랴부랴 도망치겠다? 하, 그래서 그렇게 애걸복걸이었구나."

진린은 어이가 없다는 표정이다.

이순신은 아무 말 없이 도독의 결정을 기다렸다.

"통제사, 그렇다면 노량으로 출정합시다."

결국 진린은 전투를 하기로 결정했다. 명군과 조선 수군은 일제히 전투준비에 나섰다.

1598년 11월 18일(양력 12월 15일) 밤.

기온이 몹시 차다. 언제라도 눈이 내릴 겨울 날씨다.

기다리고 기다리던 진린 제독의 출동 명령이 떨어졌다. 조명연합수군, 총지휘관은 어디까지나 진린 제독이고, 이순신 통제사조차 그의 명령을 따라야 한다. 신라가 당군을 불러들여 백제를 치고, 고구려를 칠 때도 당군이 지휘하고 신라군은 그들의 명령을 받았다. 국왕이 혼군(昏君) 암군(暗君)이면 언제든 이런 일이 생긴다.

이순신은 손을 깨끗이 씻었다. 그리고 하늘을 향해 무릎을 꿇었다. 그런 다음 두 손을 모으고 간절히 빌었다.

"왜적을 다 무찌른다면 지금 죽어도 여한이 없겠나이다. 힘과 지혜를 주소서."

하늘에는 달이 지고 새벽별이 빛나고 있다.

조선 수군과 명나라 수군 연합 함대는 검은 바다를 가로질러 나아갔다. 조명 연합 함대는 모두 360여 척이다. 이 중 조선군은 판옥선 60척, 틈틈이 공들여 만든 거북선은 함대를 보호하듯 불을 뿜으며 앞으로 나아간다.

조명 연합 수군 함대는 쉴 새 없이 노량을 향해 노를 저어갔다. 한겨울로 접어들어 날씨는 굉장히 춥다. 일본군은 더 춥기 전에 후퇴하려고 무리한 작전을 펼치는 것이다. 바닷바람이 차갑게 불고 시커먼 파도가 넘실거린다. 죽기 좋은 날은 아니다.

"적선이다!"

새벽 두 시가 막 지났을 무렵.

앞서 가던 척후선에서 적선이 나타났음을 알렸다.

이순신의 예측이 맞아떨어졌다.

일본군은 더 늦기 전에 후퇴하려고 무리를 하고 있다. 수군에 막혀 후퇴를 하지 못하다가 굳이 한겨울에 작전을 펴고 있다. 하지만 조선군 첩자들은 소서행장의 순천왜성 군이 철수를 준비하고 있으며, 언제쯤 수송선을 타리라는 것까지 대략 탐지해냈다.

조선군 첩자들이 알아낸 정보로, 사천에 주둔 중이던 도진의홍(島津義弘 ; 시마즈 요시히로), 고성에 주둔 중이던 입화종무(立花 宗茂 ; 다치바나 시게토라), 남해에 주둔 중이던 종의지(宗義智 ; 소요시토시, 대마도주)가 부산 일본군 본영의 지원을 받아 전선 500척과 수군 6만여 명을 동원하여 대대적인 탈출 작전을 벌인다는 것이다.

도망치려는 적선이 500척, 추격하는 조명연합수군이 명군 300척, 조선군 판옥선 60척이다. 거기에 가까스로 지은 거북선 두 척이 참전한다. 그만하면 싸울만 하다.

이순신은 곧 부하들에게 전투 명령을 내렸다.

"서두르지 말고 침착하게 행동하라. 명나라 함대가 노량으로 들어가는 길목을 막기로 했으니 우리는 육지 쪽으로 빠져 관음포 어귀로 갈 것이니라. 우리가 정한 자리가 아니면 일절 전투를 하지 말라."

조선 함대는 노량 아래 관음포로 방향을 잡았다.

명나라 함대가 먼저 적선을 향해 대포를 발사했다. 물살이 하얗게 부서진다. 대포소리가 허공을 쥐어뜯는다. 연합 함대의 당당한 위용을 보자 일본 수군들은 크게 당황했다. 순천왜성에 갇혀 있던 소서행장이, 사천에 주둔 중이던 도진의홍, 고성에 주둔 중이던 입화종무, 남해에 주둔 중이던 대마도주 종의지 등을 불러내 일제히 동시 철군을 시작한 것이다. 누구도 단일 부대로는 철병이 불가능하기 때문에 한꺼번에 탈출하는 것이다. 이들의 탈출을 위해 동원된 일본군 전선은 무려 500척이다. 수군 육군 구분없이 전선마다 가득 찼다. 아마도 부산진에 있던 일본군 전선이 총동원되었을 것이다. 피차 대전(大戰)이 불가피하다.

조명연합군이 일본군 철수 현장에 나타나자 일본 수군들은 뒤로 물러서면서 조총과 대포를 쏘아댔다. 그러더니 명나라 함대를 향해 매섭게 저항했다. 일본군 입장에서는 이 해역을 벗어나기만 하면 무사히 일본으로 돌아가는 것이다. 하지만 조명연합수군은 판옥선급만 자그마치 300척이다. 협선, 척후선, 보급선, 연락선은 논에서 자라는 뜬풀처럼 엄청나게 떠 있다.

"물러서는 자는 당장 목을 벨 것이다."

진린 제독은 일본군이 후퇴하지 못하도록 겁을 주며 자신도 직접 불화살을 쏘았다. 소서행장이 바쳐온 뇌물은 이미 잊었다. 어차피 오늘 싸움이 마지막이니 뇌물은 생각할 것도 없다.

명군 대포와 총통이 적선을 향해 무수히 날아갔다. 그럴 때마다 적선이 산산조각이 난다. 그래도 적선은 500척이나 된다. 대부분 수송선이지만, 육군도 조총은 쏠 수 있다.

일본군들은 관음포 쪽으로 밀려가기 시작했다. 어차피 전투를 벌이다보면 그리 밀릴 수밖에 없다. 이를 미리 짐작한 이순신은 이곳에 매복선을 두고 기다렸다.

"둥둥둥."

진군을 알리는 북소리가 울리기 시작한다.

북소리에 이어 매복 중이던 조선 수군 함대가 갑자기 나타나 일본군의
퇴로를 막았다. 판옥선 60척이 일제히 나간다. 거북선 두 척도 앞장선다.

그 즉시 신기전을 쏘아대고, 여러 총통이 쉬지 않고 철탄을 날린다.
그러잖아도 후퇴하느라 정신이 없던 일본군은 혼비백산하여 허둥지둥
했다.

"공격하라. 물러서지 마라!"

이순신은 계속 북을 울려댔다.

거북선은 북이 울리자마자 적선 깊숙이 파고들었다. 그러면서 각 포
구를 일제히 열어 천, 지, 현, 황 네 가지 총통을 거리에 따라 어지러이
쏘아댔다. 총통은 판옥선 한 척마다 72문이나 된다.

일본군은 혼비백산했다. 얼마 동안 보이지 않던 거북선이 다시 나타
나자 그들은 크게 당황했다. 거북선은 괴물처럼 바다를 오가며 적선을
쳐부수기 시작했다.

일본군 전선에는 수군도 있지만 대부분 후퇴하는 육군들이다. 배를
타는 것도 어지러운데 그들은 전투까지 벌여야 한다.

불이 붙은 적선들이 아우성치면서 도망다녔다. 적선은 방어를 위해
밀집해 있는데, 한 척에 불이 붙으면 곧바로 다른 배로 옮겨붙었다.

수많은 적선이 깨지고 침몰했다. 물에 빠진 일본군들은 조각난 뱃조
각에 매달려 살려달라고 아우성쳤다.

거북선의 당파 효과는 대단했다. 거북선에 한 번 부딪혀서 깨지지 않는 적선이 없다. 거북선 두 척이 휘젓고 다니자 단숨에 적선 십여 척이 깨져버린다. 칠천량 해전의 반대다. 노량과 관음포에 갇힌 일본군은 달아날 곳이 없다.

전장을 살피니 적선 규모는 어느새 절반 정도로 줄어들었다. 소서행장군이 그만큼 전사한 것이다.

이순신은 새로운 계획을 세웠다. 그는 퇴로를 열어주는 척하고 기다렸다.

조선 함대가 일단 공격을 중지하자 진린 제독은 어째서 공격하지 않느냐고 묻는 신호를 자꾸 보내왔다. 명군 수군이 진짜로 독이 올라 열심히 싸워주니 매우 고맙다. 그들도 일본 전선을 마구 부숴대니 신이 오른 모양이다. 일본군이 잔뜩 갖다 바친 뇌물은 막상 효과가 없다.

적선은 연합 함대 간에 틈이 보이자 재빨리 관음포로 숨어 들어갔다. 하지만 이순신이 노리는 바다.

관음포는 들어가면 들어갈수록 앞이 꽉 막혀 있다. 밖에서 볼 때는 훤히 통하는 길로 보이지만 막상 안이 좁다. 뒤따라온 일본군은 막다른 길에 이르자 당황하여 발을 동동 굴렀다. 노꾼과 포수나 수군들이지 나머지는 소서행장이 이끄는 육군이다. 수전(水戰) 경험이 없다. 노량은 명군이 막고 있고, 이제 남해와 여수 사이의 뱃길은 조선군이 막고 있으면서, 적선을 관음포로 몰아댄다.

조선수군은 학익진을 펼치며 매섭게 달려들었다.

처음에 조선군이 공격을 멈추었다고 화를 내던 진린 제독도 깜짝 놀랐다.

"이순신 통제사의 전술은 참으로 신묘하다. 이제 적들은 독 안에 갇힌 쥐다. 마음껏 적을 무찔러 공을 세워라. 황제 폐하를 기쁘게 해드리자."

진린 제독은 명군을 일으켜 일제히 진격시켰다. 심지어 조선군의 학익진까지 뚫고 나아가 바로 일본 수군과 붙어버렸다. 공을 다투는 것이다. 어차피 이길 싸움, 공이나 세우자는 자기들 싸움이 벌어졌다.

이렇게 되자 조선 수군은 뒤에서 지켜보는 형국이 되고, 정작 싸움은 일본군과 명군이 맞붙어 치열하게 치렀다.

밤새 포성이 멎지 않더니 아침 해가 서서히 떠오른다.

바다에는 부서진 명나라 전선과 일본군 전선으로 가득 찼다.

시간이 흐를수록 양편의 군대는 힘을 잃고 뒤죽박죽 뒤섞였다. 서로 뒤엉켜 화살과 총알이 빗발치고 칼과 창이 번쩍거린다. 명나라 군사들은 진린 제독의 명령조차 듣지 않고 서로 먼저 공을 세운답시고 멋대로 나아가고, 닥치는 대로 총과 활을 쏘았다. 명군끼리 쏜 총이나 화살에 맞아 죽는 군사도 나왔다. 서로 공을 다투다보니 제독의 영은 아예 먹히지 않는다.

명나라 수군 함대가 지휘 체계를 잃고 우왕좌왕하자 일본군은 다시 전열을 가다듬어 반격에 나섰다. 일본 수군은 일본통일 전까지는 저희들끼리 수많은 수전을 치러 나름대로 경험이 풍부하다. 장강 수적이 대부분인 명군 수군과는 수준이 다르다.

일본군이 일사분란하게 달려들자 명나라 군사들은 겁을 먹고 뒤로

414

물러났다. 부총병인 등자룡의 전선과 도독 진린의 장선에도 일본군 전선이 새까맣게 달라붙었다. 명군은 서로 구하겠다는 전우애 같은 건 없다. 각자도생이요, 저마다 따로 공을 차지하려고 날뛸 뿐이다.

이윽고 붉은 깃발이 꽂힌 등자룡의 부총병 전선에 불이 붙었다. 다른 전선에 타고 있던 명나라 군사가 화살을 잘못 쏘아 등자룡의 전선에 불을 붙인 것이다.

불이 활활 타오르자 등자룡과 명나라 군사들은 정신 없이 날뛰었다. 그 틈을 이용하여 일본군들이 등자룡의 배에 갈고리를 걸고는 펄쩍 뛰어 넘어갔다. 일본 육군의 칼솜씨는 뛰어나다.

"등자룡이 위험하다. 어서 구출하라!"

멀리서 지켜보던 이순신이 급히 명령을 내렸다. 그도 장선을 휘몰아 진린에게 다가갔다.

등자룡의 배에는 일본군이 우르르 올라타 치열하게 싸우는 중이다. 급기야 등자룡까지 일본군의 손에 목이 날아갔다.

"안되겠다. 우리 함대가 모두 나가서 진 도독을 구하고 왜군을 무찌르자."

이순신이 탄 장선은 독전을 알리는 깃발을 올리고, 진격의 북소리를 둥둥 울리며 앞장서 돌진했다. 독수리처럼 전장을 살피던 이순신도 직접 활을 들었다. 금과 은으로 온갖 멋을 부린 적장이 하나 보인다. 활시위를 놓자마자 적장은 쿵하고 쓰러지더니 바다에 떨어졌다.

대장을 잃은 일본군은 어쩔 줄을 모르고 도망치기 시작했다. 이순신은 높은 누각에 올라 북을 치며 계속 공격을 명령했다. 바닷바람이 매서워 흰 수염에 고드름이 매달릴 지경이다.

바로 그때다. 일본군이 쏜 조총탄이 이순신을 향해 날아들었다.

"윽!"

이순신은 북채를 놓쳤다.

"통제사 님!"

곁에 있던 부하 장수들이 이순신에게 모여들었다. 그는 큰 북에 몸을 의지하며 버텼다. 그리고 장수들에게 전투 위치로 돌아가라고 손짓했다. 하지만 아무도 자리를 뜰 수가 없다.

"아들아, 방패로 나를 가려라."

이순신은 점점 기운을 잃어갔다. 전쟁터에 나와 아버지 뜻을 받들어 용감히 싸우고 있던 이순신의 맏아들 회, 조카 완, 집에서 내려와 수발을 들어온 종 김이(金伊)가 저마다 눈물을 뚝뚝 떨군다.

"지금은 싸움이 급하니 내가 조총에 맞았다는 말을 절대로 하지 말라. 통제사 대장기를 어서 경상우수사 이순신에게 넘겨라. 나하고 이름이 같으니 우리 수군들 동요가 적을 것이다."

전투는 계속되었다. 군관 하나가 통제사 깃발을 뽑아 영남우수사 이순신의 장선에 꽂아주고, 통제사 이순신의 유언을 전했다. 우수사 이순신은 울면서 조선 수군을 총지휘했다.

아들 회와 조카 완이 이순신을 붙들고 있지만 어떻게 할 도리가 없다. 의원이 달려와 탄환을 뽑는다고 애쓰지만 너무 깊이 박혔다. 소식을 듣고 승군장 혜희가 건너와 미친 듯이 염불을 한다.

"대사, 고맙소. 나 좀 우리 어머니 계신 하늘로 보내주시오."

"통제사 님!"

치료를 받는 중에도 이순신의 귓가에 군사들의 우렁찬 함성이 들려온다. 총통이 발사되며 내는 폭발음, 신기전이 우수수 소리를 내며 수십 발이 날아가는 소리, 활시위를 떠난 화살이 우는 소리, 파도 소리, 조총 소리, 행복하다.

그러더니 그 모든 소리가 잦아들더니 마침내 고요하다. 그는 눈을 감았다.

노량 전투는 기어이 대승으로 마무리되었다. 적선 200척을 침몰시키고, 100여 척을 나포했다. 150척은 거의 부서졌다. 완승이다. 조선군은 통제사 이순신을 비롯해 가리포첨사 이영남, 낙안군수 방덕룡이 전사하고 300여 명이 죽거나 다쳤다. 그래도 전선 손실은 없다.

"통제사, 속히 나오시오. 나 진 도독이오."

전투가 끝나자 진린 제독은 장선으로 허겁지겁 달려왔다. 일본군은 50여 척의 배만 겨우 이끌고 자기 나라로 돌아갔다. 욱일승천기를 휘두르던 일본군 제1군 소서행장군은 대부분 바다에 수장되었다.(곧 벌어지는 일본 내전에서 덕천가강 연합군이 승리하면서, 덕천가강 편에 선 가등청정은 소서행장 군을 도륙, 그 영지까지 차지하고 만다. 임진왜란 내내 다투던 두 사람의 전쟁은 가등청정의 승리로 끝나고 소서행장은 처형되었다. 이로써 풍신수길 측은 몰락하고, 덕천가강이 실권을 잡고 막부시대를 연다.)

진린은 노량해전의 승리를 알리기 위해서 통제사 이순신부터 찾은 것이다. 이순신이 그를 구하기 위해 달려가다가 조총에 맞은 줄은 꿈에도 모른다.

"도독 님, 통제사께서는 돌아가셨습니다. 도독께서 적선에 포위되자 직접 구하신다고 달려가 싸우다가 그만..."

영남우수사 이순신이 대답했다.

"통제사께서 돌아가신 뒤 제가 대신 통제사로서 조선 수군을 지휘했습니다. 시신은 저기 저 판옥선에 계십니다."

"아뿔사! 이 통제사가 돌아가시다니. 나를 구하려다 총탄에 맞으셨다니."

진린은 얼굴이 하얗게 변했다. 그는 털썩 주저앉더니 부하들이 보든 말든 구슬프게 통곡했다. 진 도독이 땅을 치며 통곡하자 명나라 장수들도 뱃바닥에 엎드려 울었다.

우수사 이순신은 통제사 이순신이 전사했다는 부음을 전 수군에 발표했다.

"통제사께서 돌아가셨다니 사실이오?"

"어이구, 우리 통제사 어른께서 참말 돌아가셨다는 말이오?"

"사실이 아닐 겁니다. 신출귀몰하신 우리 장군께서 돌아가실 리가 없습니다. 그분은 세상일을 훤하게 꿰뚫어보는 분이신데 돌아가실 리가..."

처음에 군사들은 아무도 이순신의 죽음을 믿지 않았다. 하지만 통제영에 이르러 이순신의 피묻은 옷과 시신이 판옥선 밖으로 운구되자 수군들은 모두 뱃바닥에 엎드려 울었다.

임진 정유 두 번에 걸친 전쟁에서 남해를 굳게 지켜온 이순신은 그의 죽음을 슬퍼하는 삼도 수군의 울음소리와 승군들의 염불을 들으며 임시 통제영이 있는 고금도에서 마지막 임무를 완수했다. 임진년부터 시작된 전쟁의 마지막 전투, 마지막 시각에 그는 최후를 맞이했다. 싸우지 않아도 될 전투에서, 철수하는 일본군을 마지막 한 명까지 응징하겠다고 나선 노량에서 그는 적탄을 맞았다. 그를 비난하던 서인들의 목소리도 일단은 잠잠해졌다.

조정은 그를 여러 번 버렸으나 백성은 그를 한 번도 버리지 않았다. 그가 백성을 섬겼으니 백성 또한 그를 섬겼다.

1598년 전쟁이 끝난 뒤 이순신은 정1품 우의정으로 증직되었다. 백성들은 그가 국왕보다 더 훌륭하다고 믿었다.

1604년 권율, 원균과 더불어 선무1등공신에 책록되고 좌의정으로 증직되었다. 백성들은 이순신은 누구하고도 나란히 할 수 없는 절대 영웅이라고 믿었다. 심지어 국왕도 그 아래라고 떠들었다.

1643년 충무(忠武)라는 시호가 내려졌다. 백성들은 이 시호를 영광스럽게 받아 이순신을 충무공이라고 부르기 시작했다.

1659년 남해에 충무공 이순신의 비가 세워졌다.

1688년 명량대첩비가 세워졌다.

1705년 현충사가 세워졌다.

1793년 정1품 영의정으로 증직되었다. 백성들은 충무공 이순신 위에 누구도 없다고 믿었다.

아들 회(薈)는 전쟁이 나면서부터 계급없이 아버지 이순신을 보살폈다. 한산도대첩, 노량대첩에 의병 자격으로 대장선에서 아버지 이순신과 함께 싸웠다.

조카 분(芬)은 이순신의 맏형 희신(羲臣)의 셋째아들인데, 정유재란 이후 통제영에서 군중 문서를 맡고, 명군을 상대하는 외교를 맡았다.

조카 완(莞)은 이순신의 동생 희신(李羲臣)의 넷째아들인데, 숙부 이순신의 대장선에서 의병 자격으로 싸웠다. 전쟁이 끝난 뒤 무과에 급제해 이괄의 난에 참전하고 고향 충청병마사가 되었다. 정묘호란 때는 의주부윤이 되고, 이때 쳐들어온 후금(淸) 군대와 싸우다 죽었다.

이순신의 편지

　나라와 고을에 어지러운 일이 생기거나, 목숨이 당장이라도 떨어질 것같은 큰일이 닥치더라도 하늘을 부르거나 호국영령, 열사, 의사를 부르지 말라

　사람들은 언제나 자기 배 부르고, 자기 자식이 사탕 물고 깔깔거리면 온 세상이 다 편안한 줄 안다. 뿐이랴. 헐벗고 배를 곯는 이웃이 눈에 보이지 않고, 아파 울부짖는 사람과 짐승들의 울음소리가 귀에 들리지 않는다.

　그러니 날 부르지 말라. 나라고 왜 기치창검이 눈부신 수백 척의 적선 앞에서 무섭지 않았으랴. 속절없이 식은땀을 흘리고, 벌떡거리는 심장 박동에 숨쉬기도 벅찼다. 전선 겨우 열한 척 밖에 줄 수 없는 나라가 왜 내게 수백 척 적선과 싸워 이기기를 바라는가. 난들 왜 안무섭고, 내 목숨인들 왜 아깝지 않겠으며, 눈앞에서 부하들이 죽어나가는 걸 보고 어찌 목석처럼 의연할 수 있겠는가.

　그대들은 나라에 환난이 닥칠 때마다, 겨우 아픈 기억 묻고 어둠에

갇혀 있는 호국영령을 왜 자꾸만 부르고 또 부르느냐.

그러지 않아도 피를 토하며 죽거나 적의 칼에 베어 죽거나 총탄에 맞아 죽은 영령들을 자꾸만 환난의 구렁텅이로 몰아넣어 두 번, 세 번 죽게 하느냐. 저희는 한 점 노력조차 안하면서 현충원은 왜 풀방구리에 쥐 드나들 듯 열심하느냐.

행복은 왜 혓바닥이나 놀리는 당신들의 몫이고, 희생은 왜 이미 죽은 영령들의 몫이냐.

왜적을 물리친 나 이순신을 부르기 전에 너희 자신에게 이렇게 물어라. 우리는 왜 전선을 짓지 않고, 포탄을 만들지 않고, 성벽을 높이 쌓지 않은 채 날이면 날마다 혓바닥으로만 싸웠는지.

깨진 배 열두 척으로 삼백 척 왜적선을 물리친 나를 부르기 전에, 몽골군 기마대를 화살 한 대로 물리친 김윤후 승장을 부르기 전에, 권총 한 발로 왜인 괴수 이토 히로부미를 쏘아죽인 안중근 장군을 부르기 전에, 외로운 안시성 하나로 백만 당군을 물리치고 당태종 눈깔에 화살을 박은 양만춘 장군을 부르기 전에, 너희 스스로 활쏘기를 배우고, 어깨에 총을 메어라.

솔직히 말하노니 귀담아 들어라.

이토 히로부미를 총으로 쏴 죽였지만 그 자신은 적들에게 잡혀 컥컥 목 매달린 안중근 의사를 불러 또 다시 목매달고 죽으라 요구하지 말라. 금산성에서 1만5천 명의 왜군에 맞서 마지막 한 명까지 모조리 전사한

1천 5백 명 의병과 승군더러 그 지옥에서 다시 돌아와 우리 대신 칼맞아 또 죽으라 하지 말라. 난들 왜 내 가슴에 총탄이 다시 박히기를 바라겠느냐. 난들, 우린들 왜 살기를 바라지 않겠으며, 처자식과 더불어 행복하게 살고 싶지 않았겠느냐.

다시 말하니, 제발이지 호국 영령 다시 부르지 말라.

우리 부르지 말고 이제는 너희가 이순신이 되고, 너희가 김윤후가 되고, 너희가 안중근이 되어라. 너희가 금산벌 1천 5백 의병이 되어라.

아, 죽어서나마 편히 쉬고 싶다. 우리는 쉬고 싶다. 쉬게 좀 두어라.

휘몰아치는 매서운 북풍 같고 쏟아지는 소낙비 같던 우리 호국영령들의 시뻘겋고 시커먼 인생, 이제는 쉬고 싶다. 우리를 부르지 말라. 제발이지 우리를 향해 기도하지 말라.

5천년 마디마디 끊길 뻔할 때마다
민족을 지켜낸 영령들을 대표하여
이순신

423

왕이 버린
역적, **이순신**

글 이재운 | **발행인** 김윤태 | **발행처** 도서출판 선 | **본문디자인** 고연 | **표지디자인** 디자인이즈
등록번호 제15-201호 | **등록일자** 1995년 3월 27일 | **초판 1쇄 발행** 2022년 8월 18일
주소 서울시 종로구 삼일대로30길 23 비즈웰 427호 | **전화** 02-762-3335 | **전송** 02-762-3371

값 18,000원
ISBN 978-89-6312-065-2 03810